# 뜬구름 같은 인생들

- 이란편 -

박윤경 수필집

## 작가의 말

이 글을 쓰기까지 많은 생각을 했고 또 가슴 설레기도 했습니다. 그리고 글을 적으면서 함께 한 남편의 큰 관심과 끊임없는 사랑으로 소중한 자료와 상담으로 훌륭한 다리가 되어 주셨습니다. 이 글 속에 있는 모든 일들은 이란에서 살아 온 흔적, 그리고 사실 그대로라고 말씀드리고 싶습니다. 우리들의 일상의 삶 속에서 일어나는 사소한 일들이라고 생각할 수도 있겠지만 낯선 타국 생활이 결코 그렇게 행복하기만 하고 편안한 삶이 아니라는 사실입니다.

이 글을 읽으면서 한 사람 한 사람의 삶 속으로 들어가 보는 것도 독자 여러분의 삶이 되어 끝까지 읽어 주시기를 간절히 바라는 마음으로 열심히 적어 보려고 합니다. 말도 통하지 않는 먼 타국의 삶 속에서 "희망과 좌절, 기쁨과 슬픔, 그리고 따뜻함과 외로움, 모진 삶의 애환들," 이런 각박한 생활 가운데 숱한 희로애락 속에서 가슴앓이를 하는 사람들도 많다는 것을 말씀드리고 싶습니다. 그중에서도 물론 열심히 노력한 땀방울의 결실도 있는 것도 사실입니다.

이란 땅에서 12년의 삶을 살아오는 동안에  일어났던 새로운 일들 그리고 정권이 바뀌는 종교 대 혁명과 이락과의 전쟁을 겪으면서 나의 삶 속과 이웃들의 삶 속으로 들어가서 가슴 가득 느꼈던 기억들을 일구어내어 보려고 합니다. 많이 부족하고 보잘것없지만, 이란 땅에서 있었던 삶의 흔적들을 소중한 자료들로 생각하고 끊임없이 노력하려고 합니다. 그리고 나의 사랑하는 두 아들에게도 고맙다고 말해 주고 싶습니다. 무식하고 부족한 엄마지만 항상 사랑한다고, 감사하다고 말해주는 두 아들이 있어 너무나 행복했고 자랑스럽다는 것을 말입니다

이 글을 읽으시는 모든 분들에게 행복을 가슴에 가득 담을 수 있는 아름답고 따스함과 그리고 기쁨과 슬픔을 느낄 수 있는 소중한 진실을 한 글자 한 글자 마음에 듬뿍 담아서 자신이 보고 느꼈던 모든 것들을 적어서 보여 드리고 싶습니다. 그때 그 상황을, 끝으로 여러분에게 건강과 행복과 행운이 함께 하시기를 간절히 바라면서 다시 한 번 고마움을 전합니다. 여러분 사랑합니다.

"헬리 모차케람 골반에 쇼마"
(대단히 감사합니다. 나는 당신의 희생양입니다).

글쓴이 박윤경

## 추천사

금년 가을 영화 '82년생 김지영'을 보았다. 영화는 82년도에 태어난 김지영의 세계를 다룬다. 평범했던 한 여성이 다니던 회사를 그만두고 그 자리를 남편과 아이를 위한 살림과 육아로 가득 채우면서 평범할 것 같은 그의 삶에서 그만이 겪는 아픔을 고스란히 소개하며 청중을 공감하게 하고 깊이 이해하도록 도와준다.

박윤경 집사의 '뜬구름 같은 인생들'이 바로 그런 책이었다. 몇 년 전 미국생활을 정리하고 한국으로 돌아오셔서 사진작가, 가정주부, 교회에서는 집사로 섬기며 누구보다 조용하게 생활하고 계신다.  사진작가인 남편은 지금도 왕성하게 활동하고 계시고, 두 아들의 가정도 한국과 미국에서 보란 듯이 행복하게 살고 계신다.

그런데 책의 첫 페이지를 여는 순간 전혀 예상치 못한 박윤경 집사의 삶으로 우리를 안내한다. 이 책은 지금으로부터 40년 전, 12년 이란에서의 생활을 회고하며 여러 가지를 알려준다. 든든한 맏아들에 대한 깊은 사랑을 보여주고, 이란에서 태어난 둘째 아들에 대한 임신부터 출생, 성장과정에 대한 애틋한 엄마의 사랑을 표현하고 있으며 특히 남편 손양조 집사에 대한 절대적인 사랑을 솔직한 느낌 그대로 표현하고 있다.

세상에 존재하는 모든 어머니들의 마음이 그러하듯이 온 가족을 사랑으로 섬기는 모습은 감동 그 자체이다.

또 무신론자였던 그가 하나님을 영접하기까지의 과정은 구도자의 삶이란 이런 것이라고 살짝 터치하고 있다. 그 외에도 우리에게는 생소한 이란의 정치, 종교, 사회, 문화 등에 관심을 가질 수 있도록 안내해 준다.

솔로몬은 하나님께 '듣는 마음'(왕상 3:9)을 원했고, 응답받아 모든 사람을 이해하는 훌륭한 통치자가 되었듯이 이 책은 '박윤경 집사는 이런 사람이야!' 라고 조용히 알려주고 자연스럽게 듣게 만든다.

이 책을 통해 저자 박윤경 집사의 마음은 물론 이 시대를 살아가는 모든 어머니의 가족을 향한 사랑을 느껴보기를 바란다.

정동교회 담임목사 권오진

# * 목 차 *

# “꿈의 땅 이란으로”

“여보” 당신 여기 이란에서 일어나는 많은 일들 그리고 우리 교민들이 겪고 있는 삶들을 글로써 한번 표현해 보면 어떨까? 라고 갑작스런 남편의 제의에 나는 눈을 동그랗게 굴리며 예쁘지도 않은 얼굴로 한참이나 남편을 바라보았다. “아니 왜 갑자기 그런 말을, 내가 무슨 글재주가 있다고 당신이 그런 생각을 하셨어요, 얼마나 힘들고 어려운 일인데 저 보고 글을” 평소에도 생각이 깊으신 남편이 나를 바라보면서 “무엇이 그렇게 힘이 들고 어렵단 말이요. 그렇게도 책을 많이 읽고 있는 사람이 그대로 보고, 느끼고, 그리고 사실을 적어보는 것이 무엇이 그렇게 어렵단 말이요,” 라고 말하는 남편의 얼굴을 쳐다보는 순간에 무언가의 부딪쳐 머리가 띵해 오는 것과 동시에 호기심이 생기면서 마음이 흔들리기 시작했다. 그 순간 왠지 가슴에 벅차오르는 환희, 그리고 한 줄기의 빛을 몰고 오는 남편의 말에 큰 위압감을 느꼈다. 그 순간 주체할 수 없는 가슴속에 고동 소리를 들으면서 “그래 해보자”라고 마음속으로 다짐했다. 많이 부족하고 아는 것도 없지만 긴장된 마음으로 끝까지 최선을 다해 보자라고 결심하면서 조심스럽게 글을 적기 시작했다.

남편이 처음 꿈의 땅 이란에 도착한 것이 1977년 2월 12일이었고 그 후 몇 달 뒤에 남편의 초청장을 받고 큰아이와 같이 이란에 도착한 것이 1977년 7월 20일 늦은 밤이었다. 가슴이 터질 것만 같은 설렘으로 이란 땅 테헤란 "메라바드" 국제공항에 첫발을 내디딘 순간이었다. 나같이 부족한 사람도 남편 잘 만나서 비행기도 타보고 너무나 행복한 순간이기도 했다. 멀리서 사랑하는 남편의 얼굴이 아른하게 눈에 들어오고 있었다.

# 이란에서의 첫 생활

이 글을 쓰기 시작하기까지 몇십 년이란 세월이 흘러가 버렸다. 앞으로 이곳 이란 땅에서 얼마나 더 살게 될는지는 아무도 모르는 일이다. 말하자면 “뜬구름 같은 인생살이”와 같다고 말하고 싶다. 이란에서 생활하면서 뚜렷한 그 무엇에 얽매여 살았던 것도 아니면서 삶이 그렇게도 힘겹지 않았다고는 말할 수가 없다. 처음 중동에 속해 있는 이란 땅으로 올 때는 정말 좋았고 그리고 얼마나 기대가 크고 꿈이 부풀었던가? 그때는 이 세상이 다 나만의 것이었고 미지의 땅 이란이라는 나라에 가는 것만도 큰 행운이라는 생각에 말할 수없이 행복했었다. 그리고 한 백 년 살겠다고 옷이랑 신발이랑 이불이랑 부식까지 엄청나게 준비도 많이 했고 한 살림 장만해서 이란 땅에 왔던 것을 생각하면 지금도 부끄럽고 누구에게 말도 하고 싶지 않았다. 그때만 해도 중동에 속해있는 이란이란 나라가 생소했고 마냥 햇볕만 내리쬐는 모래사막으로만 생각했었기 때문이었다. 생활에 필요한 그 어떤 것도 없을 것으로 생각했기 때문에 여기저기 있는 돈 다 털어서 장만했고 그리고 아주

화려하게 떠들썩하게 한국 땅을 떠나 온 것을 생각하면 나도 모르게 창피하다는 생각에 쓴 웃음을 짓기도 하면서 남편에게만은 항상 미안한 마음이 가슴속에 남아 있었다.

* 테헤란에서 하마단 가는 길

* 어자디 광장

메라바드 국제공항에서 이란의 수도 테헤란으로 조금 시내 쪽으로 들어오는 길목에 세워진 기념탑은 테헤란의 상징인 "샤하이어드(shahied)"광장으로 들어갈 때는 왕정시대의 이름으로 들어갔지만, 호메니 정권으로 바뀌면서 "어자디 AZADI(자유)"라는 혁명의 기념탑 광장으로 새로운 이름으로 바뀌었다.

이 탑은 순수 이란대리석으로 만든 탑이다. 아름답다고는 할 수 없지만 개선문과 같은 형식으로 만들어진 기념탑이니만큼 웅장한 느낌이 들었다.

테헤란 시내에서 하루를 보내고 우리 가족은 남편이 근무하고 있다는 "하마단" 지방에 있는 공군 기지로 다시 길을 떠나야만 했다. 하루 길이였지만 하나도 지루하거나 멀다는 생각이 들지 않았다. 모든 것이 생소했고 우리 한국과는 완전히 다른 환경이라 신기하기만 했다. 차창 밖으로 보이는 허허벌판에는 나무들도 없고 초록빛 나는 잔디와 풀조차도 없는 가시만 뾰족뾰족 나와 있는 고원지대 식물들로만 여기저기 조금씩 나서 자라고 있었다. 곳곳에는 하얗고 알록달록한 양들이 옹기종기 모여서 가시 돋친 줄기를 뜯어 먹고 있는 모습들이 참 평화로워 보였다. 시간 가는 줄 모르고 오후 늦어서야 목적지에 도착했다. 가슴 설렘으로 들어선 공군기지는 한 눈에 봐도 실망 그 자체였다. 정확한 주위를 파악하기도 전에 눈에 보이는 것은 아무것도 없는 허허벌판 위에 비행기 몇 대 그리고 땅 위에 여기저기 둥근 모양으로 덮여져 있는 격납고 이것이 전부였다. 공군기지 안에 들어와서 보는 것마다 실망뿐이었고 두근거리든 가슴도 설렘도 다 사라지면서 마음이 불편했다. 이란 땅에 와서 하마단이라는 지방에서 처음 생활이 시작되는 순간이기도 했다. 우리가 살아야 할 곳이 바로 여기저기 떨어져 있는 격납고 안에 군부대 내에 있는 군인들 숙소 안이었다. 그리고 먼저 와 계신 한국 분들도 여러 가정이 살고 계셨다. 대강 짐 정리도 끝이 나고 며칠이 지나서 먼저 오신 분들과 같이 하마단 시내를 구경하기 위해서 우리 일행은 아침 일찍 길을 나섰다. 한두 시간 허허벌판을 지나서 시내로 들어서니 완전히 다른 세상이 환하게 펼쳐지고 있었다. 여기서 잠깐 하마단의 위치를 설명하고 지나가야 할 것 같다. 하마단은 테헤란의 동남쪽에 위치한 고대도시로서 이란 중서부에 위치한 주 북동쪽 해발 〈1.877m〉지점에 있으며 이곳에서 카레수강 상류의 넓고 비옥한 평야가 내려다보인다. BC1000년부터의 기록을 가지고 있지만 그보다 더 오래전에 세워진 곳이라고 한다. 여러 왕조의 통치자들이 다스리는 동안 메디아의 수도였던 곳 가운데 하나이다. 여기에는 옛날 왕의 여름 궁전도 있다고 설명해 주셨다. 왕궁터가 엄청 넓어서 성안에서 사냥을 즐겼다는 것을 보아도 성 규모가 어떠했는지 알만했다. 동쪽으로 조금 떨어진 곳에 있는 천년 흙둔덕 모살라의 유적지에서는 지금까지 발굴된 적이 없는 고대 엑바타나의 유물도 나왔다는 이곳이 오늘날의 하마단 주라고 말들 하셨다. 그리고 하마단 곳곳에는 많은 유적지들이 있다는 말씀도 하셨다. 이곳 하마단시는 부분적으로 이 흙둔덕 위에 자리 잡고 있었다. 여름에는 기후가 쾌적하여 휴양지가 되지만 겨울은 길고 혹독한 추위라고도 말들 하셨다. 샤흐나즈 댐에서 물이 공급되기 때문에 곡물과 과일이 풍부하게 재배 된다는 곳이기도 했다. 그리고 테헤란에서 바그다드 간선도로가 연결되어 있기 때문에 교역 중심지이기도 하다는 것이다. 한 가지 더 "케르만"에 이어 이란에서 가장 중요한 "융단"시장이기도 하다고 한다.

그리고 여기 많은 유적들이 특히 석조물에 조각된 각종 문양과 석물의 정교함 그리고 큰 바위 돌에 새겨진 글씨들이 그대로 선명하게 새겨져 있는 것이 특징이었다. 이곳 사람들은 유적지라고 해서 잘 보전하는 그런 개념이 없이 그냥 있는 자리에 그대로 방치하는 것이 우리나라와 다르다는 생각도 들었다. 그러나 이란 땅이지만 유대인들이 관리하는 유적지도 있었다.

바로 에스더 왕비 무덤이다. 유대인들이 아주 철저하게 잘 관리하고 있다고 말들 하셨다.

하마단 시내에 들어서는 순간 나의 눈을 의심했다. 눈에 보이는 것은 내가 상상했던 것 하고는 완전히 다른 세상이 펼쳐지고 있었다.

우리나라에서는 보지도 못했던 세계 여러 나라의 상품들이 상점마다 차고 넘치고 있었다. 앗! 하는 순간 뭔가 잘못된 판단, 그리고 어이없는 나의 결정들이 참 한심했다는 생각이 들었다. 아주 잠시의 정적이 흘렀지만 정신을 가다듬고 제일 먼저 남편의 얼굴을 쳐다보고 있는 나를 발견했다. 모든 것이 풍부했고 원하는 물건은 무엇이든지 다 살 수가 있었다.

한국에서는 외제라고 해서 엄청 비싼 값에 팔리고 있는 제품들이 여기서는 상상도 할 수 없는 가격으로 팔리고 있었다. 싸고도 좋은 물건들이 가게마다 흘러넘치면서 쌓여 있었다.

하마단에서 살면서 제일 힘들었던 것은 겨울에 눈이 너무 많이 오기 때문에 밖으로 나가 다닌다는 것은 불가능했기 때문이다. 이렇게 하마단에서 1년 반 정도 살다가 남편의 직장 계약 기간이 끝이 나면서 다시 이란의 수도 테헤란으로 올라 와야만 했다. 남편은 테헤란에서 다시 민간 항공회사에 취직이 되었다. 그 당시는 얼마나 좋았는지 말로는 다 표현할 수가 없을 정도로 기뻤다. 이란에 온 지 2년이 넘고 있었다. 그런데 “혁명”이 터진 것이다. “팔레비 왕” 정권이 물러나고 ”호메니“정권이 들어서는 종교 혁명이었다. 이 혁명으로 인해서 우리 가족은 한국으로 피난을 나와야만 했다.

한국에서 이란으로 올 때 무척이나 많이 장만해 온 물품들을 다 처분해야만 했다.

생활했던 모든 가구랑 살림살이 그리고 옷가지들을 이란 사람들에게 팔기도 하고 나누어 주기도 하면서 정리하는 데도 무척이나 힘이 들었다. 그러면서 남편 눈치 보는 것도 여간 힘든 일이 아니었다. 그렇게 많은 물품들을 챙겨 와서 이렇게 다 없애야 하니 말이다. 남편 말을 무시한 자신을 자책하고 잘못을 깨달았지만 하루하루 숨 막히는 시간은 잘도 지나가고 있었다. 어느 정도 정리가 되자 남편은 친구분 집으로 간단한 옷가지만 챙겨서 거처를 옮기기로 하고 나와 아이들은 한국으로 나와야만 했다. 한국에서 올 때 없었던 것이 있다면 새로 태어난 작은 아들이 한 명 더 생겼다는 것뿐이다.

# “고통의 시작”

한국에서는 별로 재미있는 일들이 없었지만 외국에서 오래 생활하다 보니 힘들고 외롭고 고통스러웠던 일들 그리고 기쁨과 즐거웠던 희로애락이 참 많았다. 지금 우리 작은아들이 8살이다. 아니 이 글을 적을 때 나이고 지금 현재는 “42살이라는 중년에 접어들고 있는 나이다.” 지금은 미국에서 너무나 행복하게 잘살고 있다는 것을 먼저 말씀 드리고 싶다.

인생에 있어 가장 중요하고 아름다움과 젊음이 넘칠 때 나의 생각 없는 순간의 잘못된 판단으로 인해서 우리 가족은 마음의 고통이 심했던 만큼 힘들고 아픈 소중한 삶을 살아야만 했다.

그리고 마음속에 항상 어두운 그림자를 품고 살아온 몇 년의 세월이었지만 이 고통의 세월이 내 인생의 전부라고 해도 과언이 아닐 것이다. 하지만 부모로서 최선을 다했다는 마음으로 40년이란 잠시 잠깐의 멈춤도 없이 지나가 버린 긴 세월이 저만큼 흘러간 지금이지만 후회 없는 마음으로 부끄럽고 부족한 흔적이지만 글로 적어 보기로 했다. 우리 작은아들은 이란에서 태어나서 지금까지 살고 있지만 어떻게 태어나고 자라 왔는지 그 과정들을 꼭 한 번은 이야기해 보고 싶은 심정이다. 그러니까 남편의 초청으로 이란에 온 지 5개월이 지나서 일어난 사건이었다. 언제부터인가 속이 너무 거북하고 미식 거리고 해서 이상하다고 생각하면서 아마도 여기 와서 싱싱한 야채를 많이 먹어서 "회충"이 생겼다는 생각만 하면서 아침에 출근하는 남편에게 "여보 저녁에 퇴근하면서 "독일제 알고파"라는 회충약을 식구대로 다 먹어야 하니까 사 가지고 오세요. 그리고 나는 독하게 먹어야 하니까 두 봉지 더 사 오세요," 라고 말했다. 남편은 "왜 회충이 생긴 것 같아"라고 나는 "예 이상해요. 속이 좋지 않아요," 라고 나는 이란에서 자라는 야채들이 엄청 싱싱하면서 가격도 저렴해서 고기랑 같이 매일 먹고 있었기 때문이었다. 고기도 가격이 엄청 쌌다. 나는 특히 고기를 좋아하는 편이다. 한국에서 올 때 아이와 같이 미리 회충약을 복용하고 왔는데도 여기 와서 야채를 많이 먹어서 그런가 보다고 생각 하면서 속이 미식 미식하면서 이렇게 메스꺼운 것을 보니 틀림없이 회충 같았다. 남편은 알았다면서 오후에 퇴근하면서 독한 회충약을 사 가지고 왔다고 웃으면서 약을 내놓았다. 그날 저녁에 우리 세 식구는 일찍 저녁을 먹고 밤늦게야 회충약을 복용했다. 나는 회충이 몽땅 없어지기를 바라는 마음에서 두 사람 분량의 알고파 두 봉지를 먹고는 잠을 잤다. 그런데 이튿날 아침에 일어날 수가 없었다. 남편은 그 독한 회충약을 두 봉지나 먹었으니 그런가 보다, 라고 말하면서 걱정이 가득한 눈으로 바라보다가 아침 식사도 못 하고 그냥 회사로 출근하셨다. 남편이 출근하자마자 나는 그대로 또 의식 없이 하루 종일 잠만 계속 자고 있었던 모양이었다. 아들이 울면서 엄마를 부르는 소리에 눈을 뜬 것 같았다. 아들은 엄마 옆에서 배가 고프다고 엄마 손을 만지면서 울고 있었다. 그리고 옆방에 살고 계시는 아주머니도 와 계셨다. 아이가 큰 소리로 울고 있으니 옆집까지 들렸던 모양이었다. 아주머니께서도 도대체 무슨 일이냐면서 나를 내려다보고는 어쩔 줄 몰라 하셨다. 나같이 건강한 사람이 왜 갑자기 이런 증상이 일어나는지 정말 알 수가 없었다. 정신이 내 정신이 아니었다. 내 몸을 내가 감당할 수가 없었다. 나는 머리를 흔들면서 억지로라도 일어나려고 몸부림쳤지만 일어날 수가 없었다. 그리고 움직일 수도 없었다.

어젯밤에 회충약 먹은 것 이외는 아무것도 없는데 몸을 움직일 수가 없으니 정말 이상한 일이었다. 나는 겨우 "아주머니 몸이 왜 이렇게 무겁고 움직일 수가 없는지 모르겠어요," 라고 한 마디하고는 또 깊은 잠에 빠져든 것 같았다. 얼마나 잤는지 무엇인가 내 몸을 감싸는 느낌에 눈을 떴다. 아주머니께서 내 손을 꼭 지고 계시면서 "아니 어떻게 하룻밤 사이에 이렇게 사람이 파김치가 될 수가 있어, 자 이제 깨어났으니 곧 괜찮아질 거야 힘을 내," 하시면서 나를 따뜻하게 품어 주셨다. 하지만 내 몸은 계속 괴로움에 시달려야 했다. 속이 이상하면서 아프기 시작하는 것이다. 하루 종일 물 한 모금도 마실 수도 먹을 수도 없었다. 완전히 이상한 상태 속에서 꿈속을 헤매고 있을 때 남편이 퇴근을 하신 것이다. 나를 보고는 남편도 깜짝 놀라면서 "아니 회충약 2인분 먹었다고 사람이 이렇게 녹초가 되어서 힘들어하면 어떡해," 라고 말하면서 눈을 동그랗게 굴리면서 어쩔 줄 몰라 하는 남편의 모습이 보기에도 민망할 정도로 안절부절 이였다. 나는 눈물을 보이기 싫어서 얼른 두 눈을 감아 버렸다. 남편은 눈을 감고 있는 나를 한참이나 바라보다가 "병원에 다녀올게 조금만 참고 있어요," 하고는 밖으로 나가셨다. 우리가 처음 이란 땅에 올 때 하마단이란 지방에 자리 잡고 있는 공군기지 안에서 살게 되었다고 앞에서도 언급한 적이 있었다. 이 베이스 안에는 우리 같은 외국인들이 살 수 있도록 모든 시설이 잘 갖추어져 있었기 때문에 우리가 생활 하는 데는 불편한 점이 별로 없었다. 이 베이스 안에서도 한국 사람 일곱 가족이 살고 있었고 미국 사람들도 아주 많이 살고 있었다. 이 중에는 우리나라 한국 여의사도 한 분 와 계셨기 때문에 참 좋았고 편리했다. 통하지도 않는 언어 때문에 고생할 필요도 없이 병원에 잘 다니고 있었기 때문이다. 의사 선생님이 나의 상황을 들어 보고는 정말 이상하다고 말을 하셨다는 것이다. 아무리 회충약을 많이 복용했다고 해서 사람이 일어날 수도 없이 괴로워한다는 건 무언가 이상이 있기 때문이라면서 검사를 한번 받아 보자고 말했다는 것이다. 그 이튿날 남편과 나는 병원으로 가서 소변검사, 피검사, 두 가지를 하고 돌아왔다. 그리고 그다음 날 의사 선생님이 검사 결과를 가지고 우리 집까지 급하게 달려오신 것이 아무래도 이상한 예감이 들었다. 선생님은 잠시 숨을 돌리시고는 망설이는 듯

하시더니 말을 시작하기 전에 나부터 쳐다보는 눈길이 지금 이 시간을 잠시 멈추고 있는 것 같은 느낌에 왠지 불안했다. 선생님은 걱정이 가득한 눈빛으로 예쁜 까만 눈을 깜박이면서 한참이나 나를 바라보셨다. 그리고는 "환이 엄마 임신 2개월이에요," 라고 하는 말에 우리 모두가 깜짝 놀라고 말았다. 남편은 작은 눈을 토끼 눈처럼 크게 뜨고는 의자에서 벌떡 일어났다. 정말 너무 놀라서 어떻게 할 줄을 모르는 사람 같았다. "예 임신이라고요?"라고 크게 외쳤다. 너무나 놀라워하는 모습이 나의 눈에도 뚜렷하게 보였다. 순간 나도 숨이 콱 막히면서 숨을 쉴 수가 없었다. 임신이란 두 단어가 내 머릿속을 휘몰아치는 회오리바람과 거센 폭풍에 흔들리는 순간이기도 했기 때문이었다. 남편이 너무나 크게 놀라니 나라도 숨을 죽이고 조용히 뛰는 가슴을 진정시켜야만 했다.

세상에 어떤 형벌보다 가혹한 말이었다. 나는 곧 숨이라도 넘어갈 것 같은 음성으로 황급히 "그럼 나는 어떻게 해야 되죠," 라고 겁에 질린 눈을 동그랗게 굴리면서 선생님을 바라보았다. 모두가 입을 굳게 다물고 서로의 얼굴 표정만 살피고 있는 것 같았다. 아, "임신이라니," 왜 꿈에라도 생각지 못했을까, 지금 아들이 세 살이니까, 임신이라는 생각은 상상도 할 수가 없었다. 그리고 임신이라는 두 단어조차도 생소하게 들렸다. 정말 미련하고 둔한 여자라는 생각에 몸도 몸이지만 나는 완전히 실신 상태 그 이상이었다. 눈앞에 암흑 같은 어둠이 몰려오는 것을 온 피부로 느끼면서 눈을 감고 숨도 제대로 쉴 수가 없었다. 왜 이렇게 바보 같은 짓을, 결혼한 여자라면 당연히 생각 했어야 하는 것을 나는 왜 생각지 못했을까, 정말 알 수가 없었다. 얼마나 시간이 흘렀을까, 의사 선생님이 먼저 이 어두운 침묵을 깨면서 말하시기를 "너무 그렇게 미리 걱정들 하지 말아요." 라고 하시면서 병원에 가서 다시 한번 더 검사를 해보아야 될 것 같다면서 자리에서 일어나셨다. 나가시는 선생님의 뒷모습이 가물가물하게 보이는 순간까지 바라보는 나의 눈에서는 소리 없이 뜨거운 눈물이 손등에 뚝뚝 떨어지고 있었다. 울음소리조차도 삭이면서 울어야 하는 분위기였다. 하늘과 땅이 붙어 버리는 순간이었기 때문이다. 한국처럼 쉽게 처리할 수도 없는 일이었다. 이 문제가 얼마나 큰 사건인지 깨닫지 못하고 있는 자신이 정말 한심했다.

이런 문제로 한국까지 나갈 수는 없다고 생각했기 때문이다. 그때만 해도 한국에서 이란으로 들어오는 절차가 너무 힘이 들었고 까다로웠다. 혼자서는 도저히 나가고 싶지가 않았다. 이란에 온지 불과 몇 개월인데 또 나 혼자 한국으로 나간다는 것은 상상도 할 수가 없었다. 남편은 몹시 불안한 모양이었다. 이란에서는 "낙태" 수술이라는 법안이 허용되지 않고 있었기 때문이다. 남편은 나 혼자서라도 한국에 나갔다 오기를 간절히 바라는 눈치였다. 하지만 혼자서는 죽어도 갈 수 없다고 딱 부러지게 말은 했지만 정말 미안한 마음은 어쩔 수가 없었다. 남편은 어떻게 된 여자가 임신도 모르고 제일 독한 회충약을 그것도 두 사람 분량을 먹을 수 있나 하고 원망스럽다는 눈빛으로 나를 쳐다보곤 했다. 나도 자신이 너무 원망스럽고 한심스러운 여자라고 생각하면서 어딘가에 숨을 수만 있다면 영원히 숨어 버리고 싶은 심정이었다.

이 사건이 엄청 큰일이라는 것을 알기 시작하는 순간부터 나의 몸은 말이 아니었다.

남들은 자연 유산도 잘도 한다는데 나는 별의별 짓을 다 해도 우리 아기는 잘 자라고 있는 것 같았다. 나는 침대 위에서 아래로 수없이 굴렀지만 엉덩이만 퉁퉁 부어올랐고 주먹으로 배를 때리고 누르고 심지어 학교 운동장까지 가서 그네에 올라타고는 여러 번 뛰어내리기까지 했지만, 유산은 고사하고 온몸이 너무 아파서 죽을 것만 같았고 일어날 수조차도 없었다. 하지만 배 속에 아기는 숨을 쉬고 있는 것 같았다. 이때부터 입덧이 무섭게 시작되고 있었기 때문이다. 정말 불안하고 무서웠다. 나는 정신을 차릴 수가 없을 정도로 심하게 입덧이 시작되는 것이 아마도 배 속에서 아기가 벌을 주는구나 하는 생각도 들었다. 아마도 회충약에서 오는 중독성인지, 아니면 침대 위에 올라가서 수도 없이 뛰어내린 것 때문인가 하고 생각도 해 보지만, 입덧이 너무 심했기 때문에 별의별 생각이 다 머릿속에서 춤을 추고 있었다. 그런데 마음의 고통이 심해질수록 왜 이렇게도 시간이 길게 느껴지는지 알 수가 없었다. 하루가 일 년보다 더 긴 시간인 것 같았다. 큰아이 임신 때는 입덧이 별로 없었기 때문에 어떤 생각이나 기억들이 나지 않았다. 두 번 다시 생각하고 싶지 않았지만 그렇게 독한 회충약하고도 싸워서 이긴 것을 보면 우리 아기가 무척이나 튼튼한 아기일 것이라는 생각도 들었다. 그리고 너무 미안한 마음에 아기가 무엇이고 원하는 일이라면 아무리 힘이 들어도 견디어야 한다고 마음속으로 다짐했다. 입덧이 심한 것도 당연하고, 음식을 먹을 수가 없는 것도, 그리고 밥하는 냄새가 그렇게 싫은 것도, 어쩔 수 없는 일이라고 생각했다. 그렇지만 먹지도 못하고 계속 입덧으로 시달리다 보니 세상만사가 다 귀찮았고 모든 것이 싫었다. 하지만 모든 근원은 나에게 있었기에 그 누구에게도 하소연할 수도 없었다. 마음속에 불안과 고통 그리고 무서움과 괴로움으로 하루하루를 견디는 시간이 너무 지루한 만큼 마음속에서는 매서운 바람이 소용돌이치면서 지나가는 것처럼 끊임없이 무섭고 불안했다.

그리고 남편 앞에서는 너무 미안해서 숨을 쉬고 있는 것도, 똑바로 쳐다보는 것도, 나 자신을 자책하면서 자제하고 있다는 사실이다. 그리고 자신의 바보 같은 행동을 너그럽게 용서하고 싶지도 않았다. 하지만 고통이 큰 만큼 이 시련을 꼭 이겨내야 한다는 생각을 하면서도 한편으로는 아기만 생각하면 가슴이 떨리고 무섭기도 하면서 온몸을 지탱할 수가 없었다.

남편은 몸에 필요한 영양제라도 먹어야 한다고 성화였지만 몸이 너무 약해져 있었기 때문에 그 어떤 약도 함부로 먹을 수도 없었다.

아무것도 먹지도 못하고 괴로워하고 있는 아내를 옆에서 말없이 바라보는 남편의 마음도 너무 안타까운 심정일 것 같았다. 남편도 성격이 느긋한 편은 아니기 때문에 더욱 마음이 불편할 것이라는 생각에 가슴이 너무 아팠다. 매일 매일 퇴근길에 집으로 들어올 때마다 여러 가지 과일들을 수도 없이 사다 날랐다. 하지만 먹을 수가 없으니 냉장고 속에서 시들고 썩어서 버리고 있었지만 여전히 무엇이든지 사서 들고 들어오는 남편을 바라보는 나도 너무 힘이 들고 괴로웠다. 내가 먹는 것이 있다면 바나나 반 개와 우유 반 컵 정도 먹으면 잘 먹는 양인데도 매일 매일 바나나를 사 들고 퇴근하는 남편의 정성도 대단했다. 음식 냄새도, 밥 냄새도 맡을 수가 없으니 남편이나 아이의 삼시세끼 식사가 제일 큰 문제였다. 이런 날이 하루 이틀도 아니고 계속되고 있으니 서로가 불편하고 불안한 감정을 억누르려고 필사적으로 노력하는 시간 시간이었다. 하지만 나는 불안과 고통과 그리고 무서운 생각으로 괴로워하면서 매일매일 뜨거운 눈물이 온몸을 적시면서 흘러내리고 있다는 것을 그 누구도 모른다는 사실이었다. 이렇게 눈물로 힘든 삶을 이어가고 있는 사람은 오직 나 한 사람뿐이라는 사실이 더욱 가슴이 아팠다.

# 휴식을 찾아서

우리가 지금 살고 있는 곳이 하마단 지방이다. 앞에서도 언급했듯이 시내와는 조금 떨어져 있는 공군기지 베이스 안이다. 하마단 시내까지 가려면 한 시간 반 정도 걸리는 곳에 자리 잡고 있었다. 일주일에 한 번씩은 하마단 시내에 나가서 식품이랑 필요한 물건들을 사 가지고 들어 온다. 이렇게 생활하는 것이 다른 사람들이 볼 때는 불편하겠다고 생각하겠지만 그래도 우리 나름대로는 너무 행복하고 즐거운 시간이다. 일주일에 한 번 정도 시내에 나가는 나들잇길이지만 기다려지고 어딘가 먼 여행이라도 떠나는 사람들처럼 가슴이 설레이면서 즐거운 여행길이 되기 때문이다. 요사이 우리 가족은 자주 나들이를 하는 편이다. 서로의 우울한 마음에서 조금이라도 벗어나고 싶은 순간들을 메우기 위해서 가족여행을 떠나곤 한다. 왜냐하면 불편한 마음을 잊기에는 여행이

제일 좋은 것 같았다. 달리는 차창 밖으로 근심 걱정 다 날려버리는 것도 좋은 방법이라는 생각도 들었고 또 즐거운 시간이기도 했기 때문이다. 우리 가족은 하마단 외지에 있는 곳곳의 유적지를 찾아다니기 시작했다. 하마단에는 많은 유적들이 곳곳에 널려 있었다. 그리고 구경거리가 아주 많았다. 가는 곳곳마다 견고하게 쌓아 올린 돌무덤들이 무수히 많았다. 이란에는 유적지라고 해서 특별한 보존과 관리의 개념이 없이 방치되어 있기 때문에 어느 곳

* 에스더 왕비 무덤

이든지 다 갈 수도 볼 수도 있다는 것이 특징이다. 하지만 유적지 중에서도 잘 보존되어 있는 곳도 있었다. 바로 성경에서도 나오는 "에스더 왕비" 무덤은 정말 볼만 했다. 유대인들만이 관리하는 유적지가 바로 "에스더 왕비" 무덤이다. 그리고 에스더 왕비 석관 옆에는 "사촌오빠 모르드개의 석관도 함께 나란히 잘 보존되어 있었다. 에스더 왕비는 사촌오빠 모르드개와 같이 하만 총리에게서 죽으면 죽으리라는 마음과 온몸으로 유대인을 구출한 왕비로서의 무덤인 만큼 12인의 유대인들이 철저하게 에스더 왕비의 무덤을 옛모습 그대로 잘 보존되어 있었다. 무덤 내부로 들어가려면 기어서 들어가고 기어서 나오는 돌로 만든 석문 밖에는 없었다. 그리고 석문에는 항상 자물쇠로 굳건히 잠겨 있었고 갈 때마다 무덤을 지

키는 유대인들을 기다려야만 했다. 무덤 내부로 들어가면 돌계단이 나오고 계단 밑쪽으로 한참 동안 기어들어 가서야 허리를 펼 수 있는 공간으로 들어갈 수가 있었다. 이란 사람도 아닌 유대인들만이 이 무덤을 철저하게 잘 보존하고 있다는 사실이 참 놀라웠다. 이란사람들도 이곳에 많이들 오고 있었지만 대다수가 이스라엘 사람들 즉 유대인들이 찾아와서 기도를 드리고 가는 장소이기도 하다는 곳이다. 그리고 무덤 속에는 에스더 왕비가 즐겨 입었던 옷이며, 귀금속들, 그리고 여러 모양의 왕관들이 즐비하게 진열장 속에 진열이 되어 있었다. 그리고 그때의 성서들이 적힌 가죽 두루마리 성경들을 아주 소중하게 잘 보관되어 있었고 오직 성서들이 들어 있는 진열장 앞에는 커다란 자물통으로 잠겨져 있었다. 이 진열장 앞에서 유대인들이 열심히 성경을 외우면서 손을 바닥에 놓고 기도를 드리면서 울기도 한다는 장소라서 인지는 몰라도 여기만큼은 좀 넓은 공간이었다. 에스더 왕비의 무덤은 벽돌로 2층 건물 정도 높이로 지붕이 둥글게 돔 형식으로 만들어져 있었다. 에스더 왕비 무덤만은 12명의 유대인들의 관리로 철저하게 감독하면서 출입을 통제하고 있는 유일한 무덤이기도 했다. 비록 무덤이 이란 땅에 있지만 12명의 유대인들이 관리한다는 사실이 놀라웠다.

그리고 또 유명한 곳은 하마단 동굴이다. 하마단에서 80㎞ 정도 떨어진 “알리 샤드로”라는 동굴인데 세계에서도 알아준다는 동굴로 규모가 큰 편이다. 우리가 살고 있는 공군기지 베이스에서 수 마일 떨어진 곳이다. 이란사람들도 많이 오지만 특히 외국인들이 많이 칮아들 온다고 말들 한다. 어떻게들 알고 이런 골짜기까지 찾아들 오는지 정말 신기하다는 생각도 들었다. 옛날 왕정시대 때 왕의 아들도 왔다가 간 장소이기도 하다는 곳이다. 그래서 이 동굴이 유명한지도 모르겠다. 이란에서는 절대로 유적지에 손대는 일이 없다. 그대로 몇천 년 전에 있었던 그 자리에 그냥 보존하는 것이 이란사람들의 큰 자랑인 것 같았다. 우리도 이 동굴에 몇 번 왔었지만 정말 신기한 곳이라고 말하고 싶다. 우리가 볼 때는 나무 한 그루 없는 넓은 편편한 모래땅이기 때문이다. 마을과는 아주 동떨어진 허허벌판 산 중턱에 이런 동굴이 있다는 사실이 정말 믿기지가 않았다. 이런 자연의 힘은 오직 하나님의 위대한 작품이라는 것을 증명 해주는 것만 같았다. 인간의 힘으로서는 도저히 만들 수가 없기 때문이었다. 정말 하나님의 신비는 대단했다.

여기 동굴 밖에는 늦게까지 밝은 햇살이 비치고 있지만 사람 몸 하나 겨우 엎드려 들어갈 수 있는 구멍이기 때문에 밝고 따뜻한 햇살이 들어 갈 수가 없었다. 산이라고 말은 하지만 나무 한 그루 없는 흙으로 덮인 토성같이 생긴 그냥 땅속에 쥐구멍 같은 캄캄한 굴속으로 들어간다고 생각하면 될 것 같다. 이런 토성 같은 땅 속에 이렇게 큰 동굴이 있다는 사실이 얼마나 대단한 일인지 모를 것이다. 그리고 이 산 둘레에는 물이라고는 찾아볼 수가 없다. 그런데 이 동굴 속에는 예쁜 종유석이 삐죽삐죽 나와 있는 양쪽 좁은 길을 조금 걸어 들어가면 수심이 깊고 면적이 좁지만 조그만 보트로 이동할 수 있는 좀 넓은 공간이 나온다. 어디로 흘러가는지는 모르지만 수정보다 더 맑은 물이 유유히 강물처럼 흐르고 있다는 사실이다.

보트를 타고 흘러가는 물길을 따라 좁은 통로를 배로 이동하면서 왕복 약 2시간 거리를 들어갔다가 나오는데 턱이 덜덜 떨리고 몸이 오그라져 허리를 펼 수가 없었다. 옛날에는 이곳에서 공룡들이 살았다고 이란사람들이 설명해 주었다. 물이 엄청 차고 또 맑고 깊었다. 물속에서 금방이라도 무엇이 솟아오를 것만 같았다. 너무 추워서 몸을 부들부들 떨면서 물속을 들려다 보니 우리들 얼굴이 그리고 위로 양쪽 벽에 달려 있는 석순들이 거울 속처럼 물속에 환하게 비추어 지고 있었다. 어린이 동화책 속에 나오는 옛날 용궁 속을 들여다보는 느낌이었다. 그리고 위쪽에서나 옆쪽에 하얗게 거꾸로 매달려있는 예쁜 석순들이 금방이라도 떨어질 것만 같았다. 그렇게 아름답거나 정교하다고는 말할 수 없었지만 그래도 하얀 석순들이 전등불에 비쳐서 반짝이고 있는 모습들이 참 아름답다고 생각했다. 동굴 속은 엄청 추워서 빨리 밖으로 나가고 싶었다. 그런데 바깥 날씨는 또 엄청 더웠다. 동굴을 나와서 가도 가도 끝도 없이 넓은 들판을 달리면서 이란 땅이 정말 부러웠다.

세계에서 가장 강력한 리더십을 발휘한 수많은 고난 속에서도 세계 최대의 제국을 건설했다는 몽골제국의 칭기즈칸 대왕도 이란의 일부 지역인 여러 도시를 공략했었다는 것을 책에서 읽었던 적이 생각이 났다. 인류 역사에서 가장 중요한 인물 몽골인 테무

친(칭기즈칸)도 이란 땅이 엄청 탐이 나지 않았을까 하고 생각도 해본다. 그런데 지금도 이란에 엄마들이 아이들이 울면 달래면서 "테무진이 온다." 라고 하면 울던 울음도 그친다는 말도 있는 것처럼 여러 나라를 정복하는 과정에서 많은 악행을 저질렀을 것도 같다는 생각도 해본다.

* 사자상

다음 코스는 하마단의 상징물인 사자상이 큰 몸집으로 엄청 큰 대리석 위에 위엄스럽게 앉아 있는 공원으로 가 보았다. BC324 년에 알렉산더 대왕이 외적의 침입과 재해를 방지하기 위해서 만들어진 석물 사자상이 섬세하지는 않았지만 그래도 거대하게 만들어 놓은 것을 바라보면서 옛날 사람들의 지혜도 알아줄 만했다. 그리고 무슬림 무덤도 지상에 기념탑 형식으로 건축되어 있었는데 천장과 벽 쪽으로 화려하고 아름다운 문양으로 정교하게 조각되어 있었다. 하지만 이란사람들은 이런 대단한 문화재라도 관리가 전혀 되어 있지 않고 그대로 방치되어 있었기 때문에 망가진 부분들도 많았다. 무슬림들은 돔이 있는 사원을 향하여 코란을 외우면서 경건하게 기도를 열심히 한다. 그리고 사원이 있는 근처에는 며칠씩 노숙을 하면서 기도하는 자세가 우리 이방인들이 볼 때는 인생에서 가장 행복한 순간으로 보였다. 그리고 하마단 시민들이 즐거이 찾는 곳 폭포수가 있다는 유원지도 가 보았다. 앞에서도 언급했었지만 하마단 지방에는 겨울에 눈이 엄청 많이 온다고 말했었다. 이런 사막지대에 폭포수라니 믿기지가 않았지만 이 폭포수는 산 정상의 만년설이 녹아서 흘러내린다는 말이 맞는 것도 같았다. 땅덩어리가 넓어서인지는 몰라도 신기한 장소들이 수도 없이 많았다.

## “ 다시 테헤란으로 ”

다시 남편의 새 직장 때문에 테헤란으로 올라 올 때가 임신 7개월 이었다. 일 년 5개월은 하마단에서 살았고 이제 다시 테헤란에서의 생활이 시작되는 순간이기도 했다. 막상 테헤란으로 올라왔지만 여기 실정을 아는 것은 아무것도 없었다. 그리고 여기서 새 살림을 시작한다는 것도 큰 문제지만 자신의 몸 하나도 간수하기가 힘이 드는 것이 사실이었다. 몸도 무겁고 항상 마음이 괴로운 상태로 살고 있는 몸을 이끌고 새로운 곳에서 다시 시작 한다는 것도 너무 힘든 일이었다. 마음대로 나가 돌아다닐 수도 없었고, 나만의 인생행로가 자연스러운 방향에서 완전히 튕겨져 나와 버린 것 같았다.

다른 사람들은 다들 행복하고 즐거운 인생을 살고 있는 것처럼 보였다. 나만이 세상 걱정을 다 안고 살아가는 하루하루가 너무 괴로웠다. 이렇게 힘든 시간 속에서 무서운 생각으로 초조하게 보내고 있는 내가 너무 싫었다. 무언가 비틀린 인간처럼 내 던져진 인생인 것 같아서 암울한 심정이었다. 한국에서 처음 이란 땅으로 떠나올 때는 이 세상이 다 나만의 것이었고 모든 것이 다 좋았고, 행복했고, 아름답게만 보였던 것이 지금은 나 혼자만이 불행을 다 안고 살아가고 있는 것 같아서 자신이 너무 불쌍하다는 생각이 들었다. 고국에 계시는 부모님, 그리고 형제들, 친지들에게 외국으로 나가서 잘 살겠다고, 그리고 돈도 많이 벌어서 오겠다고, 작별 인사를 할 때는 정말 약속된 축복을 온몸으로 받으면서 이란 땅으로 왔는데 지금 나의 처지는 너무나 비참한 삶을 살고 있는 것 같았다. 우리 부부는 마음을 단단하게 다지면서도 불안으로 하루하루 보내는 시간들이 얼마나 무섭고 괴롭고 지루하고 그리고 고달픈지 말로는 다 표현할 수가 없었다. 테헤란으로 와서도 식사는 여전히 할 수가 없었고 음식 냄새도 맡을 수가 없었다. 고작 먹는 것이라고는 우유 반 컵에 그리고 바나나 하나 정도 이것이 나의 하루 식사양이었다. 보통 몸무게가 60kg이 넘었는데 다 다음 달이 아기 출산 달인 데도 50kg도 되지 않았다. 그러니까 그때가 9개월째 접어들 때였다.

나는 아이를 데리고 길 건너 아파트에 살고 계시는 같은 회사에 다니시는 남편 친구분 집에서 놀고 있을 때였다.

그러니까 그전에 하마단에서 같이 살았던 의사 선생님 내외분이 우리를 찾아오셨다.

한국에 휴가 나가셨다가 아저씨와 같이 테헤란까지 어렵게 우리 가족을 만나 보려고 찾아오신 것이다. 나는 손님들을 모시고 집으로 돌아오는 도중에 길바닥에 그대로 나가떨어지고 말았다.

아들이 달려오면서 나의 발에 걸려서 저 앞으로 나가자빠지면서 나도 아이의 발에 걸렸다가 빠지는 동시에 앞으로 사정없이 넘어진 것이다.

얼마나 큰 충격이었던지 땅바닥이 뒤흔들리는 진동이었다. 넘어진 자세로 얼른 정신을 차리려고 순간적이었지만 억지로라도 일어나야겠다고 생각했지만 몸이 움직여 주지를 않았다.

먹지도 못하고 힘도 없었던 몸을 겨우 지탱하면서 걸어 다니고 있었는데, 아이가 달려오면서 발에 걸리니 자연적으로 나는 넘어질 수밖에 없었다. 만삭인 배를 땅바닥에 그대로 들이박았던 것이다. 순간 배가 갈라지는 통증이 몰려오니 도저히 일어날 수가 없었다. 아주머니 내외분도 순간적으로 일어난 일이었기에 정신을 차릴 수가 없었던 모양이다. 겨우 나를 일으켜 주셨는데 나는 한동안 일어날 수도 설 수도 없었다. 그리고 걸을 수도 없었다. 넘어져서 부끄럽다고 생각하기도 전에 너무 아픈 충격 때문에 그대로 눈을 감고 얼마 동안 정신 나간 사람처럼 그렇게 길바닥에 주저앉아 있었다. 그리고 조금 정신을 차리고 나서 옆을 돌아보니 의사 아주머니랑 아저씨도 너무 놀라서 얼굴이 새하얗게 질려서 안절부절 하시는 모습을 보는 것도 민망할 정도였다. 아주머니께서는 예쁜 얼굴이 겁에 질려 얼이 빠진 사람처럼 멍하니 서 있었고, 아들은 넘어져서 무릎에 피가 나고 이마에서도 피가 흐르고 그리고 코에서도 코피가 줄줄 흘러내리고 있었다. 잘생긴 우리 아들 얼굴이 엉망진창이었다. 아저씨 아주머니는 너무 놀라서 어쩔 줄 몰라

안절부절 하시면서 아저씨는 아이를 안고 달래면서 흘러내리는 피를 닦아주면서 분주하게 왔다 갔다 정신이 없어 보였다. 아주머니는 나를 부축하면서 예쁜 얼굴을 찡그리면서 "아이고 환이 엄마 이 일을 어떻게 해요, 우리 때문에 이런 일을 당하다니 정말 미안해요."라고 하시면서 쩔쩔매고 계시는 모습을 바라볼 수가 없었다. 나는 정신이 하나도 없었지만 "아주머니 너무 아파서 걸을 수가 없어요."라고 말했다. 아이는 아이대로 다쳐서 울고 정말 이 순간만은 한 마디로 난리 북새통이었다. 말도 나오지 않았고 자신을 지탱할 기력조차도 없었다. 의사인 아주머니도 이럴 때는 어쩔 수가 없었던 모양이다. 우왕좌왕하시면서 너무 안타까워하시는 모습을 바라보니 오히려 내가 더 미안한 생각이 들었다. 마음으로는 빨리 집에 가서 마음껏 울고 싶었다. 하지만 생각대로 몸이 말을 들어주지 않았다. 옆에 사람들이 있으니 울고 싶어도 울 수가 없었다. 그렇게 무거운 발길을 이끌면서 조심스럽게 집으로 왔지만 몸이 편치는 않았다. 의사 선생님 내외분도 나를 무척이나 걱정하시면서 남편 퇴근 시간까지 기다릴 수가 없었다. 차 시간 때문에 하마단으로 내려가야만 했다. 집안에 아무도 없다고 생각하니 눈물이 나기 시작하는데 감당을 할 수가 없었다. 나는 큰 소리로 어린아이처럼 엄마야 하면서 엉엉 울었다. 옆에서 아들도 같이 어머니 하면서 한참이나 큰 목소리로 신명 나게 둘이서 울고 나니 속이 조금은 후련해지는 것 같았다.

그리고는 아들과 나는 서로 마주 쳐다보면서 또 한참 웃었다.

시간이 지나갈수록 무서운 생각도 들고 남편이 회사에서 돌아올 때까지의 시간이 너무나 지루했다. 자신이 꼭 모래 위에 누워있는 느낌이었다. 그렇게 아팠던 배도 조금씩 정상으로 돌아오는 기분이었다. 나는 거울 앞에 가서 배를 가만히 들여다보았다. 배 주위에 동그랗게 볼그스름한 흔적만 남아 있었다. 그리고 배 주위가 아주 차다는 느낌도 들었다.

하지만 다른 별 이상이 없는 것 같아서 우선은 안심이 되었다. 그런데 배 속이 이상한 것 같았다. 배 속이 얼얼하고 아기가 움직이는 감각이 없는 것이 왠지 불안했다. 그리고 아들도 많이 다쳐서 안쓰럽기도 하고 미안한 마음에 가슴이 아팠다. 자랑은 아니지만 나의 눈에는 우리 아들이 정말 잘 생겼다고 생각한다. 그런데 잘생긴 얼굴이 저렇게 상처가 나고 퉁퉁 부어서 이마와 코는 아직도 부기가 있어서 보기가 안타까운 심정이었다. 아이를 재우고 나서 혼자 누워 있으려니 왠지 무섭고 불안하고 그리고 괴로움에 시달려야만 했다.

나는 생각했다. 이 뱃속에 아기는 엄마를 잘 못 만나서 또 이런 고통을 당하는구나 하고 생각을 하니 너무 괴롭고 힘이 들었다.

이렇게 힘든 상황에서 자신에게 자책도 하지 말고 이런 현실을 부정도 하지 말자라고 생각하면서도 너무 고통스런 삶을 살고 있는 것 같아서 자꾸만 눈물이 나와서 견딜 수가 없었다. 이런 엄마의 잘못으로 인해서 아기에게 고통을 주는 것도 너무 미안했다. 이런 생각이 들 때마다 열심히 마음속으로 빌고 또 빌었다. 제발 정상적인 아이로만 이 세상에 태어나게 해 달라고 이 세상에 사람들이 만들어 놓고 빌고 있는 보이지 않는 모든 신들에게 기도하는 것이 나의 하루 일과였다. 이 세상에 정상적으로만 태어나 준다면 어떠한 일이 있어도 훌륭하게 잘 키울 수 있을 것이라고 마음속으로 매일 매일 다짐했다. 이런 나의 조그만 소망을 끝도 없이 빌어보지만 아득한 옛날이야기로만 귓가에 맴도는 느낌이었다. 이런 현실을 인정하고 받아들여야 하는데 무조건 벗어나려고 발버둥만 치고 있는 자신이 정말 싫었다. 텅 비어있는 실내의 컴컴한 공간 속에서 긴장된 마음으로 생각에 잠겨있는 순간에도 자신도 모르게 손은 배를 어루만지고 있었다. 처음 넘어질 때보다는 아픔이 없었지만 계속 기분 나쁘게 조금씩 아파오는 것이 이상했다. 오늘따라 남편은 야근 근무이기 때문에 새벽 4시가 되어서야 집에 들어오셨다. 남편이 회사에서 돌아왔는데도 나는 일어날 수가 없었다. 몸이 천근만근이고 현기증까지 나니 어지러워서 일어날 수가 없었다. 남편은 무심코 방으로 들어서는 순간 변하는 남편의 얼굴 표정을 나는 지금도 잊을 수가 없다. 아무 말도 하지 않고 핏기없는 얼굴로 멍하니 누워있는 나를 보고 또 자고 있는 아이를 쳐다보고는 금방 얼굴색이 변하는 동시에 작은 눈망울을 얼마나 크게 굴리는지 옆에서 보기가 민망할 지경이었다. “어, 무슨 일이 있었던 거야, 응 그리고 아이 얼굴이 왜 저렇게....., 빨리 말 좀 해봐.” 라면서 남편은 무슨 중대한 사건이라도 일어난 것처럼 이방 저 방으로 왔다 갔다 하면서 혼자 식식 그리면서 안절부절 이였다. 나는 고개를 돌려 버리고는 가만히 누워서 생각을 하고 있었다. 정직하게 넘어졌다고 말을 하려니 창피하기도 하고 부끄럽기도 해서 무슨 말을 어떻게 하여야 하나 하고 머리를 한참 굴리고 있었다. 남편은 다시 또 방으로 들어오더니 내 눈치를 살피면서 "도대체 어떻게 된 일인지 말을 해야 알 것이 아니요."라면서 얼굴이 붉으락푸르락하면서 작은 눈을 크게 깜박이면서 너무 화가 나서 못 견디겠다는 표정으로 말을 하고 있었다. 나는 눈을 감은 채 인상을 찌푸리면서 한 마디 했다. "배가 살살 아파와요."라고만 했다. 남편은 작은 눈을 동그랗게 굴리면서 신경질적으로 "아니 왜 벌써 배가 아프다는 거야, 아직도 한 달이나 남았는데 왜," 하고는 또 아이를 어루만지면서 "아이가 왜 이렇게 다쳤는지 말을 해야지," 라고 아들이 다친 것만 대단한지 온 신경을 곤두세우면서 끈질기게 물어오니 말을 안 할 수가 없었다. 하는 수 없이 오늘 있었던 일들을 다 말했다. 다 듣고는 벌떡 일어서면서 지금 빨리 병원부터 가야 한다고 서두르기 시작했다. 또 나를 쳐다보면서 성질이 나서 못 견디겠다는 표정으로 "사람이 왜 그렇게 미련해, 넘어졌을 때 곧바로 병원으로 갔어야지 지금까지 그냥 집에 있으면 어떻게 해," 라고 작은 눈을 동그랗게 굴리면서 잔소리를 얼마나 하고는 빨리빨리 병원부터 가야 한다고 서두르면서 허둥대는 남편을 바라보니 나도 모르게 웃음이 터져 나와서 웃고야 말았다. 웃고 있는 나를 보고는 또 신경질이 나는 모양이었다.

# 병원을 찾아서

배는 은근히 쉬지 않고 아파오는 것 같았다. 생각에 아기가 태어날 것만 같은 그런 기분으로 아파오는 것 같았다. 아직도 출산 예정일이 한 달이나 남았는데 설마 아기가 나오는 것은 아니겠지 하고 마음속으로 차분히 생각도 해 보지만 시간이 지나갈수록 불안하고 무서워서 견딜 수가 없었다. 많이 아픈 것도 아니고 살살 아파오니 영 기분이 좋지 않았다. 하룻밤이 이렇게 길다고 느낀 적은 내 생애에는 처음일 것 같았다. 그래도 태양은 나를 위해서 떠오르는 것 같았다. 이렇게 또다시 새로운 날이 있었다는 사실이 새삼 고맙다는 생각에 참 기뻤다. 밝아오는 창문 밖을 바라보니 왠지 모르게 마음이 조금은 안정이 되는 것 같았다. 날이 밝아 올 때까지의 마음이 만 갈래로 흩어져 있었는데 조금은 안정이 되면서 마음이 상쾌해지고 힘이 솟아나는 것 같았다. 남편은 병원부터가 보아야 한다고 야단법석을 떨었지만 나의 고집을 꺾을 수는 없었다. 일단은 늦게까지 일하고 온 남편을 잠깐이라도 쉬게 하고 싶었다. 지금 곤하게 잠들어있는 남편의 모습을 바라보니 너무나 평화롭고 걱정이 없는 얼굴로 보였다. 나는 마음속으로 미안해요, 라고 중얼거리면서 남편의 행복한 단잠을 쉽게 깨울 수가 없었다. 나는 시간이 지나갈수록 몸이 이상해지는 것이 큰아이 태어날 때와 똑같은 아픔이 시작되는 것 같았다. 아무래도 지금은 병원에 가 보는 것이 현명할 것 같아서 곤하게 자고 있는 남편을 깨 울려니 너무 미안한 생각이 들었다.

나는 병원 갈 준비를 하기 시작했다. 먼저 아들부터 깨워서 아침을 먹여놓고 대강 준비를 하고 나서 조심스럽게 남편을 깨웠다. 그때 시간이 아침 8시를 울리고 있었다. 나는 한참이나 곤하게 자고 있는 남편 얼굴을 바라보다가 "여보 일어나 봐요, 나 아무래도 병원에 가 보아야 될 것 같아요," 라고 남편은 순간적으로 자는 잠결에 놀라서, "응 병원에," 하고는 벌떡 일어나는 남편이 너무 안쓰럽다는 생각이 들었다. 남편 얼굴이 무척이나 당황하는 기색이었다. 나는 남편 얼굴을 쳐다보는 것도 미안해서 고개를 돌리면서 "아침은" 하고 말끝을 잊지 못했다. 남편과 나는 우유 한 컵씩만 마시고 병원에 갈 준비를 하기 시작했다. 혹시나 해서 충분하게 돈도 가지고 가는 것을 잊지 않았다. 남편도 심각한 얼굴로 서둘렀다.

이때만 해도 우리 한국인 젊은 부부들이 많았기 때문에 어느 병원이 친절하게 잘해주는지 들어서 잘 알고 있다고 생각했기 때문에 남편이 가는 데로 따라만 갔다. 그런데 남편이 곧바로 찾아서 간 곳이 이란 종합병원이었다. 나는 남편이 잘 알고 있는 줄 알았기 때문에 남편이 가는 데로 따라만 왔는데 무언가 좀 이상한 생각이 들어서 남편을 쳐다보았다.

내가 듣기로는 개인병원이라는 것과 여의사가 하고 있는 병원이라고 분명히 들었고 나도 여의사가 하는 병원으로 갈려고 생각하고 있었는데 남편이 찾아온 병원은 여기서도 아주 큰 종합병원이었기 때문이다. 나는 남편 팔을 당기면서 "여보야 이 병원이 아닌 것 같아요," 라고 말했지만 남편은 큰 목소리로 "아니야 이 길에는 이 병원이 제일 크고 좋다고 사람들이 말했어," 라고 말하는 것이었다. 나도 성질이 나서 못 견디겠다는 음성으로 "아니야 조그만 개인 병원이라고 틀림없이 내가 들었고 이란 여자 의사가 한다는데 여기는 종합병원이잖아요, 라고 외쳤다. 남편도 화가 난 음성으로 "가만히 좀 있어 봐" 하고는 병원 안으로 쑥 들어가 버리는 것이었다. 나는 울고 싶은 심정으로 할 수 없이 따라 들어갔는데 종합병원인 만큼 아침부터 이란 사람들로 붐비고 있었다.

우리 가족이 병원에 들어서는 순간 무슨 큰 구경거리가 생겼다는 식으로 많은 사람들의 시선이 우리 가족에게로 총 집중 공격하는 것 같았다. 나는 그냥 남편이 하는 대로 아무 말 없이 긴장된 마음으로 침묵만 지키면서 의자에 앉아 있었다. 남편은 한참을 여기 갔다 저기 갔다 하다가 나를 불렀다. 아들과 나는 남편을 따라서 산부인과라고 적혀있는 방으로 들어갔다.

방에 들어서는 순간 등골에는 찬물을 끼얹는 것 같은 느낌이었고 다리는 후들거리고 배는 이따금씩 고통을 주었고 나는 어디에

다 눈을 두어야 할지 정신을 차릴 수가 없었다. 이란사람들의 시선을 피하기라도 하는 것처럼 빈자리에 가서 비스듬히 아들과 함께 앉아 있었다. 의사와 간호사가 들어오는데 두 번 다시 보고 싶지 않은 얼굴들이었다.

남자 의사는 독일 사람인데 누런 긴 수염으로 눈만 빠끔히 남겨 놓고 얼굴 전체를 덮고 있는 것이 완전히 늙은 흰 백곰을 연상시키는 것 같아서 보기만 해도 몸서리가 쳐지는 것 같았다. 나는 얼른 얼굴을 돌려 버렸다. 남편은 그 독일 의사에게 열심히 그 동안의 일들을 설명해 주고 있었다. 나는 다시 독일 의사와 간호사의 입을 쳐다보면서 가만히 들어보니 의사가 이해하는 것이 부족하니까 남편은 영어로 말하다가 다시 또 이란 말(페르시아)로 자상하게 어젯밤부터의 일들을 상세히 설명해 주고 있었다.

의사는 그때서야 연신 고개를 끄덕이고 있는 것이 알아들었다는 표정으로 싱긋이 웃는 얼굴로 나를 쳐다보는 모습이 영락없는 늙은 백곰이었다. 간호사가 나를 데리고 진찰실로 들어가서 진찰을 끝내고 나와서 하는 말이 까만 눈동자를 동그랗게 굴리면서 빨리 입원시켜야 된다면서 곧 아기를 낳겠다고 말하는 것이었다.

나는 순간 숨이 꽉 막히는 것 같았다. 남편이 열심히 설명해 주었기 때문에 실수는 없었을 것이지만 아직도 아기가 나올 날짜가 많이 남아 있는데 라고 남편도 잠시 생각에 생각을 하는 것 같았다. 그리고는 고개를 끄덕이면서 나를 불렀다. 의사의 말을 설명해 주면서 오늘 아기를 낳는다는 것과 어서 빨리 입원 수속을 밟으라는 말이었다. 나는 남편에게 다시 설명해 주라면서 아직도 출산 예정일이 한 달이나 남았는데도 정식으로 아기를 낳을 수 있겠느냐고 걱정스럽게 말했다. 남편도 같은 생각이었지만 의사 말이 큰 충격을 받으면 몇 달 앞당겨서도 낳을 수가 있다고 말했다는 것이다. 나는 몸도 몸이지만 입술이 바싹 바싹 타들어 가는 것 같았다. 남편은 조그만 눈을 동그랗게 굴리면서 창백한 얼굴로 어떻게 하면 좋겠느냐고 나를 쳐다보았다. 나도 어떻게 해야 할지 정신을 차릴 수가 없었다. 배가 살살 아파오는 것도 이상하고 내 생각에도 아기가 곧 나올 것만 같았다. 뭘 어떻게 해야 할지 망설여지기도 하고 겁도 나고 무서운 생각이 자꾸만 들었다. 그리고 여기는 종합병원이기 때문에 매우 복잡하고 어수선한 것이 나는 왠지 이 병원이 싫었다. 그리고 내 생각에는 먼저 아기를 낳았던 아주머니들이 말한 병원이 아무래도 이 병원이 아닌 것 같아서 마음이 더욱 불안했다. 나는 여자 의사가 하는 병원이라고 틀림없이 들었는데 남편은 이 병원이 맞는다고 끝까지 우기는 모습이 정말 싫었다. 물론 남편도 다른 사람들에게 들었기 때문이기도 하지만 여기는 영, 아닌 것 같았다. 길 이름이 똑같은 곳에 병원이 두 군데가 있었기 때문에 남편도 착각할 수도 있겠지만 여기 종합병원은 아닌 것 같았다. 나는 이 병원이 아무 이유도 없이 무조건 싫었다. 나는 남편에게 또다시 말했다. “여보야 아무래도 아주머니들이 말하는 병원이 여기가 아닌 것 같아요.” 라고 남편은 “아니야 여기 길 이름이 카룬이야 이쪽 길에는 이 병원이 제일 크고 좋다고 말했어," 라고 나는 너무 화가 나서 "좋다는 병원이 왜 이렇게 구질구질해요, 여보야 다른 병원으로 다시 한번 찾아 가 봐요. 난 이 병원이 정말 싫단 말이야," 라고 말했지만 남편은 퉁명스럽게 "싫어도 어떻게 해 지금 당장 입원을 해야 된다는데," 라고 내가 자꾸만 남편에게 다른 병원으로 가자고 말하는 것을 보고는 의사도 눈치를 알아차리고는 남편에게 하는 말이 다른 병원에 가 보아야 다 똑같다고 말하면서 빨리 입원 절차를 시작하라고 성화였다. 그리고는 지금 당장 입원하지 않으면 산모가 위험하다고 말을 하니 남편도 겁이 났는지 나를 쳐다보고는 "우리 그냥 이 병원에 입원합시다. 의사의 말이 당신이 위험하다고 말하는군," 하고 말하는 남편을 쳐다보면서 더 이상 우길 수도 없었다. 왠지 마음도 급한 것 같았고 자꾸만 눈물이 나서 견딜 수가 없었다. 이 순간만은 남편이 정말 보기 싫을 만큼 미웠다. 그리고 자신에게서 치밀어 오르는 심적 고통에서 모든 짐을 벗어놓고 싶었다. 남편은 "자자 울지 말고 마음을 진정하고 이 병원에 그냥 입원합시다," 하고는 밖으로 급하게 나가는 남편 뒤에다가 "난 이 병원이 싫단 말이야, 이 바보야, 나는 다른 병원으로 갈 거야," 라고 소리소리 쳤다. 하지만 남편은 들은 척도 하지 않고 입원 수속을 하느라 바쁘게 왔다 갔다 하고는 들어와서는 "집에 가서 준비도 하고 먹을 것도 좀 챙겨 오겠소," 하고는 아이를 데리고 휭하니 나가 버리는 남편 뒤에다가 울면서 "여보 같이 가요," 라고 외쳤지만 들은 척도 아니 하고 나가 버리는 남편에게 원망에 찬 시선으로 보이지도 않는 남편 뒤에다가 대고 한참이나 욕을 하고 나니 속이 후련해지는 것 같았다. 그리고 조금은 마음이 편해지면서 눈물도 나오지 않았다. 막 욕을 했다는 것이 조금은 미안한 생각도 들었지만 정말 밉기도 했다. 지금은 말도 할 수 없을 정도로 피곤하고 지쳐있었기 때문에 이제는 할 수 없이 간호사가 시키는 대로 따라 해야만 했다. 마음을 진정시키려고 나대로는 심호흡도 하고 숨을 몰아쉬기도 하면서 노력하면 할수록 눈물이 자꾸만 나와서 견딜 수가 없었다. 마음속으로 흐느끼면서 간호사가 하라는 대로 다 하고 들어간 곳이 아주 넓은 병실이었다. 침대 수가 한 50대 정도가 쭉 줄지어 있었고 이란 여자들이 누워 있다가 내가 들어서는 순간에 일제히 집중적으로 나에게 관심을 보이는 것이 정말 참을 수가 없었다. 틀림없이 독방을 원했는데 이렇게 사람들이 많은 곳에 나를 데리고 왔다는 사실 한 가지만 해도 너무나 화가 나서 견딜 수가 없었다. 그리고 이런 병원으로 나를 데리고 온 남편이 정말 원망스러웠다. 동물원에 아주 색다른 동물이 들어온 것처럼 이란 여자들의 시선을 피할 수가 없었다. 나도 이 병실에 들어올 때 얼핏 눈을 동그랗게 굴리면서 여기저기 힐끔거리면서 이란 여자들에게 시선을 던졌지만 그 많은 눈들에게는 이길 수가 없었다.

이때 나의 마음은 형용할 수 없는 감정싸움으로 숨이 콱 막혀버리는 것 같았다. 그런데 간호사가 와서 이 자리에서 병원 옷을 주면서 바꾸어 입으라는 것이었다. 정말 화가 나서 못 견딜 지경이었다. 이렇게 여자들이 득실거리는 병실에서 유독 나 하나에게 눈길을 주고 있는 이 자리에서 옷을 바꾸어 입으라니 정말 어처구니가 없었다. 하지만 어쩔 수가 없이 간호사가 시키는 대로 해야만 했다. 나는 돌아서서 조용하게 그리고 매너 있게 행동하리라 생각하고 아무소리도 나지 않게 옷을 바꾸어 입기 시작했다.

간호사가 도와주려고 손을 내밀었지만 나는 싫다고 신경질적으로 돌아섰다. 간호사가 왜 그러느냐면서 통하지도 않은 언어로 한참이나 뭐라고 중얼거리더니 나가 버리는 것이었다.

이런 병원에다가 입원시키고 혼자 가버린 남편이 너무너무 미워서 막 욕을 하면서도 이란 여자들을 못 본 척 질끈 눈을 감고 실수나 결점이 없는 외국인처럼 행동하고 싶었다. 하지만 인간은 다 완벽할 수도 없고 불안전하다고 생각하면서 혼자 속으로 중얼거리고 있는 자신이 너무 한심했다. 하지만 나 스스로 위로를 하면서도 아직 수양이 많이 부족 하고 또 원활한 인간관계도 부족하다는 것을 스스로 자책하면서 이런 병실에서까지 매너와 예절 바른 여성으로서의 품위를 갖추어야 하나 하고 생각을 하면서 간호사에게 신경질적으로 행동한 것이 조금은 미안했다. 하지만 예의를 꼭 갖추어야 한다는 그 무엇의 의무도 없다고 생각했다. 내가 무거운 침묵과 신경질적으로 행동한 것이 간호사에게는 많이 불편할 것도 같다는 생각도 들었다.

옷을 다 갈아입고 돌아서면서 얼른 병실 주위를 또 한 번 눈을 동그랗게 굴리면서 살펴보니 병실에 있는 여자들 모두가 나 한 사람 동작 하나하나 살피느라 병실 전체가 마비가 된 것 같았다. 커다란 까만 눈동자를 굴리면서 외국인 여자 하나를 정신없이 쳐다보고 있는 모습들을 보는 순간에 나는 얼굴이 뜨겁게 달아오르는 것을 느꼈다. 나 하나를 둘러싸고 있는 이란여자들 모두에게 이 순간만은 장님이 되었으면 좋겠다고 생각을 하면서 얼른 침대 위로 올라가서 누웠다. 이렇게 혼자 신경전을 벌이고 있을 때 독일인 의사가 와서 검진을 하고는 손등 혈관에다가 무슨 주사인지 모르겠지만 큰 주사기를 꽂아놓고 사라지는 것이었다. 나 혼자만의 괴로움과 부자유스런 병실에서 이런 수모와 고통을 당하고 있다고 생각하니 신경질도 나고 무섭기도 하고 마음도 아프고 그리고 말할 수 없이 허전하고 외롭다는 생각에 또다시 눈에서는 뜨거운 눈물이 흘러서 감당을 할 수가 없었다.

정말 견디기 어려운 것은 이란 여자들의 침묵이었다. 그렇게 조용할 수가 없었다. 이란 여자들의 숨소리와 말소리라도 듣고 싶었다. 그러나 아무 소리도 들리지 않았다. 다만 나의 거친 숨소리와 눈물만이 크게 요동치는 것 같았다. 무언중에서도 목구멍으로 침을 꿀꺽 삼키면서 용기와 인내가 필요하다고 생각하면서 이란 여자들을 못 본 척 무관심으로 전혀 아무런 감정이 없는 것처럼 행동하고 있었지만 마음뿐이었다. 진통이 올 때마다 이란 여자들의 눈과 귀를 의식하면서 이 고통을 어떻게 극복할 것인지 온 전신이 다 떨리는 느낌이었다. 이렇게도 예민한 내 귓가에는 여자들 숨소리조차도 들려오지 않았다.

아마도 여자들이 숨을 죽이면서 상대방 행동을 하나하나 지켜

보고 있다는 사실이었다. 그러니 나도 신음소리 조차도 낼 수가 없었다. 점점 고통이 심해질수록 나의 신음소리만 내 귓가에 우렁차게 울려 퍼지는 느낌이었다. 이런 분위기 속에서 빨리 벗어나고 싶은 마음뿐이었다. 아픔보다도 이런 병실 안에 갇혀있는 것이 너무 억울하고 남편이 원망스러웠다. 언제까지 이 병실에 있어야 하는지 답답한 마음뿐이었다. 간호사는 냉담한 표정으로 커다란 눈을 깜박이면서 주의 깊게 외국인 여자에게 진통이 올 때마다 눈알을 굴리면서 뭐라고 말은 하는데 알아들을 수가 없었다. 나는 겁먹은 표정으로 고개만 흔들면서 아무 말도 하지 않았다. 이러고 있을 때 병실 밖에서 귀에 익은 목소리가 들려오고 있었다. 동시에 남편의 목소리도 들리는 순간에 사람 얼굴도 보이기 전에 먼저 눈물이 흘러내렸다. 시끄럽게 떠들어 대면서 남편의 친구 부인이랑 같이 들어오는 것이었다. 마음속으로는 너무나 좋았다. 부인은 나를 보자마자 하는 말이 "왜 이렇게 땀을 흘리면서 혼자 누워 있어요," 라고 말했다. 나는 눈물로 얼룩진 모습을 감추려고 얼른 돌아누웠다가 호흡을 가다듬고 다시 일어나면서 웃는 얼굴로 먼저 반갑다고 인사를 나누었다.

그리고 나는 급하게 말했다. "아주머니 이 병원이 아니지," 라고 "아니야 이 병원이 아니고 이 길에서 아래로 조금만 더 내려가면 산부인과만 전문으로 취급하는 병원이 있는데 독방도 주고 여자 의사가 참 친절하게 잘해 주는데, 병원을 잘못 알고 찾아왔구나," 라고 말하는 것이었다. 나는 갑자기 기운이 솟아오르는 것 같았다.

그리고 급하게 옷을 갈아입기 시작했다. 손등에 큰 주삿바늘이 꽂혀 있었기 때문에 옷을 갈아입기도 너무 힘이 들었다. 하지만 아픔도 지금 이 순간만은 사치에 불가했고 아무것도 생각하고 싶지가 않았다. 나는 급하게 서둘렀다.

"여보 빨리 그 병원으로 가요. 나는 이 병원은 정말 잠시도 있고 싶지 않아요. 어서, 어서, 빨리 나가요."라고 남편에게 재촉했다.

# 다시 다른 병원으로

사실 나는 지금도 마음이 너무 조급하고 불안했다. 병원에서 나갈 수 없는 몸이라는 것도 잘 알고 있었다. 금방이라도 아기가 나올 것만 같아서 몸을 쪼그리고 앉아 있는 자신이 정말 안타깝다는 생각도 들었다. 이런 상태라고 그 누구에게도 말하고 싶지 않았다. 한시바삐 서둘러서 이 병실을 나가야 한다는 생각뿐이었다. 그러니 남편도 어쩔 수가 없었는지 병원에 의사와 서로 상의를 하고 이야기를 했지만 병원 측에서는 어림도 없다고 딱 잘라 말했다는 것이었다. 의사 말이 산모가 곧 아기를 낳는다면서 아마도 한 발자국도 뗄 수가 없을 것이라는 결론이었다. 형식적인 절차에서 이렇게 위험한 산모를 병원 밖으로 내보낼 수가 없다는 것이 이 병원 측의 주장이었다. 하지만 산모가 저렇게 이 병원이 싫다고 하니 어쩔 도리가 없지 않느냐고, 남편이 의사에게 간곡하게 부탁하고 사정을 하니까 독일 의사의 말이 그럼 이 병원 밖에서 어떠한 사고가 생겨도 병원에서는 아무 책임이 없다는 약속을 하고서야 겨우 병원을 빠져나올 수가 있었다. 나는 병실 안에 이란 여자들의 조롱과 냉소가 날아오는 것 같아서 빨리 그 자리에서 나오고 싶었다. 그렇게 급하게 나오는 순간 뒤에서 간호사가 큰 소리로 불렀다. 왜 그러느냐고 뒤를 돌아보니 병원 측 장부에다 사인을 하라는 것이었다. 나가서 죽는다고 해도 병원에서는 책임이 없다는 사인이었다. 사실 나는 너무 급해서 빨리 나가고 있었는데 산모인 나 보고 사인을 하라는 말이었다. 다시 가서 사인을 하려고 팔을 들어 올리는 순간에 나는 깜짝 놀라고 말았다. 주삿바늘 꽂았던 자리가 새카맣게 멍이 들어있었고 손과 손목 전체가 고무풍선처럼 둥글게 부어올라 있었다. 팔이 무거워서인지, 아니며 아픔인지 알 수는 없지만 팔을 들어 올릴 수가 없었다. 나는 순간 얼굴을 찡그리면서 간호사 얼굴을 쳐다보았다. 팔을 들어 올리는 데 조금이라도 도움을 받고 싶었기 때문이었다.

"이때 손등에 꽂았던 주삿바늘 자국이 40년이 훨씬 지난 지금도 나의 손등에는 주삿바늘 흔적이 고스란히 남아 있다."

그때 그 간호사의 크고 동근 까만 눈망울에서 빛이 반짝이고 있었다. 남편이 와서 겨우 팔을 들어 올려서 손가락을 움직이다 말고 나는 급한 마음에 빨리 가요라고 외쳤다. 병원에서 나오는 시간도 꽤 걸렸다. 그리고 나와서도 사실 큰 문제였다. 일방통행 이였기 때문에 우리가 원하는 병원까지 가려면 택시로 다시 길을 돌아서 가야만 했기 때문이다. 그럼 시간이 더 많이 걸린다는 말이었다. 오히려 걸어서 가면 더 가깝다고 하니 그럼 빨리 걸어서라도 가야만 했다.

내가 원했던 일이니만큼 그 누구에게도 불평이라든지 하소연도 할 수가 없었다. 남편에게 안기다시피 하면서 병원까지 걸어서 가야만 했다.

몸이 오그라드는 고통이 올 때마다 정신이 다 희미해지는 것 같았다. 남편은 조금만 참으라고 위로도 하고 뭐라고 열심히 말은 했지만 내 귀에는 아무 소리도 들려오지 않았다. 너무나 불안했다. 자꾸만 길에서 아기를 낳을 것만 같아서 몸을 도사리면서 걸음을 빨리해야 한다고 하면서도 제자리걸음 같아서 견딜 수가 없었다. 마음속으로 빌고 또 빌었다. 아가야 제발 병원에 갈 때까지 엄마 뱃속에 그냥 있어 달라고 중얼거리면서 그리고 어머니 저 좀 살려 주세요 라고 제발 병원까지 무사히 갈 수 있게 도와주세요, 라고 그리고 신이 있다면 모든 신에게도 열심히 빌었다. 나중에는 너무 급한 나머지 남편은 나를 등에 업고 병원을 향해 뛰기 시작했다. 아기가 금방 나올 것만 같아서 얼른 두 손으로 치맛자락을 잡으면서 "여보 빨리 병원 안으로 " 하고는 정신을 놓고 말았다. 큰 파도가 밀려오는 것을 느낀 순간에 왈칵하고 물결 속으로 떠밀려 들어간 것 같았다. 다시 정신을 차렸을 때는 땀과 피에 흠뻑 젖은 채 누워있는 나를 볼 수가 있었다. 의식을 겨우 차리는 순간 남편의 정겨운 목소리가 귓가에 들려왔다. 하지만 나는 아무 말도 할 수가 없었다. 다만 남편의 목소리만 조용히 음미하면서 다시 깊은 잠속으로 빠져들고 있었다.

내가 살아 있다는 사실이 정말 기적이었다. 너무 위급한 상태였기 때문에 의사와 간호사들이 준비할 시간의 여유도 없었고 수술실에 들어가서 10분도 채 되기 전에 아기의 울음소리가 들렸다는 것이다. 그리고 간호사들이 패사레(아들)라고 외치는 소리가 들렸다는 말이었다. 남편이 나를 업고 급하게 병실로 뛰어 들어갔을 때는 마침 의사가 다른 산모를 받고 있었는데 우리를 보고는 그 침대를 옆으로 밀어붙이고 우리부터 받았다는 것이다. 나는 다시 정신을 차리고 깨어났을 때는 늦은 오후였다. 어느 나라든지 자녀관이 역시 아들을 더 원하는 경향이 뚜렷함을 느끼게 해 주는 것 같았다. 하지만 우리나라와 또 다른 면이 있기도 했기 때문이다. 우리나라에서는 아들만을 선호하고 원하지만 이란에서는 꼭 아들이어야 한다는 것을 중요시하지는 않는 것 같았다. 우리 한국에서는 딸이 출가를 하고 나면 남이 된다는 고정관념과 함께 별로 신경을 쓰지 않아도 되지만 그래도 아직은 우리 한국 사회에서는 아들만이 가정의 후계자라는 인식이 지금까지 우리 사회에 뿌리 깊게 남아있기 때문인지도 모른다. 사실 나도 아들을 더 좋아하지만 왜 아들이 좋은지는 나도 잘 모르겠다. 하지만 이제 우리 한국도 시대의 흐름이 변하고 있는 것이 아들보다 딸을 더 우선으로 생각하는 것 같다는 생각이 들기도 한다. 그런데 우리가 알고 있는 이란사람들 여러 가정에 가보면 친정 부모를 모시고 살아가는 집들이 생각보다 많았다. 이런 모습들이 우리에게 깊은 감동을 주는 것 같았다. 그런데도 이란사람들이 아들을 무척이나 좋아하는 것을 보면 왜 그런지 그 이유를 아직까지 잘 파악할 수가 없었다. 나는 수술실에서 다시 독방으로 건너왔을 때는 어느 정도 정신이 돌아오고 있었다. 그리고 조금씩 회복이 되어 가는 느낌이었다. 간호사들이 들어와서 아들이라고 기쁨에 찬 얼굴로 큰 목소리로 남편에게 말하고 있었다. 나는 남편에게 "아기 보았어요?" 라고 물었다. 남편은 무표정한 얼굴로 "아니 아직 보지 않았어, 아마도 지금쯤 목욕시키고 유아실로 데리고 갔을 거야," 라고 말했다. 나는 다시 또 물었다. "정상적인 아기일까요," 라고 남편은 아무 말도, 대꾸도, 하지 않고 고요한 눈빛으로 걱정하고 있는 나를 그냥 바라만 보고 있는 남편의 모습이 너무 가슴이 아팠다. 우리 부부는 서로 눈치만 살피면서 아무런 말도 할 수가 없었다. 그리고 여기 병원에서는 규칙이 퇴원하는 날까지 아기를 부모에게 주지 않고 나갈 때에 아기를 내어 준다는 말이었다. 물론 부모가 보고 싶어 하면 창문 밖에서 잠깐은 보여 주지만 옆에 데리고 와서는 볼 수가 없다는 규칙이었다. 그나마 다행인 것 같아서 마음속으로 좋았다. 정말 생각할수록 아찔했다. 조금만 늦었더라면 길거리에서 큰 소동이 일어났을 뻔했고, 외국인 여자가 길거리에서 아기를 낳았다면 어떻게 되었을까 하고 생각하니 자신이 생각해도 소름이 끼치는 것 같았다. 어떻게 병원까지 왔는지, 그리고 병원까지 와서야 끝을 보았다는 것이 너무 감격스러웠다. 이것이 다 우리 아가야 덕분이고, 아기가 엄마를 살린 것 같은 생각이 들었다. 나는 오후의 햇살이지만 보석같이 빛나고 있는 창밖을 바라보면서 잠깐 나만의 시간 속에서 우리 아가야가 때맞춰서 이 세상에 태어나 준 것 정말 고마워, 라고 마음속으로 수십 번도 더 말하고 있었다. 오늘따라 창밖에는 아름다운 미소로 햇님이 나를 보고 수고했다고 손짓하고 있는 것만 같았다. 그리고 눈에는 보이지 않았지만 누구엔가 빌고 빌었던 모든 신들에게도 감사하다는 말을 꼭 전하고 싶은 심정이었다.

지금까지 바늘 방석 위에 앉아있는 것보다도 더 아팠고 암흑천지였던 마음이 저 창밖에 아름답게 비치고 있는 햇살처럼 내 마음속에도 이제 조금은 밝은 빛이 포근하게 스며드는 것 같았다. 이제 아기만 완전한 형태를 갖추고 이 세상에 태어났다면 그것으로 만족이고 행복할 것만 같았다. 나는 그래도 잠시도 쉬지 않고 입속으로 계속 중얼거리고 있었다. 그리고는 창밖을 쳐다보면서 높은 파란 하늘과 서산으로 넘어가는 마지막 태양이 붉은빛을 토하면서 병원 전체를 물들이고 있는 예쁜 햇살을 바라보면서 고맙습니다, 라고 눈에 보이는 것에는 다 감사하다고, 고맙다고, 소리치고 있었다. 반짝이는 햇살까지도 너무 고마워서 손짓하고 있을 때 남편이 들어오는 소리가 조용히 네 귓가에 들려왔다. 나는 고개를 돌리면서 무슨 새롭고 좋은 반가운 소식이 있을까 하고서는 예쁘지도 않은 눈동자를 굴리면서 남편의 얼굴과 입을 말 없이 바라보고 있었다.

# 행복과 기쁨

남편은 조그만 눈에 미소를 가득 담고 내 곁으로 가까이 오고 있었다. 와서는 환하게 웃으면서 "당신은 참으로 운이 좋은 사람이요, 그리고 정말 수고가 많았소," 라고 하면서 퉁퉁 부어 있는 손을 꼭 잡아 주었다. 얼마나 정신이 없었는지 이제야 입원 수속이 끝이 났다면서 모처럼 밝게 웃는 모습이 정말 보기 좋았다.

아기가 이 세상에 태어나서 울고 난 뒤에야 모든 절차가 끝이 났다는 것이다. 친인척이라고는 아무도 없는 이란 땅에서 남편만을 사랑하면서 의지하고 살아온 나였지만, 이 순간만은 너무 행복하다고 외치고 싶은 심정이었다.

비록 자신이 너무 철없는 행동을 했다는 것이 남편에게는 미안했지만 그래도 남편은 진정한 사랑과 이해와 관용으로 나를 품어주었기에 이렇게 살아서 숨을 쉬고 있다는 생각이 들었다. 아차, 했으면 헌신짝 버려지듯이 두 사람 목숨이 달아났을지도 모르는 일이었기 때문이다.

지금에 와서야 생각하니 내가 너무 무모하고도 경솔했고, 또 바보스런 행동을 했다는 생각도 들었지만 그래도 결과가 좋으면 이것으로 만족이지, 라고 생각하면서 마음속으로는 흐뭇해했다. 그리고 처음에 갔던 종합병원에서 탈출한 것만은 정말 잘한 일이라고 생각하면서 나에게도 이런 인내심과 지구력이 있다는 사실을 자랑이라도 하고 싶다는 생각도 들었다. 아무튼 내가 행동 한 것 중에서는 제일 잘한 일 같았다. 그러면서 혼자 미소 짓고 있는 내가 자랑스러웠다.

의사 선생님이 오셔서 우리 부부에게 친절하게 잘 대해 주셨다. 이란 여의사는 아름다운 중년 부인 이였는데 나의 미련한 행동에 너무나 놀랐다는 말을 하면서 까맣고 동그란 눈을 예쁘게 굴리면서 나를 한참이나 바라보았다. 그리고 미련한 고집으로 인해서 엄마와 아기가 얼마나 위험했는가를 우리 부부를 번 가라 쳐다보면서 열심히 설명해 주고 있었다. 나는 정말 쥐구멍이라도 있음 들어가고 싶었다. 난 죽은 듯이 누워서 숨도 제대로 쉴 수가 없었다. 여의사는 정말 친절하게 이것저것 쉽게 우리가 이해 할 수 있도록 잘 설명해 주었다. 나는 남편에게나 여의사를 볼 면목이 없어서 눈을 감고 얘기만 듣고 있었다. 의사가 나가고 나자 남편은 다정한 목소리로 "이제 다 지나간 일이고 결과가 좋았으니 이제 아무 걱정 말고 마음 푹 놓고 잠이나 한숨 더 자요," 라고 말했지만 나는 도저히 잠을 잘 수가 없었다. "여보 환이와 아주머니는 어디에 있어요?"라고 물었다. "응 집에 가서 미역국도 끓이고 한다면서 환이 데리고 가셨어," 나는 다시 또 물었다. "당신 아기 얼굴 보았어요?" 라고 "아니 아직 보지 않았어," 라고 나는 "왜요 궁금하지도 않나 봐요," 라고 "아니야 나중에 당신하고 같이 보려고 참고 있는 중이야,"라고 나는 "여보 아무 일 없겠죠?" 라고 "그럼 아무 일 없지, 자 걱정하지 말고 잠이나 푹 좀 자요," 라고 정겨운 속삭임으로 어린아이 달래듯이 다독거리면서 애쓰고 있는 남편의 눈에도 눈물이 고이고 있었다. 나는 남편의 따뜻한 사랑에 자신도 모르게 잠속으로 깊이 빠져들어 가고 있었다. 얼마나 시간이 흘렀을까 방안이 소란스럽게 떠드는 소리에 잠에서 깨어났다. 아주머니께서 미역국과 밥을 가지고 오셨기 때문이었다. 아주머니는 환하게 웃으면서 "또 아들이야, 이번에는 딸을 낳지," 하면서 아들 복이 터졌다면서 같이 기뻐해 주었다. "정말 고생 많이 했어요," 라고 말하면서 그렇게 고집이 센 여자는 처음 보았다면서 몸이 성한 내가 따라오는데 혼이 났다면서 모두들 한바탕 웃었다. 그리고 나의 손을 꼭 잡아 주었다. "아주머니 고마워요, 사실 나도 죽기 아니면 살기였죠, 그 종합병원이 왜 그렇게 싫었는지 아무리 생각해도 모르겠어요." 라고 "하여간 엄마도 살고 아기도 살았으니 정말 다행이야." 라고 "그런데 아직 또 큰 걱정이 남아 있잖아요," 라고 아주머니께서도 한숨을 크게 내 쉬면서 "자 아무 걱정 말고 뜨거운 국이라도 마셔 봐요, 속이 비어있어서 자꾸 마음이 약해지고 불안한 거야," 하면서 미역국을 가득 담아서 한 그릇 주는데 눈물이 자꾸만 흘러서 먹을 수가 없었다. "이럴 때일수록 힘을 내고 정신을 차려서 몸을 돌보아야 해요."라고 다독거려 주었다. 우리 부부는 이틀 동안 아기를 보지 않고 지냈다. 그런데 우리 아기의 몸무게가 2kg 정도라고 간호사가 와서 말해 주었다, 그리고 우리는 외국인이기 때문에 특별히 아기를 보여 줄 수도 있다는 말을 했지만, 우리 부부는 똑같이 나중에 보겠다고 대답했다. 간호사들이 이상하다는 표정으로 자기들끼리 뭐라고 수근거리면서 나가는 것이었다. 우리 부부는 서로가 말은 하지 않았지만 너무나 불안해하고 있다는 사실을 피부로 느끼고 있었다. 새 생명의 탄생을 한없이 기뻐하고 축복해야 할 순간인 것을 잘 알고 있지만 그리고 부모와 자식과의 관계는 하늘이 부여한 윤리라는데 왜 이렇게 마음이 무겁고 무서운 생각만 드는지 알 수가 없었다.

3일째 퇴원하는 날이다. 간호사가 아기를 안고 들어 왔을 때 그 순간에 나는 심장의 고동 소리가 멈춰 버리는 듯 아찔한 현기증을 느끼면서 두 눈을 꼭 감고 있었다. 병실에는 남편의 직장 동료 부인들이 우리를 도와주기 위해서 와 계셨는데 간호사가 아기를 안고 들어오기가 무섭게 받아서 보고는 모두가 한마디씩 하셨다. "어쩜 이렇게도 아빠 얼굴이랑 똑같지, 자 환이 엄마도 아기 얼굴 좀 봐요, 그렇게 눈만 감고 있지 말고," 하시면서 야단들이셨다.

나는 정말 우리 아기가 보고 싶었다. 매일매일 꿈에서라도 보려고 그렇게도 몸부림쳤고 애타게 보고 싶었던 아기를, 그래 보자 하고 심호흡을 길게 하고선 눈을 크게 떴다. 그리고 너무나 보고 싶었던 아기를 바라보기 시작했다. 눈을 감고 색색 자고 있는 아기 얼굴을 눈, 코, 입, 그리고 머리와 귀가 다 자기 자리에 잘 정돈

되어 있었다. 정말 첫눈에 남편 모습이 아기의 얼굴에 박혀 있었다. 아, 우선은 얼굴이 정상이었다. 고맙습니다. 라고 마음속으로 외쳤다. 누구에게 라고 할 것도 없이 무조건 고맙습니다, 라고 외치면서 자신도 모르게 눈에는 눈물이 줄줄 흘러 내리고 있었다. 바보 같은 엄마 때문에 우리 아기가 수고했다고, 그리고 고생했다고, 아가야 정말 고마워 라고 혼자 중얼거리면서 안도의 한숨을 크게 내 쉬면서 그리고 흐르는 눈물을 닦으면서 제일 먼저 남편 얼굴을 바라보았다.

남편도 그때서야 아기 얼굴을 보면서 급하게 아기를 싸고 있던 보자기와 옷을 벗기고 있었다. 그리고 상세히 들여다보면서 손가락 발가락을 다 세어 보는 것 같았다. 그렇게 굳어 있던 얼굴이 믿기지 않은 표정으로 아기의 이모저모를 다 살핀 후에야 모처럼 환한 얼굴로 활짝 웃는 모습이 나의 눈에 크게 확대되어 들어 왔다. 나는 남편이 작은 눈을 연신 깜박이면서 따뜻한 미소로 아기를 바라보고 서 있는 모습이 너무 좋아서 기쁨과 행복으로 가슴이 터질 것만 같았다. 그리고 남편의 일거일동을 하나도 놓치지 않고 바라보고 있었다. 남편의 얼굴만 봐도 아기가 어떻다는 것을 알 수가 있었기 때문이다. 지금 이 순간이 바로 행복과 기쁨이 함께하는 것이라고 말하고 싶었다. 그때 남편이 밝게 큰 목소리로 외쳤다. "여보 다 정상이야 하나도 걱정할 것이 없어,"라고 아, 그럼 그렇지, 그 순간에 또다시 참았던 눈물이 흐르기 시작했다. 그리고 마음속에 있었던 모든 어두운 걱정들이 한 순간에 정상이라는 두 글자의 빛으로 인해서 다 사라지는 느낌이었다. 남편이 너무나 좋아하는 모습을 옆에서 바라보는 아주머니들도 눈물을 글썽이시면서 함께 기뻐해 주셨다. 나도 남편이 너무 기뻐하는 모습을 바라보고 있노라니 이 세상의 모든 행복이 나에게로 달려오고 있는 것만 같았다. 아기의 모습은 보잘것없었지만 너무 작아서 뼈와 껍데기만 앙상하게 남아 있었지만, 그래도 다른 아이들과 똑같은 정상이라는 사실이었다. 정말 하늘 높이 훨훨 날아갈 것 같은 행복이고 기쁨이었다.

입덧이 너무 심해서 먹지도 못했고 또 9개월 만에 태어난 아기인 만큼 이마와 머리 그리고 온몸에 파란 핏줄이 선명하게 그대로 드러나서 함부로 만질 수도 없었다. 굶주림에 지친 아기의 모습이란 옆에서 보기에도 민망할 정도로 아주 작은 체구였다. 정말 주먹보다 약간 더 크다면 크고 작다면 작은 체구를 가진 아기를 바라 보니 가슴이 미어지는 것 같았다.

너무 신기하기도 하고 아기의 인형 같은 손을 잡고서 오랫동안 내려다보면서 생각했다. 너무나 힘들게 우리 가족으로 들어와 준 아주 특별한 아기가 너무 고맙고 그리고 건강하게 잘 자라 주기를 이 순간에도 간절히 기도했다. 병원에서도 인큐베이터에 들어가야 하는데 하면서도 조심해서 잘 만져야 한다고 친절하게 말해 주었다. 정말 모든 것이 너무 작고 허약한 만큼 조심해서 다루어야 할 것도 같았다. 그리고 병원에서도 상세하게 아기를 어떻게 길러야 하는지도 잘 설명해 주었다. 우리 부부가 이 시간까지 어둠 속에서 마음의 고통과 두려움 속에서 허덕인 것이 아득한 옛날이야기로만 느껴졌다. 그동안 무척이나 아팠던 시간인 만큼 기쁨도 더 크게 느껴지는 것 같아서 정말 좋았다. 그리고 행복했다. 부모란 자식들에 의해서 행복과 불행으로 갈려진다는 말이 정말 실감 나게 나의 가슴에 와닿는 느낌이었다.

## "이란 내의 계엄령 선포"

큰아이 때는 아기가 너무 커서 한 달 동안 고생했는데 작은아이는 생명이 시작하면서부터 고통과 함께 지금까지 잘 견디어 온 것이 정말 기적이라고 말하고 싶다. 그런데 너무 작아서 인지는 몰라도 유별나게 정이 한꺼번에 쏟아지는 느낌이었다. 귀엽다는 생각도 들고 예쁘기도 하고 왠지 모르게 모정의 정이라고 할까 고생 끝에 낙이라는 말이 있듯이 너무 고통 속에서 시달린 뒤의 평온함 때문인지는 몰라도 아기가 소중하기도 했고 예쁘기도 했지만 우리 부부는 너무 좋아서 맑고 푸른 하늘에 하얀 뭉게구름과 같이 동동 떠다니는 행복감에 젖어 있었다.

그런데 집으로 돌아와서 얼마 후에 이란내의 반란이 일어났다. 1978년 9월 8일 이 나라에 반란이 일어나기 시작한 날이다. 그리고 계엄령이 선포되었다. 이때부터는 무서워서 마음대로 나 다닐 수도 없었다. 밤마다 총소리가 나면서 아우성치는 소리, 우르르 몰려서 도망치는 발자국 소리가 말할 수 없이 소란스러워서 잠을 잘 수가 없었다. 그리고 너무 불안했다. 밤에는 전등불도 없었고 전깃불이 없으니 더욱 불안한 것이 우리 같은 가정에는 아기가 금방 태어나서 집에 와 있었기 때문에 전깃불이 없이는 몹시 불편했다. 이란 정부에서는 데모군중들의 반란을 막기 위해서 해만 떨어지면 자동적으로 정전이 되는 것 같았다. 항상 같은 시간에 불이 나가기 때문이다. 그러니 이란 땅 전체가 캄캄한 암흑천지로 변한다. 이렇게 정전을 시켰지만 대모는 여전히 더욱 심해져 가는 형편이었다. 데모군중들이 우르르 지나갈 때마다 창밖을 내다보면 어린아이들이 반수나 차지하는 이상한 대모였다. 나는 남편에게 "아니 여기 사람들은 이상하네요, 왜 저렇게 어린아이들을 앞장세워서 데모를 하는 거죠?" 라고 물었다. 남편 말이 "응 이 나라에는 18세 밑으로는 무슨 짓을 해도 죄가 되지 않아, 그리고 아무리 큰 죄를 지어도 어린아이들에게는 문책을 하지 않는 것이 이 나라의 법이라오," 라고 말해 주었다. "아 그러니까 어린아이들을 사서 강제로 데모를 시키는 것이군요," 라고 말했다. 남편은 " 그렇지, 부모에게 돈을 주고 아이들을 데리고 오는 거요, 그리고 여기 이란사람들은 글을 읽고 쓸 줄 모르는 문맹자들이 반 이상이 차지한다는 사실이요." 그러니까 어린아이들을 돈을 주고 사서 강제로 데모를 시키면서 조금만 선동을 하면 다 따라나서는 거지, 그리고 잘 살게 해준다는 말에 글도 읽을 줄도, 쓸 줄도, 모르는 이들에게는 제일 큰 위안이고 희망이라는 것이었다. 그래서 무조건 따른다는 말이었다. 우리 부부에게는 아기가 정상적으로 태어남으로 해서 크나큰 기쁨을 안겨주었지만 이런 행복도 잠깐이었다. 나는 몸이 아프고 불편한 가운데 회복이 늦어지고 있었다. 그런데 젖까지 불어서 너무나 아팠다. 아기가 너무 작다 보니 아니 달수도 다 못 채워서 인지는 몰라도 젖을 빨 줄을 모르는 것 같았다. 집에 와서는 입을 오물거리면서 계속 잠만 색색 자고 있었다. 아기 낳고 며칠이 지나가니 젖이 나오기 시작하는데 감당이 불감당이었다. 안 그래도 아픈 몸에 젖까지 불어서 아파 오기 시작했다. 나는 이렇게 아픈 몸을 어떻게 감당해야 할지 정신을 차릴 수가 없을 정도로 너무 아팠다.

아기는 젖을 빨 줄도 먹을 줄도 모르는 것 같았다. 그런데 젖은 계속 불어 오르고 손으로 아픈 젖가슴을 계속 쥐어짜도 소용이 없었다. 유방의 통증으로 몸 전신이 젖몸살로 인해서 너무 아파서 잠도 제대로 잘 수가 없었고, 몸도 움직일 수가 없었다. 이처럼 큰 고통의 아픔이 또 찾아올 줄은 꿈에도 생각지 못한 일이었다. 얼마의 시간이 지나자 아기도 배가 고픈지 모유를 빨려고 노력은 하는 것 같았다. 하지만 모유는 불어서 퉁퉁 부어 올라 있었다. 아기가 너무 작다 보니 먹는 양도 적어서 어떻게 할 수가 없었다. 나는 머리끝에서 발끝까지 너무 아파서 견딜 수가 없었다. 누구에게 도움을 청할 수도 없었고, 그리고 밖으로 나다닐 수도 없었다. 길거리에는 위험해서 외국인은 더더욱 나다닐 수가 없었고, 이란사람들조차도 밖으로 나가는 것을 자제하고 있는 실정이었기 때문이다. 큰 대로는 적막감마저 감돌고 있었다.

나에게는 왜 이렇게 생각지도 못했던 괴롭고 힘든 육신의 고통이 따라다니는지 알 수가 없었다. 하루도 눈물이 마를 날이 없는 고통의 날들이었다. 이럴 때는 남편도 어쩔 수가 없는 모양이다. 말없이 그냥 애처롭게 바라만 볼 뿐이었다. 언제나 힘이 들고 괴로워할 때는 항상 나의 등 뒤에서 포근하게 그리고 든든하게 받쳐주던 사랑하는 남편이었지만 이렇게 몸이 못 견디게 아플 때는 남편도 그 누구도 나 대신 아파주는 사람이 없다는 사실이 너무 가슴이 아프면서 슬픈 마음에 외롭고도 쓸쓸했다.

나는 엄청 괴로워하면서도 이 아픔을 어떻게 견디어야 할지 계속 머리를 굴리고 있었다. 어떻게 해야 이 고통에서 벗어날 수가 있을까 하고 생각에 생각을 해 보지만 식은땀까지 흘리면서 너무 아파서 죽을 것만 같은 자신을 감당할 수가 없었다. 그러던 어느 날 밤에 잠도 잘 수 없을 만큼 유난히도 더 못 견디게 아픔의 고통 속에서 괴로워하면서 눈물이 온 얼굴에 가득한 눈빛으로 캄캄한 창밖을 무심코 바라보는 순간 무화과나무 사이로 친정어머니 얼굴이 눈물 속에서 아롱거리고 있었다.

나는 깜짝 놀라서 흘러내리고 있는 눈물을 손등으로 닦으면서 다시 눈을 동그랗게 굴리면서 달빛으로 인해서 반짝이는 무화과나무 사이로 어머니의 얼굴을 찾기 시작했다. 이상했다. 왜 갑자기 어머니 얼굴이 눈물 속으로 들어왔을까? 이렇게 몸이 아파보니 갑자기 부모님 생각이 뭉게구름처럼 뭉개 뭉개 피어오르는 것 같았다. 순간 머리에 무언가 번쩍하고 한 줄기의 빛이 지나간 것 같았다. 이것이 무얼까? 하고 머리를 굴려보지만 통 생각이 나지 않았다. 그런데 한참 만에 아, 그래 "인삼"이다. 라는 생각이 머리에 번개가 치는 듯이 지나가는 것 같았다. 언젠가 친정어머니께서 말씀하신 적이 있는 인삼에 대한 이야기가 한 줄기의 빛이 되어 반짝하고 머리에 꽂히는 순간이었다.

그리고 갑자기 어머니가 왜 나의 눈에 들어오셨는지 알 것만 같았다. 어머니가 너무 그립고 보고 싶은 마음이 간절했다. 이제서야 부모님의 사랑이 무엇인지 알 것만 같았고 말로 다 표현할 수 없다는 것을 그리고 "자식을 길러봐야 부모 마음을 안다," 라는 말이 실감이 나면서 가슴에 와닿는 말 같았다. 이렇게 심하게 아파보니 부모님의 끝도 없는 사랑이 간절하게 그리움으로 가슴에 사무치는 순간이었다. 그러면서 눈에서는 눈물이 하염없이 흘러내리고 있었다. 이렇게 울고만 있을 때가 아니었다. 나는 정신을 차분히 가다듬고 아픈 몸을 이끌고 빨리 인삼을 찾아야만 했다.

잠들어 있는 아이들을 바라보면서 잠자는 것도 부럽다는 생각이 들었다. 그리고 남편의 코 고는 소리가 뚝 떨어져 있는 이곳 거실에까지 크게 들려오고 있었다. 코 고는 소리가 거실까지 들리는 것을 보니 많이 피곤했었나 보다, 라고 생각을 하면서 조용하게 숨을 죽이면서 인삼을 찾기 시작했다. 어머니 말씀이 계속 내 머릿속에서 춤을 추고 있었다.

인삼을 달여서 먹으면 아무리 젖이 많아도 순식간에 젖이 삭는다는 말씀이 나의 머릿속에 태양이 떠오르듯 환희가 넘치는 순간이기도 했다. 어떻게 하지! 라고 망설이면서도 길게 생각할 필요도 없었다. 나는 자정이 지나서 조금은 두려운 마음으로 남편이 자고 있는 방으로 살금살금 기어가기 시작했다. 남편의 잠자는 숨소리를 먼저 확인해야만 했다. 그리고 용감하게 후들거리는 다리를 진정시켜가면서 한 발자국씩 한 발자국씩 부엌 쪽으로 옮겨놓기 시작했다. 이런 상황에서도 얼굴이 달아오르고 화끈거리면서 왠지 망설여지기도 하면서 겁이 나기도 했다. 하지만 이렇게 아픈 고통에서 하루빨리 벗어나고 싶었다. 너무 아파서 몸을 움직일 수가 없었기 때문이다. 마침 이란에 올 때 가져온 6년 된 인삼 한 통이 나를 반기고 있었기 때문에 결심도 쉬웠다.

나는 인삼 두 뿌리를 주전자에 넣고 끓이기 시작했다. 두 뿌리만 먹고 조금만 젖이 주저앉아 주기를 바라는 마음도 있었지만, 어머니가 말씀하신 것처럼 정말일까, 하고 호기심도 생겼다. 설마 인삼 두 뿌리 먹는다고 해서 정말로 젖이 다 없어지지는 않을 거야라고 혼자 중얼거리면서 내 마음을 내가 다독거리지만 내 심장 깊은 곳에서는 두근거림과 동시에 심장 박동 소리가 크게 내 귓가에 들여오고 있었다. 숨을 들이쉬면서 호흡을 가다듬고는 인삼을 끓이고 있는 주전자를 바라보았다. 그리고 다시 또 아기가 잠들어 있는 방 쪽으로 한참이나 시선을 주면서도 내가 잘하는 일인지 아니며 큰일을 만들고 있는 일인지 알 수가 없었다. 그런데 가슴이 떨리면서 무섭기도 하고 정말 겁이 나서 견딜 수가 없었다. 정말로 젖이 안 나온다면 우리 아기 우유는 어떻게 하지하고 생각과 동시에 돌아서는 순간에 몸이 싱크대에 살짝 부딪히면서 나는 급하게 입을 틀어막았다. 그리고 그 자리에 주저앉고 말았다. 얼마나 큰 아픔이고 고통인지 말로는 표현할 수가 없을 정도로 금방이라도 죽을 것만 같은 큰 진통이었다. 싱크대 밑에 구석진 부엌 바닥에 쪼그리고 앉아서 한참이나 눈물과 고통과 그리고 신음소리를 죽이면서 억지로 참고 있었다. 잠시 시간이 흐른 뒤에 겨우 떨리는 다리에 힘을 주면서 비틀거리는 몸으로 다시 일어섰다.

몸 전체가 얼마나 큰 진통이었는지 비명 소리가 터져 나왔기 때문이었다. 또 눈물은 왜 자꾸 흐르는지 알 수가 없었다. 그래 할 수 없지, 하고는 인삼과 끓인 물을 아무도 모르게 먹고 마시고는 방으로 오면서 남편이 곤하게 자고 있는지 확인하는 것도 잊지는 않았다. 나는 아픈 몸을 이끌고 새벽녘에야 겨우 잠이 들었다.

그런데 정말 신기한 사건이 벌어지고 말았다. 아침에 아기가 울어서 나도 모르게 아기에게 젖을 물리는 순간에 깜짝 놀라고 말았다. 젖 주위가 벌겋게 부어서 손을 댈 수가 없었는데 일어나 보니 몸이 가뿐하면서 언제 그렇게 아팠느냐는 식으로 몸이 엄청 홀가분하면서 기분이 상쾌한 느낌이었다. 그런데 아기는 계속 울고 있었다. 벌겋게 부어올랐던 젖을 만져보니 몰랑몰랑하면서 한 방울의 젖도 나오지 않고 있었다. 나는 그때서야 가슴이 철렁하고 내려앉았다. 이렇게까지 한 방울의 젖도 나오지 않는다는 사실에 깜짝 놀라고 말았다. 가슴이 두근거리면서 몸에 있는 모든 맥들이 한순간에 싹 빠지는 느낌이었다. 정말 이것이 기적이 아니고 무엇이겠는가, "정말 인삼의 효력이 대단했다." "나는 이날부터 지금까지 한 방울의 젖도 나오지 않고 있다는 사실이다." 이때부터 아기는 배가 고파서 울기 시작했고 나는 나만의 비밀을 간직한 채 그 누구에게도 말을 할 수가 없었다. 아기는 이제야 젖을 힘차게 빨기 시작하는데 빈 젖꼭지를 빨아도 젖이 나오지 않으니 울고 보채기 시작했다. 정말 이렇게까지 한 방울의 젖도 나오지 않을 줄은 상상도 꿈에도 생각지 못한 일이었다. 남편은 아기가 왜 이렇게 울고 보채느냐고 걱정을 하고 있었지만 나는 얼굴이 화끈거리면서 그때 그 상황을 말할 수가 없었다. 그리고 아기가 배가 고파서 울고 있다는 사실도 말할 수가 없었다. 아기는 배가 고프니까 잠도 자지 않고 계속 울고 입을 삐죽거리면서 칭얼거리고 있었다. 남편도 잠을 잘 수가 없었는지 거실로 와서는 칭얼거리고 있는 아기만 바라보고 다독거리면서 앉아 있는 모습이 너무나 가슴이 아팠다. 나는 남편 눈치만 살피면서 숨도 크게 쉴 수가 없었다. 마음속으로 후회를 하면서 울고 또 울었다. 남편은 어디가 아픈 것이 아니냐고 걱정하면서 나를 쳐다볼 때마다 나는 얼굴이 화끈거리면서 가슴이 요동치고 있었다. 그리고 아무 말도 할 수가 없었다. 나는 남편의 얼굴을 쳐다볼 때마다 얼굴이 벌겋게 달아오르고 있었다. 그리고 무슨 말도 할 수가 없는 자신이 정말 싫었다. 아무리 몸과 마음을 다잡아도 자신의 몸만을 위해서 행동으로 옮긴 나를 용서할 수가 없었다. 남편에게도, 아기에게도 너무 미안해서 숨통이 다 막히는 것 같았다. 남편에게 얼굴을 들 수가 없었다. 하지만 무슨 말이든지 해야만 했다. 아기는 계속 보채면서 울고 있었다.

남편의 얼굴에는 걱정과 수심이 가득한 얼굴로 잠도 못 자고 아기를 바라보고 있는 모습에 나도 모르게 또 눈물이 왈칵 쏟아지고 말았다. 정말 미안해요, 라고 마음속으로 수십 번도 더 외치고 있었다. 며칠이 지나서 계속 물만 먹일 수는 없었다. 이제는 정말 무슨 말이든지 해야만 했다. 나는 죄지은 사람처럼 미안하고 심각한 얼굴로 "여보, 아기가 아파서 우는 것이 아니고 배가 고파서 우는 것 같아요," 라고 말하고는 얼굴을 얼른 돌렸다. 그리고 기어들어가는 목소리로 "젖이 나오지 않아요," 라고 말했다. 남편은 작은 눈을 깜박이면서 무슨 말인가 하고 생각하는 얼굴 모습이었다. 그리고는 한참 만에 "왜 젖이 나오지 않지?" 하고는 나의 얼굴을 쳐다보면서 "아마도 약을 계속 먹어서 그런가 보다," 라고 말을 하는 것이다. 그럼 내일 아침에 우유라도 사서 먹여 보자고 말을 했다. 그러면서 "오늘 밤만 좀 참아 봅시다," 라고 걱정하면서 울고 있는 아기를 바라보고 있었다. 나는 너무 긴장된 상태에서 내 감정을 조절할 수가 없어서 또다시 엉엉 울고 말았다. 정말 이상한 것이 왜 자꾸만 눈물이 흘러넘치는지 알 수가 없었다. 지금까지 울기도 많이 울었는데도 계속 눈물은 흘러넘치고 있었다. 이렇게 심각한 순간에도 나는 눈물이 참 많은 여자라는 생각이 들었다. 요사이는 밖이 너무 소란스럽고 함부로 나다닐 수도 없는 실정이었다. 그리고 상점 문들도 다 닫혀 있었기 때문에 우리 같은 외국인이 살아가기에는 너무 불편하고 불안한 상태라서 정말 걱정이었다. 길거리에는 데모군중들과 경찰들로 깔려 있었고, 그리고 총소리만 요란하게 들릴 뿐이었다. 회사도 파업을 했고 모든 외국인들은 다 집안에만 박혀있는 실정이었다. 이런 판국에 어디로 가서 우유를 구해야 할지 정말로 난감한 처지에 앞이 캄캄하면서 잠도 잘 수가 없었다. 만일에 분유나 우유를 구할 수가 없다면 어떻게 해야 하나 하고 걱정과 불안으로 정말 무서웠다.

오늘도 밖에는 아침부터 계속 총소리가 들리면서 매우 시끄럽고 요란했다. 남편은 울고 있는 아기를 바라보면서 아무리 위험하다고 해도 우유든 분유든 구해 와야 할 것 같다면서 아침 일찍 나가는 남편의 뒷모습을 바라보면서 "여보야 정말 미안해," 라고 엉엉 울면서 소리쳤다.

## “아기를 위해서”

이날도 아침부터 매우 시끄럽고 데모군중들이 소리를 지르면서 지나가고 있었다. 대다수가 어린 청소년들이었다. 지나가고 나면 총소리가 요란하게 테헤란 시내를 뒤흔들었다.

남편은 이른 아침에 새벽같이 일어나서 아무리 밖이 위험해도 나가봐야겠다면서 나서는 남편 얼굴을 차마 쳐다볼 수가 없었다. 이런 상황에 내가 숨을 쉬고 있는 것조차도 미안해서 뭐라고 말 한마디도 할 수가 없었다. 위험한데 나가지 말라고 붙잡지도 못하는 내가 너무 미워서 돌아서서 눈물만 흘리고 있는 나를 남편은 살며시 안아 주면서 “바보같이 울긴, 내가 나가서 우유든 분유든 구해 오리다.”라고 말하고 나가는 남편 등 뒤에다가 울면서 큰소리로 외쳤다. “여보야 정말 미안해,” 라고 내가 일을 저질러서 이 지경까지 오게 해서 남편까지 이런 위험한 시기에 밖으로 내몬다는 사실이 너무나 가슴이 아팠다. 자신의 욕심으로 그리고 육체적인 고통을 이기지 못함 때문에 가족 모두에게 이런 고통을 준다는 것이 너무 미안해서 후회의 눈물을 뿌리고 있는 자신이 정말 싫었다. 지금 나의 고통은 몸이 하늘로 붕 떠서 한 길 넘는 땅속으로 쑥 빠져들어 가는 것 같은 느낌이었다. 얼마나 시간이 흘렀는지 아들이 엄마가 문 앞에 앉아서 울고 있는 것을 보고는 아들도 자는 잠결인데도 덩달아서 “어머니” 하고는 울음을 터뜨리기 시작하는 것이 너무 애처로워 달려가서 부둥켜안고 같이 한참이나 울고 나니 속이 조금은 풀리는 기분이었다.

밖에는 계속 총소리가 들리면서 소란스러웠다. 나는 아들에게 아침을 챙겨주고는 끊임없이 밖에 동정을 살피는데 온 정신을 다 기울이고 있었다. 아기는 배가 고파서 조그만 입을 삐죽거리면서 계속 칭얼거리고 있었다. 너무 작아서 만지기도 안쓰럽다. 그런데 엄마라는 사람이 아기를 굶기고 있다는 사실이다. 엄마 역할도 못하는 나는 아기를 바라보면서 또 아기에게 미안하다고 간절히 용서를 빌고 있는 내가 너무 싫었다. 아기가 태어나기 전에는 예쁘게만 엄마 품에 안긴다면 온 정성을 다 쏟아서 키우겠다고 끊임없이 기도했는데 몇 달 아니 한 달도 되기 전에 아기에게 용서를 빌고 있는 엄마가 이 세상에 또 있을까라고 생각하니 아기 얼굴만 바라보아도 너무 힘이 들어 숨이다 막힐 것만 같았다.

나는 희망을 잃지 말자고 나 스스로 억제하면서 남편 걱정으로 또다시 창문 밖을 기웃거리면서 목을 길게 늘어뜨리고 하염없이 길거리를 바라보고 있었다. 남편 걱정으로 온몸이 오그라드는 느낌이었다. 위험한 길거리를 헤매고 다닐 남편을 생각하니 숨을 쉬는 것조차도 용서가 되지 않았다. 상점들이 다 잠겨있는데 어디가서 분유를 살 수 있단 말인가? 왜 이렇게 시간도 더디게 가는지 한 시간이 며칠이나 되는 시간처럼 느껴졌다. 밖에는 어떤 상황인지 궁금도 하고 불안했다. 요사이는 가게들도 문을 열지 않았기 때문에 우리들이 원하는 물건들을 살 수가 없었다. 데모군중들이 한 번씩 지나가고 나면 대 도로에는 인적이라고는 찾아볼 수가 없을 만큼 황량하고 수라장이 되어 있기 때문이다. 데모군중들이 마구 불태우고 부숴버린 길가의 상점들은 모두 문을 닫아 버린 것이다. 그러니 우리 외국인들이 살기에는 너무 불편하고 큰 걱정이 아닐 수가 없었다. 이란사람들의 이슬람 혁명으로 인해서 불안에 허덕이는 사람은 우리 외국인들이었다. 나는 회교도가 무슨 종교인지, 무슬림이 무언지, 호메이니가 누군지, 그 무엇도 알고 싶지 않았다. 아침 일찍 나간 남편은 깜깜무소식이었다. 남편은 쉽게 돌아오지 않았고 밖에는 계속 총소리만 요란하게 들려오고 있었다. 나는 가슴이 철렁하면서 공포에 온몸을 사리고 있는 나를 발견하곤 한다. 서로 다투어 가면서 몰려 뛰어가는 소리를 들으면서 도대체 남편은 지금까지 어디서 무엇을 하고 다니는지 궁금하기까지 했다. 새벽에 나간 사람이 이 시간까지도 소식이 없다는 것이 정말 걱정을 안 할 수가 없었다. 석양이 아름답게 우리 거실 전체를 비추어 주고 있었다. 거실 창문 앞에 우뚝 선 무화과나무가 잔잔한 바람으로 인해서 나에게 걱정하지 말라고 속삭이는 것처럼 푸른 나뭇잎이 흔들리고 있었다. 금방이라도 곧 어두워질 것만 같았다. 나는 마지막 빛을 발하고 있는 석양을 바라보면서 기도란 것을 간절히 했다. 우리 서방님 무사히 집으로 돌려보내 주세요, 라고 두 손 모아 기도를 하는 도중에 무심코 옆을 쳐다보니 우리 큰아들 네 살짜리가 언제 왔는지 자기도 조그만 두 손을 모으고 눈을 감고 있는 모습이 큰 거인처럼 나의 눈에 들어왔다. 나는 엉엉 울면서 아들을 힘껏 끌어안았다. 나는 입속으로 아들 미안해 라고 속삭이면서 더욱 힘껏 부둥켜안고는 같이 엉엉 울고 말았다. 우리 큰아들은 어릴 때부터 어른스럽고 키도 크고 잘 생기고 멋이 있었다. 세 살이 되기 전에 책을 읽기 시작한 아들이었다. 그리고 말하기 시작하면서부터 보통 어린아이들이 엄마야 라고 부르지만 우리 큰아들은 꼭 어머니라고 부른다. 엄마라는 소리를 들은 기억이 없다. 어리지만 마음도 착하고 남자애가 아주 순한 편이었다. 나는 우리 큰아들을 무척이나 좋아한다. 창밖은 벌써 어두워지고 있었다. 그때서야 밖이 소란하면서 문이 열리는 소리가 들렸다. 우리는 울다가 놀라서 거실 밖으로 뛰어나갔다. 남편의 작은 얼굴이 더욱 작아진 얼굴이었지만 그래도 해맑은 미소로 들어오고 있었다. 그리고 큰 소리를 외치면서 우유를 구했다고 말하고는 또 문밖으로 나가는 것이었다. 우리는 놀란 가슴을 안고 아들과 같이 뛰어나가서 문밖을 쳐다보고 놀라고 말았다.

큰 우유 상자 6박스가 방긋이 웃으면서 우리를 기다리고 있었다. 남편도 너무 좋아서인지는 몰라도 그 작은 얼굴을 환하게 웃으면서 우유 박스 옆에 서 있는 모습에 나의 가슴속은 쿵덕거리다 못해서 엄청난 폭우가 지나간 것처럼 가슴속이 텅 빈 것 같았다. 남편 쳐다볼 염치도 없었지만 눈물을 흘리면서 한참이나 바라보고 있었다. 남편은 환하게 웃는 얼굴로 “여보 구했어, 분유를 구했다고, 정말 오늘 운이 좋았어,” 라고 말하면서 분유 24통짜리 여섯 박스를 땀을 뻘뻘 흘리면서 집안으로 들여놓기 시작했다. 나는 너무 좋아서 땀을 뻘뻘 흘리면서 들어오는 남편가슴으로 달려가 안기면서 예쁘지도 않은 애교를 한참이나 부리면서 “정말 고마워요” 라고 눈물까지 흘리면서 외치고 있었다. 나의 인생관이 완전히 달라지는 심정으로 기쁨과 행복이 쏟아지는 순간이었다. 이제 우리 아기가 살았다는 생각에 가슴이 벅차면서 남편이 눈물겹도록 고마웠다. 나는 남편에게 “그런데 왜 이렇게 늦었어요, 상점 문이 열렸나 보죠!” 라고 남편은 “아니야, 열려서 산 것이 아니고, 자 내 이야기를 들어 보라고, 일단은 아기에게 우유부터 먹이고 나서 얘기합시다.” 라고 하면서 남편의 이야기가 시작되었다. 이란에서는 아무 상점에서나 분유를 팔지 않는다. 오직 약국에서만 분유를 팔고 있기 때문에 약국을 찾아다녀야 했다는 것이다. 우리 한국처럼 돌아서면 약국이 보이지만 여기 이란은 드물게 약국이 하나씩 있기 때문에 약국을 찾으려면 많은 시간이 걸린다. 남편 이야기가 계속되고 있었다. 남편은 말하면서도 계속 얼굴에는 웃음꽃이 피고 있었다. 너무 보기 좋았고 나는 행복했다.

아침 일찍 나섰지만 어디로 가야 할지 막막했다는 것이었다. 상점 문은 다 닫혀 있었고 분유를 꼭 사야 아기를 살릴 수 있는데 하고 여기저기로 데모군중들을 피해서 약국을 찾아다녔다는 말이었다. 그리고 빈손으로 집으로 돌아올 수가 없었다고 말하는 남편이 너무나 애처로워 나는 눈을 감고 남편 목소리만 듣고 있었다. "얼마나 해매이고 다녔으면 배도 고프고 다리도 후들거리고 눈앞이 캄캄해지면서 걸을 수가 없었지, 그때 또 데모군중들이 오는 것을 보고 정신을 차리고 얼른 골목길로 피해서 다시 이 골목 저 골목으로 다니면서 약국을 찾았는데 다 문이 잠겨 있었고 열려 있을 턱이 없었지, 기진맥진해서 오락가락하고 있는데 사람들이 몰려오면서 갑자기 총소리가 아주 가까이 들리는 것이 이상해서 얼른 나도 다른 길로 뛰어갔지, 그리고 얼마나 시간이 지났는데 총소리가 더 크게 들리면서 총알이 어디서 날라 왔는지 내가 서 있는 옆으로 "시 웅" 하면서 총알이 날아가는 거야, 아이고 난 죽었구나, 했지, 그 순간에는 정신을 차릴 수가 없었지 억지로 마음을 가라앉히려고 좀 조용한 골목으로 들어가서 앉아 있다가 다시 또 약국이 있다는 곳으로 찾아가곤 했지만 얼마나 놀랐는지 숨도 제대로 쉴 수가 없었지, 그때서야 몹시 두려워지고 덜컹 겁이 나면서 공포심에 선불리 발을 옮길 수가 없었지, 나는 자신에게 말을 했지요, "나는 틀림없이 살아서 움직이는 거야" 라고 말하고는 길고도 긴 한숨을 쉬고 계셨다. 그렇게 위험한 거리를 해매이고 다닐 때 남편의 마음이 얼마나 힘이 들고 큰 고통이었을까 하고 생각하니 나 같은 함량 미달의 여자를 만난 남편이 너무 불쌍했다. 그리고 순간적인 나의 실수가 이렇게 남편에게 큰 시련과 죽음의 갈림길에 서 있게까지 할 줄은 상상도 못 한 일이었다. 내가 미워서 숨을 쉬고 있는 것조차도 용서할 수가 없었다. 나는 숨을 죽이고 눈을 꼭 감고 있었다. 남편은 계속 이야기를 이어 가고 있었다. 하루 종일 헤매면서 배고픔도 잊고 지금까지 시간을 보냈는데 해는 서서히 지고 어쩌나 하고 시간을 보니까 늦은 시간이었고 또 여기저기 기웃거리는 것도 지쳐서 데모군중들의 눈을 피해서 어느 한쪽 골목길에 서서 저 멀리 앞을 무심코 바라다보니 내려진 약국 간판이 보이는 거야, 데모군중들이 한번 지나가고 나면 한참은 조용하기 때문에 약국 간판이 내려져 있었지만 황급하게 달려갔지, 약국집이 2층 건물이었고 가게는 철문이 내려져 있었고, 밖에서 철문을 튼튼한 자물통으로 잠겨져 있었지만, 틀림없이 분유가 있을 것이라고 생각하고는 어떻게 분유를 살 수가 있을지 한참이나 머리를 굴리고 있었지, 철문 앞에서 큰 목소리로 아무리 소리치고 철문을 두드려도 아무 소리가 없는 거야, 그러다가 또 사람들이 몰려오면 얼른 저쪽 골목길로 가서 숨었다가 다시 또 와서 소리치고 철문을 흔들어도 역시 주위는 조용한 분위기였지, 이거 정말 어쩌지 하고 약국 앞에서 오락가락하는데 점심도 먹지 못하고 또 총알이 날아오는 바람에 놀라기도 했고 기진맥진해서 더 이상 다닐 수도 없었고, 머리를 아무리 굴려도 뾰족한 생각이 나지 않는 거야, 그래도 참고 약국 둘레를 뱅뱅 돌면서 다른 옆문이라도 있나 하고 왔다 갔다 했지, 그런데 마침 조그만 창문이 하나 보이는 거야, 약국이 2층 건물이기 때문에 올라갈 수도 없었고 다시 돌아와서 철문을 두들겨도 안에서는 아무런 기척이 없는 거야, 그때만 해도 이란의

9월 달은 엄청 더운 날씨였다. 땀을 뻘뻘 흘리면서 옆으로 갔다가 앞으로 갔다가 그리고 손이 아프게 두들겨도 인기척이 없으니 어떻게 해야 하나 하고 날은 이미 어두워지고 집으로 그냥 돌아가야 하나 하고 생각도 했지만 우리 아기가 아무것도 못 먹고 있다고 생각하니 도저히 그냥은 돌아올 수가 없었다는 남편의 말에 나는 눈물만 흘리고 있었다. 그렇게 정신 나간 사람처럼 약국 앞에 서 있었는데 길에는 아무도 없다고 생각했는데, 갑자기 옆구리에 차가운 쇠붙이가 닿으면서 "이슈(암호)" 라고 외치는 소리에 깜짝 놀라서 두 손을 번쩍 들었지, 돌아보니 완전무장한 군인이 총부리로 옆구리에 겨누면서 암호를 대라고 연신 이란말로 고함을 치는 거야, 나는 너무 무섭고 놀라서 정신을 차릴 수가 없었고 두 다리가 후들후들 떨려서 서 있기도 힘들었지, 라고 말하면서 호박씨만 한 조그만 눈에서 눈물이 아롱거리고 있었다. 잠시 후 두 팔을 번쩍 들고 벌벌 떨고 있는 사람이 외국인임을 확인하고는 총부리를 내리면서 하는 말이 지금 통행 금지 시간인데 왜 길거리에 나와 있느냐면서 외국인이 이렇게 위험하고 늦은 시간에 여기서 무엇을 하느냐고 이란말로 하면서 그리고 또 빨리 집으로 돌아가라면서 손짓하는 것에 힘을 얻어서 정신을 차리고 나도 이란말로 또박또박 하게 말을 했지, 우리 사정 얘기를 다 했더니 호기심을 가지고 다 듣고는 알았다면서 고개를 끄덕이더니 길가에 세워둔 장갑차 쪽으로 가서는 같이 타고 온 사람과 한참이나 무슨 말인가 속삭이는 거야 그리고 나서 나에게로 다시 오면서 군인은 웃으면서 나에게 윙크를 하는 거야 그리고 조금 후에 장갑차 속에 앉아있던 다른 사람이 모자를 바로 쓰면서 차에서 내리더니 나에게로 와서 정중하게 인사를 하고는 "이제는 아무 걱정 하지 않아도 됩니다." 하고는 웃으면서 약국 앞으로 가서는 자기 허리에 차고 있던 총을 손에 들고는 약국 문 쪽으로 겨냥해서 여러 번을 쏘아 올리는 거야, 조금 있으니 주인 남자가 사색이 된 표정으로 헐레벌떡 2층에서 뛰어 내려와서는 약국 문을 열더라고, 그렇게도 소리치고 두드려도 인기척이 없었는데 말이야, 총알이 몇 방 날아가니 무섭게 뛰어나왔다는 말이었다. 군인이 주인에게 우유 있느냐고 소리를 치면서 뭐라고 또 말을 하자 사색이 된 약국 주인 남자는 정신 나간 사람처럼 연신 고개를 굽실굽실거리면서 나를 힐끔힐끔 쳐다보고는 당신이 원하는 만큼 분유를 가지고 가라는 거야, 하여간 나는 연신 굽실거리는 그 약국 주인 남자를 보면서 웃음이 나서 참는데 혼이 났어, 그리고 이란사람들이지만 흠잡을 데 없는 훌륭한 군인들이었어, 그리고 이 많은 분유 박스를 차에 싣고 집 앞까지 오는데 만약 도중에 데모군중들에게 반격을 받았으면 군인도, 나도, 죽을 수도 있는 상황이었다고 말하면서 집까지 데려다준 군인들이 너무나 고마웠다고 말하면서 남편은 나중에라도 다시 만날 수만 있다면 이 고마움을 꼭 보답하여야겠다고 말하는 남편의 얼굴이 해와 같이 빛나고 있었다. 나는 남편에게 다시 물었다. "당신이 그 군인들에게 뭐라고 말했는데!" 라고 "응 사실대로 이야기 했지, 아기가 며칠 전에 태어났는데 모유가 나지 않아서 분유라도 사서 먹여야 될 것 같아서 위험한 줄 알면서도 오늘 새벽부터 나와서 약국을 찾아다녔지만 가게 문들이 열려있지 않아서 이렇게 지금까지 헤매고 다닙니다. 라고 그리고 아기에게 지금 아무것도 먹이지도 못하고 물만 먹이고 있다고 말하면서 만약 분유를 사지 못한다면 아기가 죽을 수도 있고 해서 위험해도 내가 나가서 분유를 구하면 아기도 살고 나도 살 수 있다고 말했지," 그러니까 계급이 높은 군인은 두말하지 않고 외국인의 어려운 사정을 잘 알았다면서 도와주겠다고 친절하게 말했다는 것이었다. 그리고 헤어질 때는 서로 손을 잡고 악수도 나누고 인사를 하고 헤어지면서 고맙고 감사하다고 말하면서 "금일봉"을 감사하다는 마음으로 전해 주었더니 극구 사양을 했지만 내가 거듭 고맙다고 인사를 하면서 주머니 속에 넣어 주었다는 남편의 말이었다. 나는 정말 잘한 일이라고 생각했다.

남편은 밝게 웃으면서 우리 아기가 먹을 복은 타고났다고 기뻐했다. 그리고 또 환하게 웃으면서 하는 말이 벌벌 떨면서 나온 약국 주인 하는 말이 "나는 데모도 하지 않았는데 왜 그러느냐고," 얼굴이 벌겋게 변해서 군인들에게 따져 묻는 모습이 눈에 선하다면서 밝게 웃는 모습이 참 보기에 좋았다. 그리고 군인들이 하는 말이 이 외국인에게 분유를 주시오, 아기가 분유가 없어 다 죽어가고 있으니 당신 집에 있는 분유를 이 사람에게 다 주라고 말했다는 것이다. 그리고 그 군인들을 다시 만날 수만 있다면 좋겠다고 말하는 남편은 그 사람들이 엄청 고마웠던 모양이었다.

그리고 자식들도 부모에게 꿈이고, 희망이고, 한없는 기쁨도 주지만 부모들도 자식들과 가정을 위해서 물불을 가리지 않는다는 사실이다. 아무리 큰 고통과 어려운 일이 있다고 해도 사랑과 기쁨과 즐거움으로 생각하면서 자식들을 위해서 열심히 살아가는 것이 가족의 끈이 아닌가. 라는 생각도 해 본다. 이런 고통과 괴로움을 겪어야 하는 것도 다 우리 조국이 아닌 낯선 타국 땅이기 때문이기도 하지만 이렇게 외국 땅에서 고통을 당하면서 살아가고 있는 것도 언젠가는 아름다운 추억이 될 것이라는 생각도 해 본다. 몸과 마음이 너무 지치고 힘든 시간이었지만 나는 남편을 바라보면서 생각했다. 내 인생에서 가장 잘한 것은 우리 신랑을 만났다는 것이다. 라고 그래서 부모님에게도 감사하다고 나 혼자 중얼거리기도 한다. 이 모든 것이 나의 삶인데 기쁘게 받아들이자 라고 생각하면서 오늘 하루의 슬픔과 초조와 고통과 그리고 괴로웠던, 긴 시간들이 꽉 막혔던 숨통을 트이게 해 주는 것만 같았다. 그리고 왠지 앞으로의 미래가 눈부시게 나에게로 달려오는 것 같았다. 그리고 마음의 여유도 생겨서 기뻤다.

우리 부부는 오늘 하루 힘들었던 시간들이 작은 떨림으로 이 순간만큼은 행복과 기쁨이 넘치는 마음으로 서로를 따뜻하게 품어 안았다. 그리고 어느 정도의 안정된 마음으로 가슴이 벅차오르는 행복감에 가슴 설레면서 서로를 뜨겁게 사랑하면서 모처럼 깊은 잠속으로 빠져들어 갔다.

# 나의 친구 무화과나무

몸과 마음이 너무 지쳐서 심적 고통에서 하루빨리 벗어나고 싶었다. 우리가 살고 있는 집은 낡은 2층 건물이다. 1층에는 우리가 살고 2층에는 주인집이 살고 있었다. 도로에서 문을 열고 들어서면 조그만 현관을 거쳐 다시 문을 열면 넓은 거실이다. 거실에서 왼쪽으로 다른 방으로 들어가는 문이 있고 방으로 들어가기 전에 바로 오른편으로 조금만 돌아서면 부엌으로 통하는 문이 있다. 부엌에서 나오면 바로 넓은 거실과 연결이 되어서 편하다는 느낌이 든다. 그리고 넓은 거실이 바로 마당으로 통하고 있었고 아주 두꺼운 유리창으로 되어 있었다. 그래서 마당의 모든 것들이 한눈에 들어오는 것이 너무나 좋았다. 마당에는 크고 작은 나무들이 몇 그루 있었는데 그중에서 유독 나의 눈에 들어오는 한 나무가 있었다. 바로 거실 앞 창문을 바라보고 서 있는 무화과나무였다. 나는 첫눈에 무화과나무가 참 보기에 좋았다. 그리고 집주인 부부도 마음이 좋아 보였다. 남쪽이라서 빈부 격차가 심할 수도 있을 것이라고 생각은 했었지만 남편의 직장과 가까운 거리에 있었기 때문에 이 집으로 이사를 온 것이다. 그리고 거실 창밖에 우뚝 서 있는 무화과나무의 무성한 잎들이 초록의 싱그러움으로 밝은 미소로 나에게 손짓하고 있었기 때문이었다. 나는 3개월이 지나도록 몸이 회복이 되지 않고 있었다. 이렇게 누워서 눈만 뜨면 바라보는 것이 바로 무화과나무다. 이 무화과나무가 나의 유일한 친구고 즐거움이었다. 나는 육체의 아픔 그리고 마음의 아픔이 있을 때는 항상 이 무화과나무를 바라보면서 마음의 위안을 받고 있는 것 같았다.

아침에 빛나는 밝은 태양이 떠오를 때는 무화과나무는 저만큼 물러서면서 빛나는 태양을 우리 거실 안으로 듬뿍 쏟아부어 주는 것처럼 붉게 물들이면서 넓은 거실 전체를 아름답게 오색 빛으로 타오르게 한다. 나는 매일 아침마다 붉게 타오르는 태양을 보기 위해서 두꺼운 천으로 막아놓은 거실 커튼을 태양이 빛나기 전에 활짝 열어 놓는다. 그리고 무화과나무가 진한 초록의 옷단장으로 제일 먼저 나에게 미소 짓는 모습이 너무나 좋아서 아픔도 잊은 채 바라보고 있는 나를 발견하곤 한다. 나는 여러 날째 잠을 잘 수가 없었다. 아픈 고통도 있겠지만 요사이는 더 잘 수가 없는 것이 몇 달째 계속되는 왕 정권과 물라(회교지도자)들의 싸움이 더욱 치열해졌고 밤이면 총소리, 사람들의 요란한 발자국소리, 아우성 소리, 그리고 동네 개들까지도 요란하게 짖어 댄다. 이런 모든 것들이 테헤란 밤하늘을 뒤흔들고 있었기 때문이었다. 아침이 오면 거센 비바람과 폭우가 휩쓸고 지나간 뒤의 적막감이라고 할까, 하여간 허전한 느낌까지 들기도 한다. 혁명이 시작되고부터는 우리 외국인들이 많은 고통과 서러움을 당했다. 우리가 길을 가면 이란 아이들이 돌을 들고 따라다녔고, 또 어떤 이는 너희 나라로 빨리 돌아가라고 소리치는 사람들, 그리고 상점에 가면 하는 말이 너희 나라에는 계란도 없을 것이다. 라고 비양거릴 때는 주먹으로 이란 사람들의 면상이라도 갈겨주고 싶은 생각에 두 주먹을 불끈불끈 질 때가 한두 번이 아니었다. 도시에서 남쪽으로는 더욱더 갈등이 심했고 길거리에 나가 다니는 것도 무서웠다. 앞에서도 언급했지만 남쪽에 살고 있는 사람들은 대다수가 배우지도 못했지만 무지하다고 말할 수도 있겠다. 남쪽으로 내려올수록 외국인들이 살기도 위험하고 그리고 물건 사는 것도 힘이 들었다. 이란사람 총인구 50%가 문맹자이기 때문에 자기 개인들에게 조그만 이익이라도 돌아 온다 하면 물불을 가리지 않고 현혹된다는 것이다. 남쪽 사람들이 일찍이 경험이 없는 과거를 정확하게 알지 못하는 것과 왕 정권들만이 호화롭고 사치스런 생활로 지금까지 살아왔다는 말들을 듣고는 이제부터는 자기들이 잘 살 때라는 말이었다. 이제 외국인들도 필요 없고 모든 것은 자기들 손으로 해결한다는 것이었다. 공항문도 아직 닫혀 있었고 한국으로 나가고 싶어도 갈 수가 없는 현실이었다. 우리 가족도 비행기만 들어오면 한국으로 나갈 준비를 하고 있었다.

남편은 얼마 전부터 회사는 나가고 있었지만, 회사에서 월급도 몇 달 치나 체불되었기 때문에 남편은 한국으로 나갈 생각이 별로 없는 것 같았다. 이란 정부에서 어떤 결정이 날 것인지도 모르기 때문이었다. 회사에서 무슨 결정이 날 때까지는 기다리는 수밖에는 없다고 말했다.

그렇게도 조그마했던 우리 아기는 우유 살이 올라서 포동포동하게 살이 오르기 시작했다. 태어날 때하고는 완전히 다르게 변해가고 있는 아기가 천사를 직접 보지는 못했지만 그래도 천사보다 더 예쁘게 탈바꿈이 되는 것 같았다. 눈, 코, 입 그리고 귀, 모두가 하나같이 귀공자처럼 잘 생겼다고 말하고 싶다. 피부도 하얗게 토실토실하게 피어오르는 것이 계란 삶은 흰자위처럼 뽀얗게 변해가고 있었다.

아기가 예쁘다는 소문이 조금씩 퍼져나가기 시작했다. 회충약으로 인해서 먹지도 못하고, 또 자빠지는 바람에 달도 채우지 못하고, 그리고 모유가 없어 굶기도 하면서 자라는 아기가 그렇게도 예쁘다는 소문이 회사에 같이 근무하는 아저씨 아주머니 그리고 가까이 살고 계시는 많은 분들이 아기를 보기 위해서 위험한 동네 길이지만 오셔서 보고하시는 말씀들이 하나 같이 "아휴 달도 채우지 못하고 태어난 녀석이 어쩜 이렇게도 변할 수가 있나" 하시면서 정말 예쁘다고 놀라시면서 돌아들 가신다. 요사이는 우리 아기를 보기 위해서 사람들도 많이 오시고 하니 어느 정도 아픔도 괴로움도 멀어지는 느낌이었다.

마음의 안정도 조금은 되면서 행복하다는 생각도 들었다. 역시 행복이란 누군가에게서 받는 것이 아니고 자신에게서 나오는 형체 없는 모든 것이라는 것을 온몸으로 느끼면서 행복이 이렇게 마음속에 항상 있는데 왜 사람들은 행복을 찾아서 헤매고 있을까라는 생각도 해 본다. 눈앞에 있는 것이 바로 행복이라는 것을 나도 이제야 알았기 때문이다. 나는 오늘도 창밖에 반짝이고 있는 아름다운 햇볕을 바라보면서 나의 깊은 마음속에도 저렇게 환하게 빛이 되어 들어오면 좋겠다는 생각으로 끝없이 높고 푸른 하늘에 동동 떠다니는 흰 구름들이 시시각각으로 변하고 있는 모습들이 참 신기하다는 생각도 들었다. 그리고 무화과나무에 열매는 달려있지 않았지만 그래도 무성한 푸른 잎들이 바람 소리로 인해 흔들리면서 햇빛에 반사되어 반짝이는 광채가 나의 눈에 참 아름답게 들어오고 있었다.

# 집에 불이 나다.

밤에는 계속 전깃불이 없다는 것을 앞에서도 언급했었다. 요사이 우리 아기가 낮에는 잠만 자고 밤에는 놀자고 하니 내가 견딜 수가 없었다. 그리고 캄캄하면 울고 보채니 촛불이라도 켜 놓아야 울지 않고 잘 놀았다.

오래된 집이라서 그런지 몹시 추웠다. 그리고 거실이 길고 넓어서인지 더욱더 춥다는 생각이 들었다. 난로라도 피워야 거실에서 잘 수가 있기 때문이다. 이때만 해도 도시가스가 들어오는 집은 생각도 할 수가 없었기 때문에 살 수도 없었고 이런 변두리에 살아도 집세가 비싸서 한 달이 금방 지나가는 것 같았다. 여기는 테헤란 남쪽으로 내려올수록 집이 허술하고 오래된 집들이 많으면서 서민들이 살고 있었다. 북쪽으로 올라갈수록 집값이 비싸지만 생활하기도 편리하고 도시가스가 들어오기 때문에 아무리 추워도 따뜻하게 보낼 수가 있다. 그리고 도시가스가 들어오는 집은 세가 엄청 비싸기 때문에 살고 싶어도 살 생각은 아예 하지도 않았다.

지금 우리가 살고 있는 집은 남편이 다니는 공항 가까이에 있기 때문에 집이 허술 하지만 이 정도 고생은 얼마든지 할 수가 있었다.

어둠이 서서히 몰려오기 시작하면 돌아가면서 창문마다 두꺼운 천이나 거실 커튼으로 불빛이 새어 나가지 않게 다 막아야 한다. 아기 때문에 촛불이라도 켜야 하기 때문이다. 아기가 밤과 낮이 바뀌는 바람에 낮에는 종일 우유병을 입에 물고서는 색색거리면서 잠만 자기 때문이다. 이렇게 자다가도 저녁이 저물고 어두움이 오기 시작하면 용하게도 눈을 뜨고 놀기 시작한다. 그리고 새벽이 밝아 올 때까지 입을 오물거리면서 울지도 않고 촛불을 바라보면서 같이 놀자고 한다. 나는 몸도 성치 않았고 괴로운데 잠까지 잘 수가 없었다. 그리고 캄캄하면 용하게도 알고 큰 소리로 까르르 넘어 갈듯이 울었다.

이란 집의 구조는 넓기 때문에 마당 쪽으로 큰 두꺼운 유리창이 있고 거실 중앙에 큰 난로라도 피어 놓아야 거실 전체가 훈훈해진다. 그리고 안쪽 구석진 곳으로 큰아이 침대가 놓여 있고 그 밑쪽으로 내가 누울 수 있도록 큰 이부자리를 펴 놓았다. 그리고 옆에 벽 쪽으로 아기 자리가 있었다. 이란의 집 구조가 좀 특이한 점도 있었다. 집을 건축할 때 아예 벽 속에다가 장롱을 넣어서 같이 짓는다는 것이다. 그리고 양쪽 옆 벽 사이로 길고 넓은 선반이 벽에 꽂혀 있기 때문에 그 선반 위에다가 이것저것 예쁜 물건들을 올려 놓게끔 만들어져 있었다. 한국에는 예쁜 인테리어 미니장식장들이 따로 있지만 여기는 집을 건축할 때 미리 사람들이 편하게 이용할 수 있도록 멋은 없지만 사용하는 데는 불편한 점이 없도록 구조가 잘 되어 있었다. 나는 이 선반 위에다가 시계도 올려놓고 또 이것저것 그리고 한국에서 가져온 테이프 꽂는 장식품 층층이로 되어 있는 플라스틱 박스와 카세트를 예쁘게 올려놓았다. 그리고 플라스틱 수납 박스 위에 동그랗게 만들어 놓은 조그만 손잡이 속에 촛대를 꽂으면 딱 좋았다. 초를 꽂아 두면 똑바르게 서 있게끔 되어 있었다. 방이 캄캄하면 아기가 울기 때문에 촛불이라도 켜 놓아야 했다. 아기는 선반 위에 꽂혀 있는 촛불을 보면서 혼자 방긋 방긋 웃으면서 잘도 놀았다.

오늘 밤도 촛불을 켜서 테이프를 꽂아둔 플라스틱 박스 꼭대기에 촛불을 꽂아 두었다.

매일 야근을 하던 남편도 웬일인지 오늘은 집에서 잠을 자고 있었다. 남편은 거실로 들어오기 전에 옆방에서 항상 혼자 자면서 들어오기도 하고 나가기도 한다. 우리 세 식구는 거실에서 편하게 잠도 자고 아이들과 재미나게 시간을 보내는 나의 소중한 보금자리이기도 했다. 그리고 아기는 촛불이 잘 보이는 곳에다가 뉘어놓고 있었다. 나는 힘없이 감기는 눈으로 촛불을 바라보면서 시계를 바라보고 있었다.

지금 시간이 새벽 2시가 지나고 있는데도 아기는 초롱같이 빛나는 눈동자를 굴리면서 촛불을 바라보고 놀고 있었다. 아예 잠잘 생각이 없어 보였다. 나는 촛불을 쳐다보면서 초가 조금 남아 있는 것이 약 5㎝ 정도 남아 있었다. 저 초가 다 타면 끄고 잠을 자야겠다고 생각하는 동시에 잠이 깜박 들었던 모양이었다.

얼마나 잤을까? 잠결에 어렴풋이 "불이야, 불" 하는 다급한 남편의 목소리가 들리는 것 같았다. 그냥 잠결에 아련히 들려오는 소리가 내가 꿈을 꾸고 있다고 생각했다.

그런데 "불이야 불, 빨리 일어나," 하는 남편의 천둥 같은 목소리에 깜짝 놀라서 눈을 번쩍 뜨는 순간 벌겋게 타오르는 불길을 볼 수가 있었다. 이건 꿈이야 라고 외쳤다.

선반 위에 플라스틱을 태우면서 불길이 이글거리며 밑으로 흘러내리고 있었고 옆쪽에서도 불이 붙어서 타고 위쪽에는 달력에 불이 붙어서 활활 타면서 천장 위로 펄럭이면서 번지고 있었다.

너무 갑작스런 일이라 "꿈이야, 꿈을 꾸고 있는 거야" 라고 생각과 동시에 다시 남편의 벼락 치는 천둥 같은 목소리에 놀라서 완전히 꿈속에서 헤어났다. 순간 심장이 멎는 것 같았다. 몸을 움직일 수가 없었다.

일어날 수도 일어설 수도 없었고 숨을 온전히 쉴 수도 없었다. 남편이 바쁘게 이리저리 뛰어다니는 모습만 눈에 아롱거릴 뿐이었다. 그때 남편이 물을 쏟다 붙는 물방울이 내게로 튀면서 다시 정신이 번쩍 들었다. 그때 또다시 나를 향해서 남편은 큰소리로 외쳤다. 남편을 쳐다보니 얼굴이 벌겋다 못 해서 검게 그을린 얼굴로 부엌으로 목욕탕으로 물 떠다 나르기 바빴다. 이제야 꿈이 아니라는 사실에 정신이 번쩍 들면서 더욱 확실해지는 것 같았다. 그때서야 울고 있는 큰아이와 저쪽 구석에 처박혀있는 아기를 안으려고 보니 그때까지도 반짝거리는 눈으로 입을 오물거리면서 활활 타오르는 불빛을 바라보면서 놀고 있었다. 이 순간에도 그을음으로 검게 된 아기 얼굴이 예쁘게 보였다. 벌써 이불이랑 요들이 물에 다 젖어 있었고, 물을 갔다 붙 때마다 플라스틱 그을음이 온 거실 전체에 날아다니면서 희고 검은 연기가 춤을 추면서 거실 안을 돌아다니고 있었다. 그때서야 급하게 물에 젖은 요로 아기 몸을 둘러싸서 안고는 큰아이를 데리고 반쯤 열려 있는 문으로 겨우 빠져나와서 다른 방으로 데려다 놓고 다시 급하게 거실로 들어와서 불 끄기에 정신이 없었다. 불을 끄면서도 마음속으로는 꿈이야 꿈일 거야 라고 혼자 중얼거리면서 물을 갖다 날랐다. 남편은 정말 재빠르게 몸을 움직이고 있었다.

생각보다 쉽게 불이 꺼졌다. 정신을 차리고 넓은 거실을 둘러보니 완전히 그을음으로 인해서 홀 전체가 까맣게 덮여 있었고 천장이고 바닥이고 그리고 양 벽이 다 새까맣게 변해 있었다. 거실 바닥에는 물로 가득 찼고 이불이고 침대고 베개는 완전히 젖어 있는 것도 부족해서 까맣게 변한 것을 바라보니 팔다리에 힘이 쑥 빠지는 것 같아서 그 자리에 주저앉고 말았다.

남편도 그때서야 물동이를 놓고는 정신이 좀 드는 것 같아 보였다. 나는 곁눈으로 남편을 힐끔 쳐다보았다. 남편은 너무 화가 나서 무슨 말도 아니 말문이 막혀버린 사람처럼 보였다.

금방이라도 한바탕 싸움이라도 벌어질 것만 같았다. 나는 남편의 눈치를 살피면서 슬그머니 거실 마당 쪽 유리 창문 밖으로 얼른 나왔다. 제일 먼저 무화과나무가 나를 반겨주는 것 같아서 좋았다. 그리고 나에게 수고 많았다고 칭찬해 주는 것 같았다. 내가 살아 있어서 고맙다고, 많이 놀랐다고 다독거려 주는 것 같았다.

나는 생각했다. 남편으로 인해서 다시 덤으로 새 인생을 살아야 할 것 같다는 생각이 제일 먼저 머리에 떠올랐다. 남편이 너무 고마웠다. 이런저런 생각에 움츠리고 있는 나에게 차가운 바람이 나를 감싸고도는 것 같았다. 남편이 아니었음 우리 세 식구는 지금쯤 검은 재로 남아 있을 것 같아서 온몸이 부들부들 떨렸다. 아, 생각만 해도 끔찍한 현실이었다. 주눅 들지 말자라고 스스로 자신을 다독거리면서 희끄무레하게 밝아 오는 먼 하늘을 한참이나 바라보고 서 있었다. 어느새 서서히 동녘 하늘이 밝아 오고 있었다. 나는 크게 심호흡을 하면서 밝아오는 새 아침 햇살을 눈부시게 바라보면서 서방님 덕분으로 나는 살아 있다. 라고 외치고 싶었다. 그래도 조금은 기분이 좋았다. "앗, 참" 남편 회사에 갈 시간이 지나고 있는 것 같아서 얼른 거실 안으로 뛰어 들어왔다. 그때까지 남편은 우두커니 서서 급하게 뛰어 들어오는 나를 바라보고 있었다.

얼음같이 차가운 눈빛으로 쳐다보는 것 같아서 온몸이 오그라드는 느낌이었다. 아무 대화도 할 수가 없었다. 방안의 연기로 인해서 눈이 따가웠다. 나는 눈을 감고 심호흡을 하면서 어떻게 이 순간을 빠져나갈 것인지 침을 삼키면서 깊게 생각을 하고 있었다. 그리고 자신부터 살펴보고 싶은 심정이었다. 거실 주위를 살펴보니 더욱더 비참하고 고뇌와 수심의 수렁에 더욱 깊게 빠져들어 가는 것 같았다.

너무 속이 상해서 치밀어 오르는 분노에서 탈출이라도 하고 싶었다. 이란 땅에 와서 그냥 이렇게 보통 사람들처럼 열심히 살아가고 있는 우리에게 왜 이렇게 목숨까지 위태한 큰 사건이 생겨야 하는지 알 수가 없었다. 정말 가슴이 터질 것만 같았다. 그리고 목 놓고 소리치면서 엉엉 울고만 싶었다. 울고 싶어도 남편의 눈치를 살피면서 울어야 했다. 정말 남편에게 너무 미안해서 마음 놓고 울 수조차도 없었다. 이 순간만은 어디에라도 멀리멀리 숨어버리든지 아니면 달아나 버리고 싶었다. 한 마디로 인생의 삶에서 도피해 버리고 싶은 심정이니만큼 마음이 너무 괴로웠다. 그런데 이런 와중에도 남편은 어떻게 불이 났는 것을 알았는지 궁금했다. 문이 있는 곳에는 불빛이 밖으로 새어 나가지 않게 하기 위해서 다 막아 놓았고, 우리 세 식구는 제일 구석진 곳에다가 잠자리를 마련했기 때문에 소리가 크게 들리지 않는 한 바로 옆방에서도 모르는 일이었다. 우리가 사용하는 거실이 길어서 난로를 중심으로 해서 마당 쪽으로 유리 창문에는 두꺼운 시트와 커튼을 치고 있었기 때문에 어지간한 소리는 잘 들리지 않는다고 나는 생각하고 있었기 때문이다. 그런데 남편은 어떻게 알고 잠결에 일어났는지 너무 궁금했다. 가족을 살리기 위해서 회사 가는 시간도 바꾼 것 하면, 또 곤하게 자는 잠결인데 어떻게 일어났는지 정말 알고 싶었다.

그리고 남편이 너무 고맙고 감사했다.

나는 어둠 속에서 우두커니 앉아서 "여보야 살려 주어서 정말 고마워"라고 입속으로 중얼거리면서 앞쪽에 앉아있는 남편이 무어라고 말해 줄 것을 기대하면서 마음을 가다듬고 있는 자신이 어느 정도 침착성을 찾았다는 생각이 들었다. 하지만 새까맣게 변해버린 거실 주위의 분위기에 억눌려서 잠옷 전체에 물이 스며들고 있다는 사실도 잊은 채로 우리 부부는 한동안 그대로 물이 흥건한 방바닥에 주저앉아 있었다. 거실 전체에는 검은 연기와 플라스틱 탄 냄새에 눈을 뜰 수가 없었다. 하지만 이런 것쯤은 아무 문제가 되지 않았다. 남편은 침통한 표정으로 고개를 돌리면서 한마디 했다. "사람이 왜 그 모양이야" 라고 작은 눈을 동그랗게 뜨고는 씩씩거리면서 말을 하기 시작했다. 나는 재빠르게 얼른 "당신 회사에 안 가요", 라고 시간이 지났는데, 라고 나 혼자 중얼거리면서 남편을 쳐다보았다. 남편은 화가 나서 회사고 뭐고 간에 갈 생각이 없는 모양이었다. 나는 엄청 미안한 표정으로 예쁘지도 않은 미소를 흘리면서 정말로 궁금한 것을 물어보았다. "당신 어떻게 불이 난 것을 알았어요?"라고 물었다. 착한 남편은 화가 난 표정으로 나를 힐끔 쳐다보면서 머뭇거리고 있는 모습이 화가 나서 못 견디겠다는 표정의 얼굴로 말을 하기 시작했다. "잠결에 무엇이 펄펄 거리는 소리가 자꾸만 나는 것 같기도 해서 아마도 난로에서 나는 소리겠지 하고 생각하면서 자는데 펄펄 거리는 소리가 조금씩 자꾸 커지는 것 같아서 아마도 난로에 석유가 떨어지나 보다.

라고 생각과 동시에 소리가 크게 들렸지, 때문에 불이 꺼지기 전에 석유를 더 부어야 되겠다고 잠결인데도 생각하면서 눈을 떴지, 눈을 뜨고 무심코 식구들 자는 방을 쳐다보니 방 안이 대낮처럼 밝은 거야, 이상하다 생각하고 꿈을 꾸고 있는 줄 알고 눈을 비비면서 다시 눈을 크게 뜨고 쳐다보는 순간에 플라스틱이 크게 터지는 소리가 들리는 순간에 벌떡 일어났지, 그리고 다시 정신을 차리고 보니 식구들이 자는 방에서 불꽃이 날아다니고 대낮보다 더 밝은 거야, "아, 이것은 현실이다. 하고는 벌떡 일어나서 바로 방으로 달려가서 문을 여는 순간 불길이 앞으로 확 몰려오는 것에 놀라서 앞을 보니 카세트와 플라스틱이 타서 물이 되어 밑으로 흘러내리고 있는 순간에 희미했던 눈빛이 저절로 확대되어 오면서 플라스틱이 타면서 이불을 향해서 내려오는 불길을 보고 너무 충격적이고 어리벙벙해서 앞으로 더 나설 수가 없었지만 급하게 뛰어 들어가서 얼른 아기부터 구석진 곳으로 밀어 놓고는 불을 꺼야 한다는 생각에 급하게 물을 찾았고 당신을 깨우면서 불을 끄기 시작했지, 그런데 당신은 이런 엄청난 현실 앞에서 갈팡질팡하고 있으니 내가 얼마나 화가 났겠어," 라고 말하면서 우리는 서로 눈이 마주치면서 웃고야 말았다. 광대 같은 두 사람 얼굴에는 땀과 그을음으로 무슨 연극을 하고 난 뒤의 얼굴 같았기 때문이었다. 거실 전체가 까맣게 덮였고 바닥에는 물이 한강이었다. 그때서야 아이들이 있는 방으로 들어와서 아이들을 쳐다보니 아이들 얼굴에도 검정으로 덮여 있었다. 그런데 우리 부부는 아기 얼굴을 보고는 또 한바탕 웃고 말았다. 아기 콧구멍이 벌렁거릴 때마다 검은 그을음으로 플라스틱 재가 나왔다 들어갔다 하는 모습이 신기했기 때문이었다. 이런 심각한 순간에서도 둘이서 한참이나 웃었다는 사실이 정말 이상했다. 그리고 살아 있음에 감사했다.

남편은 몇십 년이 지난 지금도 그때의 일이 엊그제 같다고 말하면서 붙잡을 수도 없이 가는 세월이 주마등처럼 흘렀다면서 그때의 날들을 회상하며 밝은 미소로 추억을 만들고 있는 모습이 참 보기에 좋았다. 그리고 한편으로는 미안한 마음이기도 하고 고맙다는 생각도 들었다.

도대체 인간의 마음은 어떤 모서리 위에 서 있는 것일까 라고도 생각해 보면서 또다시 검게 그을린 주위가 확대되어 눈 속으로 들어왔다.

그리고 조그만 촛불 하나가 이렇게 큰 거실을 완전히 잿빛 어두움으로 만들어 놓다니 정말 온몸에 소름이 끼치는 그림이었다. 이처럼 크게 놀라기는 내 평생에 처음일 것 같았다.

하지만 우리가 살아 있음에 너무 고마워하면서 눈에 보이지도 않는 모든 신들에게 감사드리고 있었다. 그리고 앞으로 더욱더 열심히 살라는 뜻으로 알고 착하게 그리고 행복하게 잘 살아야 되겠다고 마음속으로 다짐했다.

불이 나서도 문제가 많았지만 불을 끄고 나서도 많은 문제들이 우리를 기다리고 있었다.

## 불을 끄고 나서

불이 나서도 문제였지만 불을 끄고 나서는 더 큰 문제들이 많았다. 벽 전체가 까맣게 그을린 곳과 불이 가깝게 났던 벽에는 움푹 파여 있었다. 천장도 검게 그을려 있었고 그리고 벽과 천장 사이사이 구석진 곳에는 거미줄처럼 길게 그을음이 매달려 있었다. 거실 안에 있던 모든 가구와 이불 그리고 아이들 책이랑 장난감 등등 그 무엇도 쓸 수가 없었다.

우리 부부는 거실 전체를 정상대로 해 놓기 위해서 무척이나 노력했지만 원상복귀로 해 놓기는 어림도 없었다. 벽 전체를 물걸레로 닦고 닦았지만 더욱더 까맣게 변하는 곳도 있었다. 이번에 불이 나면서 플라스틱 그을음이 이렇게 독하다는 사실을 처음 알았다. 그리고 아주 험한 곳은 페인트를 칠하기도 하고 움푹 파인 곳은 예쁜 달력 그림으로 갖다 붙이고 해도 원상복귀는 불가능이었다. 거실 전체를 다 한다는 것은 무리였다. 몇 주일이 지나도록 닦고 칠하고 해도 여전히 보기에 흉했다. 이런 사실을 집주인이 알았다면 아마도 기절이라도 했을 것이다. 집주인 몰래 집수리를 하려니 여간 힘이 드는 일이 아니었다. 그리고 이불이고 요는 어쩔 수 없이 다 갔다 버려야 했다. 버리는 것도 쉽지가 않았다. 그리고 플라스틱 그을음은 빨 수도 없었고 닦으면 닦을수록 더욱 까맣게 변하는 성질이 있다는 사실도 이번에 알았다.

몸도 몸이지만 너무 지쳐서 어떻게 감당할 수가 없었다. 이불이랑 이것저것 장만할 것들이 생각보다 많았다. 아이들 물건들도 다 거실에 있었기 때문에 하나하나 새로 다 준비한다는 것도 무척 힘이 들었다. 정말 밤하늘에 수많은 별들만큼이나 어려움이 많은 것 같아서 눈에서는 눈물이 떠나지를 않았다. 나는 마음 놓고 울고 싶어도 남편 몰래 울어야 하는 자신이 너무 싫었다. 몸도 지쳐 쓰러질 것만 같았다. 지금 쓰러지면 영원히 일어날 수가 없을 만큼 힘이 들고 괴로운 나날이었다.

마음을 다잡고 슬기롭게 잘 견디어 보자고 생각을 하면서도 이런 현실을 부정하면서 받아들이기가 쉽지는 않았다. 거실에 있었던 물건들을 새로 다 장만하는 일도 무척이나 힘이 들었다.

이란사람들 눈치를 보면서 위험한 거리를 나다녀야 했기 때문이었다. 그리고 나중에 이 집을 나갈 때도 큰 문제가 따를 것 같다는 생각도 하면서 열심히 거실을 다듬고 손질했다.

이제 어느 정도는 불 때문에 있었던 충격도 거실 속에 정리도 되어 가고 있었다. 이 충격으로 몸도 이상하고 머리에도 이상이 있는 것 같았다. 불이 난 후부터는 아침에 일어날 수도 없었고 몸을 움직이는 것조차도 너무 힘이 들었다. 남편이 아침 출근 시간에 일어날 수가 없으니 남편도 괴로운 나날이었다. 계속 회사에 늦어지고 지각을 하니 내가 미안해서 견딜 수가 없었다. 남편은 나를 데리고 병원에 가서 건강 상태를 체크해 보았지만 아무 이상이 없다는 것이었다. 머리가 띵하고 터질 것만 같은데도 병원에서는 정상이라는 말만 했다.

비록 밖에서는 소란스럽고 정부가 바뀐다고 이란사람들이 곳곳에서 쑥덕공론들을 하고 있었지만 그래도 우리 외국인들은 그런대로 잘들 살아가고 있었다. 그런데 한 가지 걱정이 있다면 회사에서 봉급이 몇 달째 나오지 않고 있었다.

정부가 새로 바뀌게 되니 외국인들이 하나같이 술렁이기 시작했다. 이때만 해도 한국에서 나온 건설 회사가 아주 많았다.

남쪽에서 일들을 하시다가 나라의 정세가 위태하니 다들 테헤란으로 올라오셔서 여기저기 대기 상태에 계셨고 한국으로 돌아가시는 분들도 몇천 명이나 되었다. 남편이 근무하는 회사에도 한국 분들이 200여 명이 넘었고 가족들을 합친다면 800여 명이 넘는 숫자였다. 이 많은 사람들이 다 한국으로 나갈 준비를 하고 있었기 때문에 마음들이 조급한 상태였다. 이렇게 불안한 생활 속에서 우리 가정에서는 또 문제가 터졌다.

# 아기에게 생긴 또 하나의 구슬

큰아들은 밝은 햇살이 아름답게 비치는 창문 앞에서 무화과나무를 배경으로 그림을 그리면서 책을 읽고 있었다. 나는 아기를 형이 놀고 있는 창가에 눕혀놓고 부엌에서 일을 하고 있을 때였다. 그때 마침 문 벨 소리가 들려왔다. 또 누군가 아기를 보기 위해서 오셨나 보다, 라고 생각하기도 전에 아기의 울음소리가 자지러지게 까르르 숨이 넘어갈 듯이 울고 있었다.

나는 놀라서 급하게 뛰어나오는데 큰아이는 달려가서 문을 열고 있었다. 열리는 동시에 같은 직장에 다니시는 아저씨가 들어오시고 계셨다. 나는 인사를 하면서 아기를 달래기 시작했다. 아기 얼굴이 새파랗게 변하다가 까맣게 그리고 다시 벌겋게 변하면서 숨을 멈추는 듯이 꺼 억 꺼억 울음소리도 크게 내지 못하고 울고 있는 것이 아무래도 이상했다. 나는 갑자기 무서운 생각이 들었다. 그리고 아기를 찬찬히 살펴보았다. 집에 오신 아저씨도 놀라서 입만 딱 벌리고 서 계셨다. 왜, 아기가 갑자기 새파랗게 질려서 숨이 넘어갈 것처럼 울고 있는지 알 수가 없었기 때문이었다. 나는 아기를 달래면서 큰아들 얼굴을 쳐다보았다. 큰아이도 놀라서인지 검고 예쁜 눈동자 속에 눈물을 가득 담고 머뭇거리면서 아기를 바라보고 서 있었다. 금방이라도 울음을 터뜨릴 것만 같아서 아무 말도 할 수가 없었다.

아저씨와 나는 같이 아기 몸을 여기저기를 살펴보았지만 아무 이상이 없는 것 같아서 일단은 안심했다. 아기도 시간이 조금 지나자 파랗게 질려있던 얼굴이 볼 거스름 하게 변하면서 서서히 울음도 거치면서 다시 얼굴 모습이 뽀얗게 천사 같은 모습으로 돌아오고 있었다. 그리고는 색색거리면서 예쁘게 자는 모습을 한참이나 바라보고 있었다. 그리고는 놀란 가슴을 쓸어내리면서 나는 큰아들을 바라보면서 조용하게 물었다.

"아가야가 왜 갑자기 울었는지 엄마에게 말해줄 거지?" 라고 아들은 금방이라도 울 것만 같았고 멈칫거리면서 얼굴이 벌겋게 변하는 모습이 너무나 애처로워서 그냥 가만히 안아 주었다.

우선은 아이들이 잘 놀고 잠도 잘 자는 것 같아서 마음을 놓았다. 그날 저녁에 아기 기저귀를 갈려고 무심코 들여다보았다. 무엇이 이상했다. 아무래도 이상한 것 같았다. 이상한 그 무엇이 하나가 더 있는 것 같았다.

나는 갑자기 숨을 쉴 수가 없었다. 두 손이 떨리고 있었다. 떨리는 가슴과 손으로 일단은 자고 있는 큰아이 고추를 보면서 이리저리 살펴보았다. 순간 머릿속이 하얗게 텅 비면서 숨이 꽉 막히는 것 같았다. 쿵덕거리는 가슴을 안고 호들갑스럽게 남편을 큰 목소리로 불렀다.

"보야, 보야, 어서 좀 와 봐요, 이상해요," 라고 계속 이상하다고만 반복하면서 떨리는 음성으로 크게 외치고 있었다. 남편은 "왜 이 밤중에 호들갑을 떨고 야단이야," 라고 하면서 방 안으로 들어왔다. 남편은 퉁명스럽게 "왜 그래," 라고 한 마디 던졌다. 나는 침을 꿀꺽 삼키면서 긴장된 목소리로 "이것 좀 보세요! 아기 고추에 무언가 하나가 더 있는 것 같아요," 라고 말하면서 남편 얼굴을 올려다보았다.

남편의 조그마한 얼굴이 크게 확대되어 나의 눈에 들어왔다. 남편은 무심코 들여다보는 것 같았다. 갑자기 "어, 이것이 뭐야, 왜 이렇지," 라고 말하는 남편의 얼굴 안색이 완전히 굳어지면서 긴장된 표정이었다. 얼굴이 사색이 되면서 이렇게 크고 둥근 볼은 처음 보는 것 같다고 말했다. 불안이 점점 더 커져 가는 느낌이었다. 아기를 바라보고 있는 우리 부부 두 눈에는 눈물이 고이기 시작했다. 남편은 급하게 자고 있는 큰아이 고추를 살펴보면서 만져보고 했지만 틀림없이 하나가 더 있는 것이 분명했다. 그리고 남편도 자기 것을 살펴보고 들어오는 것 같았다. 작은아이 고추 밑쪽에 고환의 음낭 내에 한 쌍 사이에 큰 구슬 같은 볼이 하나가 더 생겨서 나란히 꼬물거리면서 놀고 있었다. 정말 생각지도 못한 일이 또 생긴 것이었다.

그리고 왜 이런 큰 구슬 하나가 더 생겼는지 정말 알 수가 없었다. 그런데 이런 것도 병에 속하는 건지 우리 부부는 아무것도 몰랐다. 나는 낮에 아기가 심하게 울었던 것이 언 듯 생각이 났다. 그래서 혹시나 해서 아기 옷을 벗기고 배를 살펴보았다. 역시나 배꼽 쪽에서 밑으로 벌겋게 조그마한 발자국 형태가 선명하게 나 있었다. 아마도 큰아이가 문을 열기 위해 뛰어 가면서 아기 배를 밟고 지나간 것 같았다. 혼자 생각에 내색도 못 하고 불안에 떨면서 남편을 힐끔 쳐다보았다. 남편은 심각하게 굳은 얼굴로 아기를 쳐다보고 있는 모습에 아무래도 힘든 상황이지만 얘기를 해야만 할 것 같았다. 나는 남편에게 침묵을 깨면서 조용히 말했다. 나는 얼굴 표정을 바꾸면서 침착하게 "여보 낮에 형이 동생 배를 밟고 뛰어간 것 같아요. 아마도 그 충격으로 배에 있던 그 무엇이 밑으로 내려 온 것이 아닐까요," 하고 말하는 순간 남편의 얼굴색이 싹 변하는 모습이었다. 얼굴에 땀방울까지 맺히면서 지레 겁먹은 표정으로 급하게 서두르기 시작했다. "빨리빨리 준비해서 병원부터 찾아 가보자," 라고 하면서 종종걸음으로 문을 열고 나가는 것이다. 이렇게 늦은 시간에 아무리 급해도 아니 암흑처럼 캄캄한 거리로 나가자는 것이 이해가 되지 않았다. 나는 다급하게 남편을 불렀다. "아무리 급해도 시간이나 보시고 나가시죠," 라고 언성을 높이면서 소리쳤다. 우리 부부는 밤잠을 설치면서 아니 나는 밤을 꼬박 지새우면서 빨리 날이 새도록 시계만 쳐다보고 있었다. 남편에게 나의 이런 마음을 내색도 할 수가 없었다. 이런저런 생각에 아마도 시간이 조금 지나면 정상으로 돌아올 것만 같았다. 혼자서 긍정적으로 생각하면서 곤하게 색색거리면서 잠자는 큰아들을 바라보았다. 어쨌든 아이를 질책할 수는 없었다. 본인도 모르고 한 실책을 어떻게 말하겠는가, 우리 큰아들은 어리지만 속도 깊었다.

나는 찢기는 가슴을 안고 왜 이렇게 생각지도 않았던 뜻밖의 어려움들이 자꾸만 일어나는지 도무지 알 수가 없었다. 나는 눈을 감고 조용히 생각도 해 보지만 근심과 고통이 끊임없이 나의 마음속을 기웃거리고 있다는 사실이 정말 괴로웠다. 그래 별것이 아니야 하면서 무심코 창밖을 바라보니 그렇게도 캄캄하고 암흑 같았던 어둠이 나를 위해서 동이 트기 시작하면서 밝은 태양이 서서히 떠오르고 있었다.

남편은 회사도 뒷전으로 미루고 우리 부부는 아침 일찍 병원을 찾아 헤매기 시작했다. 몸과 마음 모든 것이 마비가 된 것처럼 붕뜬 걸음으로 아기를 안고 남편 뒤를 급하게 따라가고 있었다. 가면서도 계속 입속으로 중얼거리면서 "별것 아니야," 라고 중얼거리면서 열심히 걷고 있었다. 얼마를 가다 보니 병원 하나가 보이기 시작했다. 마침 병원 문이 열려 있었다.

의사는 아기를 보고 진찰도 하고 다 살펴보았지만 무슨 병인지 모르겠다는 말이었다. 고개만 갸우뚱거릴 뿐 의사 말이 자기는 알 수가 없다면서 받았던 진찰비까지 도로 내어 주는 것이었다. 이날부터 우리 부부는 아기를 안고 테헤란 시내에 있는 병원은 다 찾아다니기 시작했다. 많은 병원을 찾아다녔지만 확실하게 알고 있는 병원은 없었다. 남편은 이란말로 하다가 영어로 하다가 아무리 상세하게 설명을 해 주었지만 무슨 병인지 알고 있는 의사가 없다는 것이 정말 답답했다. 의사들 하나같이 이런 전문지식이 없는 것 같았다. 이 일로 인해서 더욱더 깊은 고뇌와 심적 괴로움의 고통에서 헤어날 수가 없었다. 너무 속이 상할 때는 "그래 세월이 약이야," 라고 시간이 해결해 줄 거라고 마음속으로 수없이 중얼거리면서 마음먹기에 달렸지 뭐, 하고 억지로라도 마음을 달래보지만 괴롭고 아픈 마음은 어쩔 수가 없었다. 그런데 이상한 것은 아기는 잘 먹고 잘 놀고 잠도 잘 자고 예쁘게 잘 자라고 있다는 것이 신통했다.

가는 병원마다 병명도 모르면서 수술을 해야 한다는 병원도 있었고, 또는 너무 어리니까 기다려 보자는 병원도 많았고, 의사들이 영어로 말하지 않고 독일어나 불어로 말을 하니 올바르게 알아들을 수도 없었지만 의사들도 무슨 병인지 모르는 것 같았다. 미국에서 공부한 의사들은 벌써 옛날에 다 외국으로 빠져나가 버리고 병원 문이 잠겨 있는 곳이 많았다.

이란에 있는 병원은 다 믿을 수가 없다고 확신까지 하면서 물론 우리가 살고 있는 곳이 한국으로 생각한다면 변두리 지역이라고는 하지만 의사들이 몰라도 이렇게까지 모를 수가 있는지 의문스럽고 답답하기만 했다. 우리 부부는 이 사람 저 사람 의견을 들어가면서 유명한 의사가 있다 하면 아무리 먼 거리에 있다 해도 달려가곤 했지만 다 소용없는 일이었다. 나는 병원에 갔다가 나올 때는 항상 엉엉 울면서 나온다. 이런 나를 보고 남편은 인상을 찡그리면서 이제 좀 그만 울고 집에 가서 울라면서 못 본 척하고는 앞만 보고 걸어가는 남편이 얄밉기까지 했다. 나의 눈에는 항상 눈물이 고여 있었다. 그리고 아기를 안고 병원에만 들어서면 간호사들이나 의사들이 아기를 보고 "와우, 헬리 가상게(정말 예쁘다는 말),"라면서 아기를 보고 또 우리 부부도 열심히 쳐다본다.

날짜는 잘도 지나가고 있는데 아기의 고추에는 여전히 다른 구슬 두 개와 약간 더 큰 동그란 구슬과 같이 서로 친구가 되어서 잘도 놀고 있는 것이 몸에는 아무 이상이나 고통이 없는 것도 같았다. 무슨 병만 아니라면 예쁘게 봐주고도 싶은 생각이 들었다. 나는 하루에 수도 없이 큰아이 고추와 아기의 고추를 비교하면서 힘든 시간을 잘도 견디고 있었다. 하루는 큰아들이 하는 말이 "어머니 왜 자꾸 환이 고추를 보고 만져요," 라고 예쁜 눈을 반짝이면서 나에게 말했다. 나는 웃으면서 "응 엄마 아들 고추가 예뻐서," 라고 말해 주었다. 아들은 밝고 예쁜 미소로 좋아서 자꾸 보아도 된다고 말해 주었다. 나는 티 없이 맑고 깨끗하고 조용한 우리 큰아들이 정말 좋다.

하루는 남편이 회사에서 일찍 들어오면서 빨리 나갈 준비를 하라고 서둘렀다. 회사에서 같이 일하는 이란사람에게서 소개를 받았다면서 유난히 밝은 얼굴로 집에 들어오셨다. 우리는 급하게 준비를 하고선 병원을 찾아 나섰다. 병원으로 들어서니 많은 사람들이 진찰을 기다리고 있었다. 다른 병원과는 분위기가 달라 보였다. 남편은 진찰권을 사서는 이란 친구가 적어준 소개장을 들고 간호사에게 이란말로 이야기를 하기 시작했다.

# 병 이름을 알면서

병원으로 들어서니 다른 병원과는 다르게 많은 사람들이 붐비고 있었다. 남편은 진찰권을 사 가지고 이란 친구가 적어준 소개장을 들고 간호사에게로 가서 이란말로 이야기를 하기 시작했다. 간호사는 남편 이야기를 듣고는 잠깐만 기다려 달라는 간호사의 친절한 목소리가 정겨웠다. 외국인이라고 특별히 봐주는 것 같았다.

조금 기다리고 있는데 우리를 부르는 소리가 들렸다. 병원 실로 들어가서 의사와 만나보니 첫 마디부터 유창한 영어로 말하기 시작했다. 그리고 인상도 아주 좋았다. 의사는 친절하게 자기소개를 먼저 하는 것이 교양이 있는 사람처럼 보였다. 자기는 영국에서 공부를 했고 자기 나라 이란에 들어온 지 얼마 되지 않았다고 말하면서 친절하게 대해주었다. 남편도 유창한 영어로 아기에 대해서 잘 설명해 주었다. 의사는 잘 알았다면서 아기를 보자마자 바로 병명이 무언지 말해 주었다. 아기의 구슬 같은 혹은 "탈장"이라는 병이었다. 우리부부는 탈장이라는 말도, 단어도, 생소했고 처음 들어 보는 병명이었다. 우리 부부는 눈을 동그랗게 굴리면서 한마디 말도 놓치지 않기 위해서 귀를 쫑긋거리면서 열심히 의사의 말을 듣고 있었다.

배에 심한 충격을 가했기 때문에 배 위에 있던 장기가 밑으로 내려왔다는 의사의 말이었다. 남편은 긴장된 표정으로 의사에게 다시 물었다. 혹시 이란사람도 이런 병이 있느냐고 묻고 있는 남편의 얼굴이 심각하게 보였다. 여기서도 가끔 이런 환자가 있다고 의사는 말해 주었다.

의사 말이 이 병은 수술을 하면 되니까 그렇게 걱정하지 않아도 된다면서 심각한 얼굴로 서 있는 우리 부부에게 웃으면서 친절하게 말해 주었다. 우리 부부는 걱정스런 얼굴로 정말 수술을 하면 완전히 회복될 수 있느냐고 의사에게 묻고 또 묻고 하면서 지금 당장에 수술하자고 의사에게 매달렸다. 의사는 웃으면서 그렇게 급하게 서두르지 않아도 되고 지금 당장은 수술을 할 수가 없다고 말했다. 너무 어린 아기라서 주삿바늘을 꽂아 놓을 수가 없다는 말이었다.

아기가 18개월이 지나야 수술을 할 수 있다면서 지금 3개월 된 아기를 어떻게 수술을 하겠느냐고 말하는 것이었다. 정말 생각만 해도 아찔했다. 이제는 병 이름도 알았고, 또 이런 것은 병에도 속하지 않는다는 말을 듣고 보니 조금은 안심이 되는 것 같았다. 의사 말이 수술만 하면 완쾌될 수가 있다고 자신 있게 말해 주는 의사가 정말 고마웠다. 우리 부부는 너무 심각하게 걱정한 뒤 끝이라서 인지는 몰라도 서로를 바라보면서 따뜻한 마음의 미소를 주고받았다. 신체 중에서는 제일 중요한 부분인 만큼 위험한 곳이니 함부로 손을 댈 수가 없다고 말해 주었다. 그리고 이 병에는 약도 없다는 의사의 말이었다. 아기가 더 자라서 수술할 수 있는 체력이 되면 그때 가서 수술을 하자고 열심히 설명해 주었다. 의사와 약속을 하고 우리 부부는 어느 정도의 편안한 마음으로 오늘은 울지도 않고 집으로 돌아왔다. 나는 집으로 와서 다시 의사의 말을 곰곰이 생각하기 시작했다. 의사의 말 중에는 18개월 안으로 이 구슬 같은 혹이 자연적으로 올라가는 수도 있다고 분명하게 말한 것 같았다. 그리고 18개월이 지나도 그대로 있을 수도 있고 더 커질 수도 있다는 말을 했고, 그러면서 꼭 수술은 해야 된다는 말에는 힘이 들어 있었다. 의사의 이러한 말들이 나에게 큰 희망을 안겨주는 느낌이었다. 나는 차분하게 지푸라기라도 잡고 싶은 심정으로 계속 생각에 몰두했다. 무언가 있을 것도 같았다. 나같이 머리가 둔한 여자도 무언가 생각에 푹 빠지고 싶었다. 그리고 아기를 위해서 무엇이든지 하고 싶었다. 무엇일까? 무언가 있을 것만 같다는 생각에 마음이 복잡했지만 자꾸만 머릿속에서 무언가가 춤을 추고 있었다. 아, 무엇인가 정말 무엇인가 있을 것만 같아서 깊은 생각에 머리가 다 아팠다. 그리고 생각이 났다. 그래 바로 물리 요법이다.

나는 자연 물리 요법을 생각해 내고는 확신이 서는 자신이 자랑스러웠다. "그래 엄마가 고쳐 줄 거야 아가야" 라고 아기에게 약속했다. 나는 깊게 생각하고 또 생각했다. 아직까지는 아기 몸이 물이라는 생각이 머리에 와 꽂히는 순간에 한 줄기의 빛이 나의 몸을 뜨겁게 강타했다. 그래 바로 이거야 하고는 곧바로 실천으로 들어갔다. 매일 하루에 두 번씩 아침저녁으로 뜨거운 물에 30분씩 아기를 물통 속에 푹 담그는 물리요법을 생각했던 것이다. 그리고 문제의 혹을 손으로 잡아서 위로 끌어 올리는 자연물리 요법을 실천하기 시작했다. 나는 아기 목욕 시키는 플라스틱 통에다가 물을 뜨겁게 데워서 아기와 나는 열심히 노력을 했다. 아기가 처음에는 물이 뜨겁다고 까르르 넘어가면서 울었지만 한두 번이 문제였지 자꾸만 반복이 되니 아기도 물장구를 치면서 잘 견디어 주었다. 아기가 물속에 담겨있는 배 밑으로는 보드랍고 하얀 피부가 빨갛게 익어서 아플 만도 했지만 울지도 않고 잘 놀고 있는 것이 정말 신통하기도 했다. 아기도 아기지만 나도 손에서 팔목까지 벌겋게 달아서 부어올랐다. 물속에서 문제의 혹을 손으로 잡아서 아기 배 위쪽으로 끌어 올리는 식으로 땀을 뻘뻘 흘리면서 쉬지 않고 했다. 손에서 빠져 내려오면 또 잡아서 끌려 올리고 계속 반복을 해야만 했다. 이렇게 하루도 빠지는 날이 없이 그 뜨거운 물 속에서 잘 견디어 주는 아가야도 정말 고마웠다. 이렇게 한 달이 지나고 두 달이 지나고 있었다. 어린 아기를 수술대에 눕히고 싶지 않았기 때문에 이런 것쯤은 얼마든지 견디어 낼 수도 있고 이것보다 더한 것이라도 할 수 있다는 생각을 하면서 엄마가 할 수 있는 일이 있다는 사실 하나만 해도 너무 감사하고도 행복했다.

아기와 같이 뜨거운 물 속에서 놀 때는 힘이 든다는 생각보다 가장 소중한 특별한 시간인 것 같아서 하루하루가 즐겁다는 생각도 들었다. 오늘도 아침 식사를 하고 나서 아기와 같이 물놀이를 하기 위해서 뜨거운 물을 준비하고선 아기 옷을 벗기면서 당연히 구슬 세 개가 나란히 놀고 있다고 생각하면서 기저귀를 펼치는 순간에 깜짝 놀라고 말았다. 고환 속에 있던 중간에 큰 구슬이 보이지 않았다. 나는 눈을 크게 뜨면서 손으로 눈을 비비면서 다시 살펴보았다. 없다, 없다, 라고 크게 외쳤다. 흔적도 없이 사라지고 없었다. 나는 온몸이 부들부들 떨리면서 눈부신 존재로 우뚝 선 기분이었다. 나는 큰 소리로 쾌재를 불렀다. 그리고 큰아들을 급하게 큰 소리로 불었다. 아들도 놀라서 뛰어 들어왔다. 나는 큰아들에게 확인을 시켰다. 큰아들도 그 혹이 보이지 않는다고 분명하게 말했다. 나는 아들에게 다시 잘 봐봐 라고 말했다. 아들도 예쁜 눈을 동그랗게 굴리면서 "어머니 혹이 없는데, 정말 없어졌어요," 라고 말하는 아들을 힘차게 끌어안으면서 너무 감격해서 엉엉 울고야 말았다. 정말 이 순간을 어떻게 감당하여야 할지 안절부절못하는 자신이 아주 특별한 힘을 가지고 있는 "신" 바로 이런 느낌으로 너무 좋아서 넓은 거실 바닥에 몇 번이나 굴러도 보고 소리도 치면서 아무 신이든지 사람이든지 모든 분 누구에게나 감사하다고 고맙다고 소리치고 있었다. 정말 감사한 일이었다.

나의 조그만 노력으로 우리 아기는 정상으로 돌아온 것이다. 지금까지 걱정과 고통으로 초, 분, 시간, 그리고 하루하루를 견디어

왔는데 이렇게 쉽게 혹이 없어지다니 꿈같은 현실이었다. 나는 마음을 진정하고는 남편이 일 하고 있는 회사로 연락을 했다. 그동안 남편에게도 미안해서 말도, 몸도, 사리고 있었는데, 이제는 마음 놓고 큰소리라도 한번 치고 싶었다.

남편은 단숨에 달려와서는 "어디 어디 보자" 하면서 아기를 보고는 "와 정말이구나" 하면서 모처럼 밝게 활짝 웃는 얼굴로 나를 쳐다보고는 좋아서 어쩔 줄 몰라 했다.

수술할 날만 기다리고 있던 우리 부부에게 최고의 기쁨이고 선물이었다. 이런 사고가 있고부터는 서로가 조심하고 아기에게 많은 신경을 썼지만 쉽지는 않았다.

## “ 왕정시대는 사라지고 ”

나라는 계속 시끄럽게 하루하루가 변해가고 새로운 소식들로 꼬리를 물고 일어나고 있었다. 믿을 수가 있는 정보인지 아니면 유언비어로 돌고 있는 말인지는 알 수가 없었지만 왕정시대는 서서히 종말이 오는 순간인 것 같았다. 팔레비 왕이 다른 나라로 피신을 했다면 완전히 정권이 바뀌는 것이 당연한 것 같았다. 우리 외국인들도 걱정이었다. 그리고 외국인들이 다 이란을 떠나야 한다는 말이 공공연히 떠돌고 있었다.

이란에 오신 지 얼마 되지 않으신 분들은 걱정들을 많이 하시면서 실망이 크신 것 같았다. 이란은 여전히 어수선하고 혼란스러운 분위기였다. 나는 계속 몸이 좋지 않았다. 아무리 생각해도 한국으로 나가야 될 것 같았다. 그리고 아기도 계속 병원에 다녀야 했기 때문이다. 심한 감기로 인해서 아기는 쉬지 않고 콜록거리고 있었고, 그리고 심하게 기침을 해서인지 귀에서 물까지 줄줄 흐르고 있었다. 그런데 병원에도 갈 수가 없었다. 너무나 혼란스러운 거리를 나다닐 수가 없었기 때문이다. 특히 외국인들이 나가 다니기에는 너무 위험한 분위기였다.

이렇게 여러 가지 걱정 속에서 초조하게 지내고 있을 때 마침 우리 한국에서 비행기가 들어온다는 소식이 들려왔다. 정말 반가운 정보였다. 우리 교민들을 태우기 위해서 대한항공 비행기가 들어온다니 반갑고 고마운 소식이었다.

역시 돌아갈 수 있는 우리의 조국 땅이 있다는 사실이 정말 고맙고 감사했다. 나는 너무나 좋아서 펄쩍펄쩍 뛰었다. 아이들을 데리고 한국으로 들어가기로 마음속으로 다짐했다. 너무 지쳐있는 자신을 위해서라도 그리고 아기 건강 문제도 있었고 여러 가지 문제점도 많았지만 특히 부모님도 너무 보고 싶었다. 어렵고 힘들 때는 역시 부모님이 계신 곳이 좋을 것 같았다.

남편도 대찬성이었다. 한국 가서 몸도 보살피고 건강한 몸으로 다시 만나자고 서로 마음의 결정을 했다. 아무것도 준비하는 것이 없으면서도 마음은 바빠지기 시작했다. 또 한편으로는 이렇게 시끄러운 이란 땅에 남편 혼자만 남겨두고 떠난다고 생각하니 미안한 마음도 들었다. 하지만 자신이 너무 지쳐 있었기 때문에 하루라도 빨리 부모님이 계신 곳으로 날아가고 싶은 생각만 간절했다. 그리고 대한 항공사에서는 여기 이란항공사에 종사하고 계신 모든 분들에게 이란에서의 직장을 끝내고 한국으로 돌아오면 대한항공사에 무조건 다 취업이 가능하다는 조건으로 약속까지 하고 비행기 표를 무료로 다 준다는 것이었다. 그래서 많은 분들이 살기 좋은 이란 땅을 포기하고 한국으로 들어가시기로 결정들을 하셨다. 이런 무조건의 호의로 인해서 가족들에게도 모두 무료로 우리나라까지 들어올 수 있는 비행기 표가 주어진 것이다.

이때가 우리 아기가 5개월째 되는 달이었다. 이미 탈장으로 인해서 많은 고통을 당한 뒤에도 감기로 인한 기침을 두 달간이나 하고 보니 귀에서는 물이 줄줄 흐르고 있을 때였고 병원에는 다닐 수도 없었다.

많은 분들이 자기 부담으로 비행기 표를 살 필요도 없었고, 아이들 학교 문제로 걱정할 필요도 없기 때문에 이런 제의가 정말 좋은 조건이었다. 현재의 이란이 너무 불안한 상태였기 때문이기도 하지만 거의 모든 분들이 한국으로 들어가기로 결정을 하시는 것 같았다. 대한항공사에 곧바로 취직도 되고 안정된 생활과 아이들 학교 문제도 걱정할 필요가 없었기 때문이다. 하지만 우리 서방님께서는 끝까지 이란 땅에 남겠다고 주장했다. 할 수 없이 우리 세 식구만 한국으로 들어가기 위해서 이란에서 생활했던 모든 것을 처분해야만 했다. 남편은 간단하게 옷들만 챙겨서 친구분 집으로 들어가시기로 하고, 우리 세 식구는 한국으로 들어가기 위해서 모든 준비를 끝내면서 불안한 마음과 긴장된 모습으로 이란 집주인을 찾아갔다. 인사를 하면서 그리고 집에 불이 나서 거실 전체가 이렇게 되었다고 정말 미안한 마음으로 남편은 열심히 사정 이야기를 하기 시작했다. 집주인 남자는 대머리 까진 얼굴에 큰 눈을 깜박이면서 엄청 놀란 표정으로 바로 한다는 말이 "사람은 다치지 않았느냐고," 말하는 집주인의 너그러운 인품에 우리 부부는 마음속으로 깜짝 놀라면서 멈칫거렸다. 그리고 움츠리고 있었던 가슴이 벅차면서 나는 이란 집주인의 따뜻한 말 한마디가 너무 고마워서 자신도 모르게 눈에는 눈물이 흐르고 있었다. 주인이 하는 말이 큰불이 아니어서 정말 천만다행이라고 말해주는 주인의 얼굴에서 빛보다도 더 밝은 광채가 나는 것 같았다. 정말 고마운 분이었다.

우리 부부는 밤에 잠도 제대로 못 자면서 수십 번도 더 엎치락뒤치락하면서 어떻게 말을 시작해야 하나 하고 불안과 갈등으로 끊임없이 걱정하고 고심했는데 이렇게 집주인의 조건 없는 사랑에 우리 부부는 너무 고맙고 감사해서 허리가 아프도록 인사를 하고 나왔지만 정말 고마운 이란 사람이었다. 그리고 우리 부부는 가슴에 벅찬 사랑을 가득 채워서 행복한 마음으로 공항으로 가기 위해서 차에 올랐다.

* 왕정시대 화폐 * 혁명 이후 화폐

# "한국으로 가는 길"

1979년 2월 25일 두 번째 우리나라 비행기가 들어올 때 우리 세 식구, 그리고 많은 한국 분들이 테헤란 국제공항에 대기하고 있을 때였다. 많은 사람들이 여기저기 가족들과 같이 다나와서 북적거리고 있었다. 우리 가족도 같은 회사 사람들이 모여 있는 곳으로 와서 서로 인사들을 나누면서 기다리고 있을 때에 무엇이 "펑" 하고 터지는 소리에 기다리고 있던 많은 사람들이 놀라서 여기저기를 살피고 있을 때 내가 들고 있는 아기 기저귀 가방에서 물이 줄 줄 흘러내리고 있는 것을 옆에 아주머니께서 알려 주셨다. "환이 엄마 가방에서 웬 물이 흘러요," 라고 나는 예, 하고 얼른 가방을 들어 보는 순간 깜짝 놀랐다. "펑" 하는 소리가 내가 들고 있는 기저귀 가방 속에 보온 물통이 터지는 소리였다. 보온병에 가득 부어온 뜨거운 물이 기저귀를 다 적시면서 줄줄 흘러내리고 있었다. 한국에 도착할 때까지 아기에게 먹일 우유 물이 다 흘러 버린 것이었다. 너무 황당해서 정신을 차릴 수가 없었다. 언제까지 이 대합실에서 기다려야 할지도 모르는 판국에 아기의 젖 물이

다 없어졌으니 정말 미칠 것만 같은 심정이었다. 전혀 생각지 못한 일이었다. 정신이 다 아득하면서 몸을 지탱할 수가 없었다. 만약의 사태를 생각해서 충분히 철저하게 대비하지 못한 자신의 불찰이었다. 지금 아기 상태가 별로 좋지 않았다. 귀에는 계속 물이 흐르고 있는 상태고 기침도 계속하고 있기 때문에 칭얼거릴 때는 얼른 우유병을 입에 물려야 하는데 정말 앞이 캄캄했다. 우리 아기는 다른 아기들보다 먹는 횟수도 더 많았기 때문에 계속 우유를 먹여야 하는 이런 시점에서 뜨거운 물이 없어졌으니 정말 속수무책이었다. 남편과 같이 가는 것도 아니고 두 아이를 데리고 혼자 가는 것도 벅차고 힘든 일인데 이런 생각지도 않았던 일이 또 일어날 줄은 상상도 못 한 일이었다. 이런 불안한 마음을 남편에게 보이고 싶지 않아서 일부러라도 웃는 표정으로 걱정하지 말라고 예쁘지도 않은 미소를 흘리면서 빨리 돌아가라고 등을 밀었다. 주위는 완전히 시장터처럼 시끄러웠고 대부분이 한국인이었고 외국인은 없었다. 마중 나온 남편도 안절부절이었고 뜨거운 물을 구한다고 해도 담을 그릇이 없었기 때문에 더욱 곤란을 느꼈다. 정말 울어서 해결이 된다면 목 놓고 엉엉 울고 싶은 심정이었다. 눈에는 눈물이 아롱거려서 앞도 잘 보이지 않았다.

세 시간이 지나고 나서야 수속이 시작되었다. 남편을 혼자 뒤에 두고 어린 두 아이만 데리고 계단을 오를 때에 무수한 갈등을 겪으면서 무심한 흔적의 파도에 밀려서 여기까지 와서는 남편만 홀로 두고 떠난다는 것이 너무 가슴이 아팠다. 두 번 다시 돌아다 볼 수 없을 정도로 눈물이 앞을 가려서 자신을 감당하기조차 힘이 들었다. 이렇게 몇십 년이란 세월이라는 파도에 떠밀려 여기까지 왔지만 흐르는 세월 따라 잊혀 질 만도 하건만 더욱더 지난날들이 생생하게 살아서 내 머릿속에서 이리저리 헤매고 다니는 것 같아서 신기하기만 했다. 이 글을 적으면서 그때의 그 상황들이 훨씬 더 받아들이기가 힘이 드는 것 같았다. 나도 모르게 눈물을 흘리면서 내 연민에 빠져서 허우적거리는 모습이 그래도 나는 아직은 청춘이고 젊다는 생각이 들었다. 그리고 눈물 콧물 다 흘리면서 지금 이 글을 쓰고 있는 자신이 참 행복하다고 생각을 하면서 새로운 세계로 빠져들어 가고 있다는 느낌이 정말로 좋았다. 처음 이란 땅에 올 때는 그렇게도 화려했고, 영원히 살러 오는 사람들처럼 산더미 같은 살림살이와 수많은 옷들을 해 가지고 왔었는데, 지금 이 순간에 홀로 외로이 아이만 하나가 더 생겨서 이란 땅을 떠나고 있는 자신이 감히 꿈도 꾸지 못했던 현실 앞에 슬프고 가슴이 터질 것만 같은 통증까지 느끼면서 한발 한발 걸어가고 있는 자신이 형용할 수조차 없는 심정이었다. 나는 머뭇거리면서 나도 모르게 시선을 돌렸다. 돌리는 순간 남편과 시선이 마주치면서 남편의 눈에서도 눈물이 고이는 것을 볼 수가 있었다. 남편은 고개를 끄덕이면서 손을 들어 잘 가라고 손을 흔들면서 빨리 들어가라고 손짓하면서 바라보고 서 있는 남편을 뒤로하고 무거운 발길을 돌려야만 하는 나의 가슴은 아리고도 아팠다.

많은 사람들로 인해서 나는 떠밀리면서 발길을 옮겨야 했고, 어린아이처럼 어렵게 몸을 돌려야 했다. 아직도 비행기에 탑승하려면 한 시간 반이 남아 있었다. 모두가 한국 사람들이기 때문에 힘들고 불편한 점은 별로 없었다. 있다면 비행기에 오를 때까지 아기의 우유가 제일 큰 문제였다. 2월 달이라 추운 날씨였지만 보온병이 터지는 바람에 놀라서 추운지 더운지조차도 느낄 여유가 없었다. 아기를 등에 업고 두꺼운 오버로 둘러씌우고 있었기 때문에 춥다고는 할 수가 없었지만 두 다리가 후들후들 떨리면서 가슴이 조여드는 듯한 느낌에 도저히 서 있을 수가 없었다. 나는 큰 창문 앞에 적당한 장소를 택해서 큰아이를 앉히고 나도 조심스럽게 아이 옆에 앉았지만 등에 업힌 아기가 보챌 것만 같아서 여간 신경이 쓰이는 것이 아니었다.

얼마나 시간이 지나자 창문 저 멀리 우리나라 태극기가 그려져 있는 비행기가 확대되어 서서히 눈앞으로 들어오고 있었다. 우리나라 비행기를 보는 순간 가슴이 쿵덕거리면서 요동치는 소리가 귓가에까지 들려오는 것 같았다.

그리고 갑자기 눈앞이 환해지면서 가슴 속 깊이 힘이 솟아나는 것 같았다. 그때 옆에 앉아 있던 큰아들이 벌떡 일어서면서 창문 앞쪽으로 뛰어가면서 소리쳤다. "와 태극기다," 하면서 환호성을 지르면서 예쁜 검은 눈동자를 동그랗게 굴리면서 감격에 찬 목소리로 "어머니 저기 들어오는 비행기 우리나라 비행기지 응" 하고 물었다. 그리고는 또다시 더 잘 보이는 큰 창문가로 달려가고 있었다. 왠지 절망에서 새 희망으로 바뀌는 순간인 것 같았다. 아기도 등에 업혀서 조용히 잠만 자고 있었고 이제는 얼음같이 꽁꽁 얼었던 긴장된 마음이 조금씩 녹는 것 같았다. 그리고 기분이 좋았다.

우리나라 태극기가 이렇게 예쁘고 아름다운 줄은 정말 예전에는 미처 몰랐었다. 우리나라가 있다는 것, 그리고 우리가 언제라도 힘이 들면 돌아갈 수 있는 우리의 조국 산천이 있다는 사실이 얼마나 소중한 일인지 이제야 피부로 와 닿는 느낌이었다. 한 시간이 지나자 미리 대기하고 있던 공항버스에 양쪽 문이 열리면서 사람들이 올라타기 시작했다. 그리고 많은 사람들이 다 비행기에 올라타자마자 "와" 하고 환호성을 질렀다. 사람들이 하나같이 좋아라, 하는 모습들을 보니 그때서야 아 이제는 정말로 한국으로 가는 구나 하고 실감이 나면서 가슴이 두근거리기 시작했다. 가슴 속에는 깊은 환희의 고동 소리가 들려오는 것 같았다. 태국의 방콕을 잠깐 들러서 쉬었다가 곧바로 우리나라 한국까지 직행으로 가는 비행기였다.

이 비행기는 전세기였기 때문에 이렇게 곧바로 오는 것이 어린 아이가 딸린 나로서는 아주 좋은 여행길이었다. 비행기 안에서도 많은 일들이 있었지만 조금도 힘이 든다는 생각이 들지 않았다. 이제 조금 후면 사랑하는 부모님을 만난다는 기대와 그리운 조국의 품으로 돌아간다는 사실이 너무 행복하고 즐겁기만 했다.

한국 땅에 들어서는 순간에는 긴장감 속에서 김포 공항에 도착했다. 시계를 보니 오후 2시가 넘어 있었고 비행기에서 내려서니 먼저 나간 사람들 앞에는 카메라 플래시가 터지면서 신문 기자들과 방송국 사람들로 왁자지껄했다.

이란의 혁명 속에서 어떻게 살아서 돌아왔느냐고 묻는 것 같았다. 비행기에서 내려서니 너무나 추웠다. 한국 날씨까지 우리들의 마음과 같아 보였다. 곧 눈이나 비가 쏟아질 것만 같았다. 나는 아기를 업고 있었기 때문에 두꺼운 오버로 덮고 있었지만 그래도 너무 추워서 몸이 떨리고 다리가 후들거리는 것이 걷기조차 몹시 힘이 들었다.

# 한국에 도착

큰아이 손을 잡고 조심스럽게 계단을 내려오면서 왜 이렇게 마음이 착잡하고 텅 빈 기분이 드는지 알 수가 없었다. 2년 만에 한국 땅에 돌아오는 것이 이렇게까지 씁쓸할 줄은 몰랐다. 그래도 조금은 설레는 마음으로 자연스럽게 다른 사람들의 틈바구니 속으로 휘말려 들어갔다.

얼마를 걸어 들어가니 대합실로 통하는 문이 나오고 여기서 줄을 서서 입국 수속을 하고 들어가는 모양이었다. 나도 줄을 서서 차례가 오기를 기다리고 있었다. 기다리는 시간이 무척 긴 시간이었다. 등에 업혀있는 아기도 칭얼거리고 큰아이도 빨리 나가자고 졸랐다.

이제 우리 차례가 되어서 여권을 안으로 들이밀고는 칭얼거리는 아기를 달래면서 왔다 갔다 하고 있으려니 여권 속에 있는 사진과 대조를 하는 모양인지 내 얼굴을 찾고 있었다. 일을 다 끝내시고 하시는 말씀이 "아주머니 왜 이란 같은 나라에 가셔서 이런 고생을 하고 돌아옵니까, 자 빨리 나가 보세요."라고 하면서 여권을 챙겨서 주는 아저씨의 모습이 우리가 너무 불쌍해서 못 견디겠다는 표정으로 친절하게 잘 대해 주셨다. 나는 아저씨 말씀에 고개를 숙이면서 한마디 했다. "아저씨 우리는 고생하지 않았어요," 라고 겨우 한 마디하고는 급하게 세관으로 통하는 길로 들어와서 조금 있으려니 이란에서 부친 가방들이 나오기 시작했다. 우리에게는 짐도 없었다. 고작 가방 하나에 아기 분유만 가득 넣어서 부친 가방 하나 뿐이었다. 그리고 손에는 아기에게 필요한 것을 담은 조그만 손가방 하나가 우리 세 식구의 짐 전부였다. 이란에서 얻은 것은 등에 업힌 아기가 2년 동안 모은 전 재산의 1호였다. 우리 가족으로 들어온 제일 큰 선물이기도 하다, 라고 말하고 싶었다. 이제 이 세관만 통과하면 모든 절차가 끝이 나는 것이다. 우리 가방을 검사하시던 세관 아저씨가 갑자기 크게 웃으시면서 이런 가방 검사는 처음이라고 말씀하셨다. "아주머니 짐이 이것뿐이요," 라고 하시기에 "예, 여기 제일 중요한 우리 아기가 여기 있잖아요," 라고 대답했다. 아저씨는 크게 웃으시면서 우유만 가득 들어 있는 가방을 조심스럽게 챙겨서 밖에까지 내려다 주시면서 조심해서 목적지까지 잘 가시라고 친절하게 대해 주셨다. 우리 한국에도 이렇게 친절하고 고마운 분이 계시는구나 하는 생각이 들었다.

그리고 잠깐이라도 보고 싶었던 가족들의 얼굴을 보기 위해서 세관 밖으로 급하게 잠깐 나와서 둘러보니 아직도 반가운 얼굴들이 보이지 않았다. 나는 아직 도착하시지 않았나 보다, 라고 생각하면서 다시 세관 안으로 들어와서는 같이 온 아주머니를 찾아서 돌아볼 때 같이 온 아주머니가 울고불고 난리가 나고 있었다. 우리는 아기로 인해서 그 무엇도 장만할 정신이 없었지만 다른 사람들은 이삿짐으로 많이들 가져오셨다.

왕정시대 때는 모든 물품들이 싸고 좋은 물건들이 차고 넘쳤기 때문에 우리 한국 사람들이라면 아마도 많이들 장만했을 것이다.

짐이 많은 분들은 짐이 작은 가족 편으로 붙이기도 했다. 물론 우리도 짐이 없기 때문에 다른 분들의 짐을 가져왔었다. 그때 당시는 한 사람당에 짐 20kg 넘게 가져올 수 있었기 때문이다. 우리 가족이 세 명이니 60kg~90kg까지는 가져올 수 있었지만 짐이 없기 때문에 다른 친분이 있는 분들의 짐을 가져다준 그 아주머니가 땅을 치면서 울고 계셨다. 이유인즉, 이란에서 생활하시면서 쓰시던 물건들을 가져온 것인데 세금을 왕창 매겨서 억울하다고 울고 계신 것이었다. 한국에는 이렇게도 매정할 수가 있느냐고 통곡을 하시면서 다시 이란으로 돌아가시고 싶다고까지 말하시는 모습을 보니 참 안타까운 마음이었다. 아주머니는 겨우 살아서 고국이라고 찾아오니 친절하게 감싸주지는 못할망정 이렇게까지 가슴에 멍이 들게 한다면서 실망이 이만저만이 아니라면서 눈물을 줄줄 흘리시면서 말씀하셨다. 그 세관은 무엇을 찾고 있는지는 모르겠지만 아이들 크래용속까지 뒤지고 있는 세관의 얼굴이 정말 밉살스럽기까지 했다. 착하고 어진 분도 계시지만 그중에는 이렇게 매정하고 무서운 사람도 있다는 사실을 다시 일깨워준 것 같았다. 마중 나오신 아주머니의 어머니도 들어오셔서 같이 아이들과 함께 울고 한동안 세관이 완전히 난장판이 되었다. 그 통곡 소리를 듣고 나중에야 누른 금빛 테를 두른 모자를 쓴 한 남자가 나오더니 왜 이런 소란이 일어났는지를 묻고는 그 세관에게 말하기를 이란에서 오는 분들의 가족들에게는 너무 까다롭게 대하지 말라는 것과 세금을 면제시키라는 말을 하고는 들어가시는 것이었다.

나는 생각에 왜 이런 장면이 신문기자의 눈에는 띄지 않았는지 몹시 궁금하고 짜증이 나서 견딜 수가 없었다. 나의 짐을 검사하신 아저씨는 너그러운 눈빛으로 웃고 계신 모습을 한참이나 나는 바라보고 서 있었다. 그 아주머니의 짐을 다시 다 챙겨서 밖으로 나오니 시간이 오후 6시가 넘고 있었다. 나는 다시 우리 부모님을 찾기 시작했다. 눈을 동그랗게 굴리면서 사랑하는 부모님의 얼굴을 그리고 형제들의 얼굴도 찾고 있었지만 눈에 익은 얼굴들은 아무도 보이지 않았다. 나는 가슴이 덜컹했다. 혹시라도 오시지 않았음 어떡하지, 아이들하고 짐 가방은, 또 눈물이 앞을 가려 휘청거리면서 주위를 천천히 둘러보기 시작했다. 틀림없이 마중 나와 계실 줄로 알고 있었는데 아무리 눈을 씻고 봐도 정겨운 얼굴들은 보이지 않았다. 부모님도, 형제들도, 그리고 친지들도 그 누구 한 사람도 보이지 않았다. 우리 앞에 나가신 분들에게 그렇게도 우리 부모님에게 연락해 주실 것을 부탁드렸는데 아무도 연락을 하지 않았던 모양이다. 물론 무엇인가 이유가 있었겠지만 그리고 서울에서 대구까지 연락하는 것도 어려울 것 같다는 생각도 했지만,

너무 허전하고 심각한 마음에 내색도 할 수가 없는 상황이었고 마음이 아팠다. 한국에 나와서까지도 심중에 박히는 나의 인생 여정이 너무 견디기 힘이 들고 고달픈 것 같아서 또 눈물이 흐르기 시작했다. 이대로 주저앉고 싶었다. 이란에서의 혁명으로 인해서 모든 통신이 마비 상태에 놓여져 있었기 때문에 이란에서는 한국으로의 통신이 되지 않았었다. 때문에 먼저 나가는 분들에게 식사까지 대접하면서 남편은 전화 부탁을 신신당부 했었기 때문에 아마도 안심하고 있는 것이 분명했다. 아이들과 그리고 가방을 챙겨서 대구까지 내려가려면 나 혼자의 힘으로는 도저히 생각도 할 수가 없었기 때문이다. 남편은 친구가 당연히 연락했을 것으로 생각하고는 나보고 걱정하지 않아도 된다고 몇 번이나 말했었다. 무척이나 세심한 남편도 친구 말을 믿고는 정말로 이렇게 필요로 할 때는 실수를 하는구나 하고 혼자 쓸쓸한 미소를 억지로라도 짓고 있는 자신을 발견하고는 눈을 감고 크게 심호흡을 삼키고는 마음먹기에 달렸다고 생각하면서 정신을 차렸지만 기분이 언짢아서 견딜 수가 없었다. 그런데 날씨조차도 너무 추웠다. 그때만 해도 서울에 알고 있는 친지들이 없었기 때문에 연락할 곳도 없었다. 너무 지치고 힘이 들었다. 외롭고 허전하면서 눈물은 쉬지 않고 흘러내렸다.

마음도 얼어붙은 느낌으로 묵묵히 실내의 혼잡한 광경을 바라보면서 나도 모르게 여기저기 살피면서 눈을 굴리고 서 있는 내가 견딜 수 없도록 초라하게만 느껴졌다. 오가는 많은 사람들이 나만 쳐다보고 가는 것 같았다. 그때서야 나의 모습이 이상한 것 같다는 생각이 들었다. 머리부터 발끝까지 아기를 업고 있는 것조차도 이상하게 보일 것 같았다. 어디서 저런 거지가 왔나 하고 쳐다보는 것 같았지만 나는 무시하기로 했다. 육신의 근심과 고달픔으로 인해서 사람들의 시선도 그 무엇도 생각하고 싶지가 않았다. 눈물 때문에 바로 앞도 잘 보이지 않았다.

이란에서 떠나 한국으로 올 때의 즐거움과 가슴 설렘은 간 곳이 없고 이제는 심중에 슬픔과 아픔만 쌓이는 것이 무엇이 다 잘못된 것임을 직감으로 느낄 수가 있었다. 이 순간만은 내가 “백색인간”으로 변해 버리고 싶은 심정이었다. 이런 생각까지 하면서 될 수 있는 데로 혼잡한 곳은 피하면서 눈길은 여전히 여기저기 살피면서 이란에서 같이 온 일행들이 있는 자리를 찾아서 다시 돌아가고 있는 자신에게 그래 마음을 비우고 강물이 흐르듯이 차분하게 흐트러진 마음을 다시 추슬러서 있는 힘을 다해 보자고 마음을 다지면서 천천히 걸었다. 역시 우리 생각대로 자기 뜻대로 안 되는 것이 바로 인생이구나 하고 뼈저리게 느꼈다. 그리고는 비틀거리는 걸음으로 한 손으로는 흐르는 눈물을 훔치면서 또 한 손으로는 큰 아이 손을 잡고는 다시 돌아서 짐 가방이 있는 곳으로 한 걸음 한 걸음 재촉하면서 걷기 시작했다.

# 대구로 가는 길

아름다운 만남도 설렘도 나에게는 사치고 아무것도 의미가 없는 투정에 불과했고 그 누구도 질책할 필요도 없었다. 아직도 나에게는 긴 인내와 자연의 순리를 받아들이는 힘이 부족하다고 생각했다. 나는 혼잡한 곳은 피하면서 굳어 있던 얼굴의 근육도 풀고 울었던 흔적의 자국도 없애면서 왔던 길로 돌아서야만 했다. 그리고 조용하게 웃는 연습을 하면서 같이 온 일행 중에서 대구로 내려가신다는 분이 계셨다. 나는 아득했던 대구 길이 환하게 열리는 기분이었다. 역시 사람이 죽으라는 법은 없는 것 같았다. 기분이 거짓말처럼 밝아지면서 불안감이 없어지는 것 같았다. 오늘은 늦어서 대구로 내려갈 수가 없다고 말들 하셨다. 우리 일행은 호텔을 찾아야 했기 때문에 일단은 김포공항을 빠져나왔다. 호텔에서 하룻밤을 지내면서 대구에 계시는 부모님에게 연락을 할까 말까 계속 망설이다가 전화를 걸지 않기로 했다. 이미 고생은 시작된 것이기 때문이었다. 그다음날 오후 늦게야 겨우 고속버스 승차권을 살 수가 있었다. 서울의 날씨는 왜 이렇게도 추운지 엄청 추운 날씨였다. 이란에서의 고생은 비유도 할 수 없을 정도로 모진 고생을 한국에 와서 하는 것 같았다. 남편이 옆에 없다는 사실이 더욱 나를 힘들게 했다. 오후 5시에 대구로 떠나는 고속버스 안에 들어설 때까지 말할 수 없는 고생을 서울에서 마음껏 하는 것 같았다.

버스를 타고 갈 때는 더욱더 긴장된 시간이 연속이었고 눈비가 휘날리고 길이 얼어서 버스가 살금살금 기는 것 같았다. 눈비가 쏟아지니 버스가 속력을 내어서 달릴 수가 없었던 모양이었다. 우리 일행은 하나 같이 입을 모아 말했다. 이란에서 살아서 돌아오니 한국에서 죽는 것이 아니냐고 모두들 긴장된 표정으로 굳어 있었다. 대구 고속 버스터미널에 도착하니 밤 11시가 넘어 있었지만 대구 시내는 눈을 감고도 다 알 수 있는 길이였다. 마음이 안정이 되면서 포근한 느낌을 안겨주는 정겨운 대구의 품으로 돌아온 것이 너무 기뻤다. 나는 우리가 살고 있는 대구가 참 좋다. 정말 서울에서는 돈 주면서 살라고 해도 살고 싶은 생각이 없었다. 이제는 택시만 타고 집으로만 가면 다 해결이 되는 것이다. 집이라면 친정집이다. 친정집은 시내에 있었기 때문에 12시 안에는 들어갈 수 있는 위치에 있었고 또 부모님이 제일 보고 싶었기 때문이었다.

택시를 타고 집으로 돌아오니 그때 마침 약국 문을 닫고 계셨다. 나는 택시에서 내려서기 무섭게 "아버지" 하고 외쳤다. 아버지는 약국 문을 닫는 순간에 고개를 돌리시면서 너무 놀라서 한동안 가만히 서 계시더니 "아니 이게 누구야," 하시면서 큰 목소리로 외치는 바람에 방에 계시던 어머니는 버선발로 뛰쳐나오시고 한동안 서로가 정신없이 외치고 울면서 그리고 만지면서 온 동네가 소란했다. 부모님을 만나고 보니 한국에 들어와서 힘겨웠던 모든 순간들이 저만큼 허공중에 사라져 가는 느낌이었다. 이렇게 추운데 소식도, 연락도 없이 웬일이냐고 탄식하시면서 어머니는 울고불고 난리도 그런 난리가 없었다. 정말 부모님의 크신 사랑이 이렇게도 좋을 수가 없었다.

부모님은 두 번 다시 이런 일이 생긴다면 어디든지 가서는 아니 된다고 다짐을 하시면서 고생한 딸이 애처롭고 불쌍해서 눈물을 흘리시면서 어루만지시고 다독거려 주셨다.

동생은 언니를 보고 한다는 말이 이란 거지가 되어서 돌아왔다고 말할 때에는 정말 일리가 있는 말이라고 생각했다.

이때부터 한국에서 2년 가까이 살면서 그 동안에 사랑하는 남편도 휴가를 얻어서 한번 다녀갔고, 그리고 내가 한 일이란 병원에 다니는 일 밖에는 없는 것 같았다. 친정에서도 약국을 하시기 때문에 좋다는 약은 다 구해 주셨지만 몸은 여전히 아팠다. 집에는 이것저것 약만 쌓이고 있었다. 약을 먹어도 별로 효력이 없었다. 그리고 어깨는 여전히 많이도 아팠다.

"이때 아팠던 어깨가 40년이란 긴 세월이 흘렀지만 지금까지 아프다는 사실이다."

아마도 몸 전체가 골병이 든 것 같았다.

이렇게 한국에서 이년 가까이 생활하고 있을 쯤 해서 남편으로부터 연락이 왔다. 이제는 모든 것이 다 정상으로 돌아왔다는 소식이었다. 그러니 다시 이란으로 올 준비를 하라는 남편의 말이었다. 그러니까 작은아들이 3살이 들면서 다시 이란으로 가기 위해서 마음이 바빠지기 시작했다. 처음 이란에 갈 때와는 반대로 간단하게 준비했고 그리고 부모님의 사랑을 듬뿍 받으면서 조용하게 한국 땅을 떠나기 위해서 우리 세 식구는 대구에서 서울로 올라가기 시작했다.

# 홍콩에서의 사건

우리 세 식구는 한국에서 그리고 남편은 이란에서 하루속히 이란이 안정을 되찾기를 바라고 있을 무렵에 남편에게서 연락이 왔다. 이제 월급도 정상적으로 나오고 일도 하고 있다면서 이란으로 다시 들어올 준비를 하라는 소식이 왔다. 우리 세 식구는 한국에서 2년 정도의 생활을 청산하고 간단한 준비와 함께 다시 남편의 초청으로 두 아들을 데리고 이란으로 가는 비행기에 몸을 실었다. 얼마나 시간이 지나갔는지 누군가에 옆구리를 쿡 찔리는 느낌에 깜짝 놀라 어둠 속에서 눈을 떴다. “애가 이제 자는 모양이지”라고 옆 자석에 같이 앉아 계시던 아주머니께서 웃으시면서 바라보고 계셨다. 네 그렇게 울고 보채더니 잠이 들었나 봐요. 나는 무겁게 몸을 일으키면서 제가 깜박 잠이 들어있었던 모양이죠? 그런데 “여기가 어디 쯤이예요,” 라고 “응 곤하게 자는 걸 깨어서 미안한데 지금 곧 홍콩에 도착이라고 방송이 나오고 있네요,” 라고 말씀하셨다. 그래요 벌써 홍콩이에요. 제가 잠깐 잠이 들었나 봐요, 세 살 된 아들을 등에 업고 몇 시간 동안 시달리고 나니 무척이나 힘이 들었던 모양이었다. 비행기에 탑승하면서부터 아이가 울기 시작하는데 정신이 하나도 없었다. 스튜어디스가 급하게 와서 달래면서 장난감이야 먹을 것을 주면서 온갖 정성을 다했지만 계속 울고 보채는 아들을 감당할 수가 없었다. 비행기의 좁은 공간 속에서 다양하게 앉아 계시는 많은 분들에게 고개만 숙일 뿐이었다. 너무나 미안하고 죄송했다. 아마도 비행기가 뜰 때 엔진 폭음 소리에 놀라서 우는 것 같았다. 어떻게 할 수가 없어서 등에 업고 잠이라도 재우려고 좌석 옆 통로를 왔다 갔다 한두 시간을 헤매고 나니 온몸에 식은땀이 나면서 다리가 후들거려서 주저앉고 싶었다. 주위에 계시는 모든 분들에게 심려를 끼쳐드리는 것 같아서 죄송하다는 생각에 얼굴을 들 수가 없었다. 땀을 뻘뻘 흘리면서 안절부절 하면서 정신이 없었다. 그때 어떤 분이 우리 앞으로 오시면서 하시는 말씀이 "이 멀미약을 조금 먹여 보세요." 라고 하시는 것이었다. 많은 사람들의 시선이 우리에게 쏠려 있다는 것이 더욱 쑥스럽고 미안한 마음이었다. 나는 얼른 고개를 숙이면서 고맙습니다, 라고 반복했다. 애처롭게 열심히 울어대는 우리 아기도 얼마나 힘이 들겠는가! 하지만 아기에게 어떻게 약을 먹일 수가, 나는 한참을 머뭇거리면서 약을 주시는 분을 바라보았다. 망설였지만, 그래 할 수 없지 하고는 멀미약을 조금 먹여 보았다. 그런데 조금 시간이 지나자 정말 신기하게도 조용해지면서 그때서야 겨우 잠을 자는 동시에 나도 같이 깊은 잠에 빠졌던 모양이었다. "아주머니 고마워요." 나는 긴 한숨을 쉬고는 옆에서 곤하게 잠들어 있는 아들을 바라보았다. 온 얼굴에 눈물이 범벅이 되어 있었지만 그래도 나의 눈에는 보송보송한 아들의 얼굴이 예쁘기만 했다. 어린아이들을 데리고 여행한다는 것이 여간 어려운 일이 아니라는 것을 온 피부로 느끼면서 순간이지만 깊은 상념에 빠져들고 있는 자신을 발견했다. 옆자리에 계시는 아주머니도 우리와 같이 이란으로 가시는 분이다. 남편과 아저씨가 같은 회사에서 근무하시고 서로 잘 알고 지내신다는 말씀이셨다. 우리보다 연세도 지긋하시고 우리에게 많은 도움을 주는 분이시다. 우리는 대구에 살고 있었기 때문에 서류를 준비하려면 자주 서울에 올라가야만 했다. 비행기 탈 때까지의 서류 준비물이 너무 복잡한 편이었다. 그래서 이란에 계시는 남편들이 서로 연락을 하고 상의해서 혼자 오는 것보다 두 집이 같이 동행하며 서로 의지도 하고 힘이 되도록 다리를 놓아 주신 것이다. 처음 이란에 올 때는 큰아이 하나였고 아무 생각 없이 다른 나라에 간답시고 좋아서 엄청 으스대면서 이것저것 물건 사러 다니기 바빴고 허영에 들떠서 그 무엇도 깊게 생각할 여유조차 없이 무작정 왔었다. 그때만 해도 해외에 나가는 것이 무슨 큰 벼슬이라도 하는 사람처럼 떠나 온 것이 지금 생각하면 부끄럽기도 하고 철없이 행동한 자신의 얼굴이 뜨거워진다.

그런데 이번에는 작은아들도 함께 여행길에 올랐다. 우리 일행은 무사히 홍콩까지 잘 도착했다. 홍콩에서 하룻밤을 자고 다음날 아침 8시 비행기를 갈아타야 하기 때문에 일단은 홍콩 시내에 정해져 있는 호텔로 찾아 들어 왔다. 방을 정해서 잠깐 쉬고 있는 동안에 작은아이가 뛰어 놀다가 방 한가운데 놓여있는 응접세트 위에 유리가 덥혀있는 코너에 넘어지면서 눈인지 눈 등인지 분간할 여유도 없이 눈 쪽에서 붉은 피가 쏟아지고 있었다. 앗, 너무나 갑작스런 충격에 눈앞이 캄캄해 오고 있었다. 엄마야 하면서 나도 모르게 외치는 동시에 눈물이 쏟아지면서 어떻게 하여야 할지 정신을 차릴 수가 없었다. 내 눈으로 확인도 하기 전에 엄청난 걱정을 하고 있는 자신을 발견하고는 아이에게로 달려갔다. "이를 어쩌지" 정말 큰일 났구나, 큰일이 생겼으면 어쩌지! 계속 입속으로 무엇을 중얼거리면서 손과 발이 움직여 주지를 않았다. 허공중에 몸 전체가 붕 떠 있는 것처럼 허우적거리고 있었다. 큰아이와 나는 너무 놀라서 울음소리조차 목 속으로 기어들어 가면서 잠기는 것 같았다. 둘이서 정신 나간 사람처럼 울면서 피를 닦기 시작했다. 이 와중에서도 남편의 얼굴이 흐르는 눈물 속에서 아롱거리고 있었다. 이럴 때 남편이 옆에 있었다면, 바로 병원으로 달려갔을 텐데 하고 생각하면서, 어쩔 줄 몰라 하는 자신이 너무나 한심하고 바보 같다는 생각에 온몸이 떨려서 꼼짝도 할 수가 없었다. 그냥 무섭기만 하고 겁이 났다.

하여간 병원에 가야 하는데, 병원이 어디에 있는지도 모르지만 언어도 문제였다. 입이 바짝바짝 마르면서 다리가 떨려서 한 발자국도 호텔 방안에서 움직일 수가 없었다. 큰아이와 나는 작은아이 이름만 부르면서 울기만 할 뿐이었다. 겨우 피가 조금씩 멈추기 시작하자 얼마나 다행한 일인가 눈이 아닌 눈 등과 눈썹 사이에 꽤 많이 깊게 3에서 4센티 가량 움푹 파이면서 찢어져 있었다. 만일 여기가 한국이라면 벌써 병원에 다녀왔을 시간이었다. 확인하고 또 확인했지만 틀림없이 눈이 아니고 눈 바로 위에 눈 등이었다. 아, 얼마나 다행한 일인가. 생각만 해도 온몸에 소름이 끼치면서 정신이 아득했다.

얼마나 크게 놀랐는지 이런 큰 놀라움이 평생에 한 번이기를 간절히 마음속으로 빌어도 본다. 2년이 되도록 이란에 살았지만 영어로 말을 하는 것이 아니고 이란 말이 따로 있었기 때문에 영어는 한마디도 할 필요가 없었다. 겨우 영어 단어 몇 개의 실력으로 여행을 한다는 것이 참 어렵다는 생각도 들었다. 지금 이 순간이 나에게는 엄청 길고도 숨 막히는 시간이었다. 이렇게 힘든 순간을 어떻게 처신해야 할지 아무리 머리를 짜고 방법을 찾아봐도 해결의 실마리가 보이지 않았다. 입술만 바짝바짝 타들어 가는 것 같았다. 어서 병원에 가서 치료를 받아야 하는데 하고 생각뿐이었다. 이제 피도 조금씩 흘러나왔지만 어쩔 수가 없었다. 그때 마침 옆방 아주머니께서 우리들의 울음소리를 듣고는 급하게 들어오셨다. "무슨 일이야" 하시면서 울고 있는 아이를 보고는 깜짝 놀라면서 어떻게 이런 일이 하시면서 황급하게 성냥을 찾으셨다. 그리고는 성냥 끝 알맹이에 있는 "황"을 떼어서 피가 흐르고 있는 곳에다가 뿌리면서 살짝살짝 발라 주었다. 계속 그렇게 반복을 하고 나니 흐르던 피가 서서히 멈추는 것이었다.

병원에 가려고 수도 없이 호텔 밖을 바라보았지만 용기가 나지 않았다. 그리고 너무 늦은 밤이라 어떻게 할 수도 없었다. 이제 피도 멈추었고 아이도 울다가 지쳤는지 색색거리면서 잠이 들어 있었다. 같이 오신 아주머니가 너무 고마웠다. 안절부절 하고 있는 나를 제쳐두고 급하게 응급 치료를 하시는 아주머니 모습이 정말 멋져 보였다. 아주머니도 가시고 눈 등이 퉁퉁 부어서 자고 있는 아들 모습을 한참이나 바라보고 있는 자신을 돌아보면서 지금까지 살아오면서 나는 무엇을 보고 배웠나 하고 생각하니 정말 한심했다. 늘 부족한 자신을 생각하면서 가슴속 깊이 스며드는 아픔과 괴로움을 어떻게 감당해야 할지 앞이 캄캄했다.

심중에 박히는 애절함과 피눈물 나는 육신의 아픔도 있다는 사실을 뼈저리게 느끼면서 무심코 창밖을 바라보았다. 시간이 얼마나 지났는지 벌써 호텔 창밖이 희끄무레하게 밝아 오고 있었다. 나도 모르게 온몸이 떨리면서 무서운 생각이 들기 시작했다. 남편에게 무어라고 변명을 하여야 할지 자신에게 묻고 있었다.

그런데 왜 이렇게 시간이 빨리 지나가는지, 아이 눈 등에 부기라도 좀 빠져야 할 텐데, 하고 최선을 다하지 못한 엄마가 아들에게 정말 미안했다. 이런 상황에서 어떤 답변이 더 필요할 것인가, 엄마의 무능함 때문에 "우리 작은아들 눈 등에는 40년이란 긴 세월이 흘렀지만 지금도 눈 등에 길게 흉터가 남아 있는 모습을 바라볼 때마다 미안한 마음에 가슴이 시리고 아리면서 역시 "세월이 약" 이구나 하면서도 심중의 아픔을 숨길 수는 없었다."

홍콩에서의 길고 긴 하룻밤의 여정을 보내고 우리 일행은 다시 이란 가는 비행기에 탑승을 했다. 방콕을 거쳐서 인도 봄베이 공항에서 6시간을 기다린 다음 테헤란에서 들어오는 비행기를 타고 이란으로 들어오기 시작했다. 이란 땅이 가까워질수록 불안한 마음을 안정시킬 수가 없었다. 아들 얼굴만 쳐다봐도 가슴이 아팠다.

이런 일만 없었다면 남편 품으로 돌아온다는 것 하나만이라도 행복한 순간이었을 것이다.

혁명이 일어남과 동시에 많은 사람들이 조국의 품으로 그리고 제3국의 나라로 떠나들 가셨다. 지금 우리 식구도 그 예외는 아니었다. 남편만 남기고 한국으로 들어갔다가 2년 만에 다시 이란 땅으로 오는 길이기 때문이다. 다른 사람들은 지루하고 긴 시간이라고 야단 들이였지만 나는 너무 빠르게 이란 공항에 도착하는 것이 정말 싫었다. 하루만 늦게 이란 땅에 도착했더라도 아들 얼굴에 부기는 빠졌을 텐데 하면서 이런저런 복잡한 생각에 어떻게 비행기에서 내려왔는지 조차도 기억이 나지 않았다. 대기하고 있던 공항버스에 몸을 태우고 나니 그때서야 가슴이 바람 부는 날의 바다처럼 요동치면서 작은 떨림으로 벅차오르고 있었다. 남편은 어떻게 변했을까? 하는 생각도 잠깐이었다. 겨울철로 접어들 때니까 날씨가 몹시도 추웠다. 세관을 통과해서 공항 대합실로 나오면서 그 많은 승객들 사이를 가로지르면서 연신 남편 얼굴을 찾기 시작했다. 어디에 있을까, 왜 보이지 않지? 하는 생각만이 머리에 가득했다. 아무리 눈을 크게 굴리면서 여기저기 살펴보아도 그리운 남편의 모습은 보이지 않았다. 마음도 설레고 한편으로는 겁도 나고 그리고 보고 싶기도 한 남편이 생각과는 달리 공항 대합실에는 없었다. 그리고 공항밖에서도 보이지 않았다. 그때의 시간이 새벽 1시가 넘고 있었다. 이곳은 지대가 높고 새벽인 만큼 엄청 추웠다. 아이들도 추워서 벌벌 떨고 있었고 나도 너무 추워서 입술이 떨리면서 이빨이 딱딱 부딪치고 있었다. 한 시간 정도는 이해를 하고 기다려 줄 수도 있겠지만 한 시간이 두 시간이 되고 보니 성질이 나서 견딜 수가 없었다. 이렇게 추운 새벽에 아이 눈까지 퉁퉁 부어서 쳐다보기조차 안쓰러운데 남편까지 공항에 나와 있지 않았다. 지금까지 불안하고 미안했던 마음도 그리고 설레던 마음도 다 사라지고 없었다. 같이 오신 아주머니께서도 걱정이 되는 모양인지 여기저기 찾아보고 전화도 걸어보고 하셨지만 연락이 닿지 않았다. 얼마나 시간이 지나서야 남편이 나타나신 것이다. 화가 나서 말도 하고 싶지 않았고 쳐다보기도 싫었다. 두 시간 반이 지나서야 헐레벌떡 달려오는 남편의 모습을 생각하면 지금도 웃음이 난다. 나타나자마자 하는 말이 "아니 어떻게 된 거야 비행기가 왜 이렇게 일찍 도착했지, 틀림없이 새벽 3시 반에 도착이라고 안내원이 말했는데," 라고 미안한 얼굴로 말하다가는 어, 애 얼굴이 왜 하고는 놀라서 눈살을 찌푸리면서 얼굴이 붉으락푸르락 변하고 있는 남편을 쳐다보면서 "빨리 집에 가요, 집에 가서 말할게요." 너무 추워서 말도 안 나와요, 라고 자신도 모르게 도로 화를 내면서 큰소리 빵 치고는 빨리 가자고 서둘렀다. 이렇게라도 한 마디 하고 나니 그렇게도 불안하고 미안했던 마음이 한순간에 다 사라지는 기분이었다. 기다릴 때는 화가 났었지만 지금 이 순간은 그래도 마음이 조금은 풀리는 기분이었다.

오히려 늦게야 나타나 준 남편이 고마웠다. 그래서 마음속으로 "여보야 고마워" 라고 중얼거리면서 모든 것은 어떻게 생각하는 것에 따라서 그 상황이 바뀔 수도 있다는 사실에 나는 정말 좋았다. 불안과 근심 속에 깊이 빠져 있던 자신 앞에 늦게 서야 나타나 준 남편이 바로 구세주였다.

# "이란에서 두 번째 삶"

테헤란에서 두 번째의 생활이 시작되는 순간이었다. 남편이 집을 얻어 놓고 있는 곳은 한국 사람들이 많이 모여 살고 있는 "처칠"이라는 동네였다. 소련 대사관과 바로 마주 보이는 5층 건물에 3층이 우리들의 보금자리였다. 그리고 바로 옆 건물은 영국 대사관이고 여기서 조금만 더 가서 큰길 하나만 건너면 프랑스 대사관이 있는 아주 안전하게 살 수 있는 큰 집을 얻어 놓았다고 남편은 집으로 가는 차 안에서 자랑이 대단했다. 도착해서 바로 집 주위를 둘러보니 엄청 고급스런 큰 건물들이 눈에 들어왔고 그리고 우리가 살집 앞에서 위를 올려다보니 5층 건물이 아주 크고 진한 자주색 벽돌 집이었다. 우리 가족이 건물 안으로 들어서니 50대의 아저씨 아주머니께서 반갑게 맞아 주셨다. "아휴 어서들 와요 오느라고 고생이 많았지요. 아니 애기 얼굴이 다쳤나 봐요, 아휴 정말 큰일 날 뻔했네!" 하시면서 눈을 동그랗게 굴리시면서 나를 쳐다보셨다. 나는 "네" 하고 모깃소리만 하게 대답했다. 고개만 들면 눈물이 막 쏟아질 것만 같았다. 이런 내 마음을 아셨는지 더 이상은 묻지 않으셨다. "자 이제 아무 걱정 말고 시장할 테니 어서 식사들부터 해요. 아이들 데리고 오느라고 고생이 많았구먼," 하시면서 혀를 차셨다.

네 아주머니 고마워요. 나는 코끝이 시큰 하는 연민의 정을 느끼면서 눈에는 눈물이 고이고 있었다. 그렇게 긴 시간도 아니었지만 아니 이란까지 오면서 힘들었던 일들이 몇 년의 세월이 지난 것 같았고 긴 여행에서 돌아온 느낌으로 모처럼 고향에 온 느낌이었다. 그리고 마음이 따뜻해지는 것 같았다. 아주머니께서 차려주시는 식사를 간단하게 하고 우리 식구가 거처할 방으로 들어왔다. 집안이 엄청 넓고 좋았다. 한국에서도 집이 없는 사람들은 전세방이니, 사글세 방이니, 해서 같이들 살아가고 있는 것처럼 여기서도 두 집이 같이 한 공간에서 살아가고 있는 것 같았다. 물론 두 집이 한 공간에서 같이 사노라면 어려운 일들이 많겠지만 서로 조금만 이해를 하고 살아간다면 먼 이국땅인 만큼 외로움도 덜하고 좋을 것도 같았다. 여기서도 집세로 나가는 돈이 제일 크기 때문에 이렇게들 같이 살아가는 가정들이 많다는 것이었다. 외국까지 와서 비싼 집에서 호화스럽게 살 필요가 없다는 생각도 들었다.

조금이라도 지출을 줄이기 위해서는 서로의 조그만 자존심도 억제하면서 살아가야 할 것이다. 물론 우리 가족도 예외는 아니었다. 먼저 오셔서 살고 계시는 아저씨 내외분과 같이 살아가는 데는 별로 어려움이 없었다. 하지만 사랑하는 가족들과 친지들이 다 떨어져 있다는 그 사실 하나만이라도 순간순간 외로움이 가슴 깊숙이 파고들었다. 그런대로 행복하게 잘 지내오고 있었다. 그런데 우리 가족은 일 년이 채 되기도 전에 다시 또 다른 집으로 이사를 가야만 했다. 여기서도 두 집이 같이 살아야 했고, 여기 와서 생활한 지도 일 년이 가까워 오고 있었지만 아직까지도 어떤 사람이 어디에 살고 있는지 무엇을 해서 먹고들 살고 있는지 몰랐다. 물론 알려고 할 필요도 없었고 관심도 없었다. 그냥 그렇게 남편과 같은 회사에 다니시는 몇 가정만 서로 오가면서 세월을 보내고 있었다. 이란 혁명이 나서 많은 외국인들이 자기 나라로 돌아갔지만 그냥 그대로 남아서 살아가고 있는 외국 사람들도 많았다. 반면에 우리 한국 사람들도 많이들 남아서 살아들 가고 있었다. 다들 가지각색의 직업들을 가지고 열심히 일들 하면서 생활해 나가고 있었다. 남편과 같이 이란에 속해있는 국영 기업체에서 종사하고 계시는 분들, 외국 사람들을 상대로 장사하시는 분들, 그리고 상사 팀들, 즉 상사 팀들이란 한국에 본사가 있고 그 회사에서 파견 나온 분들, 그러니까 자기들 회사의 물건을 팔기 위해서 나온 사람들이 바로 상사 팀들이다. 이런저런 직업으로 다들 바쁘게들 살아가고 있었다. 그렇다고 이란 실정이 좋아졌다고 할 수는 없었지만 그런대로 자기들의 실적을 올리면서 행복한 모습들로 열심히들 잘 살고 있는 것처럼 보였다.

# “ 말을 못 하는 아이 ”

우리 작은아들이 3살이 넘도록 말을 하지 못해도 별로 신경을 쓰지 않았다. 그런데 4살이 되어도 말을 하지 못하고 자기 의사를 행동으로만 표현하는 것이 아무래도 이상한 것 같았다. 신체의 모든 기능이 정상이라고 믿고 있었기 때문에 별다른 걱정은 하지 않았다. 그런데 주위에 가까이 계시는 나이 든 분들이 다들 한마디씩 하시는 말들이 우리 부부에게 불안을 안겨주는 말들이었다.

정상이라면 왜 말을 하지 않느냐는 것이었다. 사실이다. 4살이 되도록 그 흔한 엄마 소리도 한마디 하지 않았기 때문이다. 그런데 우리 부부의 입장에서 볼 때는 정상이라고 생각했다. 밥도 다른 아이들보다 많이 먹고, 놀기도 잘 놀고, 잠도 정상적으로 잘 자고, 소변이나 대변도 돌이 되기 전에 가렸기 때문이다. 다른 아이들보다 모든 것이 빨랐다. 그리고 눈도 반짝반짝 빛이 나고 생글생글 웃으면서 돌아다니는 모습이 정말 부족함이 없다고 생각했었다. 다만 한 가지 말을 못 하는 것이 흠이라면 흠이었다. 4살이 될 때까지 무럭무럭 잘 자라 주었고 그동안의 어려움도 어느 정도 잊을 만큼 순조롭게 잘 자라 왔다고 생각했었다. 그런데 이제는 말을 하지 못 하는 것 때문에 또 다시 걱정이고 불안이 밀려오기 시작했다. 우리 부부는 다시 병원에 드나들기 시작했다. 언어 전문가에게 진료도 받아 보기도 하고 언어 미숙한 아이들도 찾아보았고, 병원에 가서 검사도 해 보았지만 모든 기능이 정상이라는 전문이의 말이었다. 정상이라면 왜 말을 하지 않느냐고 따져도 보았지만 의사 자신도 그것만은 모르겠다는 말이었다. 의사 말은 시간이 말해 준다는 것이었고 조금만 더 지켜보자는 말이었다. 그러니까 꾸준하게 기다리는 방법 이외는 없다는 결론이었다. 그럼 언제까지 기다리라는 것인지 우리 부부는 정말 답답하기만 했고 절망과도 같은 마음이었다. 이런 아이를 어떻게 다루어야 할지 앞이 캄캄하기만 했다. 4살이 넘었지만 하는 행동은 너무 예뻤다. 계속 우유병을 들고 다니면서 빨고 있는 것이 아기 때와 똑같이 행동하고 있었다. 우유가 떨어지면 빈 꼭지라도 계속 빨고 다니는 아들을 쳐다보면 걱정도 밀려오지만 웃음도 나고 어떻게 할 수가 없었다. 걸어 다닐 때나 앉아 있을 때나 항상 한 쪽 손에는 젖병을 또 한쪽 손에는 때가 꼬질꼬질하게 묻어있는 조그만 베개(아기 때 베고 자던 좁쌀이 든 것)를 꼭 들고 다닌다. 아기 때는 당연하다고 생각했는데 4살이 넘도록 아기 때와 똑같은 행동만 반복을 하는 아들을 어떻게 다루어야 할지 우리 부부는 난감했다. 먹기도 많이 먹는 편이었다. 잠시도 쉬지 않고 먹는다고 해도 지나친 말이 아닐 것이다. 다른 모든 면에서는 너무 똑똑하기 때문이다. 자기 형을 눈빛 하나로 심부름을 시키는 것을 볼 때는 정말 신통하기조차 하니 말이다. 아빠 엄마가 무엇을 싫어하는지는 용하게도 알아차리고 눈치 빠르게 행동했고 몸놀림도 얼마나 민첩하고 재빠른지 모른다.

우리 부부 눈에는 정말 예쁘기만 했다. 이런 아이가 말을 하지 않는다는 것이 더욱 이상하다는 주위 사람들의 말을 들을 때마다 우리 부부는 불안한 마음으로 걱정이 아닐 수가 없었다.

말할 수 있는 기능이 잘못된 것인지 아니면 말할 수 있는데도 말이 나오지 않는 것인지 도무지 알 수가 없었다. 육체적으로도 건강하고 별 이상이 없다는 것이 확실한 사실인데 왜 말을 하지 않는지 정말 답답한 마음이었다.

우리 가족은 아이가 말할 수 있게 하기 위해서 많은 노력도 했고 아이의 머릿속에 숨겨진 잠재능력을 일깨우는 데 도움이 되는 말이나 행동 그리고 관심을 끌기 위해서 여러 가지 자극을 주기도 하고 주위 환경을 바꾸어 보기도 했고, 말을 하지 않으면 자기가 원하는 것을 일체 들어주지 않았다. 하지만 이런 것들이 그만큼 아이를 괴롭히는 결과밖에는 되지 않았다.

무엇이든지 자기가 원하는 것은 행동으로 그리고 눈동자와 머리로 다 하는 것을 볼 때는 미움보다 귀엽다는 생각이 먼저였고 말보다는 행동으로 하는 것이 더 사랑스럽고 신통하기조차 했다. 보통 아이들과는 성격도 차이가 있는 것 같았고 한마디로 말한다면 "괴짜"라고 말할 수도 있겠다. 이따금씩 이 아이를 바라보고 있노라면 나도 모르게 회충약을 지나치게 복용했었던 그때의 생각에 온몸이 떨리면서 정신을 차릴 수가 없다. 이럴 때는 잠시 잠깐이라도 눈을 감고 짧은 순간이지만 머릿속이 무거워 그 자리에 그대로 누워야 만이 자신을 지탱할 수가 있었다. 앞에서도 언급했지만 우리가 살고 있는 집은 소련 대사관 바로 앞에 5층 건물이다. 3층이 우리가 살고 있었고 이 건물에는 반 이상이 한국 사람들이 살았고 2층에서 5층까지 다 한국 사람들이 살았기 때문에 우리 작은아이는 눈만 뜨면 우유 통을 입에 물고 조그만 베개를 들고 2층에서 5층까지 오르내리는 것이 하루 일과였다. 비록 말은 못했지만 몸이 어떻게나 재빠르고 가벼운지 잠시도 가만히 앉아있는 것을 본 적이 없다. 집에서도 하루 종일 구르고 뛰고 먹고 마시고 혼자 잘도 놀았고 잠을 잘 때도 엄마는 안중에도 없었고 꼬질꼬질하게 때 묻은 베개만 손에 들고 있다는 것이 확실하면 어디서 든지 그대로 쓰러져 잠을 자고 일어나도 엄마는 절대로 찾지 않는다. 오직 베개만 손에 들고 있음 안심이 되는 모양이었다. 베개가 이 아이의 가장 소중한 보물인 것 같았다. 그리고 절대로 세탁할 여유조차도 주지 않는다. 하루 24시간 베개만은 절대로 손에서 놓은 적이 없기 때문이다. 그리고 언제 나가는지도 모르게 나갔다가 들어와서는 뛰다가 떼굴떼굴 공이 굴러가는 것처럼 구르면서 잠시도 쉬는 시간이 없는 아들이었다.

하루 종일 그렇게 돌아다녀도 베개만은 절대로 손에서 놓지 않는다고 보는 사람들마다 웃음이 나서 못 견딜 지경이라는 말들이었다.

5층 건물을 하루 종일 오르내리는 자신도 피곤하겠지만 문을 열어주는 아주머니들도 말할 수 없이 피곤하다는 말들이었다. 이란에 있는 집들은 문이 닫히면 자동으로 잠겨버리기 때문에 밖에서는 열 수가 없었다. 우리 아이는 키가 작아서 초인종도 누를 수가 없기 때문에 문 앞까지 와서는 무조건 발로 탕탕 찬다는 것이다.

안에서 누구냐고 물으면 더욱 세게 발길로 차기 때문에 급하게 문을 열어 주어야만이 건물 전체가 조용하다는 말들이었다. 그리고 들어와서는 오래 있는 것도 아니고 혼자 왔다 갔다 하다가는 슬그머니 나간다는 것이다. 그리고는 또 오고 하니 정말 괴롭다는 주위 사람들의 말들이었다. 5층 건물에 살고 계시는 아주머니들은 아침에 눈만 떴다하면 아예 문을 하루 종일 열어 놓는다고까지 말들 하시니 정말 미안하고 송구스러운 마음뿐이었다. 문을 열어주면 바람보다도 더 빠르게 들어와서는 생긋이 웃고는 여기저기 자기 집처럼 앉았다가 섰다가 하다가는 또 바람보다 빠르게 사라진다는 말들이셨다. 아주머니 말씀이 “이 집 아들 때문에 웃지 않을 수가 없으니 어쩌지,” 라고 하시지만 우리 부부는 아주머니들의 마음을 잘 알고는 있었지만 어떻게 할 수가 없었다. 이제는 정말 한계를 넘어선 느낌이었다.

누군가 말 했듯이 “아이를 천재로 키우려면 태아 때부터 교육을 시켜라,” 라고 말했다는 것이 맞는 말 같다는 생각도 들었다.

자신도 파악하지 못하고 회충약을 복용했다는 죄책감 때문에 몇 년을 이렇게 고통 속에서 살아온 나의 전 생애와 맞먹을 만큼의 괴로운 나날을 보낸 자신을 속일 수만은 없지만 지금 이 현실을 피할 수도 없는 엄청난 역경인 동시에 괴로움이었다. 지금 내 또래의 여자들은 이 시간에도 영어를 배운다든지, 에어로빅을 한다든지, 그리고 수영을 배운다든지, 다들 집에 있을 시간이 없다고들 하는데 나에게는 이런 모든 것들이 다 사치고 꿈에서나 할 수 있는 일이라고 생각했다. 자신을 구박하면서 열등감과 불안이 항상 나의 주위를 떠나지를 않고 맴돌고 있다는 사실이 정말 받아들이기가 힘이 들고 얽매어져 있는 감정을 조절할 수조차도 없었다. 그리고 남편에게도 잘해줄 수가 없었다. 오직 작은아들에게만 집중해 있는 나를 누가 좋아하겠는가, 남편은 항상 침착하게 가족들에게 아낌없이 사랑을 주고 있었지만 나의 눈에는 못마땅했다. 내가 괴로워하고 있는 것을 지켜보면서 즐기고 있는 사람처럼 보였기 때문이다. 사실은 착한 남편을 쳐다볼 때마다 죄스럽고 미안한 마음도 있었지만 나 자신을 용서할 수가 없었다.

그 누구에게도 변명할 수도 없었고 오직 자신이 저질러 놓은 일이기 때문에 정신적으로 안정을 찾을 수가 없는 자신이 정말 안타까웠다.

이런 나를 보고 남편은 말하기를 "이제 아이 때문에 고민하지 않기로 합시다, 저렇게 영리한데 6살까지 기다려 보고 그때 가서 다시 걱정을 해도 늦지 않으니까 학교 갈 때까지 기다려 봅시다." 라고 위로의 말은 했지만 불안한 마음은 여전히 가슴속에서 나를 괴롭히고 있었다. 사실은 우리 친정에 남동생도 5살까지 말도, 걷지도, 못했지만 지금은 어엿한 한 가정의 충실한 가장으로 변모해서 행복하게 잘 살고 있다. 우리 형제들 중에서는 공부도 제일 잘했고, 착하고, 말도 잘하고, 체격도, 그리고 얼굴도 아주 준수한 편이다. 내가 가장 아끼는 남동생을 생각하면 조금은 마음의 위안을 얻고 희망도 가져보곤 하지만 불안한 마음은 여전히 떨칠 수가 없었다. 우리는 5층 건물에서 1년 정도 살다가 다시 이사를 해야만 했다.

이사를 하고 얼마 되지 않아서 일어난 사건이었다. 이날도 우리 부부는 작은아이 때문에 잠시 물어볼 일이 있어서 병원에 다녀오는 길이였다. 집에 들어오니 큰아들이 울고 있었다. 형이 화장실에 갔다가 나오는 사이에 동생이 없어졌다는 말이었다. 벌써 큰아들은 얼마나 울었는지 얼굴이 퉁퉁 붓고 눈에는 닭똥 같은 눈물이 뚝뚝 떨어지고 있었다. 아들은 엉엉 울면서 겁에 질린 표정으로 말하는 아들이 너무 애처로워서 가만히 안아 주었다. 말도 못 하는 동생이 없어졌으니 얼마나 놀라고 무서우면 벌벌 떨고 서 있는 큰 아들이 너무 가슴 아팠다.

사실 우리 큰아들은 화장실에 들어갔다 하면 족히 1시간 정도는 있어야 볼일을 끝내고 나오는 아들이다. 왜냐하면 꼭 책을 들고 들어가서 그 책을 다 읽어야 나오는 버릇이 있었다. 그러니 동생이 심심하니까 아마도 밖으로 나간 것 같았다. 벌써 시간이 꽤 지난 것 같아서 우리 부부는 급하게 동네로 뛰어나갔다. 우리 부부는 쩔쩔매면서 어쩔 줄 몰라 했다. 남편은 저쪽으로 나는 반대편으로 뛰기 시작했다. 이 골목 저 골목으로 미친 듯이 뛰면서 아이 이름을 목이 터져 라고 불렀다. 부르면서도 말도 못 하는 아들인데 라고 생각하면서, 여기저기 기웃거리면서 완전히 얼이 빠진 사람처럼 길 가는 이란사람들을 강제로 불러 세워서 묻고 또 묻고 혹시 울면서 걸어가는 말 못 하는 조그만 외국인 남자아이를 보지 못 했느냐고 횡설수설하면서 물어보고는 또 미친 듯이 뛰었다. 엉엉 울면서 말을 하려니 말도 나오지 않았다. 물건을 잃어버리면 다시 새로 사고 마련하면 되지만 세상에서 제일 귀중한 아들을 잃어버렸다고 생각하니 미칠 것만 같았다. 눈에 넣어도 아프지 않을 아들인데 하고 생각하면서, 지금 나의 눈에는 아무것도 보이지 않았다. 이 골목 저 골목을 미친 듯이 뛰어다니면서 소리소리 쳤지만 아무도 응답하는 사람이 없었다. 도대체 말도 못 하는 아이가 어디까지 걸어서 갔단 말인가, 이제는 목이 아파서 말소리도 나오지 않았다. 머릿속에서는 무서운 생각들이 춤을 추고 있었다. 영원히 되찾을 수 없는 것은 아니겠지, 아니 말 못 하는 국제미아 유랑아로, 아님 누군가 아이를 잡아갔음 어떡하지, 이런 여러 가지 생각으로 머리가 터질 것만 같았다. 동네를 다 돌고 다시 집 쪽으로 엉엉 울면서 힘없는 발걸음으로 투덜투덜 걸어오니 저쪽 반대편에서 남편도 빈 몸으로 힘없이 걸어오고 있었다. 왜 우리 작은 아이는 이 세상에 나오기도 전부터 시작해서 지금까지 고통 속에서 모진 세파를 다 겪어야 하는지 알 수가 없었다. 나는 또다시 숨통이 꽉 막히면서 길바닥에 쓰러질 것만 같았다. 눈물이 앞을 가려 도저히 걸을 수가 없었다.

벌써 석양은 내리고 있는데 곧 어둠이 내릴 텐데, 눈에 넣어도 아프지 않을 우리 예쁜 아들은 어디에 있단 말인가, 남편은 초조한 모습으로 긴장된 말투로 "일단 경찰서에 가서 신고부터 합시다." 라고 말하면서 앞장서서 투덜투덜 걸어가고 있었다. 나는 얼빠진 여자처럼 엉엉 울면서 남편 뒤를 천천히 따라가고 있었다.

얼마를 걸어가던 남편이 갑자기 소리쳤다. 나는 뒤 따라가다가 놀라서 얼른 남편 앞으로 뛰어나와서 고개를 들고 흐르는 눈물을 손등으로 닦으면서 눈을 크게 굴리면서 남편의 손끝을 바라보았다. 아, 우리에게 기적이 일어나고 있었다. 기쁨과 놀라움, 감사와 감격, 그리고 환희가 넘치는 순간이었다. 저쪽 끝 골목에서 웬 한국 여자아이가 우리 작은아들 손을 잡고 걸어오고 있는 모습이 아련히 눈물 젖은 눈동자 속에 파고들어 오고 있었다. 전혀 예상조차 못 했던 일이라서 정신이 다 아득했다.

우리는 한국 여자아이 집에 가서 어떻게 된 일인지 자초지종 얘기를 들어본즉, 어떤 이란 남자가 데려왔다는 말이었다. 이란 남자가 하는 말이 아이가 "(담파지스키)길 이름" 큰 대로 사거리에서서 울고 있었다는 것이다.

그동안에 멀리도 갔구나, 라고 생각했다.

이란 남자는 이상하다고 생각하면서 울고 있는 아이 주위를 살펴보니 아무도 보이지 않아서 차에서 내려 아이에게 물어보니 아무 말도 하지 않고 울기만 하는 것이 아마도 집을 잃어버린 것이 아닌가 하고는 이 아이와 비슷한 외국인 아이를 본 것 같아서 이 집으로 데리고 왔다는 것이었다. 마침 뒤 돌아보니 이 집에도 우리 작은아이와 같은 또래가 놀고 있었다. 아, 얼마나 다행한 일인가, 우리 부부는 그 이란 남자가 너무 고마워서 만나고 싶었지만 도저히 만날 수가 없었다. 아이만 내려 주면서 어디에서 데려왔다고 말만 하고는 그냥 말없이 사라졌다고 말해 주었다. 정말 이것이 일상의 기적이라고 외치고 싶었다. 우리 아들은 얼마나 울었는지 하얀 얼굴에는 먼지와 눈물로 얼룩져 있었고 그리고 얼마나 피곤하고 지쳤는지 집으로 오는 도중에 아빠 품에 안겨서 쌕쌕거리면서 잠자고 있는 모습이 아기천사와도 같은 얼굴이었다.

이런 일이 있고부터는 우리 가족은 항상 어디로 가든지 같이 동행했다.

# 이란과 이락의 전쟁

혁명이 나고 어느 정도 자리가 잡혀지기도 전에 이란과 이락의 전쟁이 터진 것이다.

전쟁의 시작은 1980년 9월 22일 오후 3시쯤, 이 날만은 내 인생에서 가장 놀랐던 날일 것이다. 이날 아이들하고 점심을 먹고 나서 작은아이와 둘이서 목욕을 하고 있었는데, 갑자기 집이 흔들리는 동시에 폭음 소리와 함께 비행기 소리가 몹시 가깝게 우리 집 건물 위로 지나가는 것 같았다. 큰 폭음 소리 때문에 어떻게 무슨 일이 일어났는지 정신을 차릴 수가 없었다. 급하게 옷 입을 여유도 없이 작은아이와 나는 너무 놀라서 발가벗은 채로 뛰어나와서 창밖을 쳐다보는 순간 동시에 비행기가 우리 창문 가까이로 지나가고 있었다. 그때 비행기 속에 앉아 있던 조종사의 눈과 나의 눈이 딱 마주쳤다고 말하고 싶다. 마주치는 순간 나는 무서운 생각에 침대 위 이불 속으로 급히 파고들어 갔다. 이 때문에 우리 작은아이는 놀라서 경기까지 했었다. 얼마나 시간이 흘렀을까 조용하고 적막한 분위기에 나는 이불 속에서 나와 거실로 나오니 같이 살고 계신 아주머니께서도 놀란 얼굴로 하얗게 변해서 거실에 나와 계셨다. 두 사람이 똑같이 도대체 무슨 일이냐고 놀라워하면서, 베란다로 나가 보았다. 나와 보니 하늘과 땅 그리고 여기저기 살펴보아도 온 동네가 너무나 조용한 적막감만 흐르고 있었다. 우리 두 사람은 집 안으로 들어와서도 서로 얼굴만 쳐다보면서 생각에 생각을 거듭하면서 아무 일이 없겠지, 라고 서로 말하면서 왠지 불안이 불안을 몰고 오는 것 같았다.

시간이 얼마나 흘렀을까, 그때 갑자기 문이 열리면서 회사에 갔던 남편이 불쑥 들어오는 것이 아닌가, 아주머니와 나는 동시에 놀라서 소파에서 벌떡 일어섰다. 우리는 새파랗게 질려서 들어오는 남편의 얼굴을 쳐다보면서 더욱 놀라고 있었다. 그리고 아침에 출근할 때 입었던 옷이 아닌 작업복에 여기저기 "피"까지 묻혀 있었고 악몽에 놀라서 시달리는 듯이 온몸을 웅크리고 손과 다리를 떨면서 겨우 지탱하고 서 있는 남편을 쳐다보면서 우리는 너무 놀라서 말 한마디도 하지 못하고 입만 딱 벌리고 서 있었다. 나도 떨리는 가슴으로 혼이 거의 나가 버린 허탈 상태 바로 그것이었다. 그런 시간이 한참이나 지나서야 남편이 먼저 얼굴의 근육을 풀면서 싱긋이 웃고는 "아니 왜들 그렇게 놀래" 하면서 오히려 우리를 위로하는 것이었다. 그리고는 다시 한 마디 던지는 것이었다. "그런데 이쪽에는 폭탄이 떨어지지 않았어," 라고 말하는 것이었다.

옆에 계시는 아주머니와 나는 똑같이 놀라는 목소리로 "아니 폭탄이라니요," 라고 남편은 다시 또 말문을 열었다. "형님은 아직

오시지 않았습니까," 라고 말하는 것이다. 아주머니와 나는 놀란 가슴을 안고 아니요, 아무도 오시지 않았어요. 도대체 무슨 일이에요? 하고 우리는 남편에게 다그쳐 물었다. 남편은 얼음장같이 굳은 얼굴로 우선 물부터 한 컵 달라는 말이었다. 놀라도 엄청 크게 놀란 얼굴표정이었다. 사실 남편이 일하는 곳은 테헤란 국제공항에서 검사관으로 일하고 계신다. 그리고 국제공항 옆에는 전쟁때 사용할 수 있는 군용기 등등 여러 가지 중요한 시설물이 설치되어 있는 곳이기도 했다.

남편의 이야기가 시작되고 있었다.

마침 퇴근 시간이 가까워 오고 있었기 때문에 비행기에서 검사를 마치고 내려오는 도중에 갑자기 비행기 몇 대가 폭음소리를 내면서 쏜살같이 지나가면서 폭탄을 수없이 떨어 트리면서 동시에 비행기 속에서 기관총으로 공항 둘레를 사격하면서 서서히 사라져 갔다는 말이었다. 바로 조금 전에 폭음소리를 내면서 지나갔던 그 비행기가 "이락" 비행기였다니 얼마나 놀라운 사실인가, 남편이 일하는 바로 머리 위를 지나가면서 폭탄을 퍼부어 놓고 사라졌다는 것이었다. 비행기가 얼마나 낮게 떴는지 남편도 그 조종사의 얼굴을 보았다고 말했다. 그리고 더욱 기가 막히는 것은 이락기가 공항까지 들어와서 폭탄을 마구 쏟아부을 때까지 이란에서는 무방비 상태였다니 정말 한심한 일이었다. 말하고 있는 남편의 모습이 대단하게 보였다. 그렇게 위험한 상황에서도 살아서 돌아왔다는 사실이 정말 고맙고 감사한 일이었다. 그 순간 자신도 모르게 남편 품속으로 파고들었다. 기름투성인 작업복도 눈에 들어오지 않았다. 나는 오늘 처음으로 남편의 기름투성인 작업복을 볼 수가 있었다. 정말 무섭기도 하고 이 순간만은 이란에서 잠시도 살고 싶지 않았다. 나는 온몸을 떨면서 남편에게 말했다. "우리 그만 한국으로 가요, 이렇게 위험한 일을 당하면서 어떻게 살겠어요," 라고 조그만 남편의 얼굴이지만 이 순간만은 아주 큰 거인의 모습으로 나의 눈에 들어왔다. 우리 세 사람은 동시에 무서운 생각으로 이것이 무엇을 의미하는 걸 까요, 라고 그런데 혹시 이것이 전쟁의 시작이 아닐까요, 하고 우리 모두가 불안에 떨고 있었다. 나는 다시 정신을 차리고 남편이 입고 있는 작업복을 쳐다보면서 "여보 당신 옷에 웬 피가 이렇게 많이" 나는 말을 잇지 못하고 말았다. 남편은 "이 피 아무것도 아니야 살기 위해서 급하게 뛰어 나오다가 너무 급한 마음에 마침 공항택시가 눈에 보이기에 무조건 올라탔는데 정신을 차리고 보니 어떤 여자의 무릎 위에 앉아 있었어, 그리고 지금 공항에서는 난리가 났어, 완전 수라장이야, 아우성 소리, 서로 살려고 공항 정문을 보고 죽기 살기 뛰는 사람, 그리고 연못 속으로 뛰어 들어가는 사람, 어떻게 어디로 피해야 할지 정신을 차릴 수가 없었어, 비행기 속에서 기관총으로 막 쏘아 대니 살기 위해서 어디로

가는 지도 모르고 막 뛰는 것이겠지, 어떤 사람은 연못 속으로 뛰어들다가 넘어지는 사람도 보았는데 아마도 죽었는지도 모르겠어,"라고 말하는 남편의 얼굴이 창백하게 완전 굳어 있었다. 정말 끔찍한 현실인 것만은 분명했다. 남편은 지금도 그때의 택시 운전사가 너무나 고맙다고 말하면서 한 번쯤 만날 수만 있다면 식사라도 하고 싶다면서 주마등처럼 스쳐 지나가는 세월을 아쉬워하는 모습이 참 보기가 좋았다. 그리고 세월도 가고 사람도 간다지만 이렇게 살아남아 있는 사람들은 그래도 지나가 버린 세월을 뒤돌아볼 수 있다는 사실이 정말 고맙고 감사하다는 생각도 들었다.

남편은 어느 정도 정신을 차리고 나서는 집에는 아무 일이 없으니 다행이라면서 그 피 묻은 작업복 차림으로 다시 나가는 것이었다. 같은 직장에 다니시는 분들이 모여 살고 있는 아파트에 가 보아야겠다면서 혹시 우리 한국 사람이 사고가 났을 경우를 생각해서였다. 그리고 도대체 어떻게 된 일인지 알아도 보고한다면서 급하게 나가는 남편의 뒷모습을 바라보는 이 순간만은 나의 신랑이 참 대단하다는 생각이 들었다. 남편이 나가고 조금 있으니 옆방 아저씨도 무사히 돌아오셨다. 아저씨의 얼굴도 말이 아니었고 엄청 심각한 표정으로 들어오셨다.

아저씨 말씀이 우리 한국 아저씨 한 분이 많이 다쳤다는 말씀이셨다. 파편이 지나 가면서 그 아저씨의 등과 머리를 태우면서 지나갔다는 것이다. 정말 구사일생으로 살아나셨다고 말씀하셨다. 남편은 이 소식을 받고 급하게 병원으로 간다고 연락이 왔다. 이런 시점에서 어떻게 그때의 상황을 말로 다 설명할 수가 있겠는가, 한국 아저씨가 계셨던 병원은 사람들이 많아서 다른 병원으로 옮겨야 한다면서 남편은 그분을 등에 업고 다른 큰 병원에 입원을 시켜놓고서 밤늦게야 집으로 돌아오셨다. 사실 남편은 몸 하나는 정말로 재빠르고 자기 몸을 아끼지 않는 사람이다. 남을 위해서는 물불을 가리지 않는 성품을 가졌다고 말하고 싶다. 남편의 얼굴이 남자 얼굴치고는 좀 작은 편인데 하루 낮 사이에 반쪽이 되어서 돌아왔다. 우리 조국도 아닌 이국땅에서 이런 고통을 당해야 한다니 정말 삶이 무언지, 돈이 무언지, 아무것도 생각하고 싶지가 않았다. 이런 생각지도 않았던 이락기로 인해서 많은 사람들의 목숨도 잃었지만 그 정신적인 충격은 영원히 잊을 수가 없을 것이다. 남편은 그때에 폭탄이 터지면서 산산조각이 났던 파편을 지금도 소중하게 간직하고 있다. 이락의 공격으로 인해서 모두들 한국으로 들어들 간다고 야단들이었다. 하지만 그때는 이란 공항이 폐쇄상태에 있었고 폭격 맞은 건물들, 그리고 비행기 하며 모든 건물들이 전처럼 돌아가려면 꽤 많은 시간이 걸려야만 했다. 이런 현실에 놓여 있으니 가고 싶어도 갈 수가 없는 실정이었다. 다들 공항 문이 열리면 제일 먼저 한국으로 들어들 간다고 서둘렀다. 물론 우리도 돌아갈 준비를 다 했었다. 정말로 남의 나라에서 죽는다는 것이 너무나 무서웠다. 이렇게 가슴을 조이면서까지 이란 땅에서 살아야 할 이유가 없었기 때문이다.

# 살기 좋은 이란 땅

이란 땅은 정말 살기가 좋았다. 우리 한국의 비싼 물가에 비한다면 이란은 정말 살기 좋은 곳이라는 생각이 든다. 이렇게 살기 좋은 곳을 그 누가 쉽게 훌훌 털고 갈 수 있겠는가, 그럴 리가 없었다. 이란이란 나라는 베일에 싸인 아주 매력적인 땅이라고도 할 수가 있겠다. 이란 땅에는 정말 좋은 것은 다 가지고 있다고 해도 과언이 아니다. 이란은 세계에서 18번째로 넓은 영토를 가지고 있는 나라다. (남북한이 합친 땅에 8배) 정도로 생각하면 될 것도 같다. 인구는 약 7,000만이라고 하는데 확실한 것인지는 잘 모르겠다. 석유를 비롯해서 풍부한 지하자원과 넓은 영토 그리고 살기 좋은 기후조건 이런 모든 것들이 풍부한 이란 땅이 정말로 부럽다. 우리 한국

과 같이 봄, 여름, 가을 그리고 겨울의 사계절이 있고 우리 아시아와 유럽을 이어주는 문화와 교통의 요지에 있어 일찍이 찬란한 문화를 꽃피운 곳이기도 하기 때문이다. 그리고 우리 한국의 일요일에 해당하는 요일이 이란에서는 금요일이다. 그러니까 목요일 오후부터는 모든 관공서와 박물관, 학교 등등 다 문을 닫기 때문에 우리 외국인들이 일하면서 여행 다니기에는 아주 좋은 조건을 다 갖추고 있다고 말 하고 싶다. 그리고 또 좋은 것은 우리 한국은 새해 첫날이 1월 1일이지만 여기 이란은 3월 21일(노루즈) 즉 3월 한 달은 새해라는 뜻이고 모든 관공서가 공휴일이 많다. 이런 기회를 이용해서 우리 외국인들은 여행길에 나서는 사람들도 많다. 그리고 이란 인구 전체 90%가 모슬렘인 만큼 민족 간에 갈등이 없는 나라이기도 하지만 큰 빈부격차가 있기도 하다. 그리고 우리가 제일 부러워하는 석유와 가스매장량이 세계 2위라는 사실이다. 지하자원이 엄청나게 묻혀 있기도 한 곳이 바로 이란 땅이다. 나라 전체가 해발 2500m 이상의 거대한 고원지대이고 테헤란은 알보즈 산맥에 둘러싸인 분지형의 도시이다. 건조한 사막기후로 인해서 아무리 날씨가 덥다고 해도 밖에 온도가 40도를 오르내리는 더운 날씨지만 그늘이나 건물 안에만 들어서면 시원하다는 것을 바로 느낄 수가 있다. 그리고 지하의 찬물을 뽑아 올려서 순환하여 공기를 시원하게 해 주는 일종의 수냉식 에어컨이 큰 주택지에는 다 설치가 되어 있었다. 한 가지 재미나는 것은 수냉식 에어컨으로 인해서 일 층 이층이 다 연결이 되어 있기 때문에 이쪽저쪽

층에서 나는 소음들이 다 들린다는 점이 문제긴 하지만 그런대로 재미는 있는 것 같았다. 그리고 물 걱정 없이 농사도 마음대로 지을 수 있다는 곳이 바로 이란 땅이다. 우리가 이란 땅에 오기 전에는 사막과 같은 모래땅에 물도 없는 건조한 땅으로만 생각하고 왔었지만 어디로 가든지 물이 펑펑 쏟아진다는 사실이다. 이 정도라면 모든 것을 다 갖추었다고 말할 수도 있을 것이다. 여기는 또 양고기 요리가 일품이다. 세계에서 이란의 양고기가 제일 맛이 있다고 사람들이 말을 한다는 것이다. 왜냐하면 이란의 양은 양털도 사용되지만 특히 식용 고기가 목적이기 때문에 검은 양들이 많은 편이다. 처음에는 양고기 냄새가 좀 거북스럽고, 역겹다고 생각했지만 지금은 우리 가족 모두가 너무나 좋아하고 즐기는 편이다. 이란에 있는 음식 중에서 "구비데" (양고기와 토마토를 막대기에 꽂아서 불에 구운 것)를 긴 쌀로 밥을 한 것과 같이 먹으면서 우리는 행복해하면서 자주 먹는 편이다. 지금도 그때의 이란 음식들이 그리워지고 또 먹고 싶기도 하다. 얼마 후에 막상 공항문은 열렸지만 그 누구 한 사람 갈려고 나서는 사람들이 없었다. 물론 나도 이란에서 떠나고 싶지 않았다.

이란 땅은 진정 하나님께서 주신 복되고 부족함이 없는 땅이었다. 눈에 보이지 않는 무언의 신비 때문인지는 몰라도 여기를 떠나고 싶어 하는 사람은 백에 한 명도 없을 것이다. 사실은 나도 여기서 허락만 한다면 오래오래 살고 싶다. 얼마 전 일이다. 이란에 순간적인 지진이 한밤중에 일어났었다. 나는 깊은 잠이 들어 있었는데 멀리서 남편의 다급한 목소리가 들렸다.

하지만 꿈결에 아련히 들렸지만 쉽게 일어날 수가 없었다. "여보, 여보, 빨리 일어나 지진이야," 라고 외쳤다. 빨리 어서 라고 다급하게 소리소리 쳤다. 나는 그때서야 벌떡 일어나 앉으면서 "아니 왜 그래요,"라고 화를 내는 순간 집 전체가 흔들 함과 동시에 방바닥이 꿈틀하는 것이 아닌가, 그때서야 정신이 번쩍 들면서 "엄마야, 방이 왜 움직이지," 라고 놀라고 있을 때 또다시 남편은 급하게 소리소리 지르면서 밖으로 뛰어나가고 있었다. "빨리 나와 지진이야," 하고 외쳤다. 나는 정신이 하나도 없는 상태로 급하게 벌떡 일어나서는 작은아이를 품에 안고 큰아이를 깨우는 동시에 다시 큰 진동이 일어남과 함께 품에 안았던 아기가 방바닥에 떨어지고 나도 그대로 앞으로 넘어지면서 주저앉고 말았다. 그 순간 눈앞이 캄캄했다. 먼저 밖으로 나갔던 남편이 다시 급하게 뛰어올라 와서는 소리소리 쳤다. "빨리 나오지 않고 뭐 해, 밖으로 나와야 살 수 있어 집 안에 있으면 다 죽어 빨리 나와서 도랑 밑에나 큰 나무 밑에 엎드려야 살 수가 있다고, 그리고 이란 사람들은 벌써 다 나와 있단 말이야," 라고 소리치는 남편에게 나는 화가 나서 큰소리로 외쳤다. "아니 당신은 큰아이라도 좀 데리고 나가지 혼자 나가면 어떡해요," 라고 소리쳤지만 남편은 벌써 밖으로 사라지고 없었다. 나는 다시 아이를 업고 큰아이를 깨워서 데리고 급하게 거실로 나오면서 혼자 중얼거렸다. 죽는 것도 순간이구나 하고 생각하면서 거실로 나오니 넓은 거실이 우리 세 식구를 포근하게 감사 주는 것 같아서 조금은 마음이 안정이 되는 것 같았다. 집 밖 계단을 다 내려오기도 전에 먼저 나갔던 이란 사람들이 들어오고 있었다. 올라오면서 이제 지진이 끝이 났다고 말해 주었다. 지진이 끝이 났다는 소리를 듣는 순간 그때서야 다리가 후들후들 떨리면서 힘이 싹 빠지는 느낌이었다. 정말 사람이 순간적으로 죽는다면 어떤 심정일까, 아니 죽고 나면 아무것도 모를 일이지만 그래도 살면서 한 번쯤은 죽음에 대해서 생각도 해볼 만했다. 지진이 난 뒤부터 나는 남편 얼굴만 쳐다보면 웃음이 나서 견딜 수가 없다.

공항에 이락폭격기가 오고부터는 정신적인 고통이 시작되었다. 밤에는 전깃불이 없었고, 공포의 나날 즉 죽음의 나날인 것 같았다. 그날 이후부터는 이락전투기가 자주 나타나기 시작했다. 이락비행기만 나타났다 하면 테헤란 밤하늘에는 오색찬란한 은빛이 아닌 대공 사격의 폭음 소리와 함께 테헤란 밤하늘을 진동시켰다. 이런 현실 속에서 외국인뿐만 아니고 이란 사람들도 덜덜 떨면서 어둠의 지하 바닥으로 피신해야만 했고, 지하실 속에서 잠잠해지기를 기다리는 날들이 많아졌다. 이럴 때는 소름 끼치는 공포가 온 전신을 꿰뚫고 지나갈 때가 한두 번이 아니었다.

혹시라도 폭탄이 우리가 살고 있는 곳에 떨어지지나 않을까 하고 생각이 들 때는 자신도 모르게 기도를 드리는 나를 발견하곤 한다. 기도라기보다는 살기 위해서 최선의 발악이라고도 할 수 있겠다. 전능하신 하나님도 찾아보고, 마음의 평화를 주시는 부처님도 찾아보고, 그리고 부모님도 찾아본다. 이런 위험한 상황에서는 그 무엇의 실 가닥만 한 마음의 위안이라도 받아 보고 싶기 때문일 것이다. 얼마 동안은 계속 아파트 지하 속에서 떨어야 했던 나날의 연속이었다. 한 달이 지나고 두 달이 지나자 여기저기 가게 문도 열고 정상적인 생활로 안정이 되어 가는 것 같았다. 이때부터는 이런 상황이 조금씩 적응이 되어 가는 느낌이었다. 이제는 시장도 가고 여기저기 놀러도 다니면서 우리 교민들은 다 무사한지 안부도 묻고 하면서 서로 연락도 하게 되었다. 하지만 큰 대로에는 여전히 어수선하고 위험이 도사리고 있었다. 폭탄이 떨어질 때 다쳤던 분도 어느 정도는 많이 완쾌되었지만, 오랫동안 많은 고생을 하셨다. 남편과 같은 회사에 다니시기 때문에 지금도 자주 만나고 그때의 이야기를 하면서 소름 끼쳐 하시기도 한다. 이제 차츰 앰뷸런스 사이렌 소리에도 감각이 둔해지고 웬만한 폭발사고(테헤란 내에 반혁명 분자들의 테러 행위를 말함) 데모를 일으켜도 음 그랬었구나 하는 정도였다. 그러나 전쟁은 쉽게 끝이 날 것 같지 않다고들 여러 사람이 모였다 하면 전쟁과 데모에 대해서 말들을 한다. 전쟁과 데모 이런 불안 속에서도 한 가닥 희망이랄까, 조금이라도 저축을 해서 귀국을 하고자 하는 마음에 쉽게 이란 땅 테헤란을 떠날 수가 없었다. 이 집으로 이사 온 지도 1년이 넘었다. 하루는 남편이 나를 부르는 목소리가 별로 좋게는 들리지 않았다. "왜 그래요," 라고 남편 말이 "응 집 주인이 집을 비워 달라는 군," 하고는 한숨을 쉬었다. 나는 "네! 아니 무슨 말이에요,"

라고 나는 펄쩍 뛰었다. 이럴 수가 정말 난감했다. 이렇게 불안한 시국에 집을 비우라니 정말 어처구니가 없었다. 나는 남편에게 말했다. "이렇게 어수선한 때에 어디로 이사를 가야 해요, 네, 정말 어떡하죠?" 이번 전쟁으로 인해서 이락과 가까운 지방 사람들이 물밀듯이 몰려와서 무조건 빈집은 다 차지하고 있는 실정이었다. 전쟁 전 하고는 방 구하기가 하늘의 별 따는 것보다 더 힘이 든다고 그 전부터 말이 있었는데 우리에게 이런 급박한 상황이 생길 줄은 몰랐다. 정말 심각한 일이었다. 테헤란 시내에는 피난민들이 곳곳에서 생활하고 있었고, 테헤란 시내의 전 인구가 전쟁전의 인구보다 배로 늘어났다는 말이었다. 그리고 집세도 비싸기만 했다. 집을 가진 주인들은 유세가 대단했다. 집주인들이 올리는 집세는 그 누구도 막을 수가 없었다. 방 구하기가 힘이 드니 집주인이 원하는 대로 돈을 다 주어야만이 방을 얻을 수가 있기 때문이다.

하필이면 이런 시국에 집을 비우라고 하면 어떻게 하느냐고 나는 치밀어 오르는 분노를 삼키면서 남편에게 짜증을 부리면서 화가 나서 못 견디는 것처럼 신경질을 부렸다. 남편은 웃으면서 위로의 말을 해 주었지만 정말로 화가 나서 견딜 수가 없었다. 하지만 남편은 나 같이 부족한 여자도 언제나 아무 조건도 없는 사랑으로 나의 몸과 마음을 포근하게 감싸주는 남편이 정말로 좋다. 언제나 이해와 관용으로 품어 줄 때는 가슴이 벅차고 떨리기까지 한다. 나는 정말로 복이 넘치는 여자라고 아주 가끔 생각하면서 마음속으로 "여보야 고마워"라고 가만히 남편에게 속삭인다.

# “집을 찾아서”

아침에 출근하는 남편에게 “그럼 오늘부터 집 얻으러 다녀 볼까요,” 라고 남편은 “아니야 당신은 아이들 데리고 집에 있어, 내가 회사에 가서 알아볼 테니까.”하고 출근했지만 마음이 불안했다 나는 이날부터 작은 아이를 네발 달린 자전거에 태우고 테헤란 시내 골목골목을 누비기 시작했다. 여름이라서 날씨는 말할 수 없이 더웠다. 땀방울이 눈을 가렸고 아이도 덥고 땀이 나니 울면서 칭얼거렸다. 길을 가다가 방 창문에 커튼이 없으면 벨을 눌러 물어보곤 하는 것이 보통 힘든 일이 아니었다. 이렇게 수십 번을 반복하다 보면 하루해가 어떻게 지나갔는 지도 몰랐다. 이런 날이 계속 연속이 되고 보니 우울과 허탈감에 빠져서 눈물만 쏟아질 뿐이었다. 이런 어려움 속에서도 굳이 여기서 살아야 하는가 하는 생각이 문득문득 마음에서 우러날 때면 눈을 꼭 감아 버린다. 이런 것쯤은 아무것도 아니다 라고 마음을 다져 보지만 이런 마음도 순간이다. 길을 가다 보면 이란사람들 즉 이란 현지인들이 “shoma boro korea boro(쇼마 보로 꼬레이 보로)” 하면서 쫓아들 온다.

이 말은 "너희 나라로 빨리 돌아가라는 말이다." 이런 말을 들을 때마다 마음이 아리면서 시리도록 슬프다. 또 어떤 이는 욕도 하면서 돌을 던지는 예가 허다하다. 그렇지만 우리에게도 사랑하는 우리의 조국이 있다는 것을 큰 목소리로 외치고 싶은 마음에 두 주먹을 불끈 쥘 때가 한두 번이 아니었다.

이런 수모와 고통을 견디려면 우리네의 심정은 이루 말할 수도 없이 시리고 아프다. 이렇게 한 달 동안 계속 시내를 헤매면서 돌아다녀 보았지만, 마음에 들면 너무 비싸고, 그리고 가격이 저렴하면 비좁고 하니 어떻게 마땅한 집을 얻을 수가 없었다. 집을 비워달라는 날짜가 가까워 오고 정말 걱정이었다. 돈을 많이 주면 금방이라도 얻을 수가 있지만, 여기서 큰 집에서는 살고 싶지 않았다. 그때 마침 남편 친구의 소개로 집을 얻게 되었다. 하지만 문제가 많은 집이었다. 몇 년 동안 비워 둔 집인 데다가 너무 오래된 낡은 집이기도 하지만, 또 들어오려면 우리 보고 집수리도 해야 된다는 말이었다. 그리고 방은 1층이고 부엌은 2층이니 어떻게 왔다 갔다 할 수 있겠는가,

정말 어처구니가 없었다. 다른 곳으로 가자니 갈 곳도 없었다. 이란 땅이 이렇게도 넓고 집들이 많은 데도 우리네 식구가 들어가서 살 집은 없었다. 정말 막막했다. 이 집에서는 정말 살고 싶지 않았다. 하지만 갈 곳이 없으니 남편의 뜻에 따라야만 했다. 지금처럼 우리의 조국이 그립고 부모님이 그리워지기는 처음일 것 같았다. 우리는 어쩔 수 없이 더럽고 어지럽혀져 있는 이 집으로 들

어가기로 마음을 정했다. 그런데 미운 것들이 미운 짓은 더 많이 하는 것 같았다. 방세를 4개월 치를 미리 달라는 주인 여자의 말이 어처구니가 없었다. 그럼 집수리라도 꼭 좀 해 주기를 신신당부 했지만 집주인 여자가 하는 말이 우리가 들어와서 살면서 슬슬 치워 가면서 살면 된다는 말이었다. 정말 신경질이 나서 견딜 수가 없었다. 하지만 어쩔 수가 없었다. 할 수 없이 남편은 회사를 하루 쉬면서까지 파키스탄 사람들을 인부로 고용해서 집에 쌓여 있던 벽돌과 짐들을 치우고 며칠이나 집 청소를 해도 끝이 없었다. 남편은 회사에 가면 하루 종일 아무것도 모르지만 집에 남아 있는 나의 심적 고통은 이루 말할 수가 없었다. 이 집에 살면서 고생한 것을 생각하면 글로 다 표현할 수조차도 없다. 얼마나 고생이 심했으면 지금까지도 어깨 팔이 항상 아프다. 이란사람치고는 정말 두 번 다시 생각하고 싶지 않은 사람들이었다. 하물며 우리 냉장고에 들어 있는 닭고기까지 내어 먹는 사람들이니 두말할 필요도 없을 것이다. 그렇게 개고생한 보람도 없이 우리는 3개월 만에 다시 이사하기로 결심했다. 들어올 때 4개월 치 방세를 미리 주고 들어왔는데 1개월 치는 주인 여자가 떼어 먹고 주지 않는 것이었다. 그래도 우리는 "그래 잘 먹고 잘 살아라," 하고는 미련 없이 이사를 했다. 이란 와서 네 번째 이사를 한 곳은 팔레비길 위에 모스토피라는 동네로 이사를 했는데 그런대로 살기가 좋았다. 반지하였지만 깨끗하고, 밝고, 그리고 마당이 있어 아이들이 뛰어놀기에 아주 좋았다. 한 가지 불편 한 점이 있다면 큰아이 학교 버스

* 테헤란 시가

문제로 큰아이가 고생은 했지만 생활하는 데는 별 어려움이 없었다. 여기서 살면서 한국에 휴가도 1달가량 다녀왔다. “우리가 이란에 살면서 12번 이사를 했다면 이해가 되겠는지요.”

몇 년 만에 휴가 가서 한 일이란 고작 병원 찾아다니는 일이었다. 몸이 크게 아픈 것도 아니면서 항상 좋지 않으니 마음이 우울하고 불안했다. 그리고 어깨가 많이 아팠다. 어떤 분의 소개로 경주까지 가서 뼈를 잘 다스린다는 소문을 듣고 혹시나 해서 아픈 어깨에 뼈가 어떻게 되었나 하고 다녀왔지만 별 효과도 없었다. 이란에서 생활하면서 얻은 것이란 병뿐인 것 같았다.

# 휴가 끝 다시 이란

무사히 휴가를 잘 보내고 왔지만 큰아이가 휴가 동안 학교를 빠진 것이 걱정이었다.

집 밖을 조금만 나서면 물소리가 너무나 아름답게 들려온다. 팔레비 거리는 전번에 살았던 곳과는 완전히 다르다. 북쪽으로 이사를 왔다는 증거다. 테헤란 시내는 북쪽과 남쪽으로 나누어져 있다. 남쪽으로는 저지대의 빈민촌이라고 말하고 싶다. 가난한 서민들이 많이 모여 살고 있기 때문이다. 북쪽으로는 "알보즈산"을 끼고 대규모의 고급주택가를 조성하고 있었고 도로 등 기반시설을 잘 갖추어져 고급 주택가들로 상권이 형성되어 있었다. 우리 한국 서울로 생각한다면 이란 북쪽이 강남 정도로 보면 될 것도 같다. 북쪽으로 올라갈수록 왕족들이 살고 있었고 그리고 중류층 즉 돈이 많은 부유한 사람들이 살고 있다고 말하고 싶다. 오히려 많이 배우고 부유한 사람들이 우리 외국인에게도 친절하게 잘 대해 주는 것 같았다. 그리고 무척이나 우리 외국인을 좋아하는 것이 피부로 와 닿는 것 같아서 나는 이란사람들이 참 좋다.

팔레비 거리에 나서 보면 어느 나라에 비해도 손색이 없는 대도시라는 느낌을 준다. 테헤란 중심지의 팔레비 거리의 번화한 모습은 우리나라에 비해서 호화찬란하지는 않았지만 그런대로 대국의 수도답게 시원한 느낌을 주는 거리다. 큰 시가 양쪽으로는 맑은 물이 흘러내리고 중간 중간에는 몇 백 년 된 나무들이 줄을 지어 우거져 있다. 길가에서나 높은 옥상에 올라가서나 저 멀리 바라보노라면 끝도 없이 하늘도 보이지 않고 다만 숲으로 우거져 있는 그림 같은 풍경을 감상할 수가 있다. 팔레비왕조 시대 때는 무슨 물건이든지 세계 각국에서 들여온 물품들이 상점마다 차고도 넘쳤지만 지금은 어느 상점마다 그렇게도 많았던 물건들이 어디로 다 사라졌는지 텅텅 비어 있었다. 성직자들의 갈등과 극심한 빈부격차 때문인지는 몰라도 "1979년에 호메이니의 이슬람혁명"으로 인해서 팔레비왕조가 붕괴 되었다고 봐야 될 것이다. 사실 우리도 팔레비 궁전에 가 보았지만 붕괴된 왕조의 시설물은 그대로 방치해 두고 있었다. 우선 왕궁 전체가 서구적 냄새가 물씬 풍기는 아름다운 궁이었다. 그리고 예쁘게 잘 정돈되어 있었다. 각종 직기와 화려한 카펫의 문양이 기품 있게 잘 자리 잡고 있었다. 그리고 팔레비 왕과 파라 왕비의 침실과 그리고 접

견실의 집기는 원형 그대로 잘 보전 되어 있었다. 당시에도 팔레비왕조의 사치를 한 눈에 볼 수 있었다. 그리고 사진 촬영은 철저히 금지 되어 있었다. 그리고 황태자 "레자"의 공간과 공주 "레이라" 공간이 더 화려하고 아름다웠다. 우아한 유럽식 가구와 휘황찬란한 샹들리에 그리고 또 눈길을 끈 파라 왕비의 방에는 큰 액자 속에 붉은 드레스를 입고 우아한 자태로 서 있는 왕비의 모습은 정말로 아름다웠다. 그리고 중국식 병풍과 찬장, 동양화 액자, 등등 이런 것을 볼 때 당시 이란의 문화적 융성과 다른 나라의 왕성한 교류를 보여주는 산물인 것 같았다. 팔레비왕조 때는 여성의 "차도르" 착용 금지와 등등 각종 개혁정치를 했기 때문에 우리가 처음 이란에 올 때만 해도 차도르를 쓰지 않았다. 이렇게 넓고 시원한 거리에는 얼굴을 가린 "차도르" 즉 검은 보자기로 눈만 빠끔이 내놓고 몸 전체를 덮어쓰고 다니는 것을 "차도르"라고 말한다. 또 어떤 여자들은 검은 망사로 완전히 얼굴 전체를 덮고 다니는 여자들도 있다. 나는 이런 여자를 보면 얼른 옆으로 비켜선다. 이런 차도르를 쓴 이란 여자들, 그리고 보통 남자들, 그리고 가끔가다 경찰차나 대모군대 차들이 다니는 것밖에 없는 넓은 대로라고 말하고 싶다. 옛날하고는 완전히 다른 팔레비 큰길 도로다. 길 양쪽으로 큰 상점들이 즐비한데 고작 몇 사람들로만 상점 안을 기웃거릴 뿐이다. 혁명이 나기 전 팔레비왕조 때는 길거리마다 유럽식에 휘황찬란하고 볼 것이 많은 아름다운 거리였는데, 그렇게도 화려하고 호화찬란했던 대도시가 이렇게 허무하게 무너진 것이 너무나 안타깝다. 길거리가 허전도 하지만 왠지 외롭게 보인다고 말하고 싶다. 지금은 상점 속에 있는 물건이라고는 고작 여기서 나는 플라스틱 종류나 아니면 공산국가에서 들어오는 값싼 물건들만 너절하게 진열되어 있었다. 그런데 한 가지 좋은 점은 집 밖에만 나서면 물 흐르는 소리, 그리고 큰 나무속에서 지저귀는 새들의 노랫소리를 들으면 마음이 즐거워진다. 나는 가끔 아이들과 같이 남편을 기다리는 명분으로 길 도로 밑에 물가에 앉아서 물장구도 치면서 아이들과 즐거운 여가시간을 보내기도 한다. 혁명 전에는 거리마다, 도로 밑에 물가마다, 그리고 상점마다 사람들로 차고도 넘쳤지만 지금은 너무 한가해서 사람들이 모여서 놀고 있는 모습들은 극히 드물다. 이란사람들도 조금만 한가하면 밖으로 나와서 큰길 대로 양쪽으로 잔디와 큰 나무 사이 옆으로 맑은 물이 흘러가는 물에다가 과일도, 야채도, 씻어서 먹으면서 많은 사람들이 모여서 즐거운 여가시간을 보냈는데 지금은 그런 아름다운 모습들을 보기기 어렵다. 그러나 사람들의 마음을 풍성하게 어디서나 아름다운 자연과 맑은 공기를 마음껏 즐길 수 있는 곳이 바로 이란 땅이라고 망설임 없이 말하고 싶다. 왕정시대 때는 가는 곳곳마다 사람들로 차고 넘쳤지만 지금은 어느 길 어느 도로든지 사람들이 모여 있는 것을 볼 수가 없다. 그런데 여기 사람들은 나무를 자기 몸보다 더 아끼고 정성을 기울인다.

집 앞에 좁은 길 인도에도 큰 나무들이 울창하게 자라고 있었다. 이란에는 물이 귀하다고는 하지만 나무에 물 주는 일 만큼은 얼마나 철저한지 우리가 옆에서 보기에는 저 사람들이 나무를 위해서 존재하는 것이 아닌가 할 정도로 나무를 사랑하면서 엄청 아낀다는 사실이다. 여기 사람들만큼 나무를 소중하게 여기는 나라는 아마도 없을 것이다. 우리나라도 땅덩어리가 작다고는 하지만 큰길 양쪽으로 맑은 물을 흘러내리게 하고 흐르는 물 가운데 사이마다 나무를 심어서 아무 때나 어느 곳을 가든지 맑은 공기 그리고 물소리와 새소리를 듣게 된다면 어디에서나 자연을 마음껏 즐길 수 있을 것이고 풍족한 휴식을 취할 수 있을 것 같다는 생각도 해 본다.

그리고 여기 이란사람들은 중년이 되면 남자나 여자나 하나 같이 몸통이 뚱뚱하고 얼굴에 기름이 끼어서 번질번질한 것이 게으르고 무지해 보이지만 마음들은 그렇게 착하고 온순할 수가 없다. 물론 사람들도 여러 종류가 있듯이 옛날에 우리가 3개월 동안 살았던 집주인 여자는 두 번 다시 생각하고 싶지 않은 사람 중에 한 사람인 이란 여자다. 우리나라 사람들은 누구나 날씬하고 깨끗하고 그리고 부지런히 열심히 일하는 모습들이 참 자랑스럽다는 생각도 해 본다.

이란의 젊은 여자들은 정말로 예쁘다. 적당한 키에 날씬한 몸매하며, 오뚝 선 콧날, 그리고 크고 아름다운 까만 눈이 매혹적이다. 그런데 결혼을 하고 나이가 들면 비대해지고 늙어 버리는 것 같았다. 아마도 이란사람들이 단 음식을 좋아하는 식성 때문이라는 말도 있지만 나는 그 말이 믿기지가 않았다. 아가씨들은 그렇게 아름다울 수가 없다. 그리고 3대가 한집에서 사는 대가족제도를 유지하는 집들도 가끔 보인다. 그리고 또 한 가지 여기는 남자가 좋아하는 여자가 있으면 본부인이 자기 남편이 좋아하는 여자를 집으로 데리고 와서 같이 생활한다는 사실이다. 이란에서는 철저하게 여자들의 희생과 복종을 요구하는 나라이기도 하다는 말들이다. 아가씨들은 한국 같으면 전부 영화배우 감으로 손색이 없을 정도로 아름답다. 나도 여자지만 가끔 예쁘이란 여자들을 만나게 되면 정신이 다 아찔해진다. 이 정도로 아름다운 여자들이 많다는 사실이다. 그리고 여기 이란사람들의 순수함과 착한 마음씨는 우리도 본받아야 할 것 같다는 생각도 해본다.

“

# 말하기 시작

”

숨 가쁘게 지나가는 세월을 잡을 수는 없었지만 그래도 무심한 세월은 말없이 잘도 지나가고 있었다. 지금 이 글을 쓰고 있는 자신이 40년이란 긴 시간과 세월이 물 흐르듯 흔적도 없이 사라졌다고 생각했는데 어느 순간 따뜻한 흔적이 되어 쉼 없는 생각으로 덧없이 흘러버린 세월들이 가슴 속으로부터 흥건히 적셔오고 있었다.

인생의 달콤한 향기가 되어서 허공중에 사라졌던 삶들이 다시 생생하게 현실처럼 끊임없이 되살아나는 것 같았다. 지금 이 순간에 그때의 삶으로 푹 빠져들어 가고 있는 자신이 거짓말처럼 행복하고 짜릿한 감정이 가슴속으로부터 작은 떨림으로 다시 내 인생의 속박에서 벗어나 보석같이 귀중한 나의 마지막 황혼을 붉게 물들이고 싶다는 생각도 들었다. 조건 없는 사랑에 가슴 설레이며 역시 행복은 결코 누군가에 의해서 얻어지는 것이 아니라는 것을 다시 되씹어 본다. 이런 잊지 못할 힘들었던 시간들, 그리고 고통스러웠고, 괴로웠고, 눈물로 얼룩진 세월들이 거센 파도에 밀려

소리 없이 흘러간 시간들을 내 가슴속에 수많은 추억들로 채워준 아들들에게 고맙다고 따뜻한 말 한마디라도 하고 싶다는 생각이 들었다. 지금까지 잘 견디고 열심히 살아준 사랑하는 아들들에게 앞으로의 삶이 더욱더 풍요롭고 행복한 미래 속에서도 고개를 들어 주위를 돌아볼 줄도 알고 건강한 심신으로 서로 사랑하면서 지혜롭고 겸손한 마음으로 멋지게 살아 주기를 기대하면서 어느 곳으로 가든지 가는 곳곳마다 아름다운 향기를 휘날릴 수 있는 믿음과 사랑으로 자부심을 가지고 열심히 살아 주기를 간절히 바라는 마음에서 이 글을 적어 본다.

다시 또 이사를 간 곳이 북쪽이 가까운 팔레비 큰길에서 조금 들어간 골목 안쪽에 있는 3층 집이었다. 이 집으로 이사를 와서야 어느 정도 마음의 평안을 가질 수가 있었다. 이곳으로 오기 전까지는 정말 많은 고통과 어려움도 있었지만 이 집으로 이사를 와서야 이상하게 마음이 안정이 되면서 편안하다는 생각이 들었다. 작은 아이에게도 많은 신경을 썼지만 5살이 되도록 말은 하지 않고 여전히 행동으로 자기가 하고 싶은 일은 다 하고 있었다. 그러던 어느 날 작은 아들이 6살이 들면서 정말 갑자기 말문이 터진 것이다. "어머니"라고 그렇게 듣고 싶었던 어머니 소리가 갑자기 튀어나오고 있었다.

아들이 웃으면서 말하는 소리에 우리 부부는 엄청 놀라고 말았다. 이런 현실을 보고 사람들은 기적이 일어났다고 말들 하는 것일까! 신통하기도 하고 신기하기까지 했다. 말하는 것도 어른처럼 처음부터 말할 줄 아는 아이처럼 너무나 당연하다는 것처럼 자연스럽게 말하고 있는 아들을 바라보면서 매일매일 걱정과 불안 속에 얽매였던 삶과 시간들이 희미하게 안개처럼 흩어지는 순간이면서 이것은 천지개벽과도 같은 일이 아닐 수가 없었다.

정말 그야말로 거침없이 일사천리로 줄줄 말을 하면서 노래까지 "마징가 제트"라는 노래를 가사 하나 틀리지 않고 다 부르고 서 있는 아들을 바라보고 있는 우리 부부는 꿈을 꾸고 있다는 생각까지 하면서 서로 얼굴만 멍하니 쳐다보고 있었다. 나는 가슴이 떨리면서 두근거리기까지 했다. 동네에 같이 살고 있는 아주머니들도 놀라서 한결같이 "야, 신기 하데이, 어쩜 저럴 수가, 어제까지만 해도 말 한마디도 못 하던 아이가 곧바로 노래부터 하니 저 아이가 어떻게 된 건 아이가, 응 " 하고 야단들이셨다. 사실은 나도 이 순간에는 꿈을 꾸고 있는 것 같아서 겁도 났다. 그리고 가슴이 터질 것만 같았다. 너무 좋아서 자신을 자제할 수도 없었고 하늘에 붕 떠 있는 것처럼 심장이 터질 것만 같아서 정신을 차릴 수가 없었다.

아주머니들이 하나 같이 "환이 엄마 이제 얼굴 좀 펴고 살아도 되겠다, 너무 오랫동안 마음고생 많이 했데이," 라고 하시면서 같이들 기뻐해 주셨다. 말하지 않는다고, 벙어리처럼 행동한다고, 아이에게 짜증을 부렸던 자신이 너무 후회스러워서 아들이 보는 앞에서는 좋아라고 할 수도 없었다. 감정을 감추려고 무던히도 노력했다. 나는 아무도 모르게 집 밖으로 나와 큰길가 옆쪽으로 물이 흐르고 있는 곳으로 와서는 무엇이 그렇게도 좋았는지 기쁘고, 행복하고, 감격스러워서 목이 터져라 소리를 지르면서 펑펑 울고 또 울었다. 너무 좋아도, 너무 기뻐도, 그리고 너무 행복해도 이렇게 뜨거운 눈물이 쏟아지는 줄은 예전에는 미처 몰랐었다.

아이들이 잠들어 있는 모습이 천사보다도 더 아름답다는 생각을 하면서 보석이 아무리 귀하다고 한들 이렇게까지 귀한 보물들이 또 있을까 하고 나만의 미소를 지으면서 지금까지 고통받았던 수많은 사건들이 한순간에 마음속에서 따뜻한 사랑의 교류로 이어지는 느낌이었다.

아이를 잉태할 때부터 시작해서 6살이 될 때까지 정신적인 고통 속에서의 일들이 하나하나 떠오르는 이 순간들이 나에게는 얼마나 소중하고 귀한 시간들인지 그 누구도 모를 것이다.

한번은 말을 시작하고 나서 얼마 되지 않았을 때의 일이었다. 가족들이 모여서 저녁 식사를 마치고 다들 일어서는데 작은 아이는 일어나지 않고 그냥 씩씩거리면서 앉아 있었다. 상을 치우려고 작은 아이를 불렀다. “지형아 빨리 일어나야지, 왜 그러고 앉아 있니?” 라고 말했다. 아들은 “어머니 일어나지 못하겠어,” 라고 아니 왜 못 일어나니? 아들은 말했다. “배가 너무 불러서 움직일 수가 없단 말이야,” 라고 그럼 어떻게 하니? 라고 아들이 하는 말이 “어머니 괜찮아 조금 있다가 아기 하나 낳으면 배가 쑥 들어갈 거야,” 라고 말하는 아들을 바라보면서 뭐라고 아기를 낳는다고, “응 아기 하나 낳고 일어설 거야 걱정하지 마,” 라고 말하는 어린

아이 입에서 서슴없이 나오는 이런 말들이 이렇게 자연스럽게 말을 할 수 있다는 사실이 정말 신통했다.

누가 이런 말들을 할 사람들도 없었는데 어디서 이런 말들을 들었는지 알 수가 없었다.

그리고는 자기 배를 툭툭 튕기면서 앉아 있는 모습을 우리 가족만 쳐다보기는 너무나 아까운 장면이었다. 상상도 할 수 없는 말을 눈도 깜박이지 않고 하는 작은아이의 당돌한 표정에 우리 부부는 입만 딱 벌리고 정신 나간 사람들처럼 쳐다보고만 있었다. 그때 큰아이는 동생 말을 듣고는 "정말이야," 하고는 뛰어가서 동생 배를 쓰다듬고 있는 두 아들을 바라보고 있던 우리부부는 그때서야 웃음이 터져 나오기 시작했다.

정말 배가 아플 정도로 웃고 또 웃었다. 이렇게 웃고만 있을 수는 없었다. 남편은 급하게 소화제를 먹이면서 앉아 있지 말고 일어서서 뛰어 보라고 성화였다. 아들은 오뚝이처럼 데굴데굴 굴렀다가는 일어나고 몇 번 반복하더니 호흡이 가빠지면서 얼굴이 볼그레한 상태로 벌렁 누워 버리는 모습이 귀여운 곰 새끼 같다는 생각도 들었다. 한참 누워 있더니 벌떡 일어나서 하는 말이 아기가 나오지 않는다고 투덜투덜하고 있는 모습이 너무나도 귀엽고 예뻐서 우리 집에 아주 귀중한 보물덩어리라는 생각을 하면서 걱정이 조금은 되었지만 이런 것은 걱정이라고 말할 필요도 없었고, 행복한 걱정이라고 말하고 싶었다. 그리고 말을 시작하면서부터 매일 아침 시간이 되면 일찍 일어나서 대문 밖 계단에 나가 앉아서 지나다니는 이란 사람들마다 아침 인사 하기에 바빴다. "살륨 하리쇼마 휴베" 라고 지나가는 이란 사람들마다 쳐다보고 활짝 웃으면서 아침인사를 하면 지나다니는 이란사람들도 좋아서 아침인사를 하면서 아침으로 먹기 위해서 사 가지고 가는 발발이라고도 하고 눈이라고도 하는 (이란 사람들이 먹는 빵 이름) 빵을 성큼 뚝 떼어서 주고는 간다. 발발이와 눈은 이란 사람들이 먹는 아침 식사라고도 할 수 있는 빵들이다. 이란 사람들의 삼시세끼는 밀가루 빵(발발이와 눈)에다가 양고기를 싸서 티(홍차와 같은 종류의 차)와 같이 먹는다.

* 이란 주식 빵

물론 긴 쌀에다가 버터를 넣어서 여러 가지 야채를 섞어서 만든 밥도 있지만 보통 이 발발이 빵으로 식사 준비를 한다. 이란 사람들은 아침이면 새로 구운 발발이 빵을 사기 위해서 우리 집 앞으로 지나 가야만이 빵 굽는 가게가 있기 때문이다. 발발이를 사기 위해서 아침 일찍 가서 빵 굽은 가게 앞에서 줄을 서서 기다려야만 한다. 이렇게 기다려서 힘들게 사 가지고 가는 빵이지만 자기를 쳐다 보면서 아침 인사를 하면서 활짝 웃고 있는 귀엽고 예쁜 외국인 꼬마를 보고는 힘들게 사 가지고가는 발발이 빵을 뚝 떼어서 주고 간다. 우리 작은아들은 아침에 눈만 떴다 하면 바로 대문 밖으로 나가서 지나가는 이란사람들에게 인사하기에 바빴다. 그리고 아침 시간이 끝이 나면 집으로 들어올 때는 조그만 두 손에 발발이 빵이 가득하다. 그리고 우리 작은아들은 하루에 세끼를 먹어야 정상인데 다른 아이들보다 두 배 세배를 더 먹는다. 그리고 밥을 먹어도 이상하게 먹는다. 마지막에 조금 남은 밥은 꼭 콜라(음료수)에다가 밥을 말아서 밥 한 톨도 남기지 않고 아주 깨끗하게 먹어 치우는 모습을 바라볼 때는 정말 이상한 생각도 들었지만 행동하나 하나가 다 신통하기만 했다.

그리고 피부도 뽀얀 데다가 살이 쪄서 포동포동하니 귀엽고 예뻐서 아무리 많이 먹는다고 해도 이런 것쯤은 즐거운 비명으로 생각하기로 했다. 어느 날 나갔다가 집에 들어오니 작은 아이가 울고 있었다. 나는 이유도 물어 보지도 않고 먼저 큰아들을 불러서 야단을 쳤다. 형이 동생을 잘 보살펴야지 이렇게 울리면 되느냐고, 야단을 쳤지만 큰아들은 아무런 말도 없었다. 언제나 작은 아이 울음소리만 들었기 때문에 나는 화가 났던 것이다.

큰아들은 점잖고 착한 아들이었지만 동생을 울리는 것은 참을 수가 없었다. 아무리 야단을 쳐도 아무 말 없이 울기만 하는 아들에게 나는 자식이지만 큰아들에게는 함부로 말도 할 수가 없었다. 아들이지만 말없이 묵묵하게 책 만들고 다니면서 항상 책 보기를 좋아하고 3살 때부터 글을 읽기 시작하면서부터 손에는 언제나 책이 들려 있었고, 책만 있음 행복해하는 큰아들은 마음씨도 착하고 또한 얼굴도 잘생겼다.

하루는 아이들 목욕을 시키기 위해서 옷을 벗기는데 큰아들 몸에 여기저기 팔과 다리에 발갛게 물린 자국이 수도 없이 많았다.

나는 깜짝 놀라서 눈을 동그랗게 굴리면서 큰아들에게 소리쳤다. 어디서, 누구한테, 학교에서, 라고 소리치면서 너무 화가 나서 견딜 수가 없었다. 큰아들은 아무 말도 없이 울기만 했다. 나는 화가 너무 나서 식식거리면서 또 소리쳤다. "말을 해야 알지," 라고 자꾸만 다그치니 어쩔 수가 없었는지 울면서 "동생이 물었어요," 라고 기어들어 가는 목소리로 한마디 하는 것이었다. 이 순간 정신이 아득했다.

나는 이 말을 듣는 순간 숨이 꽉 막히면서 얼굴이 뜨거워지고 몸 둘 바를 몰랐다. 그리고 아무 말도 할 수가 없었다. 큰아들에게 무슨 말을 해야 할지 아무 생각도 나지 않았다. 나는 아무 말 없이 그냥 방으로 들어와서 소리 없이 울고 말았다. 나중에 알고 보니 형이 책만 보고 자기랑 놀아 주지 않는 형에게 힘도 달리고 덩치도 크고 하니까 자기 말을 들어 주지 않으면 무조건 가서 물어 놓고는 자기가 먼저 울고 있었던 것이었다. 큰아들이 말도 없이 항상 당하고 있었다는 사실이 너무나 가슴이 아팠다. 이런 것도 다 엄마인 내가 잘못 처신해서 생긴 일인 것 같아서 어떤 말도 무슨 말도 큰아들에게는 위로가 되지 않을 것 같았다.

여러 날 생각 끝에 큰아들에게 조용히 말해 주었다. 너는 "형"이야, 그러니까 이제부터는 형이 동생을 잘 훈련 시켜서 두 번 다시 물리는 일이 없도록 하라고 단단히 주의를 시켰다. 우리 큰아들은 머리가 참 좋았다. 동생을 어떻게 훈련 시켰는지는 모르겠지만 언제부터인지는 몰라도 형 말이라면 자다가도 벌떡 일어나서 형이 시키는 일은 두 말하지 않고 다 하는 두 형제를 바라보면서 우리 부부는 "의좋은 형제"란 바로 이런 것이구나 하고 흐뭇해하면서 행복에 흠뻑 젖어있을 때가 참 많았다.

"지금도 두 형제가 중년이 넘었지만 서로 감싸주면서 사이좋게 잘 지내고 있다는 사실이다." 이런 두 아들의 모습이 정말 보기에 아름답다는 생각을 하면서 고통도, 아픔도, 그리고 괴롭고 힘들었던 모든 일들이 엊그제 같았는데 언제 세월이 저만큼 사라져 버렸는지, 지난 세월을 되찾을 수는 없지만 돌아 볼 수 있다는 사실이 참 좋았다. 그리고 내 가슴속에 박혀있는 행복이라는 두 단어가 살아서 숨 쉬고 있다는 사실이 너무 감사해서 말로는 다 표현할 수도 없다. 그리고 모든 분들에게 꼭 한마디만 하고 싶다. "정말 힘들고 빠져나올 수 없다고 생각하는 괴로운 고통의 시간들조차도 영원하지 않다."라는 것을 꼭 말씀드리고 싶다.

모든 것은 한때고 한순간이라는 사실이고, 이 모든 것에는 다 때가 있는 법이구나라고, 생각하면서 행복한 미소로 사랑하는 두 아들에게 고마움을 전하고 싶다.

# 나는 사탄과 마귀

하루는 남편과 같은 직장에 다니는 아저씨 내외분께서 우리 집에 놀러 오셨다. 아저씨는 회사에서도 충실하시지만 또 다른 부업도 하신다. 기름도 짜고 냉면도 만들어서 팔고 정말 부지런한 분이시다. 그렇게 바쁜 일과에도 낭만적이고 항상 즐거운 삶을 살고 계신다. 아저씨 내외분은 종교 이야기만 나오면 너무 즐거워하시고 거리낌 없이 좋은 말씀을 많이 해 주신다. 현지에 있는 이란 한국성당에 다니시고 계셨다.

아저씨 말씀이 외국에서 오래 살아가다 보면 외롭고 쓸쓸할 때가 많다는 것이다. 사실 남편도 테헤란 한국기독교회에 아이들과 같이 열심히 다니지만 나는 결사적으로 교회는 가지 않는다. 아직까지 교회 문 앞에도 가보지 못한 나는 왠지 이유도 없이 교회가 싫었다. 하루는 남편이 교회에 갔다가 성경책을 잃어버리고 집에 온 적이 있었다. 나는 남편에게 따졌다. "왜 그런 교회에 나가서 성경책을 잃어버리고 오는 사람이 어디 있어요," 라고 소리 질렀다. 나는 성경책을 잃어버린다는 것은 아주 중요한 일이라고 생각했기 때문이었다. 남편은 내가 무슨 소리를 하던 일언반구의 언급도 하지 않았다. 그리고 남편은 어릴 때부터 학창시절에는 열심히 교회에 다녔었다고 자랑스럽게 가끔 나에게 말했었다.

하지만 나는 교회에 대해서는 아무것도 모른다. 아마도 남편에게만은 내가 "사탄과 마귀" 였을 것이다. 남편이 교회만 간다 하면 옆에서 잔소리를 많이도 했기 때문이다. 하지만 나는 천주교는 좋아한다. 왠지 어릴 때부터 성모 마리아상을 볼 때마다 가슴 속 깊이 무언의 신비를 얻는 것 같았다. 나는 학교를 졸업하고 만약 대학에 떨어지면 수녀가 될 것이라고 마음 한구석에 항상 생각하고 있었다. 하지만 생각과는 달리 수녀가 될 수는 없었다. 성당에 다녀보지는 않았지만 성당 앞을 지나다닐 때마다 숲 속에 홀로 서 있는 마리아상이 그렇게도 좋을 수가 없었다. 부모님께서 불교를 열심히 믿고 계셨기 때문에 천주교든 교회든 다녀 보고 싶다는 생각은 할 수도 없었다. 그러나 남편과 아이들은 열심히 한인 교회에 다니고 있었다. 하지만 나는 전혀 관심 밖이었다. 가끔 남편이 하나님 말씀을 들려줄 때는 재미도 있고 신비스러운 사건들이 많아서 즐거운 마음으로 듣기는 들어도 교회에 다니고 싶다는 생각은 한 번도 해 본적이 없었다.

성당에 다니시는 아저씨 내외분은 나에게 흥미 있는 화젯거리로 재미나게 성경에 나오는 이야기들을 가끔 해 주신다. 이런 말씀들을 듣다 보면 정말 믿음을 가져보는 것도 좋겠다는 생각도 들기는 들었다. 사실 하나님을 믿는 분들을 보면 마음이 평온하고 즐거운 시간들을 많이 가지는 것 같기도 했다. 물론 남편도 마찬가지지만 나는 아직까지 교회가 그렇게 꼭 필요하다고 느낀 적이 별로 없었다. 가끔 보면 어렵고 힘든 분들이 교회나 성당을 많이 찾으시는 것 같아 보였다. 하지만 좁은 소견으로 내가 생각할 때는 우리 가정은 그래도 행복하게 잘살고 있다고 그 누구에게나 큰소리치고 싶은 심정이었기 때문이다. 꼭 하나님을 믿어야 만이 행복하냐고 거리낌 없이 말하고 싶었다. 하지만 남편과 아이들이 열심히 교회에 다니면서 하나님을 사모하면서 믿고 있기 때문에 우리 가정이 행복한 것이 아닌가 하고 마음속으로 가끔 생각도 해보지만 나는 교회에 가고 싶다는 생각은 없었다.

남편이나 아저씨께서도 "믿음"이 꼭 필요하다고 강조하셨다. 하지만 우리 집안은 대대로 불교 신자로 지금까지 어머니께서는 절에 열심히 다니시면서 불공도 드리고 우리들이 잘되기를 손이 닳도록 빌고 계시는 것을 알면서 어떻게 교회에 나갈 수가 있겠는가, 부모님이 이렇게 불교에 열심이신데도 남편은 어릴 때부터 친구 따라서 열심히 교회에 다녔고, 그리고 학교에 다닐 때는 하루도 빠진 적이 없었다고 자랑스럽게 말하면서, 학창 시설에 일어났던 그때 교회 다닐 때 있었던 일들을 재미나게 곧잘 이야기하면서 행복해하는 남편의 모습이 참 보기는 좋았다. "그리고 지금은 남편의 열성으로 그렇게 절에 열성이셨던 어머님도 형제들도 남편의 기도와 간구로 교회로 인도하셨고 지금은 신실한 믿음으로 가족들이 다 하나님 품 안에서 열심히 신앙생활을 잘하고 계신다."

이렇게 낯선 이국 생활이 길어지면서부터는 주위의 많은 분들이 그리고 남편이 좋은 말을 해 주어서 인지는 몰라도 정말 믿음이 있기는 있어야 되겠다는 생각이 가끔 나도 모르게 돌처럼 굳어 있던 마음이 스물 스물 가슴 한쪽 구석에서 산산이 부서지고 있는 것 같기도 했다.

어릴 때부터 고고하고 온유한 모습으로 서 있는 성모 마리아상을 너무나 좋아했던 기억이 나서 천주교회는 한번 다녀보고 싶다는 생각이 들기 시작했다. 그러던 어느 날 여럿이 모여서 놀고 있을 때 어떤 아주머니가 성당에서 있었던 일들을 재미나게 말씀하시고 계셨다.

아주머니께서는 하나님 말씀을 재미나게 풀이하시면서 성당에서 있었던 사건들을 모아서 놀고 있는 우리들에게 즐거움으로 안겨 주셨다.

나는 그냥 재미있다고 생각하면서 듣다가 나도 모르게 무심코 한마디 아주머니에게 던졌다. "정말 하나님이 계셔요,"라고 아주머니 말씀이 "그럼 무조건 믿기만 하면 자연히 하나님이 살아 계시다는 것을 알 수 있다오," 라고 말씀하셨다. 무심코 던진 말 한마디에 아주머니는 "그럼 우리 같이 성당에 한번 가 봐요,"라고 끈질기게 말씀하셨다.

이상하게도 성당에 가자는 말씀이 싫지가 않았다. 아주머니는 "그럼 우리와 같이 다음 주일부터 성당에 나가 보는 겁니다," 라고 자꾸만 권유하시는 아주머니를 바라보면서 틀림없이 마음이 흔들리면서 저 멀리 서 있는 성모 마리아상이 눈앞에 아롱거리는 것 같았다. 왠지 이 순간에는 성당이란 곳에 한 번쯤 나가보고 싶다는 생각이 내 머릿속에서는 바람이 불어서 흔들리는 나뭇잎처럼 마음이 흔들리고 있었다. 나는 눈을 동그랗게 굴리면서 "한번 생각해 볼게요," 라고 말하는 순간에 남편의 얼굴이 눈앞에 가물거리면서 스쳐 지나가는 것 같았다.

사실은 남편 의견도 들어 보아야만 했다. 현재 남편은 아이들과 같이 기독교회에 열심히 다니고 있었기 때문이다. 그러니 함부로 대답할 수도 없는 상황이었다. 하지만 마음이 움직이고 있는 것은 분명한 사실이었다. 일단은 마음속으로 성당에 한 번 나가 보기로 결심을 하고는 그날 저녁을 먹고는 남편 눈치를 살피면서 알랑거리고 있었다. 그리고는 긴장된 음성으로 조용하게 말을 하기 시작했다. "여보야, 나 다음 주일부터 성당에 한번 나가 볼까,"라고 예쁘지도 않은 눈동자를 굴리면서 남편을 쳐다보았다. 남편은 작은 눈을 크게 움직이면서 엄청 놀란 표정으로 한참이나 나를 쳐다보았다. 그리고는 "아니 갑자기 웬 성당이야,"라고 당황스럽게 긴장하는 모습이 나의 눈에도 역력했다. 나는 얼른 남편 말을 받아서 "응 오늘 김 씨 아주머니가 우리 집에 오셔서 같이 다음 주일부터 성당에 한번 나가 보자고 말하시네, 아주머니가 다음 주일부터 나 데리러 오시겠데," 라고 말은 시작했지만 아마도 남편은 용납하지 못할 것이라고 생각은 하고 있었다. 그래도 혹시나 해서 슬쩍 물어보는 자신이 정말로 믿음이 생겨서 성당에 가고 싶어 하는 것인지 다시 한번 생각도 해 보고 싶었다. 남편은 분명 반대할 것이라고 생각했었기 때문에 미련도 기대도 사실은 하지 않았다. 하지만 나의 용기는 대단했다.

남편은 한참이나 아무 말도 없이 무언가 생각에 생각을 하는 것 같았다. 한참 만에 "그래 종교는 믿음의 자유니까 당신이 알아서 해," 라고 역시 애교떤 보람이 있다는 생각에 기뻤다.

나는 얼른 남편의 볼에다가 뽀뽀를 해 주면서 "여보야 고마워," 라고 또 예쁘지도 않은 얼굴로 환하게 웃어주었다. 사랑은 주기도 하고 받기도 한다지만 나는 남편에게 주는 것이란 아무것도 없는 것 같아서 갑자기 미안한 생각이 들었다. 남편은 지금까지 아이들과 교회에 나가고 있었지만 나보고 교회에 같이 가자고 한 적은 한 번도 없었다. 남편은 그 어떠한 일에도 강요는 하지 않았다. 그런데 오늘만은 미안하다는 생각이 들었다. 남편이 교회 갈 때마다 한 마디씩 잔소리했다는 것이 생각이 나서 "여보야 고마워," 라고 한 번 더 예쁘지도 않은 미소와 웃음으로 애교를 떨었다.

이제 남편에게 허락도 받았고 성당에 가는 일만 남았다. 왠지 가슴이 설레기도 하고 떨리기까지 했다. 성당이란 곳이 어떤 곳인가 하고 믿음보다 호기심이 더 생기는 것 같았다.

나는 무언가 기대하는 마음으로 성당에 가는 첫날을 꿈꾸며 다음 주일이 빨리 왔으면 좋겠다고 생각하면서 가슴 설레이고 있는 자신이 참 보기에 좋았다.

# 성당 가는 날

오늘은 주일 성당 가는 날이다. 아주머니가 오셔서 같이 생전 처음으로 성당에 들어서는 순간이다. 가슴이 떨리고 불안했다. 나는 마음속으로 기도를 하기 위해서 눈을 감으려는 순간에 의자 바로 앞에 하얀 메모지에 기도는 이렇게 하라는 문구가 적혀 있는 것이 눈에 띄었다. 아마도 처음 오는 사람들을 위해서 적어 놓은 것 같았다. "하나님 너무나 부족한 딸이 거룩하신 하나님 전에 섰습니다. 하나님의 성스러운 빛과 가장 소중한 기쁨으로 새로운 삶의 의미를 깨닫게 해 주옵소서," 라고 적혀 있는 것과 비슷하게 기도드렸다. 기도하면서 나도 모르게 깜짝 놀랐다. 한 번도 정식으로 기도라는 것을 하지 않았는데도 곧 잘 나오는 것 같아서 기분이 참 좋았다. 그리고 또다시 기도하기 시작했다. 메모지에 적혀 있는 글과 비슷하게, 세상에 살아 있는 모든 생명 있는 자들의 죄를 혼자 짊어지시고 십자가에 못 박혀 돌아가신 하나님께 그리고 참되시고 거룩하신 하나님 앞에 엎드려 경배드리고 싶습니다. 그리고 나의 모든 죄도 다 사해 주세요, 라고 이 세상에 태어나서 처음 간절한 마음으로 기도를 해 보았다. 물론 그전에도 매 순간마다 힘들 때는 하나님도 찾고, 부처님도 찾고, 그리고 부모님도 찾고, 모든 신은 다 찾으면서 열심히 기도라는 것을 마음속으로 빌고 또 빌었다. 그리고 남편이 가끔 성경 속에 나오는 인물들에 대해서 이야기를 들어서인지는 몰라도 술술 나오는 기도가 남편이 드리는 기도와 비슷하다는 생각이 들면서 혼자 기분이 좋아서 마음속으로 열심히 기도하고는 역시 한마디씩 듣고 있었던 말씀이 가슴에 남아 있었다는 사실이 신기하기만 했다. 그리고 눈을 감고 별의별 생각을 다 해도 아무도 모른다는 것이 참 좋았다. 그런데 이렇게 좋다는 생각도 잠깐이고 순간이었다. 하나님께서는 나의 일거일동을 다 내려다보실 것만 같아서 무섭다는 생각도 들었다. 테헤란 시내에 많은 성당이 있었지만 언어가 달랐다. 영어로 하는 곳, 독일어 그리고 이란어로 하는 성당들이 있었지만 우리 한국인 성당에는 한국말로 하나님의 말씀을 전하고 계셨다. 정말 너무나 신기했다. 성경책도 읽으시고 말씀도 전부 한국말로 다 하시는 신부님이 계셨다. 나는 한동안 멍하니 신부님 얼굴만 열심히 쳐다보고 앉아 있었다. 신부님 성함은 "쥬리아노" 신부님으로 이란에서 많은 일을 하시고 계셨고, 어려운 환경에 처해있는 많은 피난민들을 도와주시고 격려해 주시면서 함께 어려운 생활을 하시고 계신다는 말씀들을 해 주셨다. 쥬리아노 신부님께서는 한국에서 2년 동안 한국어를 전공하셨다고 아주머니들이 말해 주었다. 그런데 2년 동안 한국어 공부를 하셨다는데 어떻게 저렇게 한국어를 잘

하실 수가 있을까 하고 생각을 했지만 역시 하나님 일을 하시는 아들에게는 보통 사람들에게 없는 지혜와 능력이 있다는 사실도 깨달았다. 나도 하나님께 다시 기도했다. 처음으로 나온 나에게도 저런 지혜를 조금이라도 주세요, 라고 마음속으로 아무도 모르게 간절히 기도드렸다. 하지만 하나님은 나의 기도는 들어 주시지 않으셨다. 왜냐하면 지금도 머리가 둔하고 나쁘다는 사실을 너무나 잘 알고 있었기 때문이다.

처음 생각했던 것보다 한결 부담 없이 성당에 다닐 수가 있었다. 성당에 나와 보니 생각보다 우리 한국 사람들이 많았다. 교회에 다니는 분들도 많다는데 아직까지는 이란 땅에 한국인이 많이 살고 있다는 것을 알 수가 있었다. 나는 성당에서 많은 것을 듣고 보고 배웠다.

성당에 다니는 동안 많은 사람들과 친숙해질 수도 있었고 좋았다. 그런데 내가 성당에 다니기 시작하자 남편은 교회에 나가지 않았다. 왜 교회에 나가지 않느냐고 물어보고 싶었지만 아무 말도 할 수가 없었다. 남편은 아이들만 교회에 보내면서 묵묵히 내가 하는 행동만 지켜보고 있는 것 같았다.

하루는 성당에 가서 예배가 끝나고 커피와 홍차 파티가 열리고 있는 넓은 홀로 들어갔다. 서로 이야기도 나누고 차도 마시면서 즐거운 시간을 보내고 있을 때에 나는 무심코 구석진 자리에 앉아 계시는 한 아주머니에게 눈길이 가고 있었다. 그때 우리 작은아이와 같은 또래 아이가 징징거리면서 울고 있는 아들을 이리저리 달래고 있는 아주머니의 모습을 발견하고는 한참 바라보면서 눈길을 돌릴 수가 없었다. 아이는 아직 어린데 아주머니는 나이가 제법 많이 들어 보였다. 아이가 계속 울고 소리를 질러도 얼굴 한번 찡그리지도 않고 다 받아 주는 아주머니의 행동 하나하나가 나의 눈에는 너무나 신기하게 보였다. 그리고 왠지 나도 모르게 아주머니와 이야기도 나누어 보고 싶었다.

나는 아주머니의 옆자리로 자리를 옮겨 앉으면서 "아주머니 아이가 왜 저렇게 울어요," 라고 물었다. "글쎄 괜히 저러지 뭐야," 라고 하셨다. 우리 아들과 나이가 비슷한 것 같았다. 나는 우리 아들을 쳐다보면서 "아들! 친구하고 같이 가서 놀면 좋겠다, 그치," 하고는 울고 있는 아이를 쳐다보니 아직 어린 나이라서 인지는 몰라도 서로 눈치만 살피고 있는 모습이 말하고 싶어 하는 눈치였다. 그렇게 울던 아이도 우리를 쳐다보고는 잠잠해지는 것 같았다.

잠시 잠깐이지만 틀림없이 아주머니에게는 무슨 사연이 있을 것만 같았다. 아주머니가 나이가 많아서라기보다는 그렇게 떼를 쓰고 울고불고해도 싫은 소리, 큰 소리, 한마디 하지 않으시고 계속 웃는 얼굴로 자연스럽게 아이의 불만을 다 들어 주는 그 행동에 나는 그 무엇을 느낀 것이다. 나는 아주머니와 가깝게 지내기 위해서 자주 만나고 또 성당에 나오면 아주머니가 나오셨는지 먼저 확인부터 했고 그리고 아이들도 친구가 되어서 친하게 잘 지낼 수 있도록 신경을 쓰면서 서로 가깝게 지내기 시작했다.

# "십 년 만에 가진 아기"

어느 날 우연히 성당에서 만난 아주머니와 만나게 되었다. 나는 아주머니와의 만남이 그렇게도 좋을 수가 없었다. 말씀도 재미있게 잘 이어 가시고 유머가 아주 풍부하셨다. 나는 아주머니에게 자연스럽게 "아주머니 옛날에 있었던 무슨 이야기든지 좀 해 주세요, 네"라고 하면서 침착하게 흔들리지 않는 눈길로 아주머니를 바라보았다. 아주머니는 나를 지긋이 바라보시다가 눈물을 글썽이시면서 말씀 하셨다. "그렇게 내 넋두리가 듣고 싶어," 라고 하시면서 굵직한 목소리로 말씀하시기 시작 하셨다.

나는 아주 열심히 아주머니의 과거사를 진지하게 듣고 있는 나를 발견했다.

아주머니는 경상북도 구미에서 태어나셨고, 자라면서 무엇 하나 부족함이 없이 부모님에게 맏딸로서 사랑을 독차지하면서 자랐다고 말씀 하셨다. 그렇게 곱게 자라서 막상 시집이라고 오니 정신적인 고통이 무척이나 심했다는 말을 하셨다. 남편은 그 당시에 군인의 몸이기 때문에 집에 들어오는 날이 별로 없었고, 아주머니는 시집에서 시부모님, 시동생들, 그리고 많은 식구가 한 지붕 밑에서 살면서 농사일까지 도우면서 힘들게 살았다고 말씀 하시면서 남편도 없고 혼자 몸이니 일하기가 아주 좋았다는 것이었다.

아주머니 말씀이 "처녀 시절에는 뼈대 있는 집안에서 풍족하게 큰소리치면서 살았는데 시집이라고 오니 남편도 없고 궂은일은 다해야 하고 시부모님 공양하고 시동생들까지 하나부터 열까지 다 챙겨야 하니 너무나 힘이 들더군, 시간이 지나면 괜찮아 질 것이라고 스스로 위로 하면서 참고 또 참았지만 남편이 장남이기 때문에 언제까지라는 기한도 없었지, 하지만 남편이 몇 달에 한 번씩 집에 오는 것을 낙으로 삼았다오, 부모님이 시키는 일은 무엇이든지 다 했다오, 그리고 열심히 일만 했지, 그런데 나중에 알고 보니 일이 문제가 아니었고, 시부모님들은 "손자"를 기다리셨고, 남편도 언제부터인지는 몰라도 올 때마다 은근히 눈치를 주는 것이 보통 심각한 문제가 아니었지, 나는 나대로 일에 시달리면서 정신적인 고통에 너무나 힘이 들었다오, 사실 나도 한편으로는 슬며시 걱정이 되더라고, 이 집안의 장남이니 손자를 기다리시는 것도 당연한 일이었지, 일에 파묻혀 살다 보니 벌써 시집온 지 2년이 가까워 오고 있더라고, 그렇지만 아이가 없다는 이유로 말 못할 고통을 은근히 주었다고 말씀하시면서 눈에는 눈물이 흐르고 있었다. 아주머니는 눈물을 손등으로 훔치시면서 계속 이야기를 이어 가셨다. 그러니 친정에서도 걱정이 대단하셨고, 좋다는 약은 다 구해 주셨지, 약도 먹고 병원에도 열심히 다녔지만 별 볼일이 없었다오, 정말 이상도 하지! 남편도 건강하면서 별 이상이 없었고, 나도 아무 이상이 없다는데 왜 아기가 생기지 않는지 알 수가 없었다오, 하시고는 말씀 도중에 깊고도 깊은 한숨을 내쉬는 모습이 정말 안타깝기도 하고 애처롭다는 생각이 들었다. 계속 이야기는 이어지고 있었다. 아이가 없다는 이유 때문에 부모님들에게 이렇게 구박을 받아도 되는 일인가, 하고 생각하면서 아이가 없는 것이 그렇게 큰 죄인이라는 것을 그때까지만 해도 나는 잘 몰랐다오, 주위에서 자꾸만 아이 이야기들을 하니까, 미안하기도 하고, 송구스럽기도 할 때가 한두 번이 아니었지, 어린 나이에 이런 고통이 얼마나 힘든 삶을 살고 있는지 그 누구도 모를 것이야, 이런 현실을 잊고 싶어서 나는 오직 일속에 파묻혀서 부엌데기로만 살았다오, 이런 와중에 또 시동생까지 장가가서는 한집에서 살았는데 장가들기 무섭게 아기를 가졌지 뭐야, 임신이라는 사실 하나 때문에 동서는 아무것도, 아무 일도, 하지 않아도 흉이 없었다오, 그러니 나는 아무것도 아니었지, 그냥 아무 생각 없이 오직 일 속에 파묻혀 있는 것이 마음이 푸근하고 나의 시간을 가질 수 있는 유일한 공간이었다오, 그래도 남편만은 얼마 동안 나의 편이 되어서 위로해 주고 따뜻한 배려를 아끼지 않고 감싸 주었지만 그래도 너무 서럽고 힘이 들었다오, 옛말에 이런 말이 있지,

시집살이하려면 장님 3년, 귀머거리 3년, 벙어리 3년, 등등 이런 말들을 생각하면서 그 서러움을 다 참고 살았는데 어느 날인가

하늘처럼 믿었던 남편까지 무언가 석연찮은 눈빛으로 나를 바라볼 때는 정말 미칠 것만 같아서 몇 차례나 이 집을 뛰쳐나가든지 아니면 죽어 버리려고 시도했지만 죽는 것도 쉬운 일이 아니더라고, 그렇게 10년이란 긴 세월을 눈물로 보냈다고 말 하시면서 이 정도의 말로는 다 표현할 수가 없다고 하시면서 아마도 책으로 엮는다면 몇 권은 족히 엮을 수 있을 것이라고 말씀하셨다.

이런 슬픔 속에서 몇 년을 지냈는데 하루는 남편이 아주 심각한 표정으로 "이혼"에 대해서 말을 하는 순간 나는 눈앞이 캄캄해지면서 나 자신의 귀를 의심했어 다오, 가슴이 막 뛰면서 하늘이 무너지는 느낌, 그리고 가슴속 깊숙이 뿌리 깊게 도사리고 있었던 무서운 일이 현실로 말이 되어 나왔다는 사실에 너무나 마음이 쓰리고 아팠고, 머릿속에는 이미 혼란을 일으키고 있었다오, 슬픔도 아픔도 삭이면서 살아온 삶이 길다면 긴 헛된 삶이 너무 억울해서 통곡을 했다오, 그래도 남편만은 이해와 사랑으로 감싸줄 것이라고 하늘처럼 믿고 지금까지 살아 왔는데, 세상에서 어떤 형벌보다 더 가혹한 말을 한다는 자체가 정말 의심스러웠지, 나는 왜 이렇게 인생살이가 허망하고 괴로운 삶인지 지나온 세월이 원망스럽고 안타까운 마음뿐이었다오, 이때부터 나는 말이 없는 여자로, 그리고 일만 하는 부엌데기로, 아무리 힘겨운 일이라도 열심히 했지, 이런 나에게 시부모님들은 조금만 잘못이 있다 해도 트집을 잡아서 엄청나게 호통을 치시니 내가 설 자리는 어디에도 없었다오, 정말 뼈를 깎는 정신적인 고통 속에서 나는 하루가 다르게 몸은 약해지고 젊음이 사라져가는 나를 늦게야 발견하고는 깜짝 놀랐다오, 이렇게 약해지고 쇠잔해진 모습으로 여기서 더 살다간 나 자신이 어떻게 변할까 하고 생각하니 너무나 끔찍했다오, 이러기를 며칠 고민 끝에 이 집을 떠나기로 마음의 결정을 하고 내게 주어진 모든 것을 다 훌훌 털어 버리기로 결심을 하고 친정집으로 연락을 했다오, 지금까지 참고 또 참아 온 것은 친정 부모님의 걱정을 다 알고 있었기 때문에 지금까지 견디어 온 거지, 시집가서 아무 풍파 없이 잘살아 주기를 기원하시던 부모님에게 이런 초라한 모습으로 부모님 앞에 나선다는 것이 얼마나 큰 불효인지 너무나 잘 알고 있었지만 어쩔 수가 없었지, 집에 연락을 드렸는데 아버지의 위엄 서린 음성을 들었을 때 나도 모르게 가슴이 철렁하고 내려앉는 듯한 충격을 받았다오, 아무리 어려운 일이라도 소리 없이 하고 자기 몸 아끼지 말라 시던 아버지의 말씀, 그리고 형제간의 우애가 깊어야 된다는 말씀, 등등 아버지의 위엄 있는 말씀들이 하나하나 떠올랐고, 그리고 어머니의 슬퍼하시는 모습이 눈에 선 했다오,

아이 못 낳는 것이 이렇게 큰 죄가 된다면 여자로 이 세상에 태어나지를 말아야 하거늘, 어찌 나에게 이런 고통을 안겨 주는가 하고 누구 탓할 것도 없이 나 자신을 원망했지,

나는 친정집으로는 도저히 갈 용기가 없었다오, 그래서 그 길로 서울에서 공부하고 있는 친정 동생 집으로 조그마한 옷 보따리만 챙겨서 싸 들고 무작정 올라 갔었다오, 남편에게는 지금까지도 참

았는데 조금만 더 기다려 보자고 두 손 빌며 애원을 했다오. 그렇게 말이 없던 분도 술만 마셨다 하면 갑자기 말이 많아지면서 나를 못 견디게 괴롭혔다오. 남편이 나를 무척이나 사랑하고 있다는 사실을 피부로 느끼고 있었기 때문에 행여나 서로 헤어진다는 것은 상상도 할 수가 없었지. 주위에서 그렇게도 말들이 많고 부모님이 완강하게 몰아쳐도 동조하지 않고 8년이란 긴 세월이 흘렀지만 나를 감싸주고 나 하나만을 사랑해 주었다는 그 사실 하나만이라도 너무나 고마운 일이었지. 그런데 언제부터인지는 몰라도 자식이 그리웠는지, 아니면 부모님의 성화에 못 견디었는지, "이혼"이라는 말이 남편의 입에서 자주 나오는 거야. 이혼이라는 말이 나올 때마다 나는 괴로움에 견딜 수가 없었다오. 밤이면 밤마다 눈물로 시간을 다 보냈다오. 아침에 일어나 보면 내 얼굴이 아니야. 퉁퉁 부어서 이상한 모습으로 보였지. 이런 누나의 얼굴을 볼 때마다 동생은 눈물 어린 눈길로 잠자코 쳐다만 볼 뿐이지. 동생 생각엔 무슨 말을 해도 누나에게는 아무 위로가 될 수 없다는 사실을 잘 알고 있기 때문이지. 서울에 올라와서도 계속 병원에 다니는 것은 잊지 않았다오. 하루는 어느 지인의 소개로 아주 용하다는 병원이 있다는 소리를 듣고는 번개같이 달려갔었어. 병원에 들어서는 순간에 왠지 이 병원이 나를 포근하게 품어주는 느낌이 들더라고. 나는 의사 선생님을 보자마자 눈물이 쏟아져서 말을 할 수가 있어야지. 의사 선생님은 울고 있는 나를 한참이나 아무 말씀도 없이 바라보고만 계셨지. 나는 한참 만에 의사 선생님을 쳐다보면서 "선생님 저를 좀 살려 주이소," 라고 외쳤다오. 의사 선생님은 나를 지그시 바라보시더니 "자, 눈물을 닦고 진정해요, 그리고 웃는 얼굴로 천천히 말을 해 봐요," 라고 말씀하실 때 의사 선생님의 말씀과 모습이 나의 가슴에 와 닿는 느낌이었다오.

그때 난 마음속으로 생각했지, 그래 이분에게 나의 희망을 걸어 보자라고 결심했다오, 나는 눈물을 닦으면서 의사 선생님을 보고 말했다오, "선생님 저는 아기를 가지고 싶어요, 꼭 가져보고 싶어요," 라고 울면서 큰 목소리로 외쳤지, 그리고 마음속으로도 외치고 있었지, 그리고 말하기 시작했다오, 나의 지나온 10년 세월을 회상하면서 그동안의 흘러간 이야기와 그리고 어떤 약들을 먹었고, 또 어떤 치료를 했었는지를 상세히 말씀드렸지요, 그리고 남편과 나는 새로운 마음으로 다시 진찰을 받았다오, 며칠을 꾸준히 검사 받은 결과는 우리 부부 모두가 정상이고 아무 이상이 없다는 말씀이셨지, 의사 말씀이 이제부터 자기가 시키는 대로만 하면 틀림없이 아기를 가질 수가 있다고 장담했다오, 우리 부부는 아기만 가질 수 있게 해 주신다면 어떤 보상이라도 다 해 드리겠다고 울면서 애원을 했지, 얼마나 큰 소리로 울었던지 옆방에 있던 환자가 깜짝 놀라서 뛰어나왔지 뭐야, 하시면서 아주머니는 기어이 눈물을 주르르 흘리셨다. 얘기를 듣고 있는 나도 코를 훌쩍이면서 울고 있었다. 아주머니가 마음의 안정을 조금 되찾으시면서 흐르는 눈물을 닦으시는 모습이 진정 우리 한국의 여인상이라는 생각이 들었다.

그리고 다시 또 얘기 속으로 빠져들기 전에 아주머니는 나를 쳐다보시면서 “어휴, 오늘 젊은 색시에게 단단히 코가 걸렸구먼,” 하시면서 눈물을 닦으면서 계속 이야기 속으로 빠져들어 갔다. 그때 그 의사도 나랑 같이 많이도 울었다면서 잠시 눈을 감고 그때의 일을 돌이켜 생각하시는 모습이 너무 맑고 아름답다는 생각이 들었다. 그리고는 다시 말씀하시기 시작했다. 남편도 같이 나를 따라다니면서 물심양면으로 도와주었다오, 정말로 남편이 그렇게 고마울 수가 없었다오, 그만큼 남편은 착하고 마음이 따뜻한 분이었다오, 그리고 어떤 때는 너무나 미안한 마음에 남편 곁을 떠날까 하고 생각도 했었지만 도저히 남편을 떠나서는 살 수가 없다는 생각이 들었다오, 우리 부부의 이상야릇한 분위기 때문에 나는 항상 안절부절 이였고 어딘가 엉거주춤하고 남편 눈치만 살피고 있는 자기 부인이 무척이나 불쌍해 보였던지 하루는 남편이 “여보 당신이 이렇게 몸이 나빠지면서까지 신경을 쓰고 애를 쓴다고 해서 될 일이 아니잖소, 그러니 이왕 이렇게 늦었는데 마음이라도 편안하게 우리 다시 병원에 다녀 봅시다, 당신이 이렇게 몸이 야위어 가고 변해가니 정말 걱정이구려,” 라는 말이 떨어지는 동시에 나는 남편 품에 안겨서 한없이 울었다오, 그 순간만은 정말로 행복하고 고통스러웠던 모든 시간들이 물거품처럼 다 사라지는 것 같았다오, 그렇게 끝도 없이 울고 있을 때는 남편이 나보고 당신은 꼭 세 살 된 어린아이 같다면서 포근하게 안아 주었다오, 이럴 때는 행복이 눈앞에 있는 거지, 하지만 이런 행복도 순간순간이었고 어둡고 침울한 시간들이 더욱 많았지, 남편이 말없이 괴로움을 줄 때는 정말 죽고 싶을 때가 한두 번이 아니었다오, 그리고 또 밥상머리에서 식사는 하지 않고 소주와 탁주를 숭늉처럼 들이마신다오, 그리고는 하는 말이 "왜 우리에게는 그렇게 흔한 아이가 없느냐 이 말이요," 라고 하면서 그렇게 점잖아도 술상만 받으면 자기 속에 있는 말은 다 한다오, 이럴 때는 정말 야속스럽기만 하고 몸 둘 바를 몰라 쩔쩔맬 때가 수없이 많았다오, 시집와서 10년 동안 살면서 나 자신이 그렇게 못생겼다고는 생각지 않았는데 그동안에 놀랄 만큼 여의고 나이 보다 늙어 버렸다는 사실에 너무 충격을 받았다오, 언제 얼굴에 신경 쓸 여유가 있었겠는가, 생각 좀 해 봐요, 허구한 날 눈물로 보낸 세월이고 시간이 연속이었는데 언제 얼굴 다듬을 시간이 있었겠어, 그리고 얼굴 예쁜 것은 하나도 부럽지 않았다오, 다만 어린아이를 데리고 웃고 얘기하면서 지나가는 부인네가 그렇게 부러울 수가 없었다오,

이런 시간들이 연속일 때 하루는 뒷집에 살고 계시는 나이 많으신 아주머니 한 분이 우리 집에 다니려 오셨는데 이런 말 저런 말 끝에 하시는 말씀이 이렇게 집안에만 들어앉아서 속 태우지 말고 나와 같이 천주님을 한번 만나 보자는 말씀을 하셨다오, 그래서 나는 "아주머니 그게 무슨 말씀이세요, 천주님을 만나 보자니요," 라고 아주머니 말씀이 "응 그러니까 내 말은 나와 같이 성당에 나가서 천주님께 부탁도 드리고 또 마음의 의지를 한번 해 보자는 말이요," 라고 말씀하셨다. "그러니까 마음의 의지 말인가요," 라

고 나는 눈을 깜박이면서 한참이나 아주머니를 바라보았다오. 이럴 때에 나의 심정은 실 가닥 같은 희망의 끈이라도 잡고 싶었다오. 그 무엇이라도 잡고 매달리고 싶은 심정이었기 때문에 귀가 솔깃했지. 이렇게 외롭고 마음이 괴로울 때는 하나님에게 의지해 보는 것도 좋을 것 같았지. 그리고 왠지 아주머니 말씀에 길이 있을 것만 같아서. 아주머니 말씀이 하나님의 은혜를 입을 수도 있고 좋은 결실을 얻을 수 있다고 열심히 말씀으로 설득하셨지. 정말 이럴 때 나의 마음은 무엇이든지 잡고, 믿고, 따르고 싶은 심정이었지. 지금 말이지만 그 아주머니는 정말 나에게는 구세주 같은 역할을 하신 분이라오. 정말 감사한 일이었지. 지금도 그분의 얼굴이 눈에 선 하다오.

그날부터 천주님을 믿기로 결심을 하고 남편에게 의논을 했지. 그런데 남편은 자기 부모님이 하루빨리 결정이 났으면 좋겠다고 말씀했다는 말이었다. 아직도 마음의 결정이 안 됐느냐면서 "이혼"을 하기를 원하는 것이지 뭐야. 그러면서 한다는 남편의 말이 "언제까지라도 나는 당신 편이야 하지만 너무 오랜 시간이 걸리면 곤란할 것 같아." 라고 말하는 거야. 그래서 나는 또다시 애원을 했지. "여보 조금만 더 시간을 줘 봐요 네. 저 천주님께 열심히 기도할게요. 제발 1년만 더 우리 같이 살아요." 라고 간절하게 말했다오. 남편은 "그럼 1년만 함께 더 사는 거요. 그다음에는 당신이 알아서 처신해요." 라고 말했다오.

물론 남편도 어쩔 수 없는 일이지만 나는 너무나 억울하고 서러워서 눈물만 흘릴 뿐이었다오, 나는 이때부터 정말로 열심히 성당에 다니기 시작했다오, 울면서 기도를 드리기 시작하면 일어설 수가 없을 때까지 천주님을 붙잡고 늘어졌다는 말씀이셨다. 아주머니 기도는 정말 순박한 기도였다. “천주님 저의 기도를 들으시고 저의 소박한 꿈을 실천하게 도와주소서, 이 괴로운 기도를 이 부르짖음을 천주님의 귀를 기울이시어 들으시고 저의 소원을 들어주소서, 나무토막이라도 좋으니까 말만 할 수 있는 아기를 가지게 해 주십사 하고 기도를 하셨다니 얼마나 아기를 원했으면 그런 기도를 할 수가 있었겠는가 하고 생각하니 남의 일이지만 나도 모르게 계속 코를 훌쩍이면서 울고 있었다. 아주머니 말씀은 계속 이어지고 있었다.

남편은 술만 먹고 들어오면 자기를 괴롭히기로 작정한 사람처럼 팔도 비틀고 그리고 미워서 못 견디겠다는 그런 눈치였다오, 나는 천주님을 믿고부터는 신앙생활이 시작되고 믿음이 조금씩 생기니까 이상하게도 마음이 어느 정도 편안해 지고 다 천주님의 뜻이구나 하고 생각을 하면서 천주님의 말씀대로 따르기로 마음을 먹고는 사랑과 믿음으로 남편을 보기 시작했고 또 다른 모든 사람들에게도 천주님의 사랑과 구원으로 행복하게 살아 줄 것을 열심히 기도했다오,

지금까지의 생활이 나에게는 너무나 어려움도 많았고 좌절도 수없이 했지만 이런 모든 것들이 다 하나님을 만나기 위한 길이였다고 생각하니 가슴속이 뜨거워지고 지금까지의 모든 일들이 다

한순간에 사라지는 것 같았다고 말씀하셨다. 그리고 또 열심히 하나님을 알기 위해서 노력한 결과로 영세도 받고 하나님의 딸이 되기를 굳게 명세 했다고 말씀하셨다. 정말 눈에 보이지 않는 하나님은 대단하신 분 같았다.

영세를 받고 6개월이 지난 어느 날 내 몸이 이상하게 나른하면서 말로는 표현할 수가 없을 정도로 기분이 이상해서 당장에 병원으로 달려갔다오,

*행복한 임신.

잠시 후 의사 선생님이 나오셔서 아무 말씀도 없이 나의 손을 덥석 잡으시면서 "부인 기뻐하십시오, 임신입니다," 라는 말에 나는 너무나 놀라서 의사 선생님 얼굴만 멍하니 바라볼 뿐이었다오, 그러다가 그 자리에 쓰러지고 말았지, 얼마나 시간이 흘러서 귀에 이상한 소리가 들려서 눈을 뜨고 천장을 바라보면서, 아, 얼마나 놀랍고 신기한 사실인가, 머리 한쪽으로는 천둥이 치면서 반짝이는 불빛이 수십 갈래로 흩어지면서 나의 몸 전체를 강타하고 지나가는 것 같았지, 정말 정신을 차릴 수가 없었다오.

다시 정신을 차리고 선생님을 쳐다보았지요,

"부인 마음을 진정하고 편안한 자세로 의자에 앉으세요," 라고 의사 선생님이 말했다오,

나는 아무래도 믿기지가 않아서 "선생님 오진이 아닐까요," 라고 나는 떨리는 목소리로 말씀 들었지, 나는 후들거리는 다리를

겨우 진정시키고 의자에 조심스럽게 앉았다오, 그때서야 의사 자신도 처음에는 의심이 나서 다시 한번 더 검사를 했다는 말씀이셨다. 틀림없는 임신 2개월이라는 말씀이셨다. 아, 천주님 감사합니다, 라는 말이 수도 없이 계속 외치고 있었다고 말을 하시면서 눈에는 눈물이 흐르고 있었다.

아주머니 심정을 백번 천번 이해 할 수 있을 것 같았다. 듣고 있는 나도 아, 천주님 감사 합니다, 라고 마음속으로 외치고 있었다.

아주머니 말씀이 천주님께서 당신의 딸이 무엇을 원하는가를 들으시고 해결해 주셨다고 정신 나간 여자처럼 막 외쳤다고 말씀하셨다.

의사 선생님에게 수 없이 고맙습니다, 라고 절을 했지, 나 때문에 걱정도 많이 하시고 같이 울어 주기도 하면서 그리고 충고와 위로는 잊지 않으시고 해 주신 분이다, 라고 말씀하셨다.

그리고 나는 하늘 높이 붕 떠다니는 행복을 느끼면서 정신없이 성당으로 달려와서는 몇 시간이고 감사의 기도를 드리면서 울다가 웃다가 가슴이 터질 것만 같은 심정으로 열심히 기도를 드렸다오, 정성이 지극하면 소원이 이루어진다는 옛말이 현실로 살아서 이루어졌다고 눈물을 흘리시면서 말씀하셨다.

아주머니는 소원을 이루신 것이다. 그렇게 사랑하는 아저씨와 헤어질 이유도 없어지고 또 부모님에게 효도도 할 수 있게 되었고, 모든 것이 꿈이 아닌 현실 속에서 행복을 마음껏 누리면서 살아갈 수 있다는 생각에 가슴이 터지는 줄 알았다 하시면서 모처럼 큰 목소리로 웃으셨다. 늦게야 복이 터져서 아들도 낳고 딸도 있다는 사실이었다. 그렇게 소원하던 아들을 어떻게 매질을 하면서 키우실 수 있겠는가,

지금은 아들 딸 낳고 남편에게 큰소리 쾅쾅 치면서 하고 싶은 말 다 하면서 행복하게 잘 살고 계신다고 말씀하셨다. 지금은 걱정이 있다면 예전에는 그렇게 정신적인 고통을 당하고 살 때는 어디가 아픈 곳, 아니 그렇게 흔한 감기 몸살도 해 본적이 없었는데 지금은 건강이 말이 아니라는 말씀이셨다. 몸을 움직이기조차 힘겹다면서 이 정도 건강상의 문제는 있지만, 그래도 천주님의 은혜를 얻었고 나의 소원이 이루어졌으니 더 이상은 바라는 것이 없다고 말씀하셨다. 아주머니의 힘들었던 길고도 긴 여정의 말씀이 끝이 나자 나도 모르게 맥이 탁 풀리는 까닭이 무엇인지 아직도 잘 모르겠다.

집으로 돌아올 때는 발걸음이 가벼운지 무거운지 조차도 알 수가 없었다. 나는 마음속으로 기도했다. 아주머니 가정에 영원한 평안과 그리고 몸 건강하셔서 오래오래 행복하시기를 기도드렸다. 퇴근하신 남편에게 오늘 있었던 이야기를 들려 드렸더니 남편의 말이 이란에서 살고 계시는 많은 분들이 다 각양각색의 직업과 그리고 그냥 보기에는 그런대로 잘들 살아가고 있지만 그 사람들의 이력을 들여다보면 생각보다 힘들게 살아가는 분들도 많고 불행하고 불쌍한 사람들이 많은 것 같다고 말하면서 우리 삶 속에서 시련을 이겨내고 어려움을 극복하면서 살아가는 사람들도 많다고

말하는 남편의 얼굴을 바라보면서 우리가 살아있는 동안은 누구나 삶의 속박에서 벗어날 수가 없다는 것이 바로 우리 인생길이라는 생각도 들었다.

# 외로운 죽음

하루는 급하게 집으로 연락이 왔다. 이때 남편은 교민회에 간부로 일하고 있었기 때문에 교민들 간에 일이 생기면 집으로 바로 연락이 온다. 우리 교민 중에 누군가 한 분이 돌아가셨다는 소식이었다. 남편은 거칠게 한숨을 쉬고는 카메라와 삼각대를 들고 급하게 나가셨다. 나는 누가 돌아가셨는지 몹시 궁금하고 걱정이 되었다. 여기 이란에서 혼자 생활하시는 분들이 많았기 때문이다. 가족도 없이 혼자 외롭게 살고 계시는 분들이 한두 사람이 아니기 때문에 누가 누군지 알 수가 없었다. 남자분들도 많지만 여자분들도 많은 편이다. 여기서 혼자 살기란 몹시 힘이 든다. 그래서 서로 뜻이 같으면 어울려서 함께 살고 계시는 분들도 많지만, 이렇게 혼자 외롭게 생활하시는 분들은 하나같이 불행하고 몇 차례씩 좌절과 고통 속에서 갈등을 겪으면서 살아가고 있는 분들이 많다.

외국에서 여자 혼자 힘으로 어떻게 살 수 있을까 하는 것이 나의 궁금증이기도 했다. 그리고 어디에서 무엇을 어떤 일들을 하시는지도 알고 싶기도 했다. 다들 열심히 일해서 한국으로 생활비도 보내고 가족들을 부양하는 분들이 많았기 때문이다. 나중에 알고 보니 일본 회사들이 많았다. 일본인들이 경영하는 사업체가 곳곳에 많이도 자리를 잡고 있었다.

우리 한국 사람들이 일본 회사에서 일하시는 분들이 생각보다 아주 많았다. 물론 여자분들도 다 일본회사에서 일하고 계셨고, 또 일본회사를 상대로 해서 장사를 하는 사람들 거의가 한국 분들이었다. 여기서 손쉽게 돈을 벌 수 있는 일이란 장사를 하는 일이다.

남편은 하룻밤을 넘기고 그 이튿날에야 휘청거리는 걸음으로 집에 들어오셨다. 얼굴이 하얗게 굳어 있었고, 또 눈도 벌겋게 충혈되어 있는 것이 아마도 울고 오는 것 같았다. 나는 남편을 보자마자 "여보야, 어떻게 된 일이에요," 라고 따라가면서 물었다. 남편은 "지금은 너무 피곤하고 말할 힘이 없으니 나중에 얘기해," 라고 하면서 목욕실로 쑥 들어가 버리는 남편이 얄밉다는 생각이 들었다. 나는 정말 궁금했다. 할 수 없이 욕실까지 따라 들어가면서 물어보고 극성을 부렸지만 결과는 없었다. 평소에도 별로 말이 없었기 때문에 착한 내가 참아야 했고, 할 수 없이 남편이 한숨 자고 일어날 때까지 얌전히 기다려야만 했다. 그 내용인즉 너무 고통스러운 투쟁의 죽음이었다고 말해야 될 것 같다. 돌아가신 아저씨는 혼자 생활하시다가 이런 변을 당하신 것이다. 월남에서 생활하시다가 전쟁이 끝이 나자 돈을 벌기 위해서 이란으로 들어오셨다는 것이다. 아저씨도 혼자 장사를 하시면서 생계를 유지하셨고,

혼자 생활하시다 보면 술을 많이 드시는 것이 당연한 일이다. 돌아가시기 전까지 술을 드시고 주무셨다는 주위 분들의 말씀이었다. 가족분들은 다 한국에 계셨고 혼자서 이국땅에서 살아가실려니 얼마나 외롭고 고달픈 삶을 살아오셨는지 알 것도 같았다. 이렇게 살면서 한국으로 돌아가시기 위해서 무던히도 노력을 많이 하셨다는 것이다. 그렇게도 한국에 나가는 것이 꿈이었는데 갈 수 없었던 것이 바로 "돈" 때문이라고 하니 정말 안타까운 마음이었다. 아저씨의 꿈이 이루어지기도 전에 조국의 품이 아닌 이국땅에서 돌아가신 것이다. 비행기 표만 살 수 있는 돈이 마련되면 한국으로 귀국한다고 입버릇처럼 말씀하셨다는 주위 사람들의 말이었다.

여기서는 별로 재미나는 놀이가 없기 때문에 세 사람만 모여 앉았다 하면 고스톱이니, 육백이니, 하면서 화투놀이가 아주 붐이 일고 있었다. 아니 붐이라기보다는 아주 심하다고 말하고 싶다. 물론 장사하는 사람들은 돈 단위가 아주 높은 것으로 알고는 있었지만, 하룻밤에 거지가 되기도 하고, 부자가 되기도 한다는 말이 사실인 것 같았다. 이번에 돌아가신 아저씨도 혼자 몸이고 또 화투에 재미도 느꼈던 모양이었다. 여기에는 남자들이 즐길 곳이 한 군데도 없다. 술집도, 여자집도, 다방도, 그 무엇도 없다. 있다면, 집으로 돌아가서 식구들과 같이 시간 보내는 것이 고작이다. 한국에는 곳곳에 남자들이 즐길 수 있는 장소들이 차고 넘치고 있지만 여기 이란에는 일이 끝나면 오직 집밖에는 갈 데가 없다. 정말 남자분들은 따분한 매일 매일 일 것이다. 고작 즐길 수 있는 것이란 고스톱 치는 일이 제일 즐거운 시간일 것이다. 나도 이런 사실을 요즘에야 이해할 수 있었지만 예전에는 화투 놀이 하는 사람들을 비난하고 도독 놈 심보들이라고 욕도 했지만 지금은 후회하고 있는 마음이니 만큼 여기 살고 있는 남자분들이 불쌍하다는 생각도 들었다. 여기서는 아무리 바람을 피우고 싶어도 피울 수가 없다는 것을 한국에 계신 부인들에게 꼭 말씀드리고 싶다. 혹시나 중동으로 가신 남편분이 계신다면 아무 걱정하지 않아도 되고, 마음 놓고 자신들이 맡은 일에만 충실해 줄 것을 간절히 바라고 부탁드리고 싶은 마음이다. 돌아가신 아저씨도 고스톱을 치면서, 그리고 술도 드시고 집에 늦게야 들어오셔서 주무셨는데 언제 돌아가셨는지도 확실하지가 않다는 말이었다. 앞에서도 언급했듯이 여기서는 두 집이 같이 살고 있는 것이 보통이다. 여기 아저씨도 두 집이 같이 생활하셨기 때문에 같이 살고 계신 아저씨가 쉽게 발견할 수가 있었다고 말씀하셨다.

돌아가신 아저씨가 한국을 떠나 오신지가 20년이 되셨다니 그 동안의 고통은 일일이 말하지 않아도 알 수 있을 것 같았다. 그토록 한국을 그리워하셨다는데 결국 돌아가셨다고 주위에 많은 분들이 하나 같이 안타까워하셨다는 말이었다. 남편도 말하는 도중에 눈물을 글썽이면서 돌아가신 현장을 보면 차마 눈 뜨고는 볼 수 없었다고 말했다. 돌아가시기 전날 밤에 화투놀이를 하셨는데 돈이 많이 나가니까, 화가 나서 술만 계속 잡수셨고, 식사는 입에도 대지 않았다는 말이었다. 가족이 옆에 있었다면 그냥 그렇게 주무시게는 하지 않았을 것 같다는 생각이 들었다. 방으로 들어가 보니 방 전체가 어질러져 있었고, 얼마나 괴로워하셨는지 방바닥이 손톱자국으로 다 긁혀져 있었고, 얼굴은 오만상으로 일그러진 모습이었고, 얼마나 고통과 괴로움을 참으려고 노력하셨는지 한눈에 알 수 있었다고 말하는 남편의 얼굴이 너무나 슬퍼 보였다. 아, 얼마나 부질없는 뜬구름 같은 인생살인가, 말만 들어도 마음이 아팠다.

옆에 가족만 있었다 해도 이런 일이 일어날 수가 있었겠는가, 아무리 얼음같이 차가운 모진 삶 속이고 어려운 현실 속이지만, 이렇게 허허 벌판 위에 혼자 내팽개쳐 있었다는 사실이 정말 가슴이 시리고 아팠다. 왜 이런 죽음이 있어야 하는가? 그렇게 가시고 싶어 하시던 조국 땅에 한 줌의 흙이 되어 고국의 품으로 안기시다니 우리 교민들 모두의 가슴을 울렸다. 한편 한국에서는 몇십 년 만에 돌아오시는 분이 한 줌의 흙으로 가셨으니 가족들의 충격은 어떠했겠는가, 이런 죽음을 보고 인생은 허무하다고들 하는 모양이다. 나는 아저씨가 하늘나라에서라도 좋은 곳으로 가셔서 행복하게 살 수 있기를 진심으로 빌고 또 빌었다. 아마도 아저씨는 돌아가신 것이 더 행복하실지도 모른다는 생각이 잠깐 들기도 했다. 그렇게 그리워하시던 아주머니 품으로 돌아가셨으니 말이다.

# 부모와 자식

나는 자신의 성격이 별로 좋은 편은 아니다 라고 항상 생각하곤 한다. 왜 이런 생각이 드는지 자신도 잘 모르겠다. 소극적이고 이기적인 면이 조금은 있는 것 같아서 인지는 몰라도 가깝게 지내는 사람도 또는 사이가 나쁜 사람도 없지만 항상 자신의 성격에 불만이 많다. 하지만 부족한 점이 많지만 남편의 자상한 배려로 나의 단점이 다 파묻혀서 행복하다고 생각하면서 잘 지내고 있지만 여기 생활은 너무 단조롭다.

이렇게 평범한 아이들의 엄마로만 굴곡 없이 살아가고 있지만 자신에게만은 냉정하면서도 그 무엇에 얽매어져 있는 것처럼 살고 있는 자신이 답답해서 견딜 수가 없다. 모든 집착은 바람처럼, 물처럼, 구름처럼, 흘러가는 데로 그냥 아쉬움 없이 보내면서 마음을 비우면서 살자고 끊임없이 노력하면서 살아가고 있는 편이다. 지금은 미국에 가셨지만 5층 건물에 살 때에 2층에 살았던 아주머니께서 나를 친동생만큼이나 친절하게 잘 대해 주셨다. 나는 아주머니 말씀이 지금도 가끔 생각이 난다.

외롭고, 쓸쓸할 때, 그리고 부모님이 그리울 때는 언제나처럼 5층에서 1층까지 하루에 수십 번씩 오르락내리락 하신다는 아주머니의 말씀이 지금 이 순간에 생각이 난다는 것은 나도 외롭던지 아니면 사람들이 그리워질 때라는 생각이 들면서 오늘따라 마음이 울적한 것 같았다.

여기서도 집들이 가깝게 있으면 이웃사촌이 생기기 마련이다. 오늘도 남편은 회사에, 그리고 아이들은 학교에 가고 나면 할 일 없이 잠을 청하기도 하고 잠을 자지 않으면 평소에 가깝게 지내고 있는 아주머니 집으로 가서 놀기도 하고 또 아주머니도 우리 집으로 오기도 하면서 서로 가깝게 지내는 가정도 있다. 나는 모처럼 가깝게 살고 있는 아주머니 집으로 가고 있었다. 도착하니 마침 손님이 와 계셨다. 서로 안면도 있고 해서 인사를 나누면서 자연스럽게 이야기들을 나누었다. 여기서는 길 가다가도 한국 사람들을 만나게 되면 누가 먼저랄 것도 없이 아주 반갑게 인사를 나누는 것이 보통이다. 손님으로 와 계신 아저씨 아주머니께서는 오래전부터 여기서 장사를 하면서 살아오신 분들이다. 가끔 물건도 사러 가기도 해서 모르는 사이도 아니어서 서로 인사를 나누면서 반가워했다. 이제 여기서의 생활을 청산하고 곧 미국으로 들어가신다는 말씀이셨다. 나도 다른 사람의 입을 통해서 곧 떠나가신다는 것을 알고는 있었지만 막상 본인들 입에서 떠난다는 말을 듣고 보니 정말 섭섭한 마음이었다. 아주머니도 눈물을 글썽이면서 막상 이란 땅을 떠나려니 정말 아쉽다고 말하셨다. 15년이 넘도록 이란 땅에서 살았으니 살 만큼도 살았는데 왜 이렇게 미련이 남아서 섭섭하고, 허전한지 알 수가 없다는 말이었다. 이분들은 이란에 한국인 교회가 생길 때부터 계셨던 분들이다. 두 분이 다 집사직분으로 신앙이 깊으신 분들이다. 교회에 궂은일은 도맡아서 하시는 분들이라고 나도 이야기를 들어서 잘 알고 있었다. 여기서 오래오래 살 수만 있다면 얼마나 좋겠느냐고 말하면서 쓸쓸한 표정을 지으시는 모습이 안타까웠다.

이란 땅에서 살아가려면 정상적인 직업, 아니면 여권과, 거주증명서, 등등 이런 신분이 확실하게 갖추어져 있어야 만이 마음 편하게 잘 살아갈 수가 있다. 이런 복잡하고 정상적인 서류가 미비하면 여기서의 생활이 몹시 불편하다.

물론 아이들이 없다면 또 별문제다. 여기저기 숨어다니면서 어렵게 살아갈 수도 있겠지만, 아이들이 자라서 학교에 들어가게 되면 모든 구비조건 즉 외국에서 살아갈 수 있는 조건이 다 갖추어져 있어야 만이 학교에도 보낼 수 있고 외국인 학교에도 갈 수 있기 때문이다.

여기 계신 이분들도 이런 분명한 서류들이 없었기 때문에 정신적인 고통을 당하다가 끝내는 이란 땅에서 떠나가기로 결정을 내렸다는 말씀이었다. 제일 시급한 문제가 아이들 교육이라는 것이다. 학교 문제로 인해서 몇 년 동안 너무 피곤한 삶을 살아왔다는 말씀이셨다. 이란에서는 거주증명서가 없으면 학교에서도 받아주지 않고 집으로 돌려보내니 부모들의 마음이 어떠하겠는가, 공부도 못하고 학교에서 내쫓김을 당할 때의 그 눈물겨운 현실을 누가 누구에게 원망을 할 수 있겠는가, 아저씨 내외분께도 아들 형제를 두고 있는데 얼굴도 잘생겼지만 학교 성적도 1, 2등을 다투는 실력 있는 아들들이 학교에 갔다가 울면서 돌아올 때가 한두 번이 아니었다는 것이다. 학교에 못 가는 것을 가슴 아파하면서도 부모의 눈치만 살피고 있는 아이들을 바라볼 때 우리 부부는 가슴이 아니 심장이 찢어지는 아픔이었다고 말하면서 아주머니는 참았던 눈물을 줄줄 흘리면서 말하는 모습이 제삼자인 나도 눈물이 나서 코를 훌쩍이면서 열심히 듣고 있었다. 이란이 아무리 살기 좋다고는 하나 이렇게 힘이 들고 괴로움이 있는데 어떻게 이란 땅에 더 머물 수가 있겠는가, 자식들을 희생 시켜가면서까지는 여기에 더는 있을 수가 없다는 말이었다. 여기가 제2의 고향이라고 말하시는 아저씨 아주머니의 모습이 너무 애처롭고 안타까운 마음이었다. 여기서 숨어서 살아가는 것도 억울하고 안타까운 일인데 아이들에게까지 이런 고통을 안겨 준다는 것이 부모들의 가슴에 피눈물이 맺힐 것도 같았다. 그래서 생각하고 생각한 끝에 여권을 정식으로 만들어서 아이들을 먼저 보내기로 결정을 하고는 미국에 있는 학교에 알아보았다는 것이다. 이 두 아이를 받아 주겠느냐고 연락을 했다는 것이다. 미국에 있는 학교에서 학비와 기숙사비를 먼저 보내면 구비서류를 작성해서 보내 주겠다고 연락이 왔고, 그래서 미국돈 만 불만 보내면 되는 것을 2만 불을 보냈더니 즉시 학교에서 미국으로 들어올 수 있는 서류와 그리고 학교에 들어올 때 필요한 것과 비자 받을 수 있는 모든 서류를 구비해서 보내왔다는 것이다. 미국에 있는 학교에서 하는 말이 이란에서는 미국 비자를 받을 수가 없고 다른 제3국으로 나와서 미국 비자를 받아서 들어오면 된다고 말했다는 것이다.

한국에서도 다들 알고 있는 사실이지만 이란에서 미국대사관 인질 사건으로 인해서 미국대사관이 없어진 지 오래다. 그러니 미국에 대해서 알아볼 일이 있으면 다른 제3국으로 나가서 알아보아야 하는 실정이다. 또 미국대사관에서는 이란에 살고 있다는 사실을 알기만 해도 미국 비자를 받는다는 것은 하늘에 별 따기보다 더 어렵다는 말들이었다. 물론 유학생 비자도 받으려면 얼마나 힘이 드는지 모른다는 사실이다. 이때만 해도 부모와 같이 나가서 유학생 비자도 못 받고 들어오는 사람들도 많았다. 이분들도 두 아들을 미국으로 보낼 때까지의 고통은 말로는 다 할 수가 없다고 말하셨다. 또 이분들은 쉽게 이란을 빠져나갈 수도 없는 형편이기 때문에 먼저 두 아들만 "스위스"로 유학생 비자를 받기 위해서 떠나보내야만 했다는 것이다. 떠나보내기 전날 밤에 아저씨는 두 아들에게 간곡하게 말을 했다는 것이다.

"너희들이 꼭 공부를 하여야겠다고 생각을 하면 무슨 일이 있어도 비자를 받아야 하고, 쉽게 생각을 해서도, 결심을 해서도, 아니되고 우리는 비자를 받지 못하면 죽는다는 결심을 해야 만이 너희들이 살 수 있는 길이라는 것을 명심 또 명심해야만 된다," 라고 말했다는 것이다. 아이들이 엉엉 울면서 "아버지 걱정하시지 마세요, 그리고 어머니도 아무 걱정 마시고 하나님께 기도만 열심히 해 주세요, 저희들이 여기서의 고통 너무나 많이 당했잖아요, 이보다 더한 고통이 또 있겠어요." 라고 말하면서 온 식구가 밤이 새도록 같이 붙들고 울었다고 말씀하셨다. 여기서 정신적인 고통을 많이 당했기 때문에 이를 악물고 두 형제는 이란 땅을 떠나갔다는 것이다. 여기서 떠날 때는 미국서 보내준 서류가 구비되어 있었고, 또 나이가 어리고 해서 쉽게 유학생 비자를 받을 수 있을 것으로 생각하고 떠나갔는데 생각처럼 쉽게 비자를 받을 수가 없었다는 것이다. 이제 겨우 형이 16살이고 동생이 14살이니 아직 철모르는 어린아이들을 떠나보냈으니 그분들의 마음을 이해 할 수 있을 것만 같았다.

당장에라도 뒤따라 쫓아가고 싶었지만 마음대로 나갈 수도 없는 몸이니 가슴만 천 갈래 만 갈래 찢어지는 마음이었다고 말할 때 나는 눈물이 나서 아주머니 얼굴을 쳐다볼 수가 없었다. 그렇게 두 아들을 떠나보내 놓고는 그날부터 부부가 전화기 옆에서 떠나지를 않았다고 말하셨다. 아이들이 떠나간 지 일주일이 지나도 연락이 오지 않으니 얼마나 불안하고 괴로운 시간들인지 말로는 다 표현할 수가 없었다고 말하신다. 다른 일은 안중에도 없었고 오직 아이들 걱정으로 눈물과 고통 속에서 뜬 눈으로 일주일 밤을 보내고 나니 몸과 마음이 붕 떠서 정신이 다 몽롱해지더라는 말씀이셨다. 이런 상태로 있을 때 10일이 지나서야 전화가 왔는데 비자를 받지 못했다는 말과, 돈이 부족하다는 말만 급하게 하고는 전화가 뚝 끊어졌다는 것이다. 아무리 목이 아프도록 불러도 대답 없는 전화기를 들여다보면서 통곡을 했다는 것이다.

아주머니는 두 다리를 뻗고 울면서 그 어린 것들에게 무슨 죄가 있다고 이런 고통을 안겨 주는가 싶기도 하고 부모를 잘못 만나서 이런 시련을 겪는구나 하고 생각하니 가슴이 너무 아파서 통곡과 동시에 숨이 막히면서 그 자리에서 실신을 하고 말았다는 것이다. 남편은 놀라서 자기를 부둥켜안고 간호하기에 더 정신이 없었다고 말을 하면서 눈에는 눈물이 아롱거리는 눈빛으로 아저씨를 바라보셨다. 아저씨와 아주머니는 번갈아 가면서 말씀을 나누는데 옆에 계시는 아주머니도 코를 훌쩍이면서 울고 계셨고, 나도 눈물을 흘리면서 열심히 이야기 속으로 빠져들고 있었다. 그 어린 것들이 전화 요금 아끼겠다고 두 마디만 급하게 하고는 부모의 목소리도 듣기 전에 전화를 끊어버리는 어린 것들이 얼마나 애처롭던지 생각하면 할수록 목이 메여 말을 할 수가 없었고, 그나마 다행인 것이 여기 살면서 영어 공부는 충분히 할 수 있었기 때문에 어느 나라에 가서든지 자기들 의사는 충분히 통할 수 있는 것이 얼마나 다행한 일인지 모르겠다면서 큰아이가 중학교 2학년이지만 영어 실력이 아주 대단하다고 이 와중에도 아들 자랑은 잊지 않으셨다. 학교에 갈 수 없을 때는 집에서 개인 선생을 불러서 영어와 수학을 집중적으로 공부를 했다는 것이다. 그러니까 계속 학교에 못 가는 것이 아니고 이란 정부에서 1년에 한두 번씩 불법으로 살고 있는 사람들을 단속할 때만 아이들도 학교에 나오지 못하게 하기 때문이었다. 이럴 때는 아이들이 잠도 자지 않고 공부에만 매달린다고 말하셨다. 다른 집들처럼 정식으로 살면서 학교에 보낼 수만 있었다면 이렇게까지 가슴이 아프지는 않았을 것이라고 말하면서 눈물이 고여 있는 눈으로 우리를 한참이나 바라보셨다. 어떤 때는 아이들 보기가 너무 미안해서 자주 집을 비우기까지 했다면서 정말 아이들 보는 것도 면목이 없었다고 말하셨다. 그래도 두 아들은 불평불만 한마디 없이 밤이 새는 줄도 모르고 오순도순 공부하는 모습을 바라볼 때는 정말 피눈물이 난다고 말하셨다. 우리 집안이 왜 이렇게까지 힘들게 여기서 꼭 살았어야 했는지 우리 자신이 생각해도 어쩔 수가 없었다고 말하신다. 10년 전에는 우리도 큰소리치면서 살았는데 이렇게까지 될 줄 어느 누가 알았겠는가, 처음 이분들이 이란에 올 때는 형님 되시는 분이 이란 한국 대사관에 무관으로 와 계셨기 때문에 그 연줄로 해서 이란에 들어오셨다는 것이다. 아저씨의 준수하고 잘생긴 얼굴하며 그리고 대학까지 나온 학사 출신이시고 아주머니는 여기에 오시기 전까지 한국에서 무용연구소를 하면서 많은 제자들을 키우셨다는 말도 있었다. 두 분 다 한국에서는 이름이 있으신 분들인데 여기서 이런 고통과 수모를 당하고 있다는 것이 웬 말일까 하고 생각도 해본다. 역시 이란이란 나라가 베일에 싸인 매력적인 곳이 틀림없는 사실인 것 같았다. 이란 땅에만 왔다 하면 떠날 수가 없는 것이 바로 무언의 신비가 아닐까 하고 생각도 해 본다.

이란에서는 우리 한국 사람이 아주머니만큼 "창과 그리고 무용"

을 잘하는 분이 없다는 사실과 몸은 좀 비대해졌지만 춤을 출 때는 아직까지 몸이 유연하면서 아름답다고 사람들이 말들 한다는 것이다. 한국에서는 이름도 있고 한 가락들 하신 분들이 이런 보잘것없는 남의 나라에 와서 수모와 괴로움을 당한다는 것이 나의 좁은 상식으로서는 도저히 이해할 수가 없었다. 다른 사람들 말로는 이분의 형님이 한국으로 들어갈 때 함께 들어가야만 했었는데 저렇게 이란 땅에 남아서 아이들 때문에 더 고통을 당한다고 말들을 하는 것 같았다. 누군가 말했던가, 이런 말이 생각나네요, "사흘 시세만 먼저 알아도 부자가 된다는 사실을" 우리 인간들은 한 치의 앞도 내다볼 수가 없고, 오직 눈앞에 보이는 황금에 눈이 어두워 판단 능력이 흐려질 수도 있을 것 같다는 생각도 들었다. 그 때는 왕정시대였기 때문에 없는 것이 없었고, 사람들이 원하는 것은 무엇이라도 구할 수가 있었고, 풍족했고, 놀기 좋았고, 돈 벌기 좋았고, 해외로 여행 다니기 좋았고, 그 무엇 하나 부족한 것이 없었는데 왜 이런 천국을 두고 떠날 수가 있었겠는가, 우리도 2년 동안은 왕정 시대에 살았기 때문에 이분들의 마음을 조금이나마 이해할 수 있을 것 같았다.

아주머니는 계속 눈물을 흘리면서 아들들이 그렇게 공부를 하고 싶어 하고 마음 놓고 학교에 다녀보는 것이 소원이라고 말할 때는 쥐구멍 속에라도 들어갈 수 있었다면 들어갔을 것이라고 말하셨다. 정말 보통 아이들 하고는 다른 느낌을 주는 아이들 같았다. 나에게도 두 아들이 있지만 이렇게 공부를 좋아한다면 얼마나 좋을까 하고 생각하면서 무심코 벽에 걸린 시계를 쳐다보니 벌써 남편이 집에 도착하고도 남을 시간이었다. 나는 놀라서 허겁지겁 일어서면서 “아주머니 내일 또 말씀해 주세요,”라고 하고선 얼른 또 한 마디 더 했다. 나도 모르게 “아주머니 떠나시기 전에 저희 집으로 한 번 초대할게요, 꼭 오세요,” 라고 하고는 급하게 집으로 뛰기 시작했다. 집에 들어서기 무섭게 남편이 소리쳤다. “아니 집을 비워놓고 어디를 그렇게 돌아다녀,” 라고 화가 나 있는 남편의 목소리가 크게 들려왔다. 나는 곧바로 부엌으로 들어가서 저녁 준비를 하는데 자꾸만 아저씨 아주머니 그리고 아이들 얼굴이 떠올라서 마음이 울적해서 견딜 수가 없었다. 나는 저녁 식사를 하면서 남편에게 오늘 있었던 아저씨의 이야기를 조금씩 늘어놓기 시작했다. 남편 말이 “응 그 사람들 여기서 곧 떠날 거야,” 라고 대답했다. 나는 심각한 얼굴로 “그래요, 그 집 아이들이 너무 불쌍해요,”라고 슬프게 말했다. 남편은 “왜 당신이 그렇게 슬퍼하고 그래, 어서 식사나 해요, 남의 일에 신경 쓰지 말고,” 라고 말했다. 나는 남편을 바라보면서, “여보 있잖아 그 아저씨네 떠나기 전에 우리 집에서 저녁 식사 한번 초대하면 어떨까?”라고 남편은 조그만 눈을 예쁘게 굴리면서 “갑자기 저녁 식사라니 왜 그런 생각을 했지?”라고 응 그냥 같이 이야기도 나누고 또 이란을 떠나시면 영원히 만날 수도 없잖아요, 그리고 그 집에도 아들이 둘이고 우리 집에도 아들이 둘이니까 뭔가 좀 통하는 것이 있잖아요. 라고 예쁘지도 않은 미소를 흘리면서 남편을 쳐다 보았다. 남편은 “그래 당신이 알아서 해요,” 라고 흔쾌히 승낙해 주었다. 허락을 받고 나니 이제야 어둡던 마음이 조금은 풀리는 것 같았다. 그리고 어서 나머지 이야기도 듣고 싶은 생각이 간절했다.

남편에게도 오늘 있었던 이야기를 했더니 나 보다도 더 많은 것을 알고 있는 것이 나는 못마땅했다. 그 이튿날 집안일을 끝내고 급하게 옆집으로 달려갔다. 그리고 아주머니와 같이 떠나신다는 아저씨네 집으로 가기 시작했다.

아저씨와 아주머니가 우리를 반갑게 맞이해 주셨다. 아주머니께서 주시는 커피를 마시면서 주위를 둘러보니 대형 가방들과 여기저기 물건들이 너절하게 놓여 있었다. 지저분하게 늘어져 있는 방을 안 보는 척하면서도 눈에 들어왔다. 아주머니는 곧 집을 비워 주어야 한다면서 씁쓸하게 웃으시는 모습이 왕년에 무용과 창을 전공했다는 그런 인테리의 모습은 흔적도 없었고, 하잘것없는 보통의 그저 그런 50대의 여인으로밖에는 보이지 않았다. 나는 아주머니에게 조심스럽게 부탁을 드렸다. “아주머니 오늘 하루 더 눈물을 흘리셔야 되겠어요,” 라고 아주머니는 “아니 무슨 말이에요,” 라고 예쁜 눈동자를 굴리면서 나를 쳐다보셨다. 나는 “아주머니께서 어제 아이들에 대해서 이야기 하시던 그다음 얘기가 정말 듣고 싶어요,”라고 말하면서 아주머니를 바라보았다. 아주머니는 “그래” 하시면서 방으로 들어 가시더니 편지뭉치 한 묶음을 들고나오셨다. “아니 웬 편지들이에요?”라고 아주머니는 이야기를 하려면 이 엽서들과 편지들이 있어야 해요, 라고 하시면서 의자에 앉으시는 모습이 왠지 나의 가슴이 뭉클하면서 마음이 아팠다. 이 엽서는 아이들이 비자 받으려고 나가서 생활하면서 보낸 엽서라고 했다. 그때그때의 감정을 적어서 보냈던 편지와 엽서들이라고 말하시면서 또 닭똥 같은 눈물을 떨어뜨리면서 울고 계셨다. 같이 간 아주머니와 나는 코를 훌쩍이면서 편지와 엽서를 읽기 시작했다. 아주머니와 나는 서로 다투어 가면서 코를 훌쩍이는 것 같았다.

그래서 이 지면에다가 엽서들의 뒷면에 적혀 있는 글을 몇 장만 적어 보기로 했다.

* 첫 번째 엽서에서.

서독메인 강다리 밑에 벽화에서 찍은 사진입니다. 좌우간 서독에 있으면서 비자도 못 받고 이 다리를 한 50번은 건너다녔을 거예요. 정말 슬펐죠.

*두 번째 엽서에서.

앞에 사진에는 역입니다. 기차는 왔다 갔다 하는데 우리 둘은 갈 데가 없죠. 우리들 생각에는 스위스에서 거지가 된 것 같고, 또 부모님도 못 만날 것 같고요, 배도 고프고요, 빨래도 마르지 않아서 썩어 있고, 심심도 하고, 돈도 떨어지고, 비자도 받을 가능성이 없고, 정말 앞이 캄캄했습니다. 생각다 못해 부모님께 전화를 걸었죠, 전화를 걸고 나니 정말 힘이 나더군요.

* 세 번째 엽서에서.

저는 프랑크푸르트에서 비자를 못 받고 또 스위스에서 비자를 받을 때까지 부모님에게 전화를 걸지 않기로 했는데, 너무나 피곤하고 돈도 떨어지고 해서 연락을 드렸습니다. 저의 두 형제가 호텔 요금 아끼기 위해서 밤에는 기차 타고 떨면서 가던 걸 생각하면 정말 너무나 비참했죠.

* 네 번째 엽서에서.

여기가 신자 호텔입니다. 이 호텔에서 제일 싼 방에서 자면서 식사는 너무나 비싸서 강 건너에 가서 식빵과 잼을 사 가지고 와서 먹었죠. 참 지겨웠어요.

* 다섯 번째 엽서에서.

미 대사관에 가서 영사와 인터뷰한 다음 확신을 얻은 뒤에 그러니까 비자 받기 1일 전이죠, 비자를 준다고 했는데도 그날이 가장 많이 떨리더군요, 전화 걸 때는 여비서들이 또 욕을 할까 봐 떨리고 정말 너무너무 아슬아슬했어요, 그러니까 테헤란에서 떠나 온 지 25일째 되는 날이죠, 조금만 더 시간이 걸렸으면 저희들은 국제 정신병자가 됐을 거예요.

* 여섯 번째 엽서에서.

이 옆 유리로 만든 건물이 스위스 베론 역이고, 우리가 들어 있는 호텔에서 가까워서 매일 여기서 지내다시피 했죠, 역에 가서 사람들이나 보고 배가 고프면 빵 먹고 또 미대사관에 갔다가 와서 피곤하면 자다가 오곤 하죠, 이 역에서 어떻게 프랑크푸르트까지 돈을 가지러 갔다가 왔는지 도무지 알 수가 없어요. 비자 받고 이 역을 떠날 때에는 정말 모든 것이 내 것처럼 보였어요, 그 누구도 부럽지 않더군요.

이 몇 장의 엽서에서도 아이들의 그때의 심정이 잘 나타나고 있었다. 어린아이들이 비자 받을 때까지의 정신적인 고통이 엄청 심했던 것이 역력히 나타나고 있었고, 이 글들은 사진 뒷장이나 엽서에다가 간단하게 그때의 심적 고통을 적어서 보낸 것을 몇 자 적어 보았다.

이 순간에 만일 복사판이라도 있었다면 "사진, 그리고 엽서까지 실어보고 싶었지만 그럴 여유가 없는 것이 안타깝고, 내가 조금만 더 머리가 잘 돌아갔다면 아니 글 쓰는 재주가 있었다면 모든 사람들의 심경을 울려주는 글이 되었을지도 모르겠다는 생각을 하면서도 자꾸만 눈물이 흘러서 정신을 차릴 수가 없었다.

두 아들을 보내 놓고 얼마나 눈물을 흘렸는지 아마도 이 눈물을 다 받아 놓았다면 큰 목욕탕에 있는 욕조 한 통은 흘렸을 것이라고 말하면서 입가에 잔잔한 웃음을 웃으실 때는 정말 전형적인 한국의 여인상이라는 생각도 들었다.

아이들이 비자를 받을 때까지 고생한 이야기를 하시면서 눈물을 흘리시던 그 모습을 영원토록 잊지 못할 것 같았다. 아이들을 위해서 여기 이란 땅에 있는 모든 것을 떨쳐 버리고 떠나가지만 여기서의 생활이 불안하고 괴로웠지만 그래도 가장 진한 삶을 살았고, 이란 땅을 영원히 잊지 못할 것이라고 말씀하셨다.

이제 아이들도 미국에서 열심히 공부하고 있고, 우리 부부도 여기서 떠나갈 수 있는 여권만 나오면 떠나는 일만 남았다고 씁쓸하게 그리고 잔잔한 웃음으로 말하는 두 분의 모습에 무심한 세월의 흔적이 나의 가슴을 적시는 것만 같았다.

이야기가 얼마나 길었는지 해 질 녘에야 집으로 돌아올 수 있었다. 회사에서 돌아온 남편에게 오늘 있었던 모든 사실을 얘기했더니 한참 듣고 있던 남편도 마음이 짠하고 이상하다면서 서로가 살아가는 사고방식이 다르겠지만 자식 키우는 방식은 다 똑같은 마음이라고 말하는 남편의 얼굴에도 진한 슬픔이 보였다. 나는 남편에게 "사람들이 참 솔직하고 좋았어요," 라고 말했다. 남편은 "그럼 소문만 듣고는 그 사람에 대한 평가를 해서는 곤란하지," 라고 말했다. 막상 서로 가까이 이야기를 나누어 보니 진실성도 있고 열심히 살려고 노력도 하신 분들이라는 생각도 들었다. 나는 남편에게 "여보야, 그분들 떠나시기 전에 식사라도 대접해 드리고 싶어요,"라고 남편은 "당신이 알아서 해요," 라고 기분 좋게 허락해 주었다. 남편에게 허락을 받고 나니 너무 기분이 좋았다. 그다음 날 시간을 내어서 저녁 대접을 해 드렸다. 식사를 하시고 가시면서 너무나 고마워하는 모습을 보면서 우리 부부는 흐뭇했다. 아주머니는 자기가 사용하시던 물주전자를 선물로 주셨다. 나는 소중하게 받아서 잘 간직하고 급할 때는 물도 끓인다.

어디로 가시든지 두 분 건강하고 행복하시기를 마음으로 빌어본다. 아이들도 잘 자라서 정말 훌륭한 한국의 일꾼들이 될 것이라고 나는 확신했다. 이분들의 행복을 또 한 번 더 빌었다. 이렇게 외국에서 오래 생활하신 분들은 사랑하는 조국을 찾기보다는 제3국을 찾아서 떠나들 가신다. 이분들도 아직은 이집트에서 살고 있다는 소문이다. 아마도 미국 비자를 받을 수 있으면 미국으로 들어가신다는 말씀도 하셨다.

정말로 불쌍한 떠돌이 인생들이다. 한마디로 말 한다면 "뜬구름 같은 인생," 들이다.

우리 인간들은 쉼 없이 어디로 흘러가는 것일까? 하고 생각도 해 본다.

# 여자들의 행복

해외 생활이란 만났다가 쉽게 헤어지는 것이 당연한 일들이다. 가깝게 지낼 만하면 떠나들 간다. 철 따라 이동하는 새들처럼 우리 인간들도 어디든지 가고 싶으면 날아갈 수 있다는 것이 참 행복한 것 같다. 지금 이란 땅으로 들어오는 사람보다 떠나가는 분들이 더 많아지고 있다. 남편 회사에서 일하시는 분들도 모두 10년이 넘게 일하신 분들이다. 전쟁과 혁명 전에는 남편 회사에서 일하는 한국 사람들이 200여 명이 넘었지만, 혁명이 나고 전쟁이 시작되고부터는 반 이상이 떠나들 가셨고, 그리고 제3국을 찾아서 떠나들 가셨다. 지금은 몇십 명 정도만 남아서 일을 하고 계신다.

그런데 다른 나라를 찾아서 떠나가신 분들에게서 가끔 연락도 오고 하지만 하나같이 말씀하시기를 이란이란 나라가 제일 살기 좋았다고들 하신다. 어디를 가도 여기만큼 마음 편한 나라가 없다면서 다시 들어오려고 시도하는 사람들이 아주 많다고들 한다. 여기 생활이 비록 전쟁 속에서 살아들 가고는 있지만, 마음 편하게 그리고 경제적으로 구애도 받지 않고 생활 수준이 높다고도 할 수 있겠다. 상류층이니, 중류층이니, 이런 편견도 생각할 필요도 없고 다들 똑같이 벌어서 행복하게 살아갈 수 있다는 조건 하나만 해도 우리 여자들은 행복하다고 생각하기 때문이다. 그러니까, 다른 나라에는 아예 갈 생각조차 하지 않는다. 우리들같이 정상적인 직장인들은 정말로 걱정 없이 편안하고도 안락한 생활을 하고 있다. 아이들이 건강하고 공부나 잘한다면 그것으로 만족이고 행복이다. 그리고 남편들은 직장 이외에는 오직 갈 곳이란 집 밖에는 없기 때문이다. 그러니 여자들의 마음은 하나 같이 매일매일 행복하다고 생각하면서 꿈같은 생활이라 할 수도 있겠다. 그러나 남편들은 생각이 다를 수도 있을 것이다. 남편들은 직장과 집이 유일한 휴식처고 보금자리인 만큼 아주 단조로운 삶이라 할 수도 있겠다. 재미란 집에 와서 아이들과 같이 놀아 주는 것밖에는 없으니 젊은 남자들이 불쌍하다는 생각이 들 때도 있다. 여기서는 남자들이 아무리 잘 생기고, 똑똑하고, 옷도 잘 입고 다녀 봐야 별 볼 일 없는 곳이 바로 이란이라는 나라다.

사실은 우리 남편도 멋이 많이 있는 편이다.

남들이 어떻게 보는지는 몰라도 나의 눈에는 그런대로 생겼고, 옷도 다른 남자들보다도 더 멋있게 잘 입고 다니는 것이 내 눈에는 좀 거슬리는 편이지만 그래도 나는 우리 서방님이 최고로 멋이 있다고 생각하는 사람 중에 한 사람이다. 남편에게는 하얀 계통의 옷들이 많기도 하고, 그리고 대강 다 고급에 속하는 옷들이 많다.

하지만 그렇게 멋있게 입고 나가봐야 주위에서 고작 “야, 환이 아빠 정말 멋지다,” 라는 이 말 한마디 정도 듣는 것은 얼마든지 나는 참아 줄 수 있기 때문이다. 나는 혼자 가끔 속으로 “정말 이란에 오길 잘했어,” 라고 중얼거리면서 행복한 나날을 보내고 있다.

나도 여기서 한 백 년 살고 싶다. 하지만 아이들 교육 문제 때문에 걱정이라면 큰 걱정이다. 그리고 또 어려운 조건이 있다면 “부식” 때문에 곤란을 겪고 있는 편이다. 여기 이란 땅에는 한국 사람들이 좋아하는 음식물은 없다. “멸치라든지, 당면, 미역, 고춧가루 같은 한국 사람들이 즐거이 먹을 수 있는 음식물이 없다는 것이 큰 흠이라면 흠이다. 그러니 1년 아니면 2년에 한번 한국으로 휴가를 가게 되면 이런 부식들을 준비하느라 시간이 다 지나간다. 아무리 살기 좋다고는 하지만 한 가지씩 어려운 문제점들은 다 가지고 있다고 봐야 될 것이다. 그리고 여기 집들은 안정감이 없다고 봐야 될 것 같다. 집들이 넓고 큰 대형 창문으로 세워져 있기 때문에 거실로 들어서면 너무 밝고 마당에 경치가 한눈에 들어와서 우선은 좋아 보이지만 어딘지 모르게 허전하고 불안한 느낌도 들지만 일단은 거실이 넓어서 가슴이 확 트인다.

우리 한국의 집들은 조그만해서 포근하고 안정감을 주지만 여기 집들은 대다수가 큼직한 창문으로 세워져 있고 방안이나 거실에는 별다른 것이 없고 집을 건축할 때에 벽 속에다가 “장롱”을 넣어서 짓기 때문에 별다른 가재도구가 있다면 침대는 꼭 필요로 하지만, 다른 가구들은 그렇게 중요시하지 않는 편이다. 이란 사람들은 식사를 해도 넓은 거실에 카펫 바닥 위에다가 예쁜 식탁보 같은 큰 천을 깔아놓고 식구들이 편하게 둘러앉아서 식사를 하는 것이 보통이다. 그러니까 식탁이나, 응접세트 같은 것은 그렇게 중요시하지도 필요로 하지 않는 편이다. 그리고 바닥에는 대부분 카펫이나 모켓트가 깔려 있기 때문에 청소기는 꼭 필요로 한다. 청소기로 한번만 왔다 갔다 해도 온 집안이 깨끗해진다. 우리 한국은 온돌방을 좋아하지만, 이란 사람들은 침대를 놓고 살기 때문에 방 안에서 신발을 신고 다니는 것이 특징이다. 그리고 여기서는 여자들이 별로 할 일이 없다. 아이들이 학교에 가고, 또 남편도 회사에 출근하고 나면 나는 그 시간부터 잠을 자기 시작하면 오후 1시경이나 되어서야 일어난다.

나는 이것이 습관화되어 버린 느낌이다. 몸이 항상 아프고 불편해서인지는 몰라도 잠자는 시간이 제일 행복한 것 같다.

가끔 같은 직장에 다니시는 가족들이 한 자리에 모이면 주로 한국에서 일어나는 일들을 이야기할 때는 하나같이 귀가 번쩍해지는 모양이다. 사람들은 누구나 외국에서 오래 생활하다 보면 다들 애국자가 된다는 말이 실감이 난다.

# 가족이 한 지붕 밑에

남편은 오랫동안 직장생활을 하고 있지만 나는 남편에게나 가정에서나 도움을 주는 일은 별로 없다. 이런 단조로운 생활 속에서 무엇인가 할 수 있고 보람된 일들을 찾아내려고 나대로는 노력을 하고 있지만 내게는 그 무엇이라도 할 수 있는 재주란 아무것도 없는 것이 나의 재주다. 이것이 항상 불만이고 짜증이 난다.

그래도 언젠가는 나도 남들처럼 무엇인가 배우고 도전을 해야만이 무언가 열매라도 맺을 것이 아닌가 하고 생각을 하면서도 이렇게 무용지물로 아쉽게 세월만 흘러버리고 있는 마음에는 먼지만 쌓여가고 있는 자신이 너무 한심하다. 현시대는 여성들이 세상을 누비는 시대라고 떠들썩한 소리를 들을 때마다 자신의 무능함에 눈을 감는다. 그래도 나는 행복한 여자라고 생각하면서 열심히 살려고 노력하는 편이다.

이런 나의 조그만 행복도 너무나 부러워하는 이웃 아주머니가 한 분 계신다. 아주머니는 우리 네 식구가 오손도손 행복하게 살고 있는 것이 너무나 부럽다고 말하신다. 그리고 가족이 한 지붕 밑에서 살고 있는 것 하나만이라도 얼마나 행복한 일인지 알아야 된다고 자주 말씀하신다. 하지만 자신의 무능함이 너무 짜증이 난다고 투덜거릴 때마다 아주머니는 내가 너무 행복해서 그런 생각을 한다고 나무라신다.

그것이 뭐가 그렇게 중요해, 꼭 무엇을 해야만이 좋은 것은 아니야 라고 하시면서 가족이 건강하고 행복하게 서로 감사 주면서 한 지붕 밑에서 같이 살고 있다는 것만으로도 감사하면서 살아야 된다고 자주 말하시면서 가족이 한 지붕 밑에서 같이 사는 것이 소원이라고 말씀하셨다.  그리고는 아주머니의 예쁜 눈에는 눈물이 가득 고이고 있었다. 아주머니는 아저씨와 10년 가까이 떨어져서 살아오신 분이다. 그런데 여기 이란 땅까지 오셔서도 언제나 혼자 생활하고 계신다. 항상 홀로 계시기 때문에 자주 만나고 가깝게 지내는 편이다. 그리고 아주머니에게는 언제나 재미나는 이야깃거리가 많다. 한국에서 홀로 살면서 겪었던 많은 일들을 이야기할 때가 나는 참 즐겁고 행복한 시간이었다. 아이들이 학교에 가고 나면 아주머니와 만나는 시간이 나의 하루 일과였다. 오늘도 아주머니는 재미나는 이야기 속으로 나를 푹 빠져서 허우적거리게 하셨다. 아주머니 이야기는 계속되고 있었다. 하루는 친구가 집에 와서 하는 말이 “야, 우리도 춤 배우러 가자, 요사이는 춤 못 추면 바보야, 그리고 우리는 춤 좀 배워도 괜찮아” 라고 나는 “아니 그게 무슨 소리야” 라고 친구 말이 “야, 너도 서방이 없고 나도 서방이 없으니 얼마나 허전하고 쓸쓸하니, 그러니 서로 외로움을 달래는 데는 춤이 최고래, 자 빨리빨리 준비해" 하고는 빨리 가자고 성화였지, 정말 가만히 생각해 보니 그것도 재미 있을 것도 같았어, 그래서 친구와 나는 가정집에 숨어서 몰래 춤을 가르쳐 준다는 곳을 찾아서 들어갔지, 정말 분위기가 있더라고, 둘러보니까 전부 나이든 부인네들이 서로 끌어안고 돌아가면서 신명 나게 춤을 추고 있는 거야, 우리는 뒤쪽으로 가서 얌전히 앉아서 한참을 기다리니까 춤 가르치는 강사가 우리 앞으로 오더니 일어서라는 거야, 엉거주춤 불편한 자세로 일어서니 천천히 스텝을 자기 따라서 발을 떼어 보라는 거야 그래서 친구와 나는 강사의 말을 듣고 굳어 있던 몸을 움직이기 시작했지, 하나 둘 하면서 얼마나 시간이 흘렀는지 모르겠는데 갑자기 어디선가 호루라기 소리가 들리고 방문이 부서지는 소리가 천둥 치는 소리보다도 더 크게 들리는 거야, 우리는 너무 놀라서 둘이서 동시에 도망갈 생각을 하면서 호흡을 가다듬고 눈치만 보고 있었지, 그런데 말이야, 어떻게 알고 단속 반원들이 쳐들어왔는지 알 수가 없었어, 가는 날이 장날이라고 우리는 생전 처음인데 말이야, 정말 앞이 캄캄하더라고, 번쩍 뻔쩍하고 카메라 세트를 누르는 소리와 여기저기 아우성 소리와 큰 소동이 벌어진 거야, 그렇게 넓은 홀이 완전히 난장판이 되었고, 사람들은 울고불고 그런 난리가 없었지, 춤 가르치는 강사와 집주인은 잡으려고 나온 사람들을 붙잡고 애원을 하는 거야, 주인은 한 번만 눈 감아 달라고 두 손을 비비면서 눈물을 흘리면 사정을 하더라고, 그리고 여기저기 보니까 춤추던 아저씨들과 부인들이 이 구석 저 구석에다 머리를 틀어박고 있는 모습들이 얼마나 웃겼는지 나와 친구는 서로 마주 보고 웃다가 주인이 단속 반원들을 붙잡고 울면서 애원하고 있는 틈을 타서 죽기 아니면 살기로 한걸음에 도망쳐 나왔지만 정신이 하나도 없었어, 그때의 일을 생각하면 지금도 아찔해," 하시고는 예쁜 눈을 동그랗게 굴리면서 나를 쳐다보고는 한참 깔깔 웃어대는 모습이 정말 천진난만한 어린 아가씨처럼 맑고 곱다는 생각이 들면서 나도 즐거워하면서 웃고 있었다.

나도 한마디 했다. "정말 스릴 만점이네요," 하고는 둘이서 한참이나 배를 잡고 웃고 또 웃었다. 그리고 부인들이 머리를 처박고 숨어 있는 모습을 상상하면서 또 한바탕 크게 웃었다. 아주머니는 노래도 잘하시고, 춤도 잘 추시고 정말 재미나는 분이라고 생각했다.

아저씨가 처음 이란에 오실 때는 일본회사와 같이 동업으로 하는 회사에 취직이 되어 오셨다는 것이다. 몇 년 동안은 돈도 잘 왔지만 그다음부터 5년까지는 한 푼의 돈도 보내 주지 않았고 소식까지 없었다는 말씀이셨다.

"아이들이 둘인데 한참 먹을 때고 공부할 때에 돈도 오지 않고 소식도 없으니 가슴 속에는 병만 소리 없이 쌓였지, 그 누구에게 말 한마디 못하고 가족들에게나, 주위 사람들에게나, 그리고 친구들에게도 아무 말도 할 수가 없었지, 친구들은 하기 좋은 말로 남편이 외국 가서 돈 많이 벌어서 보내 줄 텐데 왜 저렇게 궁상을 떨면서 살고 있느냐고 말들 했지만, 생각 좀 해봐 5년이란 세월이 길다면 긴 시간이지, 물론 짧다면 짧은 시간일 수도 있겠지만 나에게 엄청 긴 시간이었지, 외로움은 고사하고 절망과 미래를 예측할 수 없는 고통 속에서 살아왔어," 라고 말씀하시는데 예쁜 눈에는 눈물이 아롱거리면서 흘러내리고 있었다. 눈물을 손 등으로 닦으시면서 지금까지 잘 견디어 온 것은 가난과 좌절 속에서도 아이들이 아무 탈 없이 무럭무럭 잘 자라 주었기 때문이고, 착한 아이들이 나의 희망이고 힘이었지, 지금 가만히 생각해 보면 지금까지 어떻게 살아왔는지 아직도 꿈을 꾸고 있는 것 같아. 그동안 혼자서 이상한 상상까지 하면서 말이야, 얼마나 가슴앓이를 하면서 살아왔는지 아무도 모를 거야, 나는 생각에 남편이 이란에서 다른 여자와 살림을 차렸는지도 모르는 일이라고 생각했지, 왜냐하면 한참 젊은 나이에 외국에서 혼자 산다는 것이 쉬운 일이 아니라고 생각했으니까, 남편은 그래도 미남에 속하는 얼굴이었기 때문에 항상 걱정이 따라 다녔다고 하시면서 까만 눈망울을 굴리시면서 웃으시는 모습이 정말 예쁘다는 생각이 들었다. 사실 내가 생각해도 정말 아저씨는 키도 크시고 얼굴도 잘생겼다는 생각도 들었다. 물론 아주머니도 조그만 얼굴에 까만 눈망울이 아주 예뻤다. 나는 두 분을 생각하면서 왠지 아주머니가 더 애처로워 보였다. 이야기는 계속되고 있었다. "그런데 어느 날 여름에 갑자기 일본이라면서 전화가 온 거야, 바로 남편의 목소리였어, 내일 오전 11시에 서울에 도착한다는 말이었어, 너무 갑작스런 일이라서 말 한마디 못

하고 전화가 끝이 났는데도 멍하니 전화통을 바라보면서 전화기를 손에 든 채로 꼭 잡고 놓을 수가 없었어, 틀림없는 남편의 목소리라는 것을 재확인하면서 말이야, 나는 아침 일찍 미장원도 가고 집안도 정리하면서 정신없이 일했지, 나는 마음속으로 계속 중얼거리면서 당신이 5년 동안 돈 한 푼 보내 주지 않았어도 이렇게 여유 있게 잘살고 있다는 것을 보여 주고 싶었지, 그런데 왜, 지금까지 아무 소식이 없다가 5년이란 긴 시간을 보내고 나서야 갑자기 한국으로 온다는 것이 통 이해가 되지 않았어, 내 머릿속은 복잡하고 불안도 하고 자신의 감정을 억누를 수가 없었어, 이런 나의 마음을 알기라도 하는지 큰아이가 하는 말이 "어머니 무엇이 그렇게 걱정이세요, 아무 걱정 마세요, 우리는 어머니 편이에요, 그리고 지금까지 아버지 없이도 우리 세 식구 잘 견디어 왔잖아요, 그러니 어머니 마음 푹 놓고 아버지를 맞이하세요, 네 어머니" 라고 하는 말에 온통 엉클어져 있던 마음이 한순간에 아들의 침착한 행동과 말이 너무 고맙고 큰 위안이 되었지만, 그래도 지금까지 꿋꿋하게 아이들 데리고 잘 살아왔는데 남편이 한국에 온다는 것을 기뻐하고 즐거워해야 하는 순간인데 왜 이렇게 마음의 중심을 잃고 두려워하고 있는 자신이 아들 보기에 부끄러운 생각도 들었지만 마음의 갈등은 쉽게 사라지지 않았어, 어떻게든지 두근거리는 가슴을 진정하기도 전에 멀리서 꿈에도 그리웠던 남편이 아니라 미움으로 가득 찼던 남편의 얼굴이 대문짝만하게 나의 눈에 들어오는 거야, 10년 동안에 너무 많이 변한 남편의 얼굴이 나의 눈앞에서 큰 손을 흔들면서 웃고 서 있었어, 그리고 달려와서는 너무 미안해하는 눈빛으로 나의 손을 덥석 잡는데 남편의 눈에는 눈물이 가득히 고여 있었어, 나는 남편에게 “여보 빨리 집에 가요”라고 이 한마디만 겨우 하고는 집에까지 왔지만 무슨 말을 어디서부터 해야 할지 정말 걱정 이였지, 그런데 남편이 먼저 이야기를 시작하는 거야, 어떻게 해서 지금까지 소식도, 돈도, 보낼 수가 없었는지를 차분한 목소리로 이야기하는데 정말 가슴이 아프고 목이 메여 지면서 눈물이 쏟아져서 남편을 바라볼 수가 없었지, 나도 아이들 키우면서 고생했지만 남편도 말할 수 없을 정도로 고생을 많이 했던 거야, 나는 쏟아지는 눈물을 겨우 참으면서 남편 품 안으로 쓰러졌지, 그리고 남편 품에 안겨서 둘이 같이 한참이나 말없이 눈물로 다 쓸어내리고 있었어, 지금까지의 고통스러웠던 일들이 한순간에 다 사라지는 것을 가슴으로 느낀 거야, 정말 내가 생각해도 여자란 참 이상도 하다라는 생각이 들었어, 눈에 보이지 않을 때는 죽일 놈, 살릴 놈, 하다가 막상 눈앞에서 진실이던, 거짓이던, 변명이던, 말을 하니까 금방 마음이 변한다는 사실에 나도 놀랐지 뭐야, 사실 그때는 내가 너무 지쳐 있었고, 무슨 말이든지 다 믿고 싶었는지도 모르지,

남편이 집에 돌아오니 정말 가족이 한 지붕 밑에서 같이 모여 산다는 것이 이런 것이구나 하고 말이야, 너무나 좋았지, 한 가족이 살아가는데 모든 활력소는 남편에게 달려 있다는 사실을 다시 한번 가슴 속 깊이 느끼면서 꿈결 같은 시간이 며칠 지났지만 아

직도 긴장 상태고 그리고 제대로 보살피지도 않았고, 남편의 따뜻한 사랑이 온 집안에 퍼지게 되니 몸이 아프기 시작하는 거야. 남편은 두 달 동안 한국에 있으면서 자기가 할 수 있는 모든 친절을 가족에게 베풀어 주었지. 그런데 어느 날 남편은 다시 이란으로 가야 한다고 조심스럽게 말을 하는 거야. 아이들과 나는 합심해서 한국에서 살자고 애원을 했지만 남편의 마음은 이란으로 가는 쪽으로 더욱 굳어지고 있는 것 같았어.

그래서 나도 남편 따라가야겠다고 새로운 결심을 했지. 결심을 하고 나니 가슴속으로부터 무언가 막 솟아오르기 시작하는 거야. 나는 남편에게 내가 계획하고 있는 앞길에 대해서 딱 부러지게 말했지. "당신 혼자 이란까지 가서 외롭게 고생하는 것보다 우리 함께 가서 고생합시다." 라고 말하니까, 남편 말이 "아니요, 여보 이번 계약만 끝이 나면 한국으로 돌아오겠소. 그러니 조금만 더 기다려요." 라고 말하는 거야. 그래서 다시 마음을 다잡고는 결심했지. 이번에는 나도 꼭 당신 따라가야겠다고 말했어. "아니 나는 이제 당신 말을 믿을 수도 없고 1년을 있던 2년을 있던 무조건 따라가겠어요. 이제는 정말 혼자서는 살 수가 없어. 죽이 되든 밥이 되든 따라가고 말겠어." 라고 했더니 남편 말이 "그럼 아이들 학교문제는 어떻게 할 작정이요? 지금 이란에 가면 학교 문제가 우선적으로 제일 큰 문제요."라고 말하는 거야. 나는 남편이 뭐라든지 따라갈 수만 있다면 아이들은 나 다음으로 생각하면서 무조건 따라가야 한다는 생각만 했지. 아마 남편도 생각했을 거야. 아이들까지 내팽개쳐 버리고 남편만 따라갈 생각만 하고 있는 내가 많이도 미웠을 거야, 하지만 나 혼자의 생활에 너무 지쳐 있었고 더 이상은 혼자 살 수가 없을 것 같았어, 나는 모질게 생각하고 그대로 밀고 나가기로 결심을 했지, 이런 나의 결심을 남편도 어쩔 수가 없었는지 남편도 더 이상은 고집하지 않고는 그럼 같이 가서 살아보자고 하면서 어렵게 허락을 했지, "그럼 내가 먼저 이란으로 들어가서 초청장을 한국으로 보낼 테니까 준비하고 기다려요," 하고는 먼저 들어가서 두 달 만에 모든 구비서류를 갖추어서 보내왔어, 그때 큰아들이 고등학교 1학년이고 작은 딸아이가 중학교 2학년인데도 모두 데리고 이란으로 오신 것이란다. 그때도 이란은 별로 조용한 분위기는 아니었기 때문에 아이들 교육 문제가 아주 심각했었기 때문에 많은 고충을 당하셨다.

아주머니 몸도 좋지 않아서 큰 수술도 이란 병원에서 받으시고 또 신경성 위장병으로 계속 병원 신세를 져야만 했고, 몸이 허약하시기 때문에 힘든 일은 조금도 할 수가 없었다.

남편 되시는 분은 더운 남쪽으로 가셔서 공사를 맡아서 일하시기 때문에 몇 달에 한 번 정도 테헤란으로 올라오시기 때문에 이란 땅에서 같이 살고는 계시지만 서로 떨어져 살고 있는 것은 한국에서나 여기서나 외롭고 쓸쓸한 생활을 하시는 것은 똑같았다.

이제는 아저씨의 일도 끝이 나고 여기에 더 있을 필요가 없기 때문에 아이들이 공부하고 있는 미국으로 들어가셨다.

미국에 들어가서는 그렇게도 원하시던 두 분이 한 지붕 밑에서 같이 살고 계시고, 아이들도 학교에 잘 다니고 있다고 지금도 자주 연락을 주고받고는 있지만, 생판 모르는 사람들이 만나서 서로 정겹게 지내다가 헤어지고 나면 먼 아득한 옛 추억들로 남는 아쉬움도 있지만 이런 것들이 인간이기에 가질 수 있는 소중하고도 아름다운 추억이 아닐까 라고도 생각해 본다.

# 남편을 따라서

이렇게 서로 의지하면서 오고 가고 하다가 먼저들 떠나가고 나면 여기 남아 있는 우리는 언제나 더욱 진한 외로움을 느끼면서 하루속히 우리들도 어디엔가 정착을 하고 살아야 하는데 하고 물처럼 구름처럼 말없이 흘러가는 무심한 세월도 생각해 본다. 얼마 동안은 우리의 마음도 몸도 공중에 붕 떠 있는 삶에 안정이 없고 불안과 흔들리는 생활이 이어지고 있는 것 같았다.

아마도 아이들 교육 문제가 제일 큰 숙제로 남아있기 때문인지도 모르겠다.

하루는 늦게까지 놀다가 집에 돌아온 서방님께서 아주 다정한 목소리로 나를 불렀다.

"여보, 이리 좀 와 봐요,"라고 나는 짜증스런 목소리로 소리쳤다. "아니 왜요, 늦게까지 놀다가 들어 왔음 잠이나 자지,"라고 남편은 "아니야, 꼭 할 말이 있어서 그래,"라고 나는 남편이 있는 곳으로 가면서 "갑자기 왜 그래요, 심각하게," 라고 하면서 남편 얼굴을 바라보았다. 남편은 무슨 대단한 결심이라도 한 사람처럼 굳은 얼굴로 말하기 시작했다.

"잘 들어 봐요, 나도 교회에 나가지 않고, 또 당신도 성당에 나가지 않은 지가 꽤 오래 되었지? 말해 봐요, 사실 당신이 성당에 나갈 때 내가 왜 교회에 나가지 않았는지 당신 생각해 보았소," 라고 나는 황당한 기분으로 "아니 갑자기 웬 뚱딴지같은 소리," 라고 외쳤다. 남편은 차분한 목소리로 다시 말했다.

"당신이 계속 성당에 다녔으면 이런 말도 하지 않았을 거요, 당신이 조금 다니다가 보기 싫은 사람이 있다고 해서 성당에 나가지 않고 있기 때문이요, 내가 생각할 때는 당신이 하나님을 믿기 위해서 성당에 나간 것이 아니고 사람을 보고 나간 거지! 그리고 사람들이 만들어 세운 성모 마리아상을 좋아했고, 나는 당신이 진실한 믿음을 가지고 성당에 잘 다녀 주기를 마음속으로 바랬어, 그리고 종교는 무슨 종교를 믿든지 그 누구도 말할 수가 없는 일이야," 라고 나는 투박스런 목소리로 "그럼 당신은 왜 날 따라 오지도 않고, 교회도 나가지 않았잖아요,"라고 말했다. 남편은 살짝 웃은 모습으로 "나는 어릴 때부터 교회에 몸 바친 사람이야, 그런데 자기 부인이 성당에 나간다고 해서 남편이란 사람이 무작정 따라갈 수는 없잖아, 하여간 다 지난 일이고, 어떻든

이번만은 당신 남편이 간절히 부탁하는 말이니까 들어 주면 고맙겠소, 전에 나 혼자 교회 나갈 때도 나는 당신에게 같이 교회에 나가자고 말하지 않았소, 왜냐하면 당신은 교회 말만 나오면 무척이나 싫어하고 외면했기 때문이요, 아무리 부부간이라 해도 서로가 싫은 일은 하지 않는 것이 현명한 일이라고 판단했기 때문이요, 내 말이 무슨 말인지 이해하겠소," 라고 다정하게 말하면서 살짝 웃는 얼굴로 나를 쳐다보고 있었다. 나는 신경질이 나는 목소리고 "아니, 나는 하나도 모르겠는데," 라고 한마디 하고는 돌아앉았다. 남편은 다시 말했다. "여보, 지금 전 세계는 성경책에 나와 있는 그대로 실현되어 가고 있다오, 그러니 우리 가족이 다 함께 교회에 나갑시다, 사실 한 가족이 따로따로 종교를 가진다는 것도 좋은 일은 아니잖소, 그러니 이번 만큼은 남편 말을 들어 줘요, 응, 내가 이렇게 부탁할게," 라고 말했다. 나는 신경질이 나는 말투로 "당신은 참 이상하네요, 남자가 왜 그렇게 교회를 좋아하는지 나는 통 모르겠단 말이야," 라고 대꾸했다. 남편은 다시 미소를 살짝 지으면서 "좋아하는 것이 아니고 하나님께서 나를 택하셨기 때문이요, 당신이 교회만 같이 나가 준다면, 당신이 원하는 것, 그리고 무슨 소원이든지 다 들어 주겠소," 라고 말할 때 나는 귀가 솔깃하기도 했지만, 잠시 잠깐이지만 생각에 생각을 하고 있는 자신을 발견했다. 절대로 교회는 나가지 않을 것이라고, 아니 절대로 마음이 변할 것 같지 않았던 마음이었는데 지금 이 순간만은 순풍에 돛을 단 듯이 마음이 흔들리고 있다는 생각이 들었다.

사실 지금까지 남편이 아무 말 없이 끊임없이 나를 변화시킨 시간들이 이렇게 소리 없이 나를 휘감는 날이 올 줄은 꿈에도 생각지 못했다. 그리고 마음이 조금씩 바람에 흔들리듯이 움직이고 있다는 사실이 분명했다.

교회만 따라가 주면 된다는 말이 이 순간만은 그럴듯한 조건이라고 생각했다. 그리고 또 한편으로는 남편이 정말로 원하는 일이라면 한 번쯤 들어 주고 싶다는 생각도 순간적으로 나의 가슴속에서 요동치고 있는 것 같았다.

그래 서로 상부상조하는 것도 좋은 일이지, 하고 이미 마음속으로 결정을 하고선 남편에게 대답했다. "그럼 여보 오늘 밤 생각해서 내일 말 할게요," 라고 말했다. 남편은 단호하게 "아니야 오늘 밤에 결정해야 돼,"라고 확실하게 못을 박았다. 남편은 다시 또 말했다.

"그렇게 당신이 믿지 못하겠다면, 서약서라도 쓸 거요, 다시 말하지만 당신이 원하는 것은 다 들어 주겠소, 그러니 지금 생각해서 결정을 해요," 라고 사랑이 넘치는 목소리로 말했다. "정말 교회만 따라가 주면 내가 원하는 것 다 해 줄 거란 말이지"라고 다짐을 하면서 예쁘지도 않은 눈으로 남편을 한참이나 바라보았다. 남편은 "그렇다니까"라고 얼른 대답했다. "그럼 당신이 교회 갈 때에만 따라가 주면 된다 이 말이죠? 뭐 별로 어려운 부탁도 아니긴 했다. 하지만 마음속으로는 남편이 말하고 있는 조건이 별로 마음에 들지는 않았지만 그래도 남편은 이런 제의를 하면서까지 고집불통인 아내를 교회로 인도하려는 남편의 말이 모닥불보다도 더 따뜻하다는 생각이 들었다. 그리고 갑자기 내가 원하는 것이 무엇이 있을까 하고 생각도 해 보지만 별로 없다는 생각에 머리를 굴리고 있을 때 또다시 서방님 목소리가 아주 정겹게 들려오고 있었다. 남편 말이 "혹시 네가 나중에 딴소리할 것 같아서 그래" 라고 미소 짓는 남편이 참 순진하고 착하다는 생각도 들었다. 약속을 지키겠다는 서약까지 쓰는 남편이 너무나 절실하게 원하고 있다는 것이 마음에 와닿았다.

그다음 주일부터 우리 가족은 교회에 나가기 시작했다. 남편은 고집불통인 나 하나를 구원하기 위해서 오랜 아니 언제부터인지는 몰라도 자기 자신을 굽히면서까지 많은 노력을 한 것을 사실 나는 잘 알고 있었다. 한 달 전에도 "김진홍" 목사님 테이프 10개를 구해 와서는 밤늦게까지 틀어 놓고 내가 듣기를 간절히 바라는 눈치였다. 사실은 목사님 말씀이 너무 가슴에 파고드는 것 같았다. 나는 남편이 회사에 가고 나면 목사님 테이프부터 먼저 틀어 놓고 집안일을 하기 시작할 정도였다. 목사님 설교는 나의 닫힌 마음의 문을 열기에는 충분했다. 그리고 김진홍 목사님의 설교는 대단했다.

전도사 시절 빈민촌에 들어가서 생활하시면서 사역한 말씀들이 교회를 모르는 사람들이 들으면 정말로 좋을 것 같다는 생각도 들었다. 나는 생각에 목사님들은 다 저렇게 온몸을 던져 가면서 목회라는 것을 하는가 하고 생각이 들면서 가슴에 깊이 와닿았다.

눈물까지 흘리면서 듣고 또 들었다. 정말 좋았다. 아마도 남편은 내가 이렇게 김진홍 목사님 테이프를 열심히 듣고 있는 줄은 꿈에도 생각하지 못했을 것이다.

교회에 나가보니 남편은 무슨 일에나 자기 몸을 아끼지 않았고, 그리고 겸손과 웃음을 잃지 않았으면 누구에게나 친절했다. 정말 남편 말대로 하나님이 택하신 자녀답게 행동하는 것 같았다. 나는 생각했다. 어떻게 저런 사람이 몇 년까지나 교회에 나가지 않고 살았을까 하고 생각하니 나 때문인 것 같아서 정말 미안했다. 아무것도 모르는 나에게 사모님은 교회에 대해서 친절하게 많은 것을 가르쳐 주시고 사모님이 오늘날까지 사모로 살아오신 모든 일들을 말씀해 주셨다. 정말 믿음이란 대단 하구나 라고 생각하면서 나도 조금씩 교회가 어떤 모양으로 돌아가고 있는지 알 것도 같았다. 나에게도 무언가 조금씩 변화가 오는 것을 느낄 수가 있었다. 이런 마음이 당연한 일인지도 모르겠다고 생각을 하면서 성경에 대해서도 알고 싶었고 그리고 조금씩 하나님 세계로 들어가고 있다는 생각에 마음이 즐거워지는 것도 같았다. 시간이 날 때마다 나도 모르게 성경책을 들게 되었고 성경책 속에는 재미나고 좋은 말씀들이 많았다. 나는 다른 책들 즉 소설책들은 많이 읽었지만 성경책은 읽어 본 적이 없었다. 그런데 다른 책에서 느끼지 못한 그 무언가가 가슴속에서 꿈틀거리고 있는 것 같았다.

신비한 장면들 그리고 책 속에 글들이 현실화 되어 나의 가슴속에 살아서 움직이는 것 같았다. 다른 책들은 성경책과는 비교도 할 수 없었고, 성당에 다닐 때의 감정하고는 너무나 다른 것 같았다. 그리고 성당에서는 성당에서 보는 다른 책이 있었기 때문에 성경책은 볼 생각도, 읽을 생각도 하지 않았었다. 성경책을 읽으면서 좋은 문구가 있으면 적어서 아이들 방에도 붙여주고 자신도 많은 것을 알기 위해서 한동안은 무척 노력했었다. 하나님이 얼마나 무섭고 거룩하신 분이라는 사실을 알게 되었고 무언가 잘못을 저지를 때는 이상하게도 마음이 흔들리는 기분도 드는 것 같았다.

조금씩 하나님 가까이 다가서는 느낌이 들 때마다 왠지 무섭고 망설여지는 이유가 무언지 아직까지 알 수는 없지만, 나는 지금도 교회 사모님을 무척이나 좋아하고 따르는 편이다. 그리고 사모님에게 너무 고맙고 감사하다는 말씀을 이 지면을 통해서 라도 꼭 전해 드리고 싶다.

"사모님 감사합니다."

# 지친 삶의 죽음

하루는 학교에 갔던 큰아이가 얼굴이 벌겋게 상기 되어서 급하게 뛰어 들어오고 있는 모습이 눈에 들어왔다. 나는 창밖을 내려다보면서 소리쳤다. 곧 넘어질 것만 같아서 천천히 걸으라고 소리쳤지만 소용이 없었다. 숨 가쁘게 뛰어 올라와서는 숨이 찬 목소리로 예쁜 까만 눈동자를 이리저리 굴리면서 하는 말이 "어머니 우리 버스에 같아 타고 다니는 형 아버지가 돌아가셨데요," 라고 밑도 끝도 없이 숨이 차서 말하는 아들을 바라보면서 물었다. "누구 말이니?"라고 아들은 눈을 동그랗게 뜨고는 무슨 놀라운 큰 사건이 터진 것처럼 긴장된 모습으로 입을 크게 침을 꿀꺽 삼키면서 말하는 것이다. "응, 월남여자하고 같이 살고 계시는 아저씨 말이야," 라고 "그럼 수야 아버지가 돌아가셨다는 말이니,"라고 소리쳤다. 아들은 "응 한국말 잘하는 형 아버지 있잖아,"라고 말했다. 나는 누군지 알 것 같았다. 이분도 월남에서 살다가 전쟁이 끝나는 바람에 이란으로 들어오신 분이다. 월남에서 살면서 같이 생활했던 월남여자하고 같이 이란으로 들어오셨기 때문에 아이들도 한국인 학교에 다니고 있었다. 월남여자의 아들이 6학년에 다니고 있는데 한국말도 잘하고 다른 아이들과도 잘 어울려서 놀기도 하고 착한 편이었다. 겉모양으로 봐서는 잘 모르겠지만 아저씨는 연세가 많았고 월남여자는 아직도 젊었다. 이란에서 살면서 술장사를 하고 있었기 때문에 누구라 하면 다 알 수 있는 분이었다. 왜냐하면 이란에서 제일 위험한 술장사를 하고 계셨기 때문이다. 이란에서 제일 싫어하는 것이 술장사이고, 그리고 정부의 단속도 심했다. 이란 정부에서 결사적으로 막고 있는 것이 술을 팔고 사고하는 것이기 때문에 술장사를 하려면 여간 조심하지 않으면 안 되는 일이었다. 오늘 돌아가셨다는 아저씨도 돌아가시기 직전에 이란 정부에 끌려가셨다가 심한 고문과 고통을 당하시고 나오셨다는 소문을 듣고 있었다. 그런데 기어이 돌아가셨다니 마음이 아팠다. 한번 밖에 주어지지 않는 인생이기에 더욱 아저씨의 삶이 불쌍하다는 생각에 마음이 편치가 않았다. 사람이 살다 보면 이런 일 저런 일도 많다지만 고통과 고난의 크기만큼이나 어둡고 슬픈 일들이 무수한 육신의 심중에 박히는 힘겨운 고달픔과 좌절, 그리고 애절한 사연들이 많은 것 같았다. 참 인생이란 구비 구비 치면서 흘러내리는 폭우처럼 어려움을 겪으면서 살고 있는 것이 바로 우리 인생의 삶이 아닌가라는 끊임없는 생각에 가슴이 애잔하고 아팠다. 한 영혼은 육체에, 또 한 영혼은 하늘나라로, 그리고 나머지 하나는 허공으로 날아다닌다는 말을 들은 기억이 생각난다. 아마도 아저씨의 한 영혼도 영원토록 이란 땅에서 떠날 수가 없을 것 같다는 생각을 해 보면서 나도 모르게 눈물이 흐르고 있었다. 한도 많고 서러움도 많았던 이 땅을 어떻게 떠날 수가 있겠는가, 하지만 정말로 영혼이 있다면 영혼이라도 훨훨 날아서 가시고 싶었던 고국의 땅으로 날아가셨으면 하고 바라는 마음이다. 그리스에서는 사람이 죽으면 가족 친지들이 즐거워한다는 말을 들은 것이 생각이 났다. 왜냐고 물었더니, 이 세상에 살 때는 매일 매일 근심 걱정이 하루도 떠날 날이 없지만 죽어서 하늘나라로 올라가면 아무런 걱정 없이 영원한 복락을 누린다는 말이었다. 그 말이 새삼 빛나는 태양처럼 머리에 반짝하고 떠올랐다.

이 세상보다는 하늘나라에 가서 살면 물론 더 좋겠지만 땅에서 살고 있는 우리 인간들이 천국으로 들어갈 수 있는 열쇠를 가지고 있는 사람이 과연 몇 명이나 될까 하고 생각도 해 본다. 하지만 이렇게 힘들고 고통 속에서 살았던 영혼들에게만은 천국의 열쇠를 가질 수 있는 특권이 주어지기를 하늘에 계신 하나님께 간절히 기도도 해 본다. 돌아가신 아저씨도 십수 년이 넘도록 한국에 계신 가족들을 그리워하시면서 눈물을 흘리셨다고 주위에 계신 분들의 말이었다.

한국에서는 또 남편을 기다리면서 눈물로 세월을 보낼 부인과 자식들을 생각하면 더욱더 가슴이 저리는 것 같았다. 언젠가 한번 술을 시켰더니 아저씨와 같이 살고 있던 월남여자가 차를 몰고 술을 가져온 적이 있었는데 우리가 말을 시키지 않았는데도 이런저런 말을 꾸밈없는 목소리로 한국말을 잘도 했었다. 우리 가족은 신기해서 같이 웃으면서 이야기한 적이 있었지만, 아저씨의 죽음 소식을 듣고 보니 그 월남여자의 웃음소리와 무언가의 앞뒤가 맞지 않는 한국말을 하면서 으스대던 월남여자의 모습이 순간적으로 나의 눈앞을 스쳐 지나가는 것이 마음에 걸렸다. 말도 통하지 않는 외국 땅에서 엄청난 고통과 수모를 당하시고 돌아가신 분이 너무 불쌍하고 애처로운 마음이었다. 이렇게 힘든 생애가 바로 "뜬구름 같은 인생"살이가 아니고 무엇이겠는가, 엄연히 우리의 조국 땅이 살아서 숨 쉬고 있는데 왜 이런 고통과 수모를 당하면서 그리고 여기저기 숨어다니면서 목숨까지 바쳐가면서 꼭 이란 땅에서 살아가야 했는지 소리라도 치고 싶은 심정이었다. 누구에게라도 속이 후련한 대답이라도 한마디 듣고 싶었다.

자랑할 수 있는 우리의 사랑하는 조국 땅이 있는데도 살아서 돌아가지 못하는 이유가 무엇일까 하고 생각도 해 본다. 별 볼 일 없는 나라에서 왜 우리의 조국이 있다는 사실을 깨닫지 못하고 이렇게 방황하다가 정신적인 고통 그리고 육체적인 고통과 수모를 겪으면서 조국도 아닌 메마른 이란 땅에서 눈도 감을 수조차 없을 정도로 한이 맺혀 죽어 가야만 한단 말인가. 아, 정말 물거품 같은 인생살이다. 정말 화가 나서 견딜 수가 없었다. 이런 거지 같은 외국 땅에서 죽을 것 같으면 왜 아름다운 우리 한국 땅에서 태어났단 말인가, 정말 의문스럽고 한탄스럽기까지 했다. 남편이 교민회에 들어 있었기 때문에 이분의 사생활에 대해서 어느 정도는 알고 있었기 때문이었다. 위험한 장사일수록 수익금이 많이 남는 모양이다. 돈을 많이 벌었다는 여러 사람들의 말이었다. 고생하면서 벌어들인 돈을 한번 옳게 써 보지도 못하고 갑작스럽게 돌아가셨다는 말들이었다. 어느 정도 돈이 모아지면 한국으로 돌아가실 생각도 하고 있었는데 이런 일이 생긴 것이다. 그리고 우리와 같은 한 핏줄 그러니까, 한 동족끼리 어울려서 가정을 이루고, 죽이 되든 밥이 되든 같이 살았어야 했는데 제2국의 여자와 살다 보니 힘들고 고통스러웠던 일들도 많았다는 주위 사람들의 말이었다.

월남여자는 아직도 젊고 날씬한 편이었기 때문에 이런저런 말 못 할 사연들이 수없이 많았다. 하여간 허무하게 죽어갈 인생이었다면 왜 그렇게도 위험한 곡예를 하면서 살아오셨는지 참으로 불쌍하기도 하고 안타까워서 견딜 수가 없었다.

그렇게 힘들게 위험을 감수하면서 많이 번 돈이 어디로 갈 것인지 궁금증도 생겼다.

한국에 계신 가족들에게로 보내진다면 그럼 다행한 일이 없겠지만 엉뚱하게도 다른 사람이 가진다면, 아저씨의 파란만장하고 숨 막혔던 어려움의 60년 동안 살았던 인생의 삶이 연기와 같이 한 순간에 사라질 것만 같아서 더욱 안타깝고 마음이 애잔하다. 그리고 아저씨의 영혼까지도 불쌍하다는 생각이 들었다.

이란 땅에 살면서 다시 한 번 인생의 허무함을 느끼면서 돌아가신 분의 명복을 진심으로 빌어 드리고 싶은 심정이다.

# “새우를 먹기 위해서”

혁명이 나고 전쟁이 터지면서 돈이 있고 학위가 있는 똑똑한 사람들은 다른 나라로 다들 떠나가고 이란에 남아 있는 사람들이 별로 없다고 말들 한다. 미국이나, 영국에서 공부를 하고 박사 코스를 거친 의사다운 의사는 찾아볼 수가 없다는 것이 현재의 이란 나라의 실정이었다.

하루는 한 건물에서 같이 살고 있는 아주머니와 같이 생선을 사기 위해서 아침 일찍 집을 나섰다. 우리 한국에는 시장에만 가면 무엇이든지 우리가 원하는 물건은 다 살 수가 있지만, 지금의 이란의 현실은 그렇지가 않았다. 조금이라도 가격이 싼 생선을 먹으려면 아침 일찍 서둘러서 집을 나서야 한다. 그리고 택시를 타고 “앵글럽”(혁명이 제일 먼저 시작된 거리 이름)에 생선가게가 있기 때문이다. 앵글럽까지 갈려면 택시를 타고 30분 정도 걸리는 거리였다. 이란에서도 시내버스는 있지만 남녀의 좌석이 완전히 따로 구분이 되어 있었기 때문에 몹시 불편했다. 뒤에 칸에는 차도르를 쓴 여자들이 타고, 앞 칸에는 남자들이 타는데 서로 간의 왕래를 할 수 없도록 칸막이를 설치해 놓았다. 물론 외국인들은 특별히 제일 앞줄에 자리를 마련해 주기도 하고 친절한 편이기도 하지만 우리는 시내버스는 승차하기도, 하차하기도, 불편해서 대중교통은 잘 이용하지 않는다. 그리고 버스를 타는데도 일찍 오는 순서대로 줄을 서서 기다려야 하기 때문이다. 이란에서는 어디서 무엇을 사든지 간에 오는 순서대로 줄을 서서 기다려야 한다. 여기 생선 가게에 와서도 일찍 온 이란 여자들 뒤쪽으로 가서 얌전히 서서 기다려야 한다. 그날그날 새로운 생선이 들여오는 것만 팔기 때문이다. 그리고 대량으로 들어오는 것도 아니고 한나절 정도 소비할 수 있는 양만 들여오기 때문에 일찍 와서 줄을 서서 기다리다가 그날 재수가 좋으면 차례가 와서 살 수도 있고, 중간에서 물건이 떨어지면 몇 시간씩 줄을 섰다가도 그냥 돌아와야만 한다. 오늘도 오전 7시에 나와서 오후 3시가 되어서야 겨우 새우 한 상자를 살 수가 있었다. 새우 한 상자라고 한다면 3kg짜리 한 박스를 말한다. 그래도 오늘은 재수가 좋아서 새우 한 상자를 살 수 있었기 때문에 아주머니와 나는 기분이 아주 좋았다. 콧노래를 부르면서 영업용 택시가 오기를 길가에 서서 기다리고 있었다.

그런데 오늘따라 영업용 택시가 영 잡히지 않아서 안절부절 하고 있을 때 자가용 한 대가 지나다가 우리 두 사람을 보고는 차를 세워서 타라고 손짓을 하는 것이다. 우리 두 사람은 서로 얼굴을 쳐다보면서 조금 망설였지만 너무 늦은 저녁 시간이라 반가워하면서 얼른 올라타면서 인사를 했다. "쌀람, 하리쇼마 후베" 라고 큰소리로 인사를 하고선 차 안을 얼른 둘러보았다. 운전석 옆 좌석에는 노인 한 분이 앉아 계셨는데 눈 한쪽을 여러 겹의 하얀 천 조각으로 감고 계셨고, 운전석에는 젊은 남자가 살짝 웃는 모습으로 운전을 하면서 우리 두 사람을 번갈아 쳐다보고 있었다. 가는 도중에 늦은 오후 퇴근 시간이다 보니 교통 체증이 심각할 정도로 차들이 많이 밀려서 가는 시간이 오래 걸렸다. 서로 말은 잘 통하지 않았지만 그런대로 대화가 이루어지고 있었다. 어느 정도 친숙해 지면서 옆 좌석에 앉아 계신 할머니에게로 시선을 돌렸다. 할머니는 계속 우울한 표정이셨고, 몹시 고통스러운 자세로 앉아 계셨다. 저녁 시간이라 차들이 홍수처럼 밀려서 길거리에 서 있는 시간이 너무나 지루했다. 나는 이란 남자를 쳐다보면서 서투른 이란말로 할머니께서 어디 편찮으시냐고 물어보았다. 젊은 이란 남자는 인상을 찌푸리면서 말을 하기 시작했다. 자기들은 병원을 찾아서 오늘 새벽 6시부터 지금까지 찾아다니고 있다는 말을 하면서 옆에 계시는 할머니를 다정하면서도 애처로운 눈빛으로 바라보고 있었다. 할머니는 눈이 우연히 아프기 시작하면서 지금은 아주 심한 상태이고 밤에는 잠도 잘 수 없을 정도로 아픔이 심하다고 말하면서 지금까지 병원을 찾아 돌아다녔지만 병명을 알고 있는 의사를 찾지 못해서 걱정이라고 말했다. 그러다가 우리를 발견했다면서 해맑은 미소로 바라보는 모습에 나는 이란 남자치고는 참 잘 생겼다고 생각하면서 가슴이 설레이는 것 같았다. 이란 남자는 계속 이야기를 하고 있었다.

겨우 병원을 찾아가면 휴업 중이고, 또 다른 병원에는 간호사는 있지만 의사가 없고, 그리고 의사가 있으면 무슨 병인지 확실히 알 수가 없다면서 다른 병원으로 가라고 한다는 것이다.

혁명이 나서도 계속 나라가 안정이 되지 않고 있으니 돈 있고 명성이 있는 사람들은 다 외국으로 빠져나가고 실력 있는 의사들은 찾아볼 수가 없다면서 정말 한심한 현실이라고 말하면서 깊은 한숨을 쉬고는 자기 어머니를 쳐다보았다. 자기 아들이 걱정하는 말을 듣고는 뒤를 돌아보시면서 자기 눈을 보여 주는데 정말 눈 뜨고는 쳐다볼 수가 없었다. 눈 주위에 부기도 있었지만 눈이 벌겋게 눈알이 앞으로 튀어나올 것만 같았다. 그러니 개인 병원에서는 손을 댈 수도 없을 만큼 상처가 심하다는 생각도 들었다. 우리는 서투른 이란말로 위로를 해 드렸지만 너무 고통스러워하시는 것 같아서 마음이 아프기도 했지만 위로가 되는 말을 제대로 할 수가 없었다. 정말 인간에게는 꿈이 꼭 필요하다는 생각이 들었다. 꿈은 희망의 결정체라고 할 수 있듯이 생명이 있는 곳에는 언제나 희망이 있고 목숨이 있는 한 꿈은 결코 사라지지 않는다는 것을 피부로 느끼면서 한순간도 희망 없이는 살 수가 없다는 생각을 하면서, 희망을 먹고 산다고 해도 당연한 말 같았다. 여기 할머니처럼 이렇게 아픔이 심할 때는 병이 하루속히 낫기를 소망하는 희망이 있기 때문에 아픔과 고통을 참아 가면서 하루하루 힘든 시간을 보내고 계실 것 같다는 생각도 들었다. 아들은 어머니를 애처로운 눈빛으로 바라보면서 조금만 더 참아 보시라면서 아주 다정하게 말하는 모습이 아름다운 연인들이 사랑을 속삭이는 장면처럼 느껴졌다. 이 두 사람의 모습이 우리 두 사람 눈에 크게 확대되어 들어오는 것 같아서 마음이 아팠다.

우리 한국 사회를 다시 한 번 생각해 볼 기회를 주는 것 같았다. 저렇게 늙고 병든 부모를 따뜻하게 자상하게 어루만져줄 수 있는 아들딸들이 얼마나 있을까 하고 생각하면서 나조차도 장담할 수 없는 일이 아닐까 하고 다시 한번 뒤돌아볼 수 있는 시간인 것 같았다. 나도 부모님에게 불효만 하고 살아왔기 때문에 나의 눈에는 더욱더 이런 모습들이 가슴속에 파고드는 느낌이었다. 부모와 자식의 사이가 언제나처럼 이렇게 자연스럽게 조화를 이루어야 하는 것이 아닐까 라고 생각도 해 본다. 그리고 이런 조화를 바탕으로 하지 않는 삶이란 무의미 할 것도 같았다.

이런 평화를 느끼게 하는 근본적인 것도 자연에서 오는 생명까지도 아름다운 조화라고 할 수도 있을 것 같았다. 차가 밀리는 바람에 한 시간이 넘게 걸려서야 우리가 원하는 목적지까지 올 수가 있었다. 이분들은 다시 병원을 찾아야 한다면서 급하게 떠나가셨다. 정말 고마운 분들이었다. 나는 할머니께서 하루속히 병이 나으시기를 마음속으로 간절히 기도했다. 같은 민족이고 속 시원하게 대화라도 할 수 있었다면 다시 한번 만나보고 싶은 사람들이라고 생각했다. 아주머니와 나는 입을 모아 그 사람을 칭찬했고 오늘은 정말로 재수가 좋았다고 말은 했지만 나는 마음속 깊이 느낀 점이 한두 가지가 아니었다. 서로 언어가 통해도 저렇게 병원 찾기가 힘이 드는데 우리네 같은 외국인은 오죽이나 하겠는가, 라고 생각하면서 이란에서 살려면 몸이라도 건강해야 되겠다고 다시 한번 다짐했다. 그런데 이란의 위도상의 변화와 지리적 고도의 영향을 받아서 기후가 한서의 차이가 격심하기 때문도 있겠지만 온도 차이가 심하고 체질 자체가 약해서인지는 몰라도 동양인들에게 특히 더 병이 많이 생기는 것 같았다. 바로 "풍토병"이다.

이 풍토병으로 인해서 다른 나라로 떠나가시는 분들도 많았다. 이 풍토병에 걸리면 이란 땅에서는 살 수가 없고, 병원에 다녀봐야 치료가 불가능하다는 것이다. 이 풍토병은 금방 생기는 병이 아니고 오래 살다 보면 지대의 영향을 받아서 서서히 몸속으로 파고들어 오는 병이라고 말할 수도 있겠다. 하지만 이 병은 이란 땅만 떠나가면 깨끗하게 낫는다는 사실이다. 정말 신기한 병도 있다는 생각도 들었다.

지대가 높아서 생활하는 데도 영향이 있고 일하는 능률도 오르지 않는다고 많은 사람들이 말들을 하신다. 그리고 보통 여자들이 많이 아픈 것을 보면 그만큼 신경이 예민한 데서 오는 영향도 있는 것 같다는 생각도 들었다.

# 슈퍼마켓에서 생긴 일

오늘도 이란 땅에서 10년이란 세월을 살다가 떠나가시는 분이 계셨다. 한국으로 가시는 것이 아닌 제3국으로 떠나가신다. 왜들 자기 조국을 버리고 다른 나라들을 찾아가는지 정말 알 수가 없다. 이란을 떠나는 모든 분들은 하나 같이 이란을 떠나기 싫어하는 분들이다. 이렇게 여기서 떠나가는 분들은 이란 정부에서 강제 출국을 시키기 때문이다. 그런데도 여기를 떠나기 싫어하면서 이란을 떠날 때는 모두가 아쉬워하고 눈물을 흘리면서 떠나들 가신다. 오늘 떠나가는 이 집은 여자가 하숙을 치면서 부식들을 팔아서 생계를 유지해 오고 있었다. 남편은 먼저 나가서 기다리고 있었고 그리고 여자는 아이들을 데리고 늦게야 나가는데 약한 여자의 몸으로 10년 가까이 일하면서 아이들과 같이 먹고살았으니 얼마나 심적 고통이 많았는지는 말하지 않아도 알 수 있을 것 같았다. 우리들 하고는 달리 특별히 어렵게 생활하다가 나가는데도 이란 땅을 떠나는 것이 몹시 서운하셨는지 그렇게도 슬피 울면서 떠나가는 모습이 왠지 가슴이 아팠다. 정말 이란이라는 나라가 역시 베일에 싸인 매력적이고 신비에 땅인 것이 확실한 것 같았다. 하루는 옆집에 살고 있는 아주머니와 같이 차도르를 쓰고 후르시(슈퍼마켓)에 갔었다. 여기는 후르시에 들어갈 때와 나올 때의 문이 따로 정해져 있었고 항상 조사를 하고 나서 들어가고 나가고 해야 한다. 들어갈 때의 조사는 머리끝에서 발끝까지 하얀 피부가 보이는 곳이 있으면 절대로 들어갈 수가 없기 때문에 눈만 빠꼼이 나오게 하고 머리부터 검은 수건으로 푹 덮어쓰고 들어가야 한다. 그리고 들고 들어가는 빈 쇼핑 가방도 아주 철저하게 검사를 한다. 검사하는 이유는 무기나, 폭탄 같은 것들이 들어 있는지, 없는지 확실하게 조사를 하고 나서야 안으로 들어갈 수 있는 행운을 얻을 수가 있다. 한국에서도 뉴스를 통해서 알고 있겠지만 얼마 전에 "팔레비 후르시(슈퍼마켓) 폭발 사고"는 다 알고 있을 것이다. 이후로는 더욱더 조사가 심해지고 강화되어서 들어가고 나오는 것이 엄청 까다롭다.

사우디 같은 나라에서는 외국인은 전혀 상관하지 않는다고 말들하는데 이란에서는 외국인이고, 내국인이고 간에 이란 땅에 살고 있는 사람은 무조건 자기 나라 국민이나 똑같이 이란 정부의 법을 따라야 한다는 것이다. 나도 이 후르시(슈퍼마켓)에 몇 번이나 갔다가 들어가지 못하고 돌아온 적이 있었다. 양말을 신어도 살색이나 비치는 양말은 절대 금물이다. 색깔도 이미 정해져 있었다. 양말을 신어도 진한 검정색으로 신어야 한다.

아주머니와 나는 이런 절차를 다 밟고 나서야 후르시 안으로 들어갈 수 있는 행운을 얻었다. 들어와서는 저절로 후유 하고 한숨 소리가 나온다. 지하로 내려가서 한 바퀴 돌면서 구경도 하고 우리들이 필요한 물건들을 골라서 계산대 쪽으로 와서 이란사람들이 줄을 서 있는 뒤쪽에 가서 차례를 기다리고 서 있을 때였다.

웬 이란 여자가 검은 긴 차도르를 덮어서고 질질 끌면서 우리들 앞으로 와서는 울먹이는 목소리로 무슨 말인가 하는 것이었다. 우리는 모른 척하고는 돌아서는데 더욱 바싹 옆으로 다가서더니 자기 지갑을 열고는 한다는 말이 돈을 좀 바꾸어 달라는 말인 것 같았다. 자기 지갑에서 돈이 아닌 수표를 꺼내어서 우리들에게 그 수표를 손에 쥐여 주면서 울먹이는 목소리로 이 수표로 계산하라면서 애원을 하는 것이었다. 아주머니와 나는 이 여자가 무슨 말을 하는지 잘 이해가 되지 않아서 서로 마주 보고 눈만 껌벅이면서 이란 여자를 쳐다보고 있었다. 이때 옆에 서 있던 다른 이란 여자가 그 이유를 한참 동안 천천히 설명해 주었다. 어느 정도는 이해가 되었다.

이란에서 지금 한창 전쟁 중이라는 것은 다 알고 있는 사실이다. 군인으로 전쟁터에 나가 있는 군인 가족에게는 돈 대신에 이런 수표를 준다는 말이었다. 그리고 전사한 유가족들에게도 돈 대신에 수표를 주는데 이 수표는 정부에서 지정해 놓은 곳에서만 사용할 수가 있고, 일반 가게에서는 수표를 받아 주지 않기 때문에 몹시 불편한 생활을 한다는 말이었다. 다시 말해서 우리들이 후르시 안에서 구입한 물건값을 줄 때에 현찰을 주지 말고 자기가 가지고 있는 이 수표로 물건값으로 계산을 하고 난 다음에 현찰을 자기에게 달라는 말이었다. 같이 온 아주머니께서 그럼 그렇게 하라면서 그 여자가 주는 수표를 받아 쥐고는 물건값을 다 치르고 나서 현찰을 계산해서 이란 여자에게 돈을 주고 계셨다. 나는 계산대에서 계산을 하면서 언 듯 뒤돌아보니 벌써 돈을 세어서 주는 것 같았다. 나는 얼른 계산을 치르고 나와서 “아주머니 웬 돈을 그렇게 많이 주는데,” 라고 말했다. 아주머니는 “아니야, 맞게 계산했어,” 하고는 나의 등을 미시면서 빨리 나가자고 말씀하셨다. 나는 그런가 하고는 미심쩍은 듯이 얼른 뒤돌아서 이란 여자를 쳐다보는데 그 순간에 그 이란 여자도 나의 얼굴을 빤히 쳐다보고 있었다. 그때 이란 여자의 눈이 반짝하고 빛나는 것 같았다. 정말 기분이 이상했다. 슈퍼를 나와서 조금 걷다가 나는 아무래도 이상해서 “아주머니”라고 큰 소리로 불렀다. 아주머니는 “왜 그래,” 라고 웃으시면서 나를 쳐다보았다. 나는 “아무래도 이상해요,” 라고 “뭐가 그렇게 이상해,” 라고 나는 아주머니에게 “그 이란 여자의 눈이 반짝했단 말이에요, 틀림없이 돈을 더 주신 것 같아요. 그러니 아주머니 집에서 나올 때 돈 얼마 가지고 나오셨는지 한번 생각 좀 해 보세요, 예,” 라고 아주머니는 오히려 내가 이상하다면서 “왜 그렇게 신경이 예민해,” 라고 말하고는 “그래 그럼 한번 계산해 보지 뭐,” 하시면서 지갑을 꺼내셨다. 아주머니와 나는 길에 서서 돈 계산을 하기 시작했다. 돈 계산 하시던 아주머니는 갑자기 펄쩍 뛰시면서 얼굴이 벌겋게 변하면서 ‘어마나, 정말 돈이 배로 더

갔는데,' 라고 어쩔 줄 몰라 하셨다. 나는 "봐요, 내 말이 맞잖아요,"라고 아주머니는 급하게 "빨리 돌아가 보자," 라고 하시면서 뛰기 시작했다. 우리는 숨이 차게 뛰어 들어가서 앞에 서 있는 사람에게 사정 얘기를 하고는 후르시 안으로 급하게 뛰어 들어가 보았지만 눈을 아무리 닦고 찾아보아도 그 이란 여자는 흔적도 없이 사라지고 없었다. 바람과 함께 사라지다가 아니고 현찰과 함께 눈 깜박할 순간에 사라지고 없었다. 그 이란 여자가 눈을 동그랗게 뜨고 우리를 쳐다볼 때 이미 그 여자는 돈이 많다는 사실을 알고 있었던 것이다. 그런데도 돈을 돌려주지 않고 자기에게 은혜를 베푼 우리를 외면하고 홀연히 자취를 감춘 그 자리에는 뽀얀 먼지만 남아서 날리고 있는 것 같았다. 우리는 멍하니 그 자리에 서서 두리번거리다가 할 수 없이 그냥 돌아서 나와야만 했다. 아마도 아주머니는 돈을 계산할 때 그 수표 속에 찍힌 액수와 그리고 현찰을 같이 계산해서 주면서 그 순간에 착각하신 것 같았다. 우리는 우울한 기분으로 투덜거리면서 돌아오는데 길가에서 나이 많으신 할아버지께서 동냥을 하고 계셨다.

여기 이란은 정말 재미나는 일들이 많다. 우리 한국에는 거지들이 하루 종일 동냥을 하고 다니지만 여기 이란에 거지들은 정오 12시만 땡 하면 자기가 앉았던 자리를 돌돌 말아서 안고는 집으로 돌아간다. 그리고 가게들도 낮 12시만 되면 정확하게 문을 닫는다. 처음 이란에 와서는 상점 문이 닫혀서 생각 없이 다른 가게로 찾아갔지만 똑같이 문이 다 닫혀 있기에 이상하다고 생각했는데 나중에 알고 보니 정오 12시만 되면 정확하게 문을 닫고 잠을 잔다는 것이다. 그리고 정확하게 오후 4시에 다시 문을 열고 장사를 시작한다는 것이었다. 이 말이 사실이었다. 처음에는 참 신기하기도 했었다.

그런데 이제는 당연하다는 생각이 들었다. 사실은 나도 이란에서 살았는지 몇십 년이 지난 지금도 낮에는 꼭 한두 시간씩 잠을 자는 것이 나의 일과다. 나는 동냥을 하고 계시는 할아버지에게 동전을 드리고 나서 돌아보니 아주머니께서도 지갑 속에 동전을 찾고 계셨다. 나는 얼른 “아주머니 그냥 가세요, 제가 드렸어요,” 라고 말했다. 아주머니는 “그런 소리 하지 마, 내가 주는 돈과 다른 사람이 주는 것은 전혀 달라, 그리고 이 할아버지보다는 내가 살아가는 데 어려움이 없기 때문에 조금이라도 도와 드리는 것이 당연하지 않을까,” 라고 말씀하셨다. 나는 “맞아요, 아주머니 말씀대로 하세요,”라고 말했다. 아주머니는 다시 말씀하셨다. “나는 말이야, 나보다 가난한 사람이 내 물건을 필요로 한다면 왠지 주고 싶어, 물론 생각보다 많이 요구한다면 망설이고도 싶겠지만 하지만 난 줄 수 있을 것 같아,” 라고 말씀하셨다. 나는 아주머니가 그런 생각을 하신다는 마음가짐이 정말 중요하다는 생각을 하면서, “저는 지금까지 아주머니의 이렇게 따뜻한 마음씨를 왜 몰랐을까요? 그리고 아주머니 말씀이 꼭 예수님께서 하신 말씀과 비슷한 것 같아요,” 라고 말했다. 아주머니는 “아니야, 각자가 생각하기에 달렸지, 아까 그 이란 여자도 불쌍한 생각이 들지 않아, 유가족이니까 아무래도 생활하는 데 많은 어려움이 있을 거야, 환이 엄마는 그런 생각이 들지 않아?" 라고 나는 "맞아요, 아주머니 말씀이 다 옳다고 생각해요," 라고 말했지만 나는 이상하게 조금은 미안한 생각이 들었다. 인간이라면 마음이 착하고 자기를 위하기에 앞서 남을 먼저 배려한다는 것이 쉽지만은 않을 것도 같았다. 그리고 이런 아름다운 마음씨를 가진 사람이 이 세상에 얼마나 있을까 하고 생각도 해 본다. 나 자신부터도 남을 먼저 배려할 수 없다는 생각이 들었다.

성경에 나와 있는 글귀가 생각이 난다. "재물이 있는 자는 하나님의 나라에 들어가기가 심히 어렵도다. 하시고 하나님의 나라에 들어가기가 어떻게 어려운지 약대가 바늘귀로 들어가는 것보다 쉬우니라," 라고 하신 말씀만 보아도 우리들이 재물이 많아도 가난한 자를 도와주기는 무척 어려운 것만은 사실인 것 같았다. 역시 하나님을 믿는 자와 믿지 않는 자의 중간에서 본다면 신앙이 있는 것이 좋겠다는 생각도 들었다. 세상을 사랑하면서 자신들의 풍족함과 즐거움으로 인생을 살다가 먼 후일 흙으로 돌아갈 때 하나의 인생이 속절없이 이 지구상에서 영원히 말소되고 말 것 같다는 생각도 들었다.

하지만 하나님을 진심으로 믿는 신앙인들은 자기 개인보다 남을 먼저 배려하고 어렵고 힘든 자들을 돌아본다면 먼 후일 흙으로 덮일 때는 하나님의 품속에서 거룩하고 영광스런 천국을 확신하면서 승천할 것 같다는 생각도 해 본다. 아주머니께서도 하나님을 열심히 믿는 신앙인이시기에 남에게 베푸시는 것도 다른 사람들하고는 완전히 다르다는 생각이 들면서 나도 아주머니와 같은 믿음과 사랑으로 하나님의 품속으로 들어가고 싶다는 생각에 순간적으로 가슴이 두근거리고 있었다. 이란에 와서 혁명이 나고 얼마 동안 한국인 성당에 다닌 적도 있었다. 지금은 남편을 따라서 기독교로 돌아와 있었지만 아직까지 진실한 믿음과 사랑이 부족하고 하나님 품속으로 들어간다는 것이 이렇게 힘이 드는 것인 줄은 정말 몰랐다. 아주머니는 그 이란 여자가 잘 살아 주기를 바란다는 말을 하실 때 나는 아주머니가 정말 진실하게 하나님을 믿는 자는 어딘가 달라도 다르고 생각하는 방식조차 건전하다는 생각에 고맙고 자랑스러웠다. 하나님을 믿는 자들이 신앙의 진리 속에서 삶의 보람을 찾고 믿음 속에서 하나님의 가르침과 그리고 참다운 진실의 복음을 전하는 신앙인들이 많아지면 좋겠다는 생각도 해 본다. 이 순간에 나도 하나님을 믿고 있다는 사실이 참 좋았다. 그리고 어디선가 한 줄기의 빛이 붉게 타오르면서 나의 작은 가슴 속으로 들어오는 동시에 행복과 기쁨이 가득 차면서 더욱 가슴속이 환희로 뜨거워지는 것 같았다. 나도 마음을 비우고 살아야겠다는 생각과 진실한 믿음으로 하나님 품속으로 한발 한발 들어가 보리라고 굳게 다짐하면서 오늘 하루 많은 일들이 내 마음을 흔들어 놓았다는 사실이 정말 기뻤다. 그리고 나만이 아는 따뜻하고 행복한 미소를 흘리면서 집으로 돌아왔다.

# "죽음 속의 돈과 딸들"

이란 땅에서 이렇게 매일 무의미하게 조그만 걱정이라도 생기면 무슨 큰 사건이라도 생긴 것처럼 괴로워하고 양미간에 주름을 있는 데로 다 만들어서 이 세상에서 제일 걱정이 많은 여자로 변하는 자신이 미련하고 바보스러울 때가 한두 번이 아니다. 숨 쉬면서 살고 있다는 것조차도 잊어버리는 자신이 얼마나 바보스러운지 혼자서 웃을 때도 많다. 가장 중요한 시기를 놓치고 있다는 나를 발견 하면서도 어떤 승부와도 겨루고 싶지 않았고 오직 자신과의 싸움에서 그 황량한 공백을 메우기 위해서 자유자재로 돌아가지도 않는 머리통을 보호하고 싶어서 눈을 감고 잠자는 것이 나의 지친 삶 속에서 빠져나오기 위한 수단이었다. 자신의 무능함을 감추기 위해서 잠을 자는 동안에도 쉬지 않고 봄, 여름, 가을, 그리고 겨울에도 물이 흐르면서 씻기듯이 이 사계절까지도 흔적조차도 남기지 아니하고 씻기듯이 흘러가고 있다는 사실을 너무나 잘 알고 있기 때문에 항상 불안하고, 초조하고, 무의미한 일상들이 속 빈 강정처럼 껍데기만 남아 있는 심정이라고 말하고 싶다.

주위에 나랑 같은 또래 여자들을 보면 모두가 활기차고 예쁘게 하루의 일과가 다 짜여져 있기 때문에 잠시도 쉴 시간이 없다면서 열심히 인생의 목표를 걸고 살아가는 사람들이 많은데, 나는 집안에서만 처박혀서 무엇을 하는지조차도 모르면서 숨 막히는 하루하루를 보내고 있을 때였다. 또 우리 한국 아주머니가 돌아가셨다는 소식이 들려왔다. 돌아가신 아주머니는 일본 회사에서 일도 하시고 장사도 하시면서 열심히 살고 계시는 분이었다. 얼마 전에 뇌를 수술받았다는 소식을 듣고 있었는데 아마도 수술이 잘못된 모양이었다. 돌아가신 아주머니는 처음 이란 땅에 오실 때 남편 따라서 온 것이 아니고 오빠를 따라서 이란 땅까지 오셨다는 것이다. 여기에 오시기 전까지는 한국에서의 생활이 몹시 어려운 가난 속에서 살다가 오빠를 따라서 여기까지 오신 것 같았다. 한국에 어린 딸 셋을 남겨두고 단신으로 이란 땅까지 올 때는 대단한 결심을 하고 오셨다는 것이다. 남편 되시는 분은 운전을 하셨는데 술을 워낙 좋아하는 바람에 술을 먹고 길을 가다가 교통사고로 돌아가셨다는 것이다. 너무 찌들었던 가난을 벗어나 보려고 약한 여자의 몸으로 발버둥 쳐 보았지만 무서운 가난을 이길 수도 피할 수도 없는 상황에서 허덕이고 있을 때 오빠 되시는 분이 운전직으로 중동에 오시게 되었다는 것이다. 오빠는 삶에 지쳐있는 동생을 보면서 안타까운 마음에 여동생이 너무 생활에 쪼들리고 힘들어 하는 모습이 안쓰러워서 이란 땅까지 같이 데리고 나왔다는 말씀이셨다. 이렇게 해서 여기까지 오신 것이 벌써 8년이란 세월이 흘렸고 오빠 되시는 분은 계약이 끝이 나서 다른 제3국으로 떠나가셨지만 아주머니는 그대로 이란 땅에 남아서 일본 회사에도 나가시고 술도 만들어서 팔고 해서 수입이 아주 좋았기 때문에 오빠를 따라가지 않았고 여기서도 얼마든지 여자 혼자 힘으로도 생활할 수가 있었고 한국에 있는 아이들에게 생활비도 풍족하게 보낼 수가 있었기 때문에 비록 이란에서 불법으로 살고는 있었지만 이런 것은 아무 문제도 되지 않았다는 말씀이셨다.

돈이 조금만 더 모아지면 한국으로 나가서 아담한 집을 짓고 아이들과 같이 행복하게 생활하는 것이 꿈이라고 말하면서 열심히 일만 하셨다는 것이다. 그렇게도 보고 싶었던 딸들 얼굴도 못 보고 돌아가셨으니 얼마나 원통하고 슬픈 일이겠는가, 죽기 전에 하신 말씀이 한국에 가고 싶다고 눈물을 흘리셨다는 말이 너무나 가슴이 아팠다. 아, 얼마나 마음이 아팠을까? 돌아가시기 직전까지 조국에 두고 온 아이들을 생각하면서 심중에 숨겨둔 아픔과 긴 인생의 여정이 끝나는 순간에도 눈을 감지 못하고 돌아가셨다는 말들이었다. 주위 분들의 말을 들으면서 참 인생이란 태어날 때 울고 마지막 가는 순간에도 울고 가는 것이 바로 인생의 한계구나 하고 생각하면서 나도 모르게 눈물을 소리 없이 훔치고 있었다. 조금만 더 벌어서 여기를 떠나려고 하신 것이 이제는 죽어서 말도 못 하는 시체 덩어리로 떠나가는 모습을 바라보니 “돈”이란 도대체 무엇이란 말인가? 하고 생각이 들면서도 우리 인간들이 돈 때문에 죽기도 하고 살기도 하는 돈을 그 누가 만들었는지 정말 알고도 싶었다. 시체를 놓고 우리 교민들이 많은 어려움을 겪었다. 깊이 생각을 안 할 수가 없는 것이 화장을 하느냐, 아니면 시체를 그대로 한국으로 운반하느냐에서 많은 갈등이 있었다. 이란에서는 화장을 하는 것도 몹시 어려움이 있는 것도 사실이었다. 그래서 한국으로 연락을 했더니 가족들이 하는 말이 화장하지 말고 몸 전체 그대로 보내 달라고 말하면서 어머니 얼굴도 보고, 만져도 보고 싶다는 말을 했다는 것이었다. 그리고 가족들이 알아서 처리하겠다고 울면서 다시 또 연락이 왔다는 것이었다. 아마도 죽어서 시체 그대로 한국의 품으로 돌아가신 분은 아주머니 한 분뿐일 것 같았다. 아주머니가 돌아가셨다는 소식을 들었을 때 밖에서는 소리 없이 이슬비가 내리고 있었다.

이란에서는 비가 잘 오지 않는다. 그런데 이날 저녁부터 시작해서 계속 이튿날까지 적지도 많지도 않게 부슬부슬 내리는 비가 우리의 가슴을 더욱 아프게, 그리고 진하게 적시어 주는 것 같았다. 죽어서도 눈을 감지 못하고 떠나가신 분을 바라보는 우리들의 가슴을 한없이 아프게 했다. 하늘에서도 눈물비가 내리는 것을 보고 더욱더 안타까워하면서 모든 사람들이 슬퍼하면서 눈물을 흘렸다. 아주머니께서 왜 이렇게 돌아가셨는지는 어느 정도 테헤란 교민들이 알고는 있었지만 나 또한 상세히는 알 수가 없듯이 떠도는 소문들을 다 적을 수는 없다고 생각했다. 그래도 아주머니의 아쉬운 인생길이 마음에 머물다 가는 것 같아서 조금만 적어 보았다.

아주머니는 기독교인이셨다. 교회에 나오셔도 자기 몸 아끼지 않으시고 봉사하셨고 한국에서도 집사 직분까지 가지신 독실한 기독교인이셨다는 말들이었다. 여기서도 자기 자신은 생각지 않고 일에만 몰두하셨고 빨리 돈을 모아서 한국에 있는 세 딸들을 대학까지 보내는 것이 꿈이라면서 입버릇처럼 말하셨다는 것이다. 참 부모란 자식들 때문에 살고, 죽기도 한다는 것을 새삼 느끼면서 마음이 아팠다. 돌아가신 아주머니는 먼저 죽은 남편에게만은 너무나 냉혹하게 저주를 했다는 말들이었다. 남편이 죽을 때까지 자기를 괴롭혔고 경제적으로 궁핍한 것은 견딜 수가 있었지만 자기를 못 견디게 괴롭힌 것은 참을 수가 없었다고 말했다는 것이다. 아주머니는 남편의 구타와 쌍스러운 욕들을 하나도 잊지 않고 생생하게 다 기억하고 있다면서 남편 흉을 볼 때는 놀랄 만큼 당당하게 말하는 모습이 눈에 선하다면서 주위 분들이 말들 하셨다. 이미 죽고 없는 남편을 그렇게 미워하셨다면 아마도 아주머니의 삶이 지치고 힘들 때라든지, 절망스러울 때가 아니었겠나 하고 생각도 해 본다. 남편에 대한 노여움이 불같았지만 살아생전에 그렇게 힘들게 살아가면서도 자신에게 슬퍼하는 모습은 볼 수가 없었다고 주위에서 말들 하셨다. 여기서는 여자 혼자 살아가기가 무척이나 어려운 현실이다. 물론 한국에서도 여자 혼자 힘으로 살아간다면 많이 힘들겠지만 그래도 서로 언어가 통하니 어려움이 덜 할 것 같았다. 여기서는 장사나, 술이라도 만들어서 팔려면 남자의 힘이 꼭 필요로 하기 때문이다. 이란에 단신으로 오신 남자분들도 많이 계셨고, 또 월남에서 바로 이란으로 오신 분들이 많이 계셨다. 그리고 여러 분야의 직종으로 왔다가 임기가 끝이 나면 그냥 여기서 머무는 분들도 많았다. 그중에서도 이란 사람과 결혼해서 행복하게 잘 살고 있는 남자나 여자들도 많았다. 서로 뜻이 맞으면 의지하면서 부부의 연을 맺고 살고 있는 분들도 많았다. 이렇게 살고 있는 부부는 서로의 사생활은 완전히 별개의 문제로 살아가고 있는 모습들을 볼 수가 있다. 그러니까 쉽게 말한다면 서로 각자가 살아가는 방식과 생각이 다르기 때문에 한 집에서 부부의 연을 맺고 살고는 있지만 각자의 사생활과 돈 문제는 별도로 나누어서 생활하고 있다는 점이다. 남자 혼자서는 할 수 없는 일이 있고, 또 여자 혼자서도 할 수 없는 일이 있기 때문에 서로 상부상조하면서 돈을 벌어야 하기 때문이다. 이런 여러 가지 조건으로 인해서 부부 아닌 부부로 살아가는 사람들이 많다는 사실이다. 이번에 돌아가신 아주머니도 예외는 아닐 것이다. 혼자서는 불가능한 일들이 많기 때문에 서로 도와가면서 살아야 했을 것이다. 어려움을 당할 때는 혼자보다 두 사람의 힘을 합해서 살아가는 것도 현명한 일이라는 생각도 해 본다. 한마디로 말한다면 계약 결혼이라고 말할 수도 있겠다.

아주머니가 돌아가시기 며칠 전에 한국에서 딸들이 보낸 편지가 교회에 와 있었다는 것이다. 세 딸들이 환하게 웃는 모습으로 나란히 서서 사진을 찍어서 편지와 함께 보내왔는데, 이날이 마침 주일이기 때문에 교회에서 그 편지를 읽으시면서 그렇게도 목을 놓고 울었다는 말들이었다. 막내딸은 어머니 얼굴이 어떻게 생겼는지도 생각이 나지 않는다고 말하면서 이제 그만 한국으로 들어오셔서 같이 살자고 울면서 이 편지를 쓴다고 말했고, 큰딸은 어머니 얼굴이 자꾸만 잊혀 간다면서 애절하게 글을 써서 보낸 편지를 읽으시면서 얼마나 서럽게 통곡을 하면서 울었는지 목이 메여 나중에는 혼절까지 하셨다는 것이다. 이때도 병원에서 나온 지 며칠 되지 않았기 때문에 건강 상태가 좋지 않았다는 주위 아주머니들의 말이었다. 처음 병원에 입원을 할 때도 주위에서 한국으로 나가서 치료를 받아야 한다고 그렇게도 말들을 했는데도 듣지 않았다는 것이다. 병원에서는 무슨 병인지조차도 모르는 상태였다는 말이었다.

아주머니께서는 평상시에도 혈압이 높았는데 며칠 전부터 계속 머리가 아팠다는 것이다. 그래서 병원에 입원을 했는데 여러 가지 검사를 받았는데도 확실한 병명이 나오지 않았다는 것이다. 병원에 누워 있으면서 하는 말이 자기는 아무래도 한국으로 나가서 병을 고쳐야 할 것 같다고 말했다는 것이다. 그러면서 병원에 누워 있으니 일도 할 수가 없고 또 병원비도 많이 들어가고 해서 집으로 나왔다고 말했다는 것이다. 그리고 집으로 나와서 며칠 지내다가 교회에 나오셔서 딸들의 편지와 사진을 보시고 실신한 사람처럼 울다가 정신을 잃고 다시 차에 실려 병원으로 가셨다는 말들이었다. 주위에 아주머니들이 그렇게 한국으로 들어가시라고 권유를 했고, 또 딸들도 어머니 오기를 애타게 기다리고 있으니 이제 이란에 있었던 모든 일들을 정리하고 한국으로 들어가서 병도 고치고 좀 편안하게 살아야 될 것이 아니냐고 수차 말을 했지만 아주머니는 아직도 자기가 모아야 할 돈이 부족하다고 말했다는 것이다.

돌아가시기 전날 저녁에 같이 한집에 살고 있던 아주머니를 불러서 하는 말이 난데없이 누구에게 돈 얼마를 빌려주었고, 또 돈이 어디에도 있고, 등등 이것저것 말하는 모습이 꼭 무슨 유언 비슷한 말을 했다는 것이다. 그래서 그 아주머니는 "아니 왜 죽을 사람처럼 말을 해,"라고 말하면서 "나에게 돈 있는 곳을 가르쳐 주면 어떻게 해,"라고 하시면서 빨리 병이나 완쾌할 생각을 하라고 말해 주고는 그 방에서 나왔다는 것이었다. 아마도 본인은 자기가 죽는다는 사실을 미리 알았는지도 모르는 일이었다. 이런 말을 하고 나서 밤 9시경에서부터 심하게 아프기 시작했고 말도 할 수가 없을 정도로 온몸을 꼬면서 고통을 호소했고, 그렇게 견디다가 자정 12시경에 다시 병원으로 실려 갔다는 것이다. 병원에서 응급조치를 하고 수술을 시작했지만 하는 도중에 계속 혼수상태였기 때문에 언제 죽었는지도 모르지만 죽었다고 연락이 온 것은 오후였다고 말을 했다. 그렇게도 아이들이 보고 싶어서 격렬하게 몸부림치면서 울부짖던 그 시각이 바로 엊그제였는데, 그리고 그렇게 살려고 억세게 일하시던 아주머니가 돌아가셨다니 어처구니가 없었다. 잠깐 사이에 온 테헤란 시내에 퍼져 나갔고 너무나 충격적인 죽음으로 인해서 테헤란 시내에 살고 있던 한인 교민 전체가 떠들썩했다. 결국 이렇게 비참하게 돌아가실 줄 누가 알았겠는가, 잘 살아 보기 위해서 그렇게도 몸부림쳤고, 어떤 험악한 운명의 신이 데리러 와도 싸워서 이길 줄 알았는데, 이렇게 허무하게 돌아가실 줄은 그 누구도 몰랐을 것이다. 마음속에 유일하게 삶의 즐거움이던 딸들의 그리움의 빛도 영원히 사라진 것이다. 테헤란에 살고 계시는 많은 교민들에게서 아주머니의 외로운 죽음 앞에 동정과 위로가 쏟아져 들어 왔지만 죽음은 영원한 것이라는 생각이 들었다. 오직 자기가 바라던 것은 돈을 열심히 벌어서 세 딸들을 행복하게 해 주겠다는 일념으로 살아오신 아주머니의 조그만 소망도 이루지 못하고 남편이 계신 곳으로 떠나가신 것이다. 병원에서 숨을 거두었지만 무엇을 그렇게 못 잊어서인지 두 눈을 감지 못하시고 계속 감기면 뜨고 또 감기면 뜨고 해서 할 수 없이 강한 접착제를 사용해서 두 눈을 감겼다니 얼마나 가슴 아픈 일인가, 이런 사실을 딸들이 알았다면 얼마나 사무치는 한이 뼛골 깊숙이 맺히겠는가, 같이 생활하셨던 아저씨도 많이도 울면서 인생이 너무나 불쌍해서 두 번 다시 바라볼 수가 없었다고 말하시면서 안타까운 마음이다, 라고 슬퍼하셨다.

머리에 조금 이상이 있을 때 한국으로 들어가서 치료를 받아야 된다고 주위에 친구분들이 그렇게도 말을 했는데도 돈이 무언지 그 더럽고 아쉬운 돈 위력 때문에 목숨까지 버리고 사랑하는 딸들 얼굴도 못 보고 떠나갔으니 얼마나 원통했으면 눈도 감지 못하고 죽어 갔다는 소문에 한인들의 마음을 더욱 아프게 흔들어 놓았다. 목 놓고 울고 있는 사람들도 있었다. 하늘도 한 많은 인생을 살다가 가는 한 여인의 안타까운 죽음을 슬퍼하셨는지 부슬부슬 비가 이틀 동안이나 내렸다는 사실이다.

한인들 마음은 한결같이 모두가 슬픈 비애를 맛보았고 며칠 동안 잠도 못 자고 테헤란에 살고 계시는 여자분들은 우울증에 시달리면서 허덕이는 사람들도 있었다. 비록 그렇게 허무하게 인생의 절반을 살면서도 마음껏 울지도 웃지도 못하고 돌아가셨지만, 교민들의 심경을 울려준 분이라는 것은 확실한 것 같았다. 그리고 이곳에 상사 팀으로 나와 있는 D 회사에서는 이 슬픈 소식을 듣고는 특별히 기쁜 소식을 주셨다. 돌아가신 아주머니의 딸들이 고등학교를 졸업하면 무조건 회사에 입사시킬 것을 약속했고, 한국대사관에서도 큰 배려를 해 주셨고 또 교민회에 교민들 그리고 기독교 단체에서는 시체가 비행기를 타고 떠나는 날까지 물심양면으로 자신들의 일처럼 도와주시는 모습들이 옆에서 바라보는 우리들이 감탄할 정도로 고맙게 잘해 주셨다. 모두들 차고도 넘치는 사랑으로 자발적인 감정으로 돌아가신 분을 위해서 힘 쓰시는 모습들이 너무나 아름답다는 생각이 들었다. 역시 하나님의 자녀라는 사실을 깨닫게 해 주는 것 같았다. 아마 테헤란에도 한국 방송이나 신문사가 있었다면 특종 기사로 보도되었을 것이다.

세 딸들도 어머니를 생각해서라도 삶의 대열 속에서 뒤지지 말고 환희와 좌절이 엇갈리는 삶이 되지 않기를 바라면서 훌륭하게 자라주기를 간절히 바라는 마음이다.

# “돈돈돈”

수명에 대한 욕심을 한껏 내 보지만 머리카락 하나도 희게, 검게도 할 수 없는 약하고 연약한 것이 사람이다. 끊임없이 부대끼고 쓰라린 삶을 살다가 죽어가는 영혼들을 볼 때마다 가슴속에 맺히는 복잡하고 불투명한 쓰라림과 아픔을 감당할 수가 없다. 그리고 인간이기 때문에 남의 허물을 말할 수도 있고 욕을 할 수도 있다는 생각도 해 본다.

이 말 때문에 항상 조용해질 수가 없는 것이 사람들의 부딪침이다. 성경 말씀에도 “어찌하여 형제의 눈 속에 있는 티는 보면서 네 자신의 눈 속에 있는 들보는 왜 보지 못하느냐” 라는 말씀이 있듯이 자기 잘못은 알지 못하고 남의 허물만 보고 욕을 하고 흉을 본다는 것은 사실 신이 아닌 이상 사람이라면 얼마든지 할 수 있는 일이 아닐까, 하고 생각도 해 본다. 나 자신도 이런 일에는 노력하는 편이지만 남을 이해하고 사랑으로 감싸줄 수 있는 사람들이 얼마나 있을까 하고 가끔 생각도 해본다.

말하다가 보면 자신도 모르게 생각지도 않은 말이 툭 튀어나올 때가 있어서 입장이 곤란할 때가 참 많다. 바로 마음의 수양이 부족하다는 뜻일 것이다. 하지만 남의 이야기지만 외롭게 혼자 지친 삶을 살고 계시는 분들의 얘기도 해 보고 싶다. 여기서 안정된 직업도 없으면서 여기저기 떠돌아다니면서 생활하시는 분들이 생각보다도 많이 계신다. 나이라도 젊으면 여자라도 있을 것이고, 말재주라도 있는 남자들은 월남 여자라도 데리고 와서 살지만 그나마 돈 없고 나이가 든 분들은 혼자 외로운 생활을 하시면서 초라하게 살면서도 한국으로 돌아갈 생각은 하지 않고 술로 하루하루 보내는 분들을 보면 정말 답답한 마음이다. 별다른 직업도 없으면서 어디선가 눈먼 황금 덩어리라도 떨어질 날을 기다리면서 고달픈 노년에 쓸쓸한 삶을 살고 계시는 분들이 생각보다 많기 때문이다. 우리 집에 가끔 오시는 아저씨의 연세도 62살인데 나이보다 더 늙어 보인다. 치아는 다 빠져서 입이 오므라들고 주름이 깊은 이마에는 고뇌하면서 견딘 세월의 흔적이 보였고, 얼굴 전체는 가는 주름으로 쪼글쪼글 한 얼굴하며, 그리고 헝클어져 있는 흰 머리카락을 길게 늘어뜨리고 있는 모습에서 지금까지 쉼 없이 흘러가는 세월의 삶 속에서 얼마나 고달프고 험난한 길을 걸어오셨는지 한눈에 알 수 있었다. 얼굴은 그 사람이 어떤 삶을 살아왔는지를 말해 준다는 말도 있듯이 아저씨는 외국으로만 돌아 다니 신지가 20년이 넘었다고 자랑 비슷하게 말씀하시지만 매일 술을 드시고 신세타령을 할 때는 너무 가엾고 안쓰럽다. 허구한 날 소주병을 끼고서 이집 저집 옮겨 다니시면서 힘든 일 그리고 궂은일은 다 하시면서 하루하루 겨우 살아가는 아저씨가 참 안타깝다. 어느 날 마침 아저씨랑 이런저런 얘기를 나눌 수 있는 한가한 시간이 생겼다. 나는 아저씨에게 한국으로 들어가셔서 편안하게 살면 좋겠다고 말씀드렸다. 아저씨는 한마디로 잘라서 돌아갈 수가 없다고 분명하게 말씀하셨다. 나는 다시 말했다. "아주머니와 아들딸들이 보고 싶지 않으세요,"라고 아저씨는 "왜 안 보고 싶겠어, 보고 싶다 마다지, 사실 어젯밤에도 서울에 전화했더니 며늘아기가 받았어, 하는 말이 아버님 이제 그만 한국으로 들어오세요, 라고 하면서 야단이야," 라고 하시면서 쓸쓸하게 웃으셨다. 나는 "그러니 아저씨 여기서 이렇게 고생하시지 말고 얼른 들어가세요, 여기서 하시는 일도 별로 없으시면서 왜 이런 고생을 하시고 계세요," 라고 말했다. 아저씨는 정색을 하시면서 하는 말씀이 "돈 돈 돈이 없이 어떻게 들어가나, 외국에서 20년이나 살다가 가면서 돈이라도 있어야지, 나는 돈도 없고, 몸만 이렇게 폭삭 늙어 버렸지 뭐야, 그리고 사실 나는 마누라에게 할 말이 없잖아, 마누라 혼자서 20년이 넘도록 고생하면서 아이들 뒷바라지했지만, 나는 아이들에게도, 마누라에게도, 그 무엇 하나 해 준 것이 아무것도 없다네," 라고 하시면서 견디기 어렵다는 고통스런 표정으로 "세월은 참 매몰차게도 지나가지만 또한 이길 수도, 붙잡을 수도 없는 것이 세월이야," 라고 하시면서 힘없는 눈동자에 눈물이 가득 고이고 있었다. 나는 아저씨의 얼굴을 바로 쳐다볼 수가 없었다. 아저씨의 허약한 육신이 눈에 보이는 것만 같아서 마음이 애잔했다.

사실 지나고 보면 화살처럼 한순간에 지나가는 세월이 무섭기도 하다는 생각도 들었다. 나는 또 한마디 했다. "아저씨 꼭 무엇을 해 주어야 남편이고 아버지가 되는 것은 아니잖아요, 병들고 늙으면 가족들에게로 돌아가는 것이 당연한 우리 한국 사회에 대표적인 정서라는 사실을 모르세요," 라고 말씀 들었다.

아저씨는 꺼져가는 목소리로 "아직 자네는 아무것도 몰라, 그리고 남의 일이라서 그런 말도 할 수가 있지, 나는 20년 동안 나 한 몸만 위해서 살아왔는데도 지금 요런 모양, 이런 모습으로 변해 있는 나 자신이 못 견디게 싫어," 라고 길게 힘없이 말하시는 늙고 초라한 아저씨 눈에서는 금방이라도 눈물이 쏟아질 것만 같았다. 아저씨를 바라보고 있는 나는 아저씨가 험난한 길 위에 힘들게 외롭게 서 있는 것만 같아서 가슴이 아렸다. 그리고 다시 말했다. "아저씨 그것은 잘못 생각하신 거예요. 이제라도 늦지 않았어요. 아주머니 품으로 가셔서 좀 행복하게 해 드리세요. 여기서 이렇게 혼자 고생하시는 것보다 이제는 한국으로 가셔서 아주머니와 같이 오손도손 행복을 쌓는 것도 그리고 같이 고생을 하시는 것이 앞으로 남아있는 삶이 더 보람 있을 것 같아서 그래요. 아드님도 결혼을 했고, 딸들도 다 출가를 했다면서 이제는 아저씨 아주머니 두 분만 행복하게 살면 되겠네요, 뭐," 라고 말했다. 아저씨는 내 말이 한심하다는 투로 "그 참 답답하네, 그렇게 살려면 돈 돈 돈이 있어야 되는데 돈이 없는데 어떻게 해," 라고 깊은 한숨을 내 쉬시면서 아저씨는 내가 하는 말이 그렇게도 생각도 없고 철부지 같은 말로 들렸는지 혀를 차시면서 얼굴 가득 주름을 만들어 가면서 합죽한 입을 들썩이면서 눈에는 눈물이 가득한 눈망울로 나를 한참이나 말없이 바라보셨다. 아저씨 말씀이 아들딸들이 다섯인데 외국으로 나오기 전만 해도 생활이 어려워서 어딘가 다른 나라로 갈 수만 있다면 나가서 목돈이라도 좀 마련해 볼 욕심으로 여기저기 기웃거리다가 마침 기회가 닿아서 월남으로 떠나는 기술진으로 합세를 해서 한국을 떠나게 되었다고 말하셨다. 그때는 너무 좋아서 꿈인지 생시인지도 구별하기 힘들 정도로 한 마디로 얼씨구절씨구 이었다는 말씀이셨다. 월남에만 가면 당장에 돈이 쏟아질 줄 알았다는 것이다. 그래서 처음으로 부인에게 화끈하게 큰소리 한 번 치고 나니 속이 다 후련했다고 말하시는 아저씨는 합죽한 입을 크게 벌리면서 모처럼 환하게 웃으셨다.

아마도 아저씨는 부인에게는 남편으로 또 자식들에게는 아버지이고 싶었던 모양이셨다. 그리고 오실 때는 가족들의 환호와 박수를 받으면서 떠나 왔다면서 잠시 잠깐이지만 그 당시의 추억을 회상하시면서 슬픈 미소로 눈물이라도 흘릴 것만 같았다. 지금 이 순간에 나에게 제일 필요한 것은 돈 돈 이라고 말하셨다. 다 늙어서 돈 한 푼 없는 멍청이 같은 영감으로 그 누구에게도 필요로 아니 소용이 없는 남편과 아버지로 이렇게 초라하게 돌아가야 한다면 자기는 영원히 돌아갈 수가 없다고 말씀하실 때 너무 안쓰럽고 불쌍해서 바로 쳐다볼 수가 없었다.

아저씨는 또 한마디 하셨다. 남편이 큰소리 쾅 치면서 외국으로 나간다고 말을 하니까, 마누라도 당장에 부자가 되는 줄 알고는 한국을 떠나올 때까지 온 가족들이 정말 잘 대해 주었다면서 순수하고 해맑게 웃으시는 아저씨의 모습이 철없는 장난꾸러기 소년 같다는 생각도 들면서 마음이 시리고 아팠다.

떠나 올 때와 막상 와서 보니 생각하고는 전혀 달랐다는 말씀이셨다. 처음 얼마 동안은 월급 탄 돈을 부쳐 주었지만 계약이 끝이 나고부터는 떠돌이 생활이 시작되었다는 것이다. 그 후로는 마누라 혼자서 생계를 꾸려가야 했기 때문에 자기는 아무것도 모른다는 말씀이셨다. 무엇을 해서 먹고 살았는지, 그리고 아이들 다섯을 어떻게 키우면서 공부를 시켰는지, 생각만 해도 나에게는 크나큰 고문이고 고통과 괴로움이라면서 가족을 만난다는 자체가 무섭다고 말씀하셨다. 그리고 마누라가 엄청 고생을 많이 했을 것이라면서 기어이 참았던 뜨거운 눈물이 가슴으로부터 흘러내리고 있었다.

지금 큰아들이 대령이라고 말하면서 창밖으로 저 멀리 눈길을 돌리면서 눈물이 가득한 시선을 던지시는 모습이 너무나 외롭고 쓸쓸해 보였다. 나는 아저씨의 뒷모습을 쳐다보면서 "아저씨, 아저씨는 왜 그렇게 돈을 못 버셨어요,"라고 물었다. 아저씨는 손바닥으로 얼른 얼굴을 훔치시면서 "돈도 많이 벌기는 벌었지, 그런데 돈이 들어오면 여기보다 더 좋은 데가 없는가 하고 찾아다니다 보니 여기 중동 땅 이란까지 들어오게 된 거야,"라고 말하셨다. 기술이라고는 고작 운전밖에는 할 수가 없으니 어디 정상적인 직업을 구하기란 하늘에 별 따기보다 더 어려우니 비공식으로 벌어서 겨우 입에 풀칠이라도 했다는 말씀이셨다. 사나이로 태어나서 자기가 가지고 있는 모든 능력을 다 하고서도 성공하지 못한 것은 역시 자기 분수를 일찍 깨닫지 못했기 때문이라고 말하셨다. 송충이는 솔잎을 먹어야 살아갈 수가 있듯이 나 또한 솔잎을 떠나서는 살 수 없다는 것을 이렇게 늦게야 깨달았다고 말하셨다. 물론 사람들 중에는 머리가 잘 돌아가는 사람들은 돈도 많이 벌고 떵떵거리면서 회사도 차리고 호의호식하면서 잘 살고 있는 사람들도 많았다. 하지만 못 배우고 머리에 든 것이 없다면 이런 국제 노동판에서는 운전 기술하나로는 밥 벌어 먹고 살기는 힘이 들 것도 같았다. 아저씨는 슬픈 표정으로 이란 땅에서 할 수 있는 일이란 장사 아니면 비공식적인 일 뿐이다, 라고 말씀하셨다.

# 다시 제3국으로

남편은 아주 광적인 열정으로 낚시를 좋아한다. 성격이 급한 사람이 낚시를 어떻게나 좋아하는지 테헤란 시내 근처에는 낚시할 곳이 없지만 외딴곳으로 멀리 나가서 깊은 골짜기마다 물이 흐르고 있는 곳은 용하게도 열심히 찾아다닌다. 남편과 같이 낚시를 즐기시는 아저씨 이야기로 시작해 보고 싶다. 아저씨는 아주 독실한 기독교인이시다. 교회에서 일어나는 많은 어려운 일들을 도맡아서 하시는 모습을 주위에서 많은 분들이 보면서 열성이 대단한 분이라고 칭찬들이 자자하다. 아저씨는 진실한 교인답게 하나님의 자녀라는 일컬음을 받을 정도로 믿음이 좋으시고 가진 것이 없지만 올바르게 살아가신다고 주위에 많은 분들이 말씀들을 하신다. 가족들과 오랜 세월 동안 떨어져 살면서 산전수전 다 겪고 살았지만 불편한 점이 별로 없으시다면서 편안한 얼굴로 말하시는 모습이 나의 눈에는 애처롭게 보이는 까닭이 무언지 알 수가 없다. 항상 변함없는 한결같은 모습으로 대하는 것이기 때문인지도 모르겠다. 얼굴에 주름은 별로 없지만 머리카락이 하얗게 변해있는 모습이 아주 강인한 삶을 살아오신 느낌을 받았다.

지금은 이란 땅을 떠날 준비를 하고 있다고 말씀하셨다. 제3국으로 나가기 위해서 이란 정부에 불법으로 살아온 10년 세월을 다 밝히고 벌금 미화 천 불을 이란 정부에 주었는데도 아직까지 해결이 되려면 몇 달이 더 걸려야 자유인이 된다고 말씀하셨다. 지금까지 불법으로 생활해 오면서 많은 고통과 애로가 있었다고 지난날의 삶을 회상 하시면서 괴롭고 힘들 때는 마음을 비우는 연습도 했고, 그리고 인생은 결국 언젠가는 혼자서 가는 독립적인 존재라는 것이라고 말씀하셨다. 아저씨의 넉넉한 인품의 향기가 자연스럽게 우러나는 삶이라는 생각도 들었다. 여기서 혼자 생활하고 계시는 아저씨들은 보통 연세들이 60세를 넘기신 분들이 많기 때문에 자주 식사 대접도 해 드리는 편이다.

오늘도 아저씨 몇 분을 모시고 저녁 식사를 대접해 드리는 과정에서 서로 지나온 과거를 말씀들 하셨다. 오늘은 낚시를 좋아하시는 아저씨의 30년의 세월을 뒤돌아보는 시간인 것 같았다. 모여있는 우리들의 얼굴에는 모두 심각한 표정으로 아저씨 30년의 주마등처럼 흘러가 버린 세월을 돌이켜보는 순간인 만큼 열심히 귀를 기울이고 있었다. 아저씨도 처음에는 월남으로 가서 몇 년 살다가 전쟁이 끝이 나면서 다시 캄보디아로 건너갔다가 돈벌이가 신통치 않았기 때문에 다시 황금의 시장으로 소문이 난 이란 땅으로 건너오셨다는 것이다. 이란 땅에 오신지도 벌써 10년이란 세월이 흘렀다면서 쓸쓸한 표정으로 말씀하셨다. 한국에도 한 번쯤은 들어가 보고 싶었지만, 물론 돈도 여유가 없었지만, 도저히 가족들 얼굴 볼 면목이 없어서 한국 가는 것을 포기했다고 말하셨다. 그래도 지금까지 이렇게 살아온 것은 다 하나님 보호 아래 몸 건강하게 별 어려움 없이 잘 살아왔다고 말씀하시면서 돈은 크게 만져 보지 못했지만 내 입 하나 거미줄 치지 않게 해 주신 하나님의 은혜만 생각해도 너무나 감사하다고 말하셨다. 외국으로만 떠돌아다녔기 때문에 가족들에게 돈을 많이 보내주지 못한 것이 죄라면 죄지만 그래도 지금까지 부끄럼 없는 삶을 살았다고 말씀하셨다. 아저씨의 얼굴에는 잔잔한 미소가 행복한 미래로 채워지는 것 같아 보였다.

사실 다른 사람들처럼 위험을 무릅쓰고 한탕 크게 뛰었다면 지금쯤 몇십만 불의 돈이 은행에 예금이 되어 있을 것이지만, 하나님의 뜻이 아닌 것으로 알게 된 동기를 말해 주시기 시작하셨다. 처음에 이란 땅에 와서 보니 다른 사람들도 다 그렇게 해서 돈을 벌고 있었기 때문에 나라고 못 할 일이 아니라고 생각하고는 한탕 뛰어 보기로 결심을 하고선 멀리 다니면서 장사하는 사람들 틈에 끼었다는 것이다. 물론 위험하다는 말은 들었지만 단 한 번만 하리라고 생각을 하고선 여러 사람들의 돈을 모아서 남쪽으로 물건을 하기 위해서 같은 동료 4명과 함께 큰 트럭을 몰고 남쪽으로 길을 떠나기 시작했다는 말씀이셨다. 여러 사람이 같이하는 일에 가담하기는 처음이기 때문에 조금 마음이 불안하기는 했지만 결과만 좋게 끝이 난다면 상관이 없다고 결론을 내렸고, 혼자서는 생각조차 할 수 없는 일이기 때문에 이렇게 해서라도 돈을 좀 벌어 보려고 했던 것이라고 말하셨다. 테헤란 시내에서 출발해서 남쪽 바다까지 도착하려면 4일에서 5일이 걸리기 때문에 가는 도중에 차를 세워놓고 허허벌판 광야에서 잠을 자야 한다는 것이다. 한국처럼 중간중간 마다 여인숙이나, 식당이나, 그리고 집들이 있는 것이 아니고 그대로 허허벌판이 끝도 없이 넓은 광야로 펼쳐져 있었기 때문에 장거리를 여행하려면 식사 준비와 잠잘 준비를 다 챙겨서 떠나야 한다는 말씀이셨다.

가는 도중에 들판에서 밥도 끓여 먹으면서 또 가고 해도 이란 땅이 얼마나 크고 넓은지 목적지까지 갈려면 며칠씩 걸려야 한다는 것이다. 아저씨네 일행도 가면서 중간에서 자고 또 밥도 해 먹고 가는데 3일째 되는 날 밤에도 예전과 같이 차를 세워 놓고 차 안에서도 주무시고 아저씨는 운전을 맡았기 때문에 운전석에 앉아서 그대로 주무셨는데 이상하게도 그날은 잠이 오지 않아서 늦게야 겨우 잠이 들었다는 것이다. 얼마나 잤는지 모르겠지만 가슴을 누르는 압박감에 눈을 뜨는 순간 처음 얼마 동안은 꿈을 꾸고 있는 줄 알았는데 갑자기 옆 주위에서 비명 소리가 터지면서 막 뛰어가는 소리도 들리고 결투를 벌이는지 소란스러워서 다시 눈을 크게 뜨고 벌떡 일어나려는 순간 몸을 움직일 수가 없었고, 손도, 발도, 모두가 꽁꽁 묶여 있다는 사실을 늦게야 깨닫게 되었다고 말하셨다. 다른 모든 소리들이 멀리서 아련히 귓가에 들려오는 것이 꼭 도깨비에게 홀린 것이 아닌가 하고 다시 머리를 흔들어 보기도 했지만 꼼짝도 할 수가 없었고, 그때서야 엄청난 사건이 터진 것이 분명한 사실이라고 생각했다는 것이다. 현실이라는 사실에 너무 놀라서 내 몸속을 돌고 있는 뜨거운 피조차 작동을 멈추었는지 몸이 빳빳하게 굳어져서 완전마비가 되어 있는 것 같았다고 말하시면서 한참 동안 두 눈을 감고 계셨다. 며칠 동안 자신에게 자신감을 주기 위해서 나대로의 거대한 탑을 높게 쌓아가면서 피곤한 줄도 모르고 여기까지 왔는데 하룻밤 사이에 이런 엄청난 일이 벌어졌다는 사실이 믿기지가 않았다는 것이다. 그렇게 위험한 월남전에서도 살아서 나온 내가 이 정도에서 무너져 버릴 수는 없다고 생각을 굳게 하고는 죽은 듯이 조용히 있었다는 것이다. 단 한 번에 한몫을 잡아 보려고 했던 자신의 어리석었던 생각이 큰 실책이었다고 생각하면서 하나님도 단 한 번의 비공식도 허락하시지 않는다는 사실을 다시 깨닫게 되었다는 말씀이셨다. 한 번의 죗값 치고는 너무 잔혹한 느낌이 들 정도로 나의 몸은 부서지고 있다는 사실을 알고 있었지만 비명소리 조차도 지를 수가 없었고, 말도 통하지 않는 터키말로 계속 지껄이면서 묻고 또 몇 사람은 돌아가면서 몽둥이로 계속 때리는데 자신의 죄로 돌리기는 너무나 엄청난 고통과 시련이고 현실이었다고 말씀하시는 아저씨의 강인한 사나이의 두 눈에 눈물이 가득 고이고 있었다.

아저씨 이야기는 계속되고 있었다. 나머지 사람들은 어디로 도망을 쳤는지 흔적조차도 없었고, 한참 후에야 그들을 잡으려고 갔던 일행들이 돌아와서는 말은 통하지 않았지만 말하는 투가 다 놓쳤다는 말인 것 같았지. 그때는 숨이 콱 막히는 심정으로 차마 두 눈을 뜰 수가 없었다고 말하셨다. 이놈만 남았으니 어디 한번 족쳐 보자는 말투에 눈앞이 캄캄해지는 마음이었고, 어두워서 사람들 얼굴은 볼 수가 없었지만 우리 한국으로 말하자면 산적이나 강도쯤으로 생각하면 되겠지, 라고 말씀하면서 꽁꽁 묶여 있으니 움직일 수도 없었고, 때리면 때리는 대로 이리저리 끌려다녔고 얼굴에는 어디가 터졌는지 알 수는 없었지만 눈으로, 입으로, 코로, 그리고 귀에서도 구멍이 나 있는 곳은 다 피가 쏟아져 나왔고, 계속 매를 맞고 있는데도 이상한 것은 정신이 더욱 말짱해지는 이유가 무언지 알 수가 없었다고 말씀하셨다. 외국 생활 20년에 이렇게 매 맞아서 죽는구나 하고 자신의 운명을 생각하니 인생이 참 불쌍하다는 생각이 들면서 이런 와중에도 자신을 돌아볼 수 있는 순간이기도 했다는 것이다. 나는 차마 아저씨의 얼굴을 바라볼 수가 없었다. 눈물 콧물이 범벅이 되어 흘러내리고 있었다.

이런 처참한 모습을 가족들이 보았다면 어떻게들 생각 할까 하고 가족들 얼굴을 하나하나 떠올리면서 그리고 용서도 열심히 빌었다고 말씀하셨다. 기어이 아저씨의 조그만 눈에서는 뜨거운 눈물이 흘러내리고 있었다. 아저씨는 두툼한 손등으로 얼른 눈물을 훔치시면서 그다음 얘기로 넘어가고 있었다. 나는 죽었다고 생각을 했고, 계속 악몽 속에서 몸부림치고 허덕이면서 이제는 정말 그 무엇도 재기할 수 없다는 생각으로 처참함을 맛보면서 눈을 번쩍 떴는데 눈앞에는 하얀 무늬로 된 하늘이 보였기 때문에 이제 나는 죽어서 지옥이 아니면 천당으로 왔을 것이라고 생각을 하고 다시 눈을 크게 감았다가 뜨는 순간 멀리 아주 멀리서 아련하게 "와" 하면서 환호성이 울려퍼지는 것이었지, "야! 너 살았구나, 이제는 정말 살았구나, 야, 너 살았지 응," 하면서 같이 간 일행들의 울먹이는 목소리가 여기저기서 들려오고 있었다. 눈을 떴으니까 살기는 살았구나 하면서 누군가 주먹으로 벽을 쾅쾅 치는 소리도 들려왔고, 여러 사람들의 목소리도 요란하게 들렸다는 것이다. 그런데 고개를 돌릴 수도 몸 전체를 움직일 수도 없었고 다만 두 눈만 떴다가 감았다가 하는 정도였다고 말하시면서 길고도 깊은 한숨을 푹 내쉬셨다. 몸이 처참하게 일그러져 있었다는 사실조차도 생각할 수가 없었다는 것이다. 살아 있다는 사실을 알기까지의 시간이 얼마나 흘렀을까, 자신이 병원에 누워 있다는 사실조차도 몰랐다는 것이다.

일주일이 훨씬 지나서야 병원에 입원해 있다는 것과 자기가 살아 있다는 사실을 온전한 정신으로 깨달았다는 말씀이셨다. 그래도 도적들이 의리는 있었다고 말씀하셨다. 몰고 온 대형트럭은 그대로 두고 사람이 완전히 실신해 버리자 별 볼 일 없다는 식으로 떠나가고 나서야 같이 갔던 일행들이 돌아왔다는 것이다. 그들은 살기 위해서 죽기 살기로 도망은 쳤지만 자기 동료가 죽음에서 오락가락하는데도 구해 주지 못하는 그 안타까움을 이해할 수도 있었다고 말씀하셨다. 그래도 돈은 운전석 밑바닥 속에 몇 겹으로 싸서 넣어 두었기 때문에 밤이고 하니 쉽게 눈에 띌 수가 없었다는 것이 불행 중 다행이라고 말하셨다. 나중에 알고 보니 정보가 미리 강도들에게 들어가서 탄로가 났다는 말을 늦게야 들었다는 것이다. 그 당시에는 정말 절망적이고 몸 어딘가는 병신이 되었을 것이라고 생각했는데 그래도 하나님께서 나를 버리지 않으시고 일으켜 주시고 온 전신이 부서진 몸통을 이렇게 원상태로 회복 시켜 주신 은혜에 감사를 드리면서 하루하루 열심히 살아가고 있다고 말씀하셨다. 옆에 계신 아저씨들도 덩달아서 말들 하셨다. 역시 하나님의 자녀라서 인지는 몰라도 그 당시는 모두들 기적이 일어났다고 말들 할 만큼 부러진 뼈들이 신기하게도 척척 원상태로 들어갈 때는 병원에서 의사들도 당황하는 표정이었고, 이런 일은 병원이 생기고 처음이라는 말까지 했다는 것이다. 병원에 의사들이 하는 말들이 당신에게는 정말로 신이 존재하고 그 신이 당신을 도와준다는 말도 했다는 것이었다.

일차적 시련치고는 엄청 고통스러웠고 눈 깜박하는 사이에 목숨까지 잃어버릴 뻔했다고 말하면서 싱긋이 웃으시는 아저씨의 모습에 나는 그만 반하고 말았다. 사실 나에게도 끼라는 피가 온몸에 흐르고 있는 것도 같다는 생각을 하면서 나만 아는 미소로 얼굴을 붉혔다. 왜냐하면 멋있고, 잘생긴 이란 남자만 봐도 가슴이 설레고, 말 잘하는 사람을 보아도 가슴이 두근거리는 것이 남편에게는 조금 미안한 일이지만 나 혼자만의 비밀이기도 했다.

돈도 없이 또 제3국으로 가신다니 어떻게 살아가실지 정말 답답하고 안타까운 마음이다. 하루속히 가족에게로 돌아가는 것이 제일 행복할 것도 같아서 말씀드렸지만 아저씨는 "돈"이 없기 때문에 가족에게로는 돌아갈 수가 없다고 말하셨다. 아, 정말 돈이 무언지? 어차피 우리는 빈손으로 왔다가 빈손으로 가는 인생길인데 아저씨는 이 사실을 모르시는 것만 같아서 가슴이 쓰리면서 아프다. 아저씨는 하루빨리 여기 이란 땅을 떠나고 싶은 마음뿐이다라고 말하시면서 이란이라는 나라에 집착도 아쉬움도 없고 어차피 인생이란 뜬구름같이 흘러 다니는 삶이라면서 눈에는 눈물을 글썽이는 아저씨의 모습에 나는 가슴이 메여 아무 말도 할 수가 없었다. 정말 우리네 인생들은 어디로 가고 있는 것일까요? 라고 하늘을 바라보면서 큰 목소리로 외치고 싶었다. "그럼 아저씨 부디 건강 잘 챙기시고 돈 많이 벌어서 우리의 조국이 살아 있고 아저씨를 기다리고 있다는 사실을 꼭 기억하시고 그리고 돌아오셔서 아주머니와 행복하게 잘 살 수 있기를 기도 할게요, 라고 말하면서 아저씨를 바로 쳐다볼 수가 없었다. 아저씨는 조그만 눈에 눈물을 가득 담고서 "그래요, 환이 엄마 정말 고마 우이," 라고 이 한 말씀만 남기시고 머나먼 제3국의 이국땅으로 떠나가셨다. 이집트로 가신다는 말도 있었지만 어디로 가셨는지는 모르겠지만 정말 "뜬구름 같은 인생"이란 어쩔 수 없이 떠돌이 국제 역마살이 몸속에 살아서 꿈틀거리고 있는지도 모르겠다는 생각도 해본다.

비록 살아온 길이 달라서 낯선 외국 땅에서 만났지만 아저씨의 긴 여정의 길이 어디서 끝이 날지 왠지 걱정이 되는 마음이다.

"

# 전쟁은 다시 시작(1편)

"

이란과 이락의 전쟁이 다시 시작되고 있었다. 전쟁이 심각한 상태였지만 몇 년 동안 전쟁이 계속되면서 이제는 막바지에 들어선 기분도 들었다. 그래도 우리 외국인들은 지금까지 잘들 살아오고 있었다. 일 년 가까이 조용하면 또 일 년은 시끄럽고 이런 식으로 전쟁이 계속되고 있었다. 이란사람들이나 그리고 외국인들도 보통으로 생각하는 것 같았다. 그래도 지금까지 잘들 살아오고 있었는데, 1985년 3월 12일 새벽에 또다시 폭탄이 떨어지기 시작했다. 우리들은 지하실로, 대문 밖으로 살기 위해서 재빠르게 피신해야만 했다. 꼭 이맘때가 되면 전쟁이 시작되는 것 같았다. 새해가 시작되면 온 국민이 축제 분위기 속에서 기도와 즐거운 휴가철이 시작되고 외국인들은 여행이나 휴가를 떠나는 달이기도 했다. 이때를 맞추어서 폭탄이 집중적으로 날아오는 것 같았다. 그래도 노루즈 휴가 기간이기에 모든 사람들이 피난 다니기에 좋았다.

지금 이 밤중에도 폭탄 터지는 소리가 연달아 테헤란 시내를 뒤흔들면서 떨어지고 있었다. 대공포 쏘는 소리와 사이렌 소리가 요란하게 들리고 있었고, 살고 있는 아파트 건물이 흔들리는 것을 느낄 수가 있었다. 남편은 놀라서 급하게 빨리 밖으로 나가라고 소리소리 쳤다. 아이들과 나는 어두운 방에서 옷이라도 찾아 입어야 했기 때문에 남편이 급하게 몰아세우는 바람에 더욱 정신이 없었다. 그렇게 재빠르게 행동을 했지만 밖으로 나오니 벌써 집집마다 사람들이 나와서 벽 쪽으로 줄을 서고 있는 모습들이 보였다. 아무리 무신경한 사람이라도 놀라지 않을 수가 없는 것이 이락 비행기가 서서히 북쪽으로 향해서 날아오는 것이 눈에 보이기 때문에 더욱 온몸이 오그라드는 것 같은 느낌이다. 몇십만 피트의 높이로 날아가고 있는 이락 비행기는 밤하늘에 별이 반짝이면서 날아가는 것처럼 보이지만 우리들 눈에는 캄캄한 밤하늘에 거대한 괴물로 변해서 무섭게 우리들 앞으로 날아드는 느낌이었기 때문이다. 한참 후에야 잠잠해 지면 이란사람들, 그리고 외국인들 할 것 없이 모두들 높은 건물 위나, 옥상으로 올라가기 시작한다. 폭탄이 어디에 떨어졌는지 확인하기 위해서다. 여기저기 살필 때는 어느 정도 긴장이 풀렸다는 증거다.

이날 폭탄은 호메니가 살고 있는 궁전을 폭파 시키려고 이락비행기가 들어 왔다가 실패로 돌아갔고 이 때문에 호메니 집 근방 50m 전방에 자리 잡고 있는 고층 아파트에 떨어져서 폭파되었다고 말들 했다. 폭탄 위력이 별로 좋지 않았는지 건물 반은 날아가고 반은 그대로 남아 있는 모습이 매우 처참했다는 말들이었다.

사실은 이락비행기가 싣고 오는 폭탄들은 별로 큰 위력이 없는 것 같았다. 왜냐하면 북한에서 만든 제품들이기 때문에 떨어지면서 터지는 것도 있지만 불발이 더 많다는 것이다. 이 근처에 한국 사람도 몇 집이 살고 있었기 때문에 잘 알 수가 있었다. 이 집들 중에서도 폭탄이 떨어지는 울림으로 인해서 창문들이 깨어지고 그리고 두 사람이나 다쳤다는 소문들이었다.

아직까지 우리 세대는 전쟁이 어떻다는 현실을 확실히 알지 못하고 있지만 책에서나, 부모님에게 말씀으로 들어서 간접적으로 전쟁이 어떻다는 것을 미비하게나마 알고는 있었지만 직접적으로 피부로 느껴보지 못했던 전쟁의 아픔을 외국 땅에서 느끼고 있는 현재의 실정이다. 이 정도의 충격으로 불안하고 고통스러워하고 있는 우리 자신들을 돌아볼 때 우리 조상님들이 겪었던 6월 25일에 휘몰아 쳤던 전쟁이 우리의 땅을 할퀴고 지나간 아픔과 고통을 그리고 목숨 건 피난 생활과 배고픔을 우리 조상님들은 어떻게 그 서러움을 다 겪으시면서 힘든 세월을 잘 견디어 오셨는지 조금은 알 것도 같았다.

밤마다 이락비행기로 인해서 테헤란 전체가 흔들리는 폭음 속에서 가슴 조이며 몇 시간을 하늘만 쳐다보다가 여명의 빛이 떠오를 때가 되면 모두가 깊은 잠속으로 빠져들어 가는 날이 수도 없이 반복되면서 우리 한국 사람들은 마음의 안정을 되찾으려고 서로가 무던히도 노력하고 있었다. 낮에는 조용했지만 이락 폭격기가 원하는 지점에 맞지 않고 실패로 돌아가면 밤이나 새벽에는 이락비행기가 꼭 다시 공격을 하곤 한다. 호메니 집 근처에 살고 있는 집들이 큰 피해를 입다 보니 이 근처에 살고 있는 사람들은 집들을 비우고 다른 곳으로 다 피신을 했고 호메니 집 근처에는 사람들이 지나 다니지도 않는다는 소문이었다. 꼭 유령이 나오는 동네처럼 조용하고 밤에는 전깃불조차 없으니 유령이 나올 만도 했다. 그리고 사람들이 모였다 하면 이런저런 말들로 불안이 더욱더 높아만 갔다. 이런 상황에서 어떤 결정을 내려야 할지 하루하루가 불안하고 걱정이었다. 하루는 회사에서 남편이 다급한 목소리로 전화가 걸려왔다. 테헤란 시내를 빨리 벗어날 준비를 하고 기다리라는 말에 나는 또 가슴이 쿵 하고 떨어지는 느낌이었다. 이 추운 날씨에 또 어디로 피난을 떠나야 하는지 걱정이 앞섰다, 아이들 옷이랑, 담요랑, 부식 준비를 부지런히 챙기면서도 서글프고 답답했다. 준비도 다 하기 전에 남편이 집으로 퇴근해서 들어오는 모습이 몹시 피곤해 보였다.

며칠 사이에 몰라볼 정도로 얼굴이 수척해지고 긴장감으로 가득 차 있는 얼굴표정이 심각해 보였다. 밖에는 계속 앰뷸런스 차들이 경적을 울리며 정신없이 달리고 있었고, 팔레비 대도로의 분위기는 무겁고 살벌하기까지 했다. 이란사람들의 말로는 3월 14일에서 15일이 고비라고 말들은 하고 있었지만 믿을 수가 없었다. 그나마 목요일과 금요일이라서 정말 다행이었다. 앞에서도 언급했지만 한국에는 공휴일이 토요일과 일요일이지만 이란의 공휴일은 목요일과 금요일이 휴일이기 때문이다. 이란사람이고 외국인이고 모두가 피난을 떠나기 위해서 준비를 하고 있을 때 밝고 맑은 테헤란 창공에 또다시 대공포 소리가 요란하게 들려왔다. 어디에 어떻게 떨어질지도 모르는 폭탄 세례가 무서웠다. 이락비행기가 날아온 동시에 폭탄 터지는 소리가 귀 고막을 흔들었다. 우리 부부는 아이들을 지하 밑으로 내려 보내놓고 피난 갈 준비에 정신이 없었다. 빨리 테헤란 시내를 벗어나야 된다는 말들을 하고 있을 때 이락비행기가 들어 왔으니 모두들 놀라서 갈팡질팡 이였고, 대공포 소리, 폭탄 터지는 소리에 정신들이 더욱 없었고 혼란스러운 마음을 진정시킬 수가 없었다. 테헤란 시내를 48시간 동안 떠나 있으라고 이락에서 지하 방송을 했다는 것이다. 잠시 시간이 지나고 난 후에 다시 한국 대사관에서 연락이 왔다. 더욱 불안해서 숨을 쉴 수도 없었다. 피난 갈 준비를 하는 도중에 또다시 "쿵" 하고 폭탄 떨어지는 소리와 같이해서 창문이 흔들리면서 집이 흔들리고 있었다. 아이들이 놀라서 지하에서 울면서 뛰어 올라오고 있었다. 아이들이 울면서 떨고 있으니 정신을 더 차릴 수가 없었다. 작은아이는 너무 놀라서 숨도 제대로 쉬지 못하고 엄마에게 꼭 붙어서 떨어지려고 하지도 않았지만 나도 떨고 있었기 때문에 가슴 조이면서 조용해질 때까지 기다려야만 했다. 낯선 타국 땅에서 이런 숨 막히는 고통을 당한다는 것이 정말 안타까운 마음이었다. 조금 잠잠해지기를 기다렸다가 다시 떠날 준비를 하기 시작했다. 우리가 살고 있는 집은 3층이기 때문에 여기서는 잠을 잘 수가 없었다. 다들 떠날 때 같이 떠나기로 하고 오후 5시쯤에야 테헤란 시내를 벗어나기 시작했고, 사방이 산으로 둘러싸인 "아발리"(산 이름이고 스키 타는 곳) 라는 산으로 가기 시작했다. 겨울에는 스키를 타는 사람들을 위해 호텔도 있고 민가들도 있었기 때문에 이쪽으로 정한 것이다. 먼저 제일 큰 호텔로 찾아들어 오니 발붙일 공간도 없었다. 우리보다 먼저 온 사람들로 꽉 차 있었기 때문이다. 다른 근처에 어디로 가도 대 만원이었다. 3월 달이라고는 하지만 산꼭대기이니만큼 아직도 눈으로 덮여 있었고, 너무 추운 날씨였다.

남편은 같이 온 일행들과 혹시 민가라도 빈방이 있을지도 모른다면서 찾으러 나가고 남아 있는 우리들은 호텔 로비에서 서성거리고 있었다. 여러 나라 사람들이 다 모여 있었다. 먼저들 와서 방을 차지하고 있는 사람들이 제일 부럽다는 생각도 들었다. 상사 팀들이나, 일본 사람들, 그리고 중국 사람들, 여러 나라의 사람들이 다 모여 있었다. 대사관 팀들은 어디로 가든 방이 다 준비가 되어 있었고, 돈 있는 상사 팀들은 미리 와서 방들을 다 차지하고 있었다. 역시 어디로 가나 사람이라면 명성과, 지위와, 그리고 권력이 있어야 하고, 또 길거리에 버려도 개도 먹지 아니하는 종이 쪼가리 같은 돈이라도 많아야 사람대접도 받는 것이라는 것을 뼈저리게 느끼면서 우리들 일행은 들어설 자리가 없어서 호텔 식당까지 밀려들어 와서 서성거리고 있었다. 아이들이 배가 고프다고 야단들이었다. 우선 아이들 허기진 배부터 채워주기 위해서 식당에다 음식을 시켰지만 우리 한국처럼 무엇이든지 다 시키는 대로 나오는 것이 없었다. 이란에서는 자기들이 먹는 음식 양고기와 누언이라는 빵 발발이와 그리고 긴 쌀에 버터와 여러 가지 특유한 향료를 넣어서 보자기에 싸서 찐 밥뿐이다. 바로 "첼로 캬밥" 이라는 이름을 가진 유일한 이란의 음식 이름이다. 이것이 이란사람들의 식단이고 물 대신 자기들이 만든 "둑"이라는 음료수를 마시면서 양파와 같이 먹는다. 양파는 우리 한국으로 말하자면 김치와 같은 역할을 하면서 아무런 양념이 없는 그대로를 큼직하게 썰어서 양고기와 같이 누언(얇게 구운 밀가루 빵에다가 싸서 길게 말아서 손으로 그냥 들고서 먹는다.) 이란사람들의 식단은 정말로 간단해서 한국부인들이 제일 부러워하는 식단이다. 한국 음식들은 여러 가지 양념들을 넣어서 만들어야 하는 복잡한 식단이지만 이란 식단은 누언과 양고기 그리고 여기서 만든 둑만 있으면 이란 사람들의 훌륭한 식단이기 때문이다.

시간이 어느 정도 지나자 방 얻으려고 나갔던 분들이 들어들 오시는데 하나같이 피곤하고 지치고 그리고 걱정스런 얼굴로 들어오셨다. 빈 집도, 호텔은 더욱더 없고 어디를 가나 피난 온 사람들로 가득 차 있었다는 말들이었다. 우리 같은 직장인들은 일을 하고 나와서 피난 준비를 하기 때문에 항상 늦어지기 마련이다. 시계는 밤 12시가 넘어서고 있는데 어디로 가야 할지 서로 얼굴들만 쳐다보고 있을 뿐이었다. 너무 늦은 시간이다 보니 이 호텔 식당이라도 통째로 빌려서 밤을 지새우기로 결정을 했지만 젊은 엄마들이 투덜거렸다. 그때 마침 우리 일행들 중에 나이가 많으신 할머니 한분이 계셨는데 투덜거리는 우리들을 보시고는 "이런 것은 피난도 아니요, 자가용 타고 와서 배고픔 없이 먹을 음식 풍부하고 추위를 피할 수 있는 이런 좋은 장소가 있는데 이 정도면 호강이지, 피난 생활이라고 말할 수도 없고 행복에 겨운 투정이지,” 라고 하시면서 노골적으로 불평불만을 털어놓는 우리들의 입을 단숨에 막으셨다. 할머니의 6·25 때의 말씀을 듣고는 하나같이 얼굴색이 밝아지는 것 같았다. 남편들은 자, 자, 이제 빨리 자리를 펴자 라고 하시면서 아이들부터 먼저 잠자리를 정리해 주자면서 자리를 펴기 시작했다. 그리고 아빠들이나, 엄마들은 앉아서 “고스톱”으로 이 밤을 지새우기로 결정을 했다. 산속이고 아직도 눈이 하얗게 쌓여 있었기 때문에 옹기종기 모여 앉아 있었지만 너무나 추워서 온몸이 떨려서 앉아 있기도 힘이 들었다. 남자분들은 추위와 불안을 잊기 위해서 고스톱판을 벌리셨다. 여자들도 남자들에게 뒤질세라 열심히 화투장을 두들겼지만 너무 추워서 인지는 몰라도 오늘만큼은 재미가 없는 고스톱판이었다. 하룻밤이 이렇게 길다고 느낀 적은 없는 것 같았다. 이렇게 힘들게 밤을 지새운 우리 일행들은 갈팡질팡 이였고, 엄마들은 하나같이 입을 모아 소리쳤다. 죽어도 좋으니 테헤란으로 돌아가자는 말들이었다. 한마음으로 의견을 모으고 각자 차에 올라탔다. 그리고 테헤란으로 들어오기 시작했다. 들어오면서 나는 심통이 났다. 나는 남편에게 “아니 테헤란 시내의 건물들이 다 그대로 있는데,” 라고 투덜거렸다. 남편은 씨익 웃으면서 “그럼 건물들이 그대로 있지, 어디로 가나,” 라고 말했다. 나는 씩씩거리면서 아니 폭탄이 쏟아졌으면 건물들이 무너졌어야 되잖아요, 그런데 왜 이렇게 길이고 건물들이 그대로고 깨끗하냐 이 말이지, 라고 남편은 "참 사람도, 바보 같은 소리는," 물론 고생이라고 말할 수는 없지만은 그래도 심통이 나서 견딜 수가 없었다.

테헤란 시내에 들어오니 너무도 조용했고 길거리가 한산했다. 다들 피난들 가고 테헤란 시내에는 사람들이 없다는 생각을 하면서 집으로 돌아오니 오전 11시가 넘고 있었다. 우리는 먼저 간단하게 라면을 끓여 먹고는 식구대로 모두 잠자리로 들어갔다. 얼마나 잤는지 전화벨 소리에 모두들 놀라서 일어났다. 남편은 전화를 받고 나서 하는 말이 어제하고 오늘은 조용했다고 말하는 것이었다. 이 말을 듣고는 고생하고 돌아온 것이 너무 억울했다. 그다음 날부터는 계속 밤마다 이락비행기가 들어와서는 별로 성능도 좋지 않은 폭탄을 떨어뜨리고는 유유히 사라졌다. 다행인 것은 이란의 "노루즈"(새해을 말함)가 시작됐기 때문에 이란 전체가 쉬는 달이었다. 이란의 새해 공휴일은 보통 3월 18일부터 4월 5일까지가 휴무기 때문에 피난을 멀리 떠나도 좋았기 때문이다. 그동안에도 이락기가 수차례 왔다가 갔고 폭탄에 맞은 건물들도 많았고, 사람들도 다쳤고 죽었지만 그나마 다행인 것은 외국인들은 다치거나 죽었다는 말은 없는 것 같았다. 이렇게 몇 달 동안 폭탄을 던지고 나면 조용해진다. 그리고 다음 해 3월 달이 되면 또 시작되는 것 같았다. 이란사람들 말로는 한동안 던지고 나면 다시 준비할 동안 잠잠하다는 말들이었다. 요사이 남편은 또 야근을 하기 때문에 마음이 항상 불안했다. 잊을 만하면 이락기가 나타나곤 했기 때문에 공항에서 일하시는 분들은 매일 매일 불안한 마음으로 일들을 하신다. 그런데 아니나 다를까 예상하고 짐작한 대로 또 시작이 되었고 이락 지하방송에서 외국인들은 저녁 6시부터 전부 대피하라는 방송이 나왔다는 것이다. 다른 분들은 오후 3시 반이면 다들 퇴근을 하지만 남편은 오후 근무이기 때문에 일찍 나올 수가 없었다. 나는 급한 마음에 회사로 전화를 했지만 기다리라는 말뿐이었다.

우리는 우리가 살고 있는 주인집 빌라가 있는 "골간"이라는 지방으로 피난을 가기로 되어 있었기 때문에 주인집에서도 열심히 준비를 하고 있었다. 다른 집들은 준비를 마치고 한 집 두 집 떠나들 가는데 우리만 남아 있는 것 같아서 불안한 마음이었다. 보통 피난처는 "카스피안" 쪽으로 간다는 말들이었다. 상사 팀들이나 돈 많은 사람들은 카스피안 근처에 집을 통째로 전세를 얻어 놓고는 몇 달이고 가족들을 거기서 생활하게끔 하는 사람들이 많았지만 우리네 같은 서민들은 생각도 상상도 할 수가 없는 일이었다.

# “전쟁은 다시 시작(2편)”

남편은 오후 6시가 넘어서야 집으로 돌아왔다. 아직은 추운 날씨에도 불구하고 땀을 뻘뻘 흘리면서 들어오고 있었다. 우리는 지금 살고 있는 집주인 빌라에 가기로 했기 때문에 집주인 부부도 우리 차에 같이 타고 가기 위해서 열심히 준비를 하고 계셨다. “골간”이라는 지방까지 갈려면 어려운 일도 많을 것 같다는 생각도 들었다. 집주인 부부는 길은 좀 멀지만 안전한 곳이라고 말했다. 주인 부부는 모처럼 가는 길인지 짐들이 엄청 많았다. 하지만 한시가 급한 마음에 우선 빨리 떠나야만 했다. 테헤란 시내를 벗어나기도 전에 차들이 홍수처럼 물밀듯이 밀려 있었고 서로 먼저 빠져나가기 위해서 아우성이었다. 길거리에서 몇 시간이고 기다려야 하는 이런 시점에서 이것이 바로 전쟁이구나 하는 것을 느낄 수가 있었다. 사람들은 기다리는 동안에도 차에서 내려 하늘을 바라보고 있는 사람들이 아주 많았다. 그리고 자동차 밑쪽에다가 아예 자리를 깔고 홍차와 비슷한 이란 차를 쉬지 않고 마시는 여유도 보여주는 가족들도 있었다. 이란에는 술이 없기 때문에 홍차와 비슷한 이란 차는 꼭 가지고 다니면서 언제 어디서나 각설탕 한 개를 입에 넣고는 홀짝홀짝 마시는 것이 이란사람들의 유일하게 행복을 느끼는 시간인 것 같았다. 시내를 벗어나는데도 2시간이나 걸렸다. 이때 시간이 밤 9시가 넘어서야 겨우 시내를 벗어나서 “자지로드”를 지나서 얼마쯤 가는데 정전이 되었다. 길 양쪽으로 자동차들이 줄을 지어 서고 있었다. 그리고 차에서 내려 하나같이 테헤란 시내 쪽으로 바라보고 있었다. 테헤란 사방에서 하늘 높이 대공포가 올라가기 시작했다. 반짝이면서 오색 빛을 발하면서 올라가는 빛줄기가 너무나 아름다웠다. 우리는 아이들과 불꽃놀이하고 있는 기분으로 테헤란 시내를 내려다보고 있었다. 이락비행기는 이 정도의 대공포쯤이야 하는 것처럼 아랑곳하지 않고 서서히 테헤란 상공으로 날아오고 있었다. 이날 죽은 사람들이 헤아릴 수가 없을 정도로 많았다고 말들 했지만, 우리 외국인들은 진실인지 거짓인지는 상세히 알 수가 없었다.

우리 일행은 저녁 6시부터 달리기 시작해서 그 이튿날 새벽 5시경에 “골간”이라는 지방에 도착했다. 골간으로 들어가는 입구에서부터 울퉁불퉁한 산골짝길이 계속되었고 불빛조차 없는 암흑의 골짜기였다. 자동차 불빛으로 인해서 겨우 아슬아슬하게 산길을 올라가고 있었다. 남편은 온 신경을 곤두세우고 말없이 조심스럽게 운전하는 모습이었다. 아이들은 창밖을 보고 있다가는 소리소리 질렀다. 토끼들도 뛰어간다느니 너구리 고슴도치 등 저지대 초원이나 산지에서 볼 수 있는 동물들이 불빛에 놀라서 이리 뛰고

저리 뛰면서 쏜살같이 달아나고 있었다. 아이들은 신기해서 계속 소리치고 있었다. 산 중턱을 조심조심 올라가고 있는 남편의 이마에는 구슬 같은 땀방울이 송송 맺히고 있었다. 잠도 못 자고 쉬지도 못하고 운전만 하는 모습이 너무 애처로웠다. 꼬박 쉬지 않고 12시간을 운전하고 있는 남편이 대단하다고 생각하면서 나도 말없이 바라만 보고 있었다. 그리고 이란이란 나라가 정말 베일에 싸인 매력적이면서 아름답고 신기한 나라라는 생각도 들었다. 이 나라에서도 이런 첩첩산골이 있다는 사실이 더욱 마음을 설레게 하면서 흥미를 느끼는 순간이기도 했다. 산 중턱을 깎아서 사람들만 지나다닐 수 있게 만들어 놓은 험준한 산골짜기에 돌까지 깔려서 운전하는데 엄청 힘이 드는 산골짝 외길이었다. 이렇게 길이 험악한 산골짜기였다면 여기까지 오지도, 그리고 밤새우면서 올 필요도 없었는데 주인집 부부가 원망스럽기까지 했다.

처음에 올 때는 주인집 빌라로 간다고 마음이 들떠서 좋아라, 했었다. 주인 부부는 그냥 경치도 좋고 조금 먼 길이지만 아주 안전한 지역이라고만 말했기 때문이었다. 왜 이렇게 험하다는 말을 미리 해 주지 않았는지 알 것만 같았다. 길도 멀고 이렇게 험한 산길을 누가 선뜻 나서겠는가, 다 왔다고 해서 차에서 내려서니 너무 추워서 이빨이 딱딱 소리가 날 정도였고, 몸을 움직일 수조차 없었다. 비가 왔는지 땅은 질고 여기저기 물이 많이 고여 있었다. 조그만 토담집으로 올라가는데 무척이나 힘이 들었다. 산촌이라 해도 이런 첩첩산골은 처음 보는 것 같았다. 산 중턱에다가 흙으로 지어놓은 흙집이었다. 담 벽 사이마다 큰 돌이 덥석덥석 박혀 있었다. 집 안으로 들어가는 입구에는 송판때기를 걸쳐 놓았다. 그 위로 올라가는데 진땀이 날 정도로 아슬아슬해서 줄 위를 걷는 곡예사 같은 기분이었다. 주인 영감님은 먼저 급하게 올라가서 부지런히 불도 피우고 뜨거운 이란 차도 내어오고 하는 모습이 우리에게 몹시 미안해하는 표정이었다. 우리는 너무 피곤하고 지쳐서 일단은 눈이라도 조금 붙이고 싶었다. 잠깐이라도 눈을 좀 붙이고 일어나니 기분이 한결 좋아지는 것 같았다. 눈을 뜨고 보니 문짝 사이마다 댐의 수문이 열린 것처럼 밝은 햇빛이 쏟아져 들어오고 있었다. 정말로 아름답다는 생각도 잠깐이고 햇살이 너무 부셔 눈을 뜰 수가 없었다. 이렇게 아름다운 빛이 있었던가 하고 짧은 순간이지만 한 번도 이런 빛은 본 적이 없었다는 생각을 하면서 낯설고 물선 이국땅까지 와서 전쟁의 아픔을 가슴에 담고 살기 위해서 여기까지 흘러온 우리에게 하나님은 이토록 아름답고 고귀한 새 아침의 밝은 빛을 선사해 주시는 것만 같았다. 역시 하나님은 언제 어디서나 항상 우리와 함께하신다는 말씀이 가슴에 와닿는 것만 같아서 기쁜 마음으로 감사의 기도를 드렸다.

전쟁으로 인해서 모두들 마음이 바싹 메말라 가고 있었지만 그래도 우리에게는 사랑하는 부모님이 계신 우리의 조국 땅이 있다는 사실이 너무 감사하면서 마음의 큰 위로가 되는 것 같았다. 하지만 지금 우리들의 처지는 바로 부평초 같은 인생이고 하늘에 두둥실 떠다니는 뜬구름 같은 삶이 아닌가 하고 생각하면서 쏟아지고 있는 아름다운 햇볕을 가슴에 가득 안고는 여기저기 큰 못으로 못질한 나무판자의 방문을 열고 밖으로 나왔다. 신선한 산골짝의 공기는 참으로 좋았고 쾌적하고도 상쾌했다. 토담 옆으로 졸졸 흐르는 물소리가 아름다운 노랫소리로 우리를 반기는 것만 같았다. 사방이 높은 산으로만 둘러싸인 전경이 말할 수 없이 아름다웠다. 양지쪽으로는 싱그럽게 돋아나는 새싹이 연초록 빛을 띠우면서 파릇파릇 서로 다투면서 올라오고 있었다. 좁은 시야로 대강 둘러보았지만 양쪽으로 높은 산이 우뚝우뚝 솟아 있었고 깊은 골짜기 사이마다 하얗고 파란 빛을 발하면서 굽이굽이 폭포수가 흘러넘쳐 유유히 산 밑 계곡으로 흘러내리는 물이 햇살에 비쳐 보석처럼 빛나고 있었다. 그림 같은 아름다움을 바라보고 있노라니 내가 만일 글을 적을 수 있는 시인이었다면 이 얼마나 아름다운 글들이 쏟아져 나올까 하고 생각하니 나의 둔한 머리가 원망스럽기까지 했다. 우리 선조님들이 이런 아름다운 자연 속에서 산수를 즐기셨다면 바람처럼 물처럼 흘러가는 자연의 향기와 덧없이 지나가는 세월을 막지 못하는 애절한 아픔과 사랑 그리고 시와 노래로 달래지 않았을까 하고 생각도 해본다. 집 밑으로 내려다보니 햇살이 쬐이는 담 밑쪽에는 아이들이 모여 앉아서 놀고 있었고, 조금 떨어진 비탈길에는 검은 털옷 흰 털옷을 입고 있는 양들이 비탈진 자갈길 곳곳에 가시 돋친 풀을 뜯고 있는 모습이 너무나 평화롭고 아름답다는 생각을 하면서 무심코 높고 맑은 푸른 하늘을 한참이나 올려다보았다. 하늘에는 솜틀 같은 하얀 구름들이 저마다의 모양을 뽐내면서 두둥실 떠다니는 모습이 우리의 인생과 같다는 생각도 들었다. 한마디로 말한다면 너무나 조용하고 한적한 한 폭의 그림 같은 깊은 산촌의 풍경이었다. 나는 순간이지만 이런 깊고 깊은 산중에서 무엇을 하면서 먹고들 살아가는지 궁금한 생각도 들었다. 가볍게 차가운 물로 세수를 하고 돌아서 들어오는데 주위 곳곳에서 우리를 지켜보고 있는 시선들이 이상하게 생긴 동물들이 새로 들어왔나 하는 눈빛으로 쳐다보고 있었다. 나는 자신도 모르게 얼른 토담방 안으로 뛰어 들어왔다. 들어와서는 밖에 동정을 살펴보니 여자들이 입고 있는 옷들이 도시에 살고 있는 여자들 옷하고는 완전히 다른 특색 있는 옷들을 입고 있는 것이 신기하기만 했다.

주인 영감님 말이 여기는 사냥을 해서 생계를 유지한다는 말이었다. 이곳에서는 전쟁이란 두 글자조차도 모른다고 말씀하셨다. 아주 동떨어진 생활이었고 다른 그 무엇도 알 필요도 없었고 알려고 하지도 않는다는 주인 영감님의 말이었다. 좁은 한국 땅에서만 살다가 넓고 넓은 이란 땅을 보니 너무나 부러웠다. 우리나라와 비교도 할 수가 없었다. 기온차가 심해서 가는 곳곳마다 기후가 달랐다. 비가 오는가 하면, 또 추워서 몸이 떨렸고, 눈이 휘날리면서 쌓이는 곳도 있었고, 그리고 또 날씨가 더워서 땀을 흘려야 하는 곳도 있다는 사실이 신기하기만 했다. 한 마디로 길을 가면서 4계절을 다 갖추어져 있는 기후를 맛볼 수 있다는 것을 볼 때 이란 땅덩어리가 얼마나 크다는 것을 실감할 수가 있었다. 토담집

방 안에는 이상하게 생긴 둥근 난로가 있는데 불이 얼마나 잘 타는지 팔뚝보다 몇 배로 큰 나무둥치를 밀어 넣어도 순식간에 타 버리는 것이 꼭 나무 잡아먹는 괴물처럼 보였다. 그 대신 방은 훈훈했다.

주인집에서 주는 아침을 먹고 조금 머물면서 주인 부부에게 고맙다는 인사와 함께 이제 우리는 여기를 떠나야겠다고 아주 정중하게 말씀을 드렸다. 여기는 한국과 기온이 비슷한 것 같아서 비가 자주 온다는 말이었다. 비가 오면 산길을 갈 수가 없기 때문에 일찍 떠나는 것이 좋을 것만 같았다. 그리고 너무 멀리 동떨어진 산골짝이라서 방송도 들을 수가 없었다. 남편은 이란 말을 아주 잘하는 편이다. 그래서 어느 지방으로 가든지 말이 통했기 때문에 불편한 점은 별로 없었다. 하지만 지금 여기를 떠나가면 우리들은 두 번 다시 이렇게 깊고 깊은 산속에 있는 조그마한 산골 "골간"이라는 지방에 못 올 곳이라는 생각에 눈을 크게 굴리면서 이산 저산을 한참이나 바라보았다. 이렇게 신비스럽고 아름다운 산촌마을을 잊지 않겠다고 마음속으로 다짐하면서 떠날 준비를 하기 시작했다. 이렇게 메마른 우리의 가슴에 정겹고도 따뜻한 산촌의 풍요로움을 안겨준 골간을 뒤로하면서 아름다운 이른 봄의 싱그러운 산길을 따라 내려오다가 사진도 찍고 아이들과 함께 추억을 만들면서 즐거운 마음으로 아름다운 골간 마을을 가슴속에 깊이 간직하면서 조심조심 돌이 깔려있는 좁고 좁은 산길을 빠져나오기 시작했다.

# 여행을 가서(1편)

그동안에 수도 없이 많았던 고생은 다음에 글을 적을 수 있는 기회가 주어진다면, 그러니까 1986년도에 피난 다녔던 이야기는 다음으로 미루고 싶다. 1987년으로 넘어와서 앞에서도 언급했지만 이란의 새해는 우리나라 달력으로 3월 달이다. 이란의 "노루즈"가 시작되면 학교도, 모든 관공서와 박물관도 공휴일로 정해져 있고, 그리고 남편이 다니는 회사도 노루즈 휴가로 시작되는 달을 이용해서 우리 가족은 피난도 하면서 여행을 떠나기로 계획을 세웠다. 예수님의 발자취를 찾아보기로 목적지를 정해 놓고는 준비를 하기 시작했다. 3월 19일부터 휴가를 받아서 먼저 "터키와 그리스, 그리고 이스라엘을 돌아보고 오기로 결정을 하고 비행기에 올랐다. 터키 공항에서 한국 아저씨 내외분을 만났다. 이분들도 이란에서 10년이 넘도록 살다가 캐나다로 이민을 가기 위해서 수속을 밟고 있는 중이라고 말씀하셨다. 우리는 먼저 터키의 수도 이스탄불에서 다시 지방도시인 "이즈밀"로 가기 위해서 버스를 타고 10시간을 가야만 했다. 중도에 오다가 먼저와 계신 한국 가족들에게 연락을 하면서 이즈 밀에 도착을 하니 밤 12시가 넘어 있었다. 호텔을 찾아서 들어가서야 우리가 정말로 이란을 벗어났구나 하는 생각과 안도감으로 마음이 안정이 되는 것 같았다.

이제 앞으로는 여행에 대해서만 의논들을 나누기로 했다. 이란을 떠날 때는 다른 두 가족들도 각자의 시간에 맞추어서 여기까지 와서야 세 가족이 한자리에 모였다. 한 가족은 미국 관광 비자를 받기 위해서였고, 또 한 가족은 남편과 같은 교인이며 아주 독실한 기독교인으로서 하나님의 자녀로 부족함이 없을 정도로 진실하게 살려고 노력하는 사람들이다.

"이즈 밀"에서 일곱 교회를 돌아볼 수 있는 버스와 안내자를 구하는데도 꼬박 2박 3일이나 걸렸다. 3월 22일 아침 8시에 일곱 교회를 돌아보기 위해서 마침내 우리 세 가족들은 버스에 올랐다. 이즈 밀 시내를 벗어나서 시외로 달리는 버스 안에서 넓은 광야와 들판을 바라보니 가슴속에 무언의 감회가 꿈틀거리는 것 같았다. 얼마 전만 해도 눈이 1미터나 쌓여 있었다고 안내자가 말은 했지만 지금 우리들 시야에는 연초록의 새싹들이 한창 돋아나면서 조그만 예쁜 가지각색의 들꽃들이 이미 많이 피어나고 있었다. 이렇게 아름다운 풍경에 넋을 잃고 꽃내음과 풀 향이 가득함에 젖어 있을 때 뒤에 앉아 계시는 아주머니 한 분이 말씀하시기를 지금은 이 들판이 이렇게 초록 잔디와 꽃들이 무성하게 피어 있지만 한두 달만 지나면 발가숭이 들판으로 변한다는 것이었다. 아주머니는 터키에서 오래 살고 계시는 분인데 이즈 밀에서 한국인들의 구역

장으로 사랑과 봉사로 한국 사람들의 어렵고 힘든 일을 도맡아서 처리하시는 분이라는 말과 하나님의 자녀로서 열심히 노력하는 분이라고 말씀하셨다. 한 가지, 여기서 미리 말하고 넘어가야 할 것 같아서…, 우리를 안내하는 사람이 터키 남자인데 영어로 안내를 하기 때문에 우리 여자들은 알아듣기가 힘이 들어서 남편이 듣고 다시 우리에게 반복하는 말을 듣고 이 글을 적기 때문에 잘못 적을 수도 있다는 것을 미리 말씀드립니다. 혹시라도 틀린 곳이 있다면 예쁘게 봐주세요.

이즈 밀 시내를 벗어나서 2시간 정도 지나자 성경에도 나오는 사도바울의 행적지가 서서히 나타나기 시작했다. 일곱 교회 중에서 제일 먼저 "에베소" 교회로 들어가기 시작했다. 믿음으로 자라난 교회답게 웅장한 건물 자체 즉 돌기둥들이 우뚝우뚝 서 있는 풍경들이 우리 좁은 시야에 들어오기 시작했다.

항구 도시로서 소아시아 지방의 모든 교역지가 집중되어 있는 곳이었고, 로마 문명의 빛이면서 아시아 지역의 중심 도시였고 상업과 종교의 중심 도시인 에베소는 각양 이교도의 집합 지역일 뿐만 아니라 이교와 이단 그룹들의 도전에도 굴하지 않고 순수한 신앙으로 지켰다는 에베소 교회는 4군데로 나누어져 있었고 범위가 아주 넓었다. 첫 번째 건물은 십자가 모양으로 건축이 되어 있었는데 그 형태가 고스란히 남아 있었다. 그 밑에는 사도요한의 묘가 있다고 안내자가 말해 주었다. 그리고 위쪽으로 20분가량 버스를 타고 올라가니 마리아상이 정교하게 다듬어서 세워져 있었고, 조금 더 올라가니 사도요한이 예수님 어머니 마리아를 모셔와서 살게 한 조그만 집도 있었다. 이 집에서 마리아는 마지막 운명하는 순간까지 피눈물을 흘리면서 기도를 했다는 장소였다. 그리고 마리아상이 서 있는 비석에도 눈에는 피눈물이 흐르고 있는 모습으로 잘 다듬어져 있었다. 이 장소에는 세계 각국의 신자들이 와서 기도를 드릴 수 있도록 준비가 다 되어 있었다. 이미 각자의 나라에서 가져온 가지각색의 촛불들이 수도 없이 많이 꽂혀 있었다. 그리고 옆쪽에 있는 유리 상자 속에는 여러 나라 사람들로부터 선물을 받은 귀금속들이 가득 들어 있었고, 그 옆방에는 기도드리는 방인지는 몰라도 텅 비어져 있었다. 우리 모두가 이 방으로 들어가니 엄청 추워서 한기가 들 정도였다.

이 자리에서 남편이 주최하는 기도로 잠시 우리 일행은 다 같이 뜨거운 기도로 하나님께 영광을 돌리면서 감사의 기도를 드렸다. 기도하는 도중에 이상하게도 나의 마음속이 소용돌이치는 그 무엇을 느끼면서 가슴이 뜨거워지는 것 같았다. 처음 얼마 동안에는 성당에 다닌 적도 있었고 지금은 남편을 따라 기독교로 돌아와 있었지만, 아직도 신앙이 무언지, 믿음이 무언지, 잘 모른다고 정직하게 말하고 싶다. 이런 나의 마음이 뜨거워지고 있다는 사실이 대단했다. 나는 예수님의 어머니이신 마리아상을 바라보면서 앞으로 더는 죄를 짓지 않고 하나님 품속에서 착하게 정직하게 살아갈 수 있도록 저에게 은혜 내려 주세요, 라고 간절히 기도드렸다.

밖으로 나와서 왼쪽으로 계단을 내려오니 오른쪽 옆으로는 수

정보다도 더 맑은 물이 졸졸 흐르고 있었다. 이 물을 마시면서 간절히 기도를 하면 무슨 소원이든지 다 이루어진다는 말도 전해 내려오고 있었다. 그런데 사실인 것 같았고, 진실성이 있는 말 같았다. 어떤 이는 목발을 짚어야 만이 겨우 걸을 수 있었던 사람도 이곳에 올라와서 이 물을 마시면서 얼마나 간절히 기도를 했는지 내려갈 때는 혼자 힘으로 걸어서 내려갔다는 말도 있었다. 정말 신기하기도 하고 눈에 보이지 않는 하나님의 크신 역사의 힘이 대단하다는 생각도 들었다. 그리고 옆 창고에는 많은 목발들이 쌓여 있었다. 목발을 딛고 올라 왔다가 기도와 간구로 다 나아서 집으로 돌아갈 때는 목발을 두고 내려갔기 때문에 창고에는 목발이 쌓여 있다는 말이었다.

하나님을 진실로 믿는 그 자체가 바로 올바른 신앙과 믿음 생활이 아닌가 하고 생각도 해 본다. 마리아 집 근처에서 많은 사람들이 신부님을 모시고 기도와 예배와 그리고 찬양을 부르고 있는 모습들이 성스럽고 아름답다는 생각이 들었다. 다시 에베소교회로 내려와서 두 번째 건물에는 도서실이 있었고 그 앞에는 매춘 집으로 들어갈 수 있는 지하 통로가 교묘하게 양쪽 바위 사이로 길이 나 있었다. 그리고 위로 올라오니 웅장하고 기품이 담겨있는 대리석을 깎아서 정교하게 만든 건물들이 우뚝우뚝 선 기둥들을 바라보면서 그때의 흔적들이 고스란히 남아있는 그 당시의 화려했던 상황을 상상으로 생각해 볼 때 로마 문명이 어느 정도였는지 알 것도 같았다.

# 여행을 가서(2편)

우리는 에베소교회를 대강 돌아보고 오후가 지나서야 두 번째 "라오디게아" 교회로 가기 시작했다. 가는 도중에 옆 산이 완전 하얀 석회로 덮여 있었다. 일반적으로 이 산을 솜 산이라고 불리기도 한다는 곳이었다. 여기는 히에라볼리 온천으로 들어가는 길쪽으로 완전히 하얗게 덮인 솜 산이 햇살에 반사되어 반짝이고 있는 모습이 정말 아름답고 보기에 좋았다.

이 지방은 상업의 도시로서 부유하고 잘 살았지만 믿음은 없었다고 한다. 때문에 성경 말씀대로 여기는 온천으로도 이름이 나 있었지만, 안약의 원산지로 더욱 유명했었다고 한다. 그래서 부유하게 살았다는 곳이기도 하다. 교회와 성터 주위에는 물 전체가 미지근한 물이 흐르고 있었다. 도착하니 너무 늦은 시간이기 때문에 여기서 하룻밤을 자기로 했다. 자기 전에 남편과 아이들이 길가에 흐르고 있는 노천에서 관광으로 온 많은 사람들과 같이 미지근한 물 속에서 수영도 하고 잘들 놀았다. 어쩜 이렇게도 성경에 나오는 하나님의 말씀과 똑같다는 생각에 우리들은 하나같이 놀라고 있었다. 성경 말씀에 "너희들 믿음이 이 히애라볼리 온천같이 미지근하다," 라는 말씀이 정말 실감이 났다.

이른 아침 날도 새기 전 새벽에 남편은 성경책을 들고 어디에서부터 뜨거운 물이 흘러내려 오면서 서서히 식어서 여기까지 내려오는지 궁금하다면서 나가셨다. 여기 라오디게아까지 흘러내려 올 동안의 거리를 재면서 이 미지근한 물줄기를 따라 올라 갔다가 아침 늦게야 호텔로 돌아왔는데 나는 너무 놀라서 기절하기 일보 직전이었다. 들어오는 남편의 조그만 얼굴에 이마에서부터 붉은 피가 줄줄 흘러내리고 있었다. 얼굴이 새파랗게 얼어서 들어오는 남편을 보고 얼마나 크게 놀랐는지 정신이 아찔하면서 꼼짝을 할 수가 없었다. 놀라 서 있는 나를 보고는 작은 얼굴에 또 작은 눈을 크게 굴리면서 멋쩍게 웃으면서 하는 말이 "뜨거운 물이 솟아오르는 곳도 찾았고, 산속 깊은 성터 가까이에 있는  교회에 가서 하나님께 예배도 드리고 왔다," 라고 말하면서 피 때문에 눈도 뜨지 못한 채로 그때서야 환하게 밝아지는 모습으로 나를 쳐다보았다. 나는 급하게 피를 닦아 내고 치료를 하면서 어떻게 된 일인지 알고 싶어서 놀란 가슴에 예쁘지도 않은 눈동자를 굴리면서 남편을 바라보았다. 남편은 멋쩍게 웃으면서 뜨거운 물이 솟아오르는 곳을 발견하고는 좋아라, 뛰어가서 엎드리는 순간에 철조망이 처져 있는 것을 미처 보지 못했기 때문에 그대로 이마에 철조망 가시가 꽂혔다는 말이었다. 아휴, 생각만 해도 온몸에 소름이 끼치는 것 같아서 말도 나오지 않았다. 그래도 남편은 이런 것쯤은 아무것도 아니라면서 행복한 얼굴로 열심히 설명하기 시작했다. 뜨거운 물이 솟아나는 곳이 "히애라볼리"라는 온천이었는데 물이 얼마나 뜨거운지 손을 댈 수도 넣을 수도 없었다는 것이다. 여기서부터 흘러 내려오면서 서서히 식어서 라오디게아까지 흘러내려 오는 동안에 미지근한 물로 변한다는 말이었다. 그리고 숲속에 묻혀 있는 교회 자체는 큰 바위와 대리석으로 지어졌고, 형태만 남아 있는 뼈대를 보니 그때에 그 시절의 교회 자체가 살아서 움직이는 것 같았다고 말하는 남편의 얼굴이 조금은 어두워 보였다. 라오디게아교회에서 조금 내려오니 누른 색깔의 유황온천이 뜨겁게 솟아오르면서 길가 노천으로 흘러넘치고 있었다. 정말 하나님의 섭리는 대단하신 것 같았다. 특히 아침햇살에 비쳐서 누른 색깔의 유황이 황금빛으로 찬란하게 반짝이고 있었다.

세 번째로 간 "필라델피아" 교회는 약하면서도 충성이 대단했던 교회였다. 종교 개혁이 루터시대와 비교할 수 있을 정도로 성도들이 충성함으로 칭찬받았던 영적인 교회였다. 이 교회에 의좋은 두 형제가 있었는데 사이가 좋은 가운데서 우정이 깊었다고 해서 나온 이름이 바로 "필라델피아"라고 교회 이름을 지었다고 안내자가 말해 주었다. 우리를 안내하는 터키 남자는 영어로 말을 하기 때문에 앞에서도 잠깐 언급했지만 남편의 말을 다시 듣고야 이 글을 적기 때문에 혹시라도 실수가 있을지도 모르겠음을 미리 말하고 싶다. 필라델피아 교회에서 1시간가량 서쪽으로 내려오니 네 번째로 "사데 교회"가 있었다. 교회 앞에는 2세기 때에 세워졌다는 체육관이 있었는데 미국인들이 들어와서 다시 복구하고 있는 건물이 10년이 걸렸다는데도 아직까지 미결 상태였다. 헬라문명이 번창할 때니까 그리스 글자로 새겨져 있었다. 사데 교회는 죽어가는 교회였고, 초대 교회에 초기의 건축으로 허물어진 그대로의 돌기둥뿐이었다.

다섯 번째 "두아디라" 교회가 있는 악키싸라는 지방의 시내 중심지에 위치하고 있는 두아디라교회는 이세벨라라는 여자가 자칭 선지자라고 외치면서 원래의 모습은 허물어지고 회교국으로 바뀌면서 무관심으로 버려둔 교회라는 것 같았다. 여섯 번째 "버가모" 교회와 가까운 "디컬"이라는 동네가 있었는데 여기 해변 가에 위치한 호텔에서 하루를 쉬고 다시 "버가모" 교회를 찾아서 우리 일행은 버스에 올랐다. 이날은 빗님이 오고 있었기 때문에 구경 다니기가 많이 불편했다. 버가모 교회는 시내 중심지에 있는 일곱 교회 중에서 가장 규모가 큰 지하 통로가 있었고, 한쪽에는 다시 수리를 해서 교회로 쓰고 있는 것 같았다. 교회가 서 있는 바로 옆에는 도서실이 있었는데 약 2만 명이 들어갈 수 있는 굉장히 큰 건물 두

채가 나란히 서 있었다. 일곱 번째 “서머나” 교회는 이즈 밀에 있었는데 옛 이름이 서머나라는 동네였다고 말했다. 일곱 교회는 건물 자체를 말함이 아니고 그 당시의 지역을 말하는 것 같았다. 여기 서머나 교회와 필라델피아 교회만이 성경 말씀에 책망을 받지 않았다는 두 교회였다.

우리 일행은 일곱 교회를 무사히 잘 마치고 3월 25일 이즈 밀에서 밤 11시 30분에 출발하는 앙카라에 있는 정유소에 도착했다.

# 여행을 가서(3편)

앙카라에 있는 정유소에 도착하니 아침 7시 30분이었고, 8시에 "갑바도기아"로 출발했다. 앙카라에서 갑바도기아까지 300㎞이었다.

갑바도기아는 로마시대의 도시 이름이라고 말했고, 앙카라가 원래는 밀림지대의 바다 부근이었으나 그때의 밀림이 다 없어지고 기후가 바뀌면서 황폐해졌다는 것이다. 갑바도기아로 가는 도중에 소금 호수도 볼 수가 있었다. 직경 100㎞로 현재는 소금 채취로 해서 유용하게 쓰인다는 말도 했다. 하지만 겨울에는 빗물이 썩어서 중단하고 여름에는 온통 하얗게 변해서 소금을 채취한다는 것이었다. 점심을 먹기 위해서 좌측으로 돌아서 들어가는 도중에 주거 지역이 있었는데 지붕을 유리로 해서 태양열을 이용하는 것을 보았는데 100년 전부터 사용하고 있었다고 말했다. 3월 26일은 비가 오고 눈도 오고 해서 그런대로 안내를 받았지만 부족한 부분이 많았다.

지금은 눈비가 와서 붉은 물이 흐르고 있지만 여름에는 물이 다

증발해 버리기 때문에 바닥이 들어나서 이때를 이용해서 붉은 흙을 파내어서 도자기를 만드는데 사용한다는 것이다.

흙 색깔이 아주 고왔다. 그리고 흐르는 물 색깔도 황토물이었다. “레 더 리버”를 둘러싼 돌산에서는 3000년 전에 “하이 티 티” 라는 족이 살았고, 다음에는 기독교인이 살다가 회교도로 바뀌면서 12세기까지도 사람들이 살고 있었다고 한다. 그런데 이 돌산 바위 속에서 2만 명이 넘는 사람들이 살았다니 정말 놀라운 사실이었다. 이 돌 바위 속에는 지금까지 그때 기독교인들이 숨어 살면서 성경에도 나오는 많은 글들이 바위나, 옆벽에나. 천장에는 히브리어로 새겨져 있었고, 그림들도 그려져 있었지만 퇴석되고 지진과 자연의 변화로 많이 부서지고 갈라져서 알아보기가 힘은 들었지만 그때 당시에도 기독교인들이 심한 박해와 어려운 환경 속에서도 하나님을 간절히 사모하면서 섬겼던 것이 역력히 나타나고 있었다. 그런데 마리아와 예수님의 어릴 때의 그림은 선명하게 남아 있었고, 그리고 성경책을 기록했다는 “사도요한, 마태, 마가, 누가.” 네 사람의 얼굴도 선명하게 그려져 있었다. 예수님이 십자가에 못 박힌 그림도 선명했고, 열두제자들 그림도 있었다. 이 모든 설명들을 그림으로 나타내

고 있음을 한눈에 알아볼 수가 있었다. 그리고 교회였던 자리에는 보통 무덤들이 양쪽으로 파여져 있었고, 교회 자리는 대다수가 십자가 형태로 만들어져 있었다. 이런 돌 바위 산 속에서 어떻게 살았는지 정말 생각할수록 신기했다. 높은 계곡이 세 군데로 떨어져 있었는데 이 계곡 속으로 비밀 통로를 만들어서 서로 왕래했다는 것이 놀라운 사실이었다. 넓은 들판에는 가자각색의 크고 작은 돌 모양들이 풍화작용으로 인해서 변화되어 지붕같이 생긴 매끈한 모양들의 고인돌들이 여기저기 자연의 힘으로 아름답게 우뚝 우뚝 서 있었고 산기슭에는 지층으로 보기 좋게 샌드위치 모양으로 변화되어 잘 나타나고 있었다. 앙카라에서 다시 하루를 보내면서 안내를 받았다.

"성 소피아" 궁전에도 가 보았는데 지금은 회교도가 들어와 있었고 회교도가 들어오기 전에는 가톨릭으로 쓰여 졌다는데 800년 동안이나 기독교로 사용해 오다가 지금은 500년 동안 계속 회교 당으로 쓰이고 있다는 말이었다.

안내자의 말이 로마에 있는 베드로 성당보다 여기 소피아성전이 더 웅장하고 아름답다고 설명을 하면서 회교도의 거대한 성전이라고 열성이 대단한 목소리로 여러 번 강조하는 모습이 더 볼만했다. 그러나 천장과 벽에는 아직까지도 예수님 어릴 때의 그림들이 선명하게 그려져 있었고, 천사들과 마리아의 그림도 4군데로 나누어져 화려하게 그 넓은 공간을 환하게 비추고 있었다. 그림들이 전부 금색과 은색으로 그려져 있었기 때문에 너무나 아름다운 색상이 그대로 남아서 보는 이로 하여금 하나님의 나라가 어떻다는 것을 더욱 실감 나게 해 주었다. 이렇게 아름다운 하나님의 성전을 보고 안내자의 말이 회교도의 성전으로서는 부족함이 없는 성전이라고 열심히 설명해 주었다. 다음에는 앙카라 박물관에는 "코람"으로만 진열이 되어 있었다. 그리고 몇천 년 전에 짰다는 다 떨어진 수제 카펫 한 장의 가격이 몇억이 넘는다는 안내자의 말에 우리는 다 같이 입을 딱 벌리면서 놀라워했다. 나는 공짜로 준다고 해도 싫다고 말하고 싶었다.

박물관 앞 광장에는 높은 돌 탑 두 개가 나란히 서 있었는데 하나는 이란에서 가져온 것이라고 말할 때 왠지 반갑고 정겹다는 생각이 들었다. 또 하나는 이집트에서 들여왔다는데 돌 중간에 정교하게 그림이 잘 새겨져 있는 것이 특징이었다. 이란에서는 이런 바위 돌 같은 대리석 기둥들이 여기저기 높고 높은 산 중턱에나 넓은 들판에 그냥 방치해두고 있기 때문에 예사롭게 생각하고 보았는데 여기서는 아주 소중하게 여기면서 회교성전 곳곳마다 세워놓고 보니 웅장한 풍채로 하여금 성전을 더욱 돋보이게 하는 것 같았다. 터키에서는 사람이 살 곳이 아니라는 생각이 들었다. 터키 땅에 들어서는 순간부터 눈이 따가워서 뜰 수가 없었다. 공해가 얼마나 심한지 저녁에는 길을 나다닐 수가 없을 정도로 앞이 보이지 않았다. 터키 사람들 말로는 디젤과 나무와 그리고 석탄을 사용하기 때문에 이렇게 공해가 심하다고 말들 했다.

역시 사람이 살기에는 우리의 조국 한국 땅이 최고라는 생각이 들었다. 산 좋고 물 좋은 우리의 조국을 다시 한번 그리워하면서 우리 일행은 터키에서의 관광을 마치고 3월 28일 오전 9시에 공항으로 나와서 11시 45분에야 "아테네"로 가는 비행기를 탈 수가 있었다. 여행이라는 것이 즐겁기만 한 것도 아니었다. 피곤하고, 고달프고, 그리고 음식도 입에 맞지 않았고 모든 것이 나에게는 불만투성이었다. 그래도 다른 가족들은 즐거워하면서 행복해하는 모습들이었다. 아테네 시내로 들어와서 "서울 여행사"라고 간판이 달려있는 곳으로 들어왔다. 관광 안내를 맡아서 하는 한국분과 연락이 되어서 그분이 주관하는 데로 먼저 호텔로 들어왔다. 그런데 먹을 것이 없었다. 아테네에서는 토요일과 일요일은 가게들이 무조건 다 쉰다는 말이었다. 호텔에서 나와 발바닥이 아프도록 돌아다녀 보았지만 어느 상점 한군데도 열어놓고 장사하는 곳이 없었다. 할 수 없이 오는 날과 일요일은 꼼짝없이 호텔 방안에서만 왔다 갔다 하면서 시간을 허비해야만 했다. 유럽에 속해있는 나라지만 유럽 중에서도 제일 뒤떨어지는 수준이고 온 국민의 98%가 가톨릭 신자들이라는 것이다.

아테네의 총인구 수는 1000만 명 정도이고 국민 소득이 1인당 3800불 정도라는 사실과 아직까지 물물 교환이 이루어지는 시장도 있다고 말했다. 사도바울이 여기까지 와서 복음을 전파한 돌산이 그대로 잘 보존되어 있었다.

산 전체가 대리석으로 이루어지고 있었기 때문에 그대로 깎아서 계단과 길을 만들어 놓고 있었다. 그리고 이 자리가 그때 최고의 재판 장소라는 사실이다. 이 바위산에서 사도 바울이 복음을 전파하기도 했고 또 재판도 받았다는 곳이기도 했다. 이렇게 험준한 대리석산은 걷기도 힘이 들고 매끄러워서 올라가는데 무척 힘이 들었다. 아테네의 조상은 5000년 전에 이주해 왔고 소아시아에서 들어온 "할렌"의 자손들이라고 말했다.

산과 산이 분지로 둘러싸여 있었고 20세기부터 청동기 시대로 일어나서 초기에는 민주정치를  한 신들이 많기로 소문이 나 있었다.

아크라폴리스라는 성이 있는데 메디컬센터에서 산 위로 올라가면 제우스신전, 아테네신전, 그리고 클레오파트라가 안토니 오를 만나려고 여기까지 왔다는 곳이기도 하다고 안내자가 말해 주었다. 평화의 여신 아테네 신전 등 많은 신전들의 성이 암벽 산 높이 150m나 되는 높은 곳에 대리석으로 만든 건물들이 웅장한 모습으로 우뚝우뚝 서 있었지만 지진과 자연의 무서운 힘으로 다 부서지고 뼈대만 앙상한 형태로 남아 있을 뿐이었다. 그 많은 신들 중에서도 다른 신들은 다 결혼을 했지만 오직 아테네 여신만은 처녀의 신으로 영원히 남아 있었다고 말해 주었다. 아카데미 학문의 광장이나, 발칸반도에 최전방에 있는 포세이돈 신전이 있는 곳에서 사도바울의 2차 여행을 다녀간 18개월 동안 고린도 도시 국가 속에서 하나님 말씀을 가르쳤다는 사실이다. 그리고 음악의 도시로 유명한 가장 공기가 맑고 신성한 도시로 불렸다는 "애피다부르스"의 야외극장은 2300년 전에 지어졌다는 곳이기도 했다. 그리고 환자들의 가족들을 즐겁게 해 주기 위해서 만들어진 이 극장은 약 4만 명이 들어갈 수가 있다고 말했다. 아직까지 그 형태는 완벽하게 남아 있었고, 지금도 무대 밑에서 숨을 쉬면 제일 높은 꼭대기 위에까지 들린다는 말도 했다.

지금도 7월에서 8월 달에는 세계의 음악가들이 여기서 모여 공연도 하는 꿈의 전당이라는 곳이었다. 제일 중앙에 서서 노래를 부르면 산 위에까지 선명하게 들린다는 사실이었다.

높이가 얼마나 높은지 밑에서 위를 올려다보면 가물가물하게 보이는데 높이가 얼마라고 안내자가 틀림없이 말은 했지만 듣고도 잊어버린 것이 정말 아쉽다. 나의 좁은 소견에 아마도 산울림을 이용해서 건축한 것이 아닌가하고 생각도 해 본다. 옛날에도 자연을 이용해서 이렇게 웅장한 야외극장을 지었다니 정말 옛날 사람들의 지혜도 대단하다는 생각이 들었다. 그 당시도 사람들이 즐길 수 있는 시설물들은 다 만들어서 사용했다는 것이 중요한 것 같았다. 우리 부부도 무대 중앙에 서서 찬송가 “저 높은 곳을 향하여”를 멋지게 부르고 돌아왔다는 사실을 꼭 말하고 싶다. 이제 간단하게 그리스를 돌아본 이야기는 여기서 마치기로 한다. 그리고 우리 세 가족은 여기서부터 각자의 여행길로 헤어지면서, 우리 가족은 이스라엘로 가기 위해서 다시 3월 31일 저녁 7시 20분발 비행기에 몸을 실었다.

## 이스라엘로 가다.

이스라엘로 가는 비행기 속에는 독일 사람들이 아주 많았다. 이 사람들도 알고 보니 우리처럼 예수님의 발자취를 찾기 위해서 이스라엘로 가는 중이라고 말했다. 이 사람들은 가톨릭 신자들이었다. 이스라엘 상공에 비행기가 들어서기 바쁘게 갑자기 "와" 하면서 손뼉을 치면서 환호성을 지르는 소리에 우리는 깜짝 놀라서 눈을 번쩍 떴다. 주위를 돌아보니 하나같이 다 일어서서 큰소리를 지르며 손뼉을 치고 웃으면서 아우성 들이었다. 비행기 안에 동양인은 우리 부부뿐이었기 때문에 무슨 일인지 분위기 파악이 잘 되지 않았다. 잠시 후에 공항에 내려서 나가는 순간에도 왠지 분위기가 살벌했고, 별로 좋다고는 할 수가 없었다.

이스라엘은 북쪽으로 갈릴리와 이방 도시인 사마리아와 남쪽의 유다로 나누어져 있었고, 인구는 300만 명이고, 아랍인이 150만 명, 그리고 국민 소득이 일인당 5300불 정도라고 했다. 유대인은 구약만 믿었고, 신약은 믿지도 않으면서 예수님의 발자취로 인해서 해마다 엄청난 돈을 벌어들인다는 사실이었다.

예루살렘에서 하룻밤을 보내고 나서 예수님의 흔적을 찾아 나셨다. 이스라엘에서 오랫동안 예수님의 발자취를 연구하시는 전도사님의 안내로 먼저 여리고쪽으로 가면서 설명을 해 주시기 시작했다. 예루살렘 전체가 예수님의 발자취였고, 길에서 강도를 만나 다 죽어가는 사람을 여인숙으로 데리고 와서 병을 고쳐 주었다는 여인숙이 그대로 그 자리에 남아 있었다. 돌로 만든 흙집이 길옆 언덕 위에 있었고, 우물 속에는 아직도 물이 고여 있었다. 그리고 광야로 가면서 옆 절벽 밑으로 너무도 음침한 깊고도 깊은 골짜기가 이어지고 있었다. 바로 여기가 다윗이 양을 치면서 시를 노래했다는 "시편 23장"에 나오는 말씀 "내가 사망의 음침한 골짜기를 다닐지라도 해를 두려워하지 않을 것은 주께서 나와 함께 하심이라," 라는 노래가 간절한 힘과 뚜렷한 표현력에 정말 고개가 숙여지는 대목이었다. 양 떼를 몰고 이렇게 음침한 이 골짜기 저 골짜기를 지나다닐 때의 마음이 이미 하나님께서 자기를 인도하시고 보호하신다는 사실을 굳건하게 믿고 있었다는 것을 한눈에 알 수가 있었다. 믿음과 신앙이 어떤 마음에서 나오는지 희미하게나마 알 것도 같았다. 차에서 내려 골짜기 아래를 내려다보니 얼마나 깊은지 밑바닥은 보이지도 않았고 음침하게 희끄무레한 안개만이 산 중턱 허리를 휘어 감고 있었다.

광야에는 자갈과, 돌, 그리고 가시 풀밖에는 살 수가 없었고, 광야의 길이 전부 석회질이었다. 성경책에도 나오는 "로 뎀" 나무는 줄기가 가늘고 조그마한 가시나무의 종류였는데 광야의 돌 틈 사이에서 자라나고 있었다. 그리고 겨자 나무의 씨앗은 너무나 작아서 눈에는 잘 보이지도 않았다. 까만 점 정도의 크기였다. 어떻게 살짝 찍어 놓은 점보다도 작은 씨앗에서 이렇게 큰 나무가 자라날 수가 있는지 생각만 해도 신기했다. 예수님의 많은 비유 중에서도 가장 가슴에 와닿는 말씀이 "겨자씨 한 알과 같으니 땅에 심길 때는 땅 위의 모든 씨보다 작은 것이로되 심긴 후에는 자라서 모든 풀보다 커지면 큰 가지를 내나니 공중의 새들이 그 그늘에 깃들일 만큼 되느니라," 라는 말씀이 정말 가슴속 깊이 느껴졌다. 여리고시는 400m나 낮은 곳이었고, 비옥하고 기름진 땅인 만큼 헤롯왕이 여기에다 별장을 지었다는 곳이었다. 겨울에는 따뜻하기 때문에 열대어 식물과 과일들이 풍성하다는 말씀을 하시면서 근처에 있는 가게에서 주먹보다 크고 맛있게 생긴 오렌지와 망고와 그리고 다른 과일들도 가져오셨다. 우리는 모처럼 쉬면서 과일들을 맛보기 시작했다. 와우, 정말 달고 물이 많으면서 입안에서 그대로 사르르 녹는 것 같았다. 더 먹고 싶었지만 말을 할 수가 없었다. 높은 언덕에서 여리고 시내를 내려다보니 초록 색깔로 수놓은 듯한 싱그러운 느낌을 주었다. 그리고 여호수아와 일행들이 함성으로 소리를 질러서 무너뜨린 성이 여리고 시내에 있었다. 성안으로 들어가서 보니 무너진 흔적이 그대로 남아 있었고, 무너진 성벽 흔적을 "케니온" 이라는 영국의 여성학자가 발견했고, 성이 토성으로 지어졌기 때문에 무너질 확률이 아주 크다는 사실이었다. 그리고 여리고 시내 중간지점에서 삭케오가 예수님을 보기 위해서 올라갔다는 나무가 있었는데 "돌 무화과나무"라는 것인데 굉장히 오래된 나무인 만큼 크고 웅장했다. 성경에는 뽕나무로 나오지만 돌 무화과나무라고 설명해 주셨다. 그리고 이름도 모르는 작은 꽃들이 넓은 들판에 수없이 많이 피어 있었다. 그리고 야곱의 우물에는 갈 수가 없었다. 사마리아 땅을 거쳐 가야 하기 때문에 갈 수가 없다고 말씀하셨다. 사해 바다를 가는 도중에 유대인들이 모여서 집단생활을 하는 곳에도 잠깐 들렸는데 개인 소유가 아닌 단체 공동으로 모여서 생활하는 곳이 이스라엘에는 몇 백 군데나 있다고 말하셨다.

똑같이 일해서 먹고들 살고 있는 이런 단체를 "기브츠"라고 말하고 이런 단체생활에는 어느 나라 사람이든지 다 들어올 수가 있다고 말했다. 이 단체 속에도 우리 한국 사람들도 있다는 사실이다. 한마디로 말한다면 집단농장이라고 말할 수도 있겠다. 여기서의 하루생활 중 4시간은 히브리어와 아랍어를 공부하고, 또 4시간은 여행을 시켜주고, 나머지 시간은 노동과 잠을 자는 시간이라는 것이다. 우리는 기브츠에서 점심을 얻어먹고 다시 사해 바다 쪽으로 가는 도중에 풀 한 포기 없는 돌과 바위 꼭대기 흙산 위에 구멍이 뻥 뚫려 있는 곳이 보이기 시작했다. 그렇게 뻥 뚫린 구멍 속에서 제일 오래된 성경 "이사야"서가 발견된 "쿰란 동굴"이라고 말씀하셨다. 우리는 차에서 내려 돌산 높은 꼭대기 위를 올려다보면서 산 위를 올라가서 그 성경두러미가 있었다는 곳을 볼 수 없다는 것이 조금 아쉽고 안타깝다는 생각도 했다. 돌산 주위만 조금 돌다가 다시 사해 바다로 가기 위해서 우리는 차에 올랐다.

사해 바다는 너무나 깨끗하고 맑았다. 여행 온 많은 여러 나라 사람들이 바다 위를 둥둥 떠다니면서 놀고 있었다. 죽음의 바다 사해라고 말한다지만 역시 물이 말할 수 없이 짜서 두 번 다시 바닷물을 입에 넣고 싶지가 않았다. 물에 잠깐 넣었던 손이 마르면서 하얗게 소금으로 덮여있었다. 나는 순간이지만 여기다기 배추를 절인다면 정말 좋을 것 같다고 생각하면서 음식에도 많이 필요로 하지만 다른 용도로도 많이 쓰이는 이런 귀한 곳이 우리 한국에도 이렇게 자연적으로 생긴 소금 바다가 있다면 좋겠다고 마음속으로 엄청 부러워했다. 저 바다 멀리 무심코 바라보니 남편은 언제 옷을 갈아입었는지 바다 위에 둥둥 떠다니면서 같이 간 전도사님이랑 그리고 목사님이랑 재미나게 놀고 있었다. 천진난만하게 소금 바다 위에서 환하게 웃으면서 손짓하는 남편이 참 보기가 좋았다. 나는 구경만 하고 돌아온 것이 조금은 후회가 되는 기분이었다. 그 이튿날 다시 안내를 받으면서 예수님께서 탄생하신 베들레헴으로 가면서 구경을 하기 시작했다. 베들레헴에 있는 "탄생교회"로 들어가는 문을 "겸손의 문"이라고 불렀다. 이 교회는 4세기 때에 지은 건축이었지만 아직까지 잘 보존 되고 있었다. 그리고 목자들이 광야에서 천사를 만났다는 곳도 돌아보았고, 최초의 교회 "승천교회"는 3세기 때에 지었고, 예수님께서 이 자리에서 하늘로 올라가신 발자국 위에다가 건축이 되어 있었다. 그리고 "주기도문 교회"는 예수님께서 기도를 이렇게 하라고 기도문을 가르쳐 주신 자리에 교회가 세워져 있었다. 이 기도문이 세계 각국의 말로 다 적혀 있었다. 우리 한국말로도 적혀있는 곳을 보면서 나도 모르게 눈물이 흐르고 있었다. 한국 글자만 보아도 눈물이 나는 이유가 무언지 알 수가 없었다. 나는 우리 한국을 엄청 사랑하는 대한의 딸인 것이 분명한 사실인 것 같았다.

마리아 교회는 나사렛에 있었는데 문이 닫혀 있었다. 그리고 겟세마네(기름을 짠다는 말)교회는 마지막으로 기도하셨다는 겟세마네 동산이다. 기도하신 자리에 교회 건물이 서 있었다. 높은 언덕에서 내려다보니 예루살렘이 한 눈에 들어오는 것 같았다. 이스라엘 전역을 다 돌아도 우리나라 경상북도보다도 더 작은 나라에서 이렇게 엄청난 역사가 발생했다는 사실을 말로는 다 표현할 수조차 없는 감회였다.

그리고 이렇게 작은 국토를 가진 나라 속에서도 유대인들은 우수한 민족으로 세계를 지배하고 있다는 사실이 더욱 하나님의 역사가 대단하신 것 같았다. 날 때부터 눈 봉사인 사람을 눈 뜨게 해준 "실로암 못" 그리고 예수님이 고문을 당하신 고문실, 예수님의 무덤, 안식일 날 예수님께서 38년 된 병자를 고쳐 주셨다는 "베데스다 못" 그리고 나사로를 사흘 만에 살려 주셨다는 돌무덤, 또 다윗 왕 무덤을 보고 무덤 위에 예수님께서 열두제자들과 만찬을 베푸셨다는 "최후의 만찬"을 가졌던 자리, 예수님께서 폭풍을 잠잠케 하신 "갈릴리 호수" 또 떡 다섯 개와 물고기 두 마리를 가지고 오천 명이 넘는 사람들에게 배불리 먹고도 남았다는 그 자리에

"팔복 교회" 건물이 서 있었다. 그리고 온 갈릴리 지역에 다니시면서 사역하신 곳도, 귀신들도 내쫓으시고, 나병환자도, 중병병자도, 고치시면서 다니시던 예수님의 발자취를 대강은 둘러보았다. 마지막으로 예수님께서 십자가를 메시고 골고다 길을 걸어가신 예루살렘 성 전체를 돌아보면서 그 당시에 예수님이 그 무거운 십자가를 메시고 걸어가시는 모습이 눈에 선했다. 예수님께서 요한에게 세례를 받으셨다는 요단강에 갔다가 남편은 믿음 없는 아내를 위해서 요단강 물을 소중하게 담아서 테헤란까지 가지고 오는 열성에 나의 신랑이 너무 고맙고 대단했다. 예수님 부활하신 날에 나는 남편이 소중하게 가져온 요단강 물로 세례를 받았다. 요단강 물로 세례를 받았지만 아직까지 믿음도, 신앙도 없는 자신이 하나님께 미안한 생각도 들면서 많이 부끄럽다. 그리고 남편에게도 미

안했다. 하지만 마음속으로는 가족을 위해서, 그리고 이웃과 형제들을 위해서 마음속에 자리 잡고 계시는 하나님을 생각하면서 매일매일 열심히 기도한다고 말하고 싶다. 왠지 하나님 가까이 갈 때마다 두렵고 무서운 마음은 웬일인지 지금까지도 알 수가 없다. 이런 나의 마음을 아시는지 옆에서 잘 다독거려 주시는 사모님을 나는 참 좋아한다. 사모님께서는 항상 웃으시는 모습으로 모든 일들을 처리해 나가시는 모습을 바라보면서 역시 하나님의 딸은 어딘가 달라도 다르다는 것을 느낄 때가 참 많았다.

# 아름다운 산천

테헤란 시내에서 살고 있는 주민들은 언제부터인지는 몰라도 집에서는 잠을 잘 수가 없었다. 언제 어느 때 폭탄이 날아올지 그 누구도 모르는 상황이었기 때문이다. 대사관 팀들이나, 무역 상사 팀들은 안전한 곳에다가 빌라나, 호텔들을 잡아놓고 가족들을 피난시켜놓고 있었지만, 하루 벌어먹고 사는 우리 서민들은 생활에 쫓기다 보니 어떻게 할 수가 없었다. 우리 직장인들은 일을 해야 했기 때문에 멀리 갈 수도 없는 실정이었다. 우리 식구들은 집에서 미리 준비를 해 놓고 기다리다가 남편이 퇴근을 하면 곧바로 시내와 떨어진 산 밑쪽으로 찾아 들어가서 차를 세워놓고 차 속에서 우리 네 식구는 새우잠을 자고 이른 아침 일찍 다시 시내로 들어와서 남편은 회사로 출근해야만 했다. 사실 직장에 다니시는 남편들은 불쌍할 정도로 피곤에 지쳐 있었다. 처음 얼마 동안은 낭만적인 면도 있었다. 주위는 칠흑 같은 어둠이지만 저 멀리 밤하늘을 바라보면 달빛과 별들이 쏟아져 내리는 아름다운 밤하늘도 볼만했다. 이렇게 새우잠을 자는 것도 운치가 있었고 즐거운 마음으로 행복하다는 생각도 했었다. 하지만 시간이 흐르면서 몇 달이 계속 지속되고 보니 몸과 마음이 지치면서 전쟁의 허망함이 뼈에 사무치는 심정이었다. 이란에서는 해마다 한 달 동안 중식만 먹는 달이 있는데 이 기간을 "라마잔"이라고 말한다. 이때는 음식을 팔지도, 먹지도, 않고 한 달 동안 계속 되는 것이다. 라마잔이 시작되면 밖에서 사서 먹는다는 것은 불가능했고, 그 무엇도 살 수가 없었다. 이런 달이 겹치게 되면 피난 다니는 사람들이 너무나 힘이 들었고, 잠자리도 불편했다. 이란 사람들은 아무 데서나 잠을 잘 자기 때문에 이번 피난길에 "전갈(스콜피오)"이라는 독충에게 물려서 죽은 사람들도 많았다고 이란사람들이 모여서 말들을 하고 있었다. 그래도 우리는 한국에서 만든 텐트를 힘들게 구할 수가 있었기에 다행이었다. 남편은 역시 우리를 도우시는 하나님에게 감사와 찬양을 드려야 한다면서 피난 떠나기 전에는 꼭 감사의 기도를 드리고 출발하는 것이 남편의 제일 중요한 일과였다.

남편은 목소리가 참 좋다. 찬양도 멋 떨어지게 잘도 부르지만 대중가요도 정말 잘 부른다. 나는 남편이 부르는 유행가를 엄청 좋아한다. 남편은 차 안에서도 언제나 찬양을 잘 부른다. 마침 이번에는 주말이 끼어서 남편은 모처럼 기쁨이 넘치는 목소리로 오늘은 피난도 하면서 낚시도 즐길 수 있는 좀 먼 곳으로 가기로 목적지를 정했다면서 즐거운 마음으로 피난길에 나섰다. 잠잘 수 있는 텐트 하나만 해결이 되어도 이렇게 마음이 홀가분하고 즐거운 여행길이 되는 줄은 미처 몰랐다. 우리 식구들은 한목소리로 "정말 이렇게 좋을 줄은 예전에는 미처 몰랐어요." 라고 노래를 부르면서 한바탕 웃으면서 테헤란 시내를 벗어나고 있었다. 아발 리란 약수터가 있는 곳까지 와서야 차를 세우고 큰 통으로 약수를 받아서 차에 싣고 나서 옆을 쳐다보니 마침 길가에 양고기를 구워서 파는 곳이 있기에 양고기 12 꼬챙이와 둑(이란에서만 만들 수 있는 특유한 음료수)을 사서 시켜 먹고는 남편은 신명나게 찬양을 부르면서 또다시 아스팔트 길을 달리기 시작했다. 몇 시간을 달려서 산 위로 올라가기 시작했는데 시간이 꽤 많이 걸렸다. 그리고 높이 올라갈수록 비포장도로에 산길이 계속되고 있었다. 꼬불꼬불 산허리를 계속 돌면서 돌과 자갈이 깔려서 운전하기가 무척이나 힘이 들어 보였다. 남편은 무슨 일이든지 다 잘하지만 특히 운전은 정말 잘하는 편이다. 돌이 깔려 있는 좁은 산길을 통과하려니 시속 5㎞밖에는 달릴 수가 없었다. 해가 지기 전에 도착하기 위해서 조심히 서둘러서 달리고 있는 것 같았다. 산 중턱으로 올라오는 산 능선 양지쪽 위와 그리고 밑에 계곡에는 이름도 알 수 없는 야생화에 둘러싸인 빨강 색깔의 꽃들이 넓고 넓은 들판 위에 햇살이 반사되어 아름답게 반짝이고 있었다. 아마도 한국 같으면 이런 산비탈에 밭이나 과수원으로 사용해도 좋을 것 같은 넓은 산비탈이 계속 이어지는 길을 보면서 남편과 나는 이란 땅이 참 부럽다고 서로 말하면서 천천히 오르막길을 올라가고 있었다. 또다시 산허리를 돌아서 올라가니 조용한 분위기에 이번에는 노란색의 들꽃들이 산 전체를 뒤덮고 있었다. 아름다운 향기로 우리들에게 잘 왔다고 손짓하고 있는 것 같았다. 싱그럽고 넉넉한 햇살로 반짝이고 있는 산허리를 돌면서 우리는 차에서 내려 사진을 찍으면서 꽃향기에 도취되어 아이들과 같이 모처럼의 행복하고 즐거운 시간이기도 했다. 비도 오지 않는 메마른 땅인데도 수십 가지의 꽃들이 피고 지고 있었다. 그리고 꽃 색깔도 약 30일 간격으로 바뀌면서 피기도 하고 지기도 한다니 정말 대단한 자연의 힘이었다. 한국에도 이런 아름다운 산천이 있다면 관광지나 휴양지로 유명해졌을 것도 같아서 무척이나 이란 땅이 부러웠다. 이렇게 쓸모있는 땅들이 넓게 깔려 있는데도 개간도 하지 않고 방치해 두고 있다는 것이 아까운 생각도 들었다. 이때 갑자기 뒤에서 아이들이 "와" 하고 소리를 질렀다. 얼마를 달리다 보니 저 멀리 산꼭대기 지점에서 푸른 호수가 바다처럼 보이는 곳이 나타나기 시작했다. 아이들이 보고 좋아서 손뼉을 치면서, "와, 바다가 보인다," 라고 소리치면서 야단들이었다. 정말 멀리서 바라보니 산꼭대기 위에 바다가 보였다. 푸른 바다와 파란 하늘이 닿아서 같이 어우러져 아주 아름답게 보석처럼 반짝이고 있었다. 이렇게 깊고 높은 산중에 저렇게 맑은 호수가 있다니 정말 놀라운 일이었다. 산 위로 올라갈수록 바로 호수의 부분이 확실하게 드러나 보이고 있었다. 앨브러즈 산맥에 제일 높은 "담마반드" 산이었다. 산허리를 계속 돌아 올라가는데 산 위가 완전히 별천지였고, 바로 옆 산에는 눈이 옥양목처럼 하얗게 덮여 있었다.

조금 밑으로 들판에는 수십 가지의 이름 모를 야생화들이 우리를 반갑게 맞이해 주는 것 같았다. 철모르는 아이들이 환하게 웃는 것처럼 깨끗하고 맑은 미소로 아름다움을 과시라도 하는 것처럼 고개를 바싹 쳐들고 지나가는 우리들에게 한껏 뽐내는 모습들을 볼 때 이런 깊은 산중에도 수십 가지의 야생화들이 피어나고 있다는 사실이 정말 대단했다. 골짜기마다 눈 녹은 물이 졸졸 흘러내려서 이렇게 모인 물이 큰 저수지를 이루고 있었다. 이곳은 몇백 년 전에 화산이 폭발하면서 이런 큰 못이 생겨났다는 곳이다. 일 년 열두 달 눈으로 덮여있고 쌓여 있었기 때문에 물이 항상 차고 넘치고 있다는 것이다. 그래서 이곳을 댐으로 만들었다는 말이었다. 물이 맑고 차서 고기들이 많이 살고 있기 때문에 낚시꾼들이 항상 몰려들고 있다는 것이다. 경치 또한 일품이라 가족들과 함께 즐기는 곳으로는 아주 안전하고도 좋은 장소였다. 다 올라오니 벌써 다른 사람들도 많이들 와서 즐거운 시간을 보내고 있었다. 물이 수정처럼 맑았고, 고기들이 물 위로 뛰어오르면서 햇살과 부딪치는 순간에 눈이 부시어 눈을 뜰 수가 없었다. 말로는 표현할 수 없을 만큼 황홀했다.

물이 너무 깨끗하고 지나치게 맑은 물에는 물고기가 살지 않는다는 옛말이 생각이 났다. 수정같이 맑은 호수 속에 강렬한 빛이 아름답게 스며들면서 오색 빛을 발하고 있었다. 여기저기 물고기들이 물 위로 뛰어오를 때마다 사람들의 환성으로 기쁨과 환희로 가득한 목소리가 여기저기서 막 터져 나왔다. 너무나 아름다운 경치 속에 완전히 파묻혀 버린 순간들이었다. 전쟁을 피해서, 이락기의 폭탄을 피해서 여기까지 왔다는 사실조차 까맣게 잊어버린 사람들 같았다. 전쟁의 무서움과 불안 속에서 허덕이다가 왔지만 지금 이 순간만은 입속에 달콤한 사탕을 빨고 있는 느낌이라고 할까, 말로는 표현할 수조차 없는 절정의 극치였다. 산봉우리가 화산으로 인해서 이렇게 큰 호수로 변해 있지만 이런 자연의 모습도 다 하나님의 섭리라는 생각이 들었다. 아마도 이런 아름다운 경치는 어느 외국 영화에서도 찾아보기 힘들 것 같다는 생각도 들었다. 밤에는 엄청 추워서 잠을 잘 수가 없었다. 벌벌 떨면서 자야 했지만 어느새 아침이었다. 텐트 속에는 아이들도 남편도 아무도 없었다. 남편은 낚시로 즐거움을 만끽할 것이고, 아이들은 가슴 펴고 모처럼 넓은 들판에서 이름 모를 꽃들과 아름답게 지저귀는 새들과 같이 뛰어놀 수 있는 공간이 생겨서 즐거울 것도 같다는 생각을 하면서 텐트 밖으로 나왔다.

눈앞에 펼쳐진 전경 앞에 찬란한 아침햇살과 신선한 공기가 나의 얼굴에 환히 비추는 순간에 넋을 잃고 쓰러질 것만 같았다. 푸른 못 뒤에는 깎아 놓은 듯이 경사진 나무줄기 사이마다 눈이 녹지 않고 하얗게 쌓여 있었고, 이제 막 솟아오르는 태양으로 인해서 물 위에는 수십 가지의 광채로 눈을 뜰 수 없을 정도로 아름다운 자연의 극치였다. 산 정상으로 올라가는 길이 있으리라고는 생각지도 못했는데 아이들의 노랫소리가 산 정상에서 들려오고 있었다. 화창한 날씨에 파란 하늘에 동동 떠다니는 하얀 구름까지도 나를 행복하게 했다. 텐트 친 바로 옆에는 조그만 개울에 눈이 녹은 물이 졸졸 정겹게 흘러 내려오고 있었다. 나는 어린아이처럼 개울에 앉아서 맑은 물 위에 예쁘지도 않은 얼굴을 비쳐 보면서, 보석같이 빛나는 물속에 손도 담그기 조차 미안했다. 수정같이 빛나는 맑은 물에 물장구를 치면서 싱그럽고 차가운 물에 세수를 하고선 남편이 낚시를 하고 있는 장소를 찾아가기로 생각을 하고 운동화로 바꾸어 신었다. 그리고는 천천히 산길을 걷기 시작했다. 댐을 가운데 두고 산으로 둘러싸여 있었기 때문에 산허리를 돌아서 좁은 산길을 걸어가면서 밑으로 내려다보니 이렇게 높은 산 중턱에 수도 없이 많은 양 떼들이 옹기종기 모여서 눈 속을 비집고 나오는 그 무엇을 열심히 먹고 있는 모습이 한 폭의 멋진 그림이었다. 이름 모를 들꽃들이 저마다 향긋한 향기를 날려서 자기들의 다른 모습으로 짙은 향기, 은은한 향기를 뽐내면서 아침 이슬을 받아 반짝이는 가지각색의 아름다운 빛으로 나를 반기고 있었다. 그 밑으로는 눈 녹은 맑은 물이 흘러내리면서 반갑다고 소리치고 있었다. 나는 대자연에 황홀하게 빼어난 아름다운 경관에 넋을 잃고 그만 발길을 멈추고 말았다. 신비로운 꽃향기를 가슴에 듬뿍 담고서 콧노래를 부르면서 상쾌한 마음으로 기분 좋게 산 비탈길을 따라 꼬불꼬불 끝도 없는 산길을 걷고 있었다. 가지각색의 작은 꽃잎들의 향연을 들으면서 그윽한 짙은 향기가 쌀쌀한 추위에 웅크리면서 걷고 있는 나의 온몸을 소리 없이 따뜻하게 휘감는 것 같아서 기분이 참 좋았다. 얼마를 돌았는지 꼬부랑길 귀퉁이를 돌아오니 저 멀리 한쪽 구석에서 열심히 낚싯대를 던지고 있는 남편의 모습이 눈에 들어왔다. 순간 남편이 잡고 있는 낚싯줄 끝에 오색 빛을 발하는 하얀 바탕의 검은 빛이 돌면서 빨간 반점이 찍혀 있는 고기 한 마리가 대롱대롱 걸려서 아침 햇살을 받아 반짝이면서 춤추는 모습으로 달려 올려오고 있었다. 물고기가 달려서 올라오는 순간 옆에 앉아서 같이 낚시하던 이란사람들도 좋아서 "와" 하면서 환호성을 질렀고, 가까이 막 뛰어오면서 소리치는 이란 남자들도 있었다. 나도 덩달아 좋아서 손뼉을 치면서 남편이 있는 곳으로 막 뛰어가기 시작했다.

이렇게 아름답고 그림 같은 풍경을 어떻게 표현을 하고 글로 담아 낼 수가 없다는 것이 정말로 안타까웠다. 밑에서 보면 까마득하게 올려다보이는 산 정상이지만 이렇게 높은 산꼭대기에 수십 가지의 이름 모를 야생화들이 달 달이 색깔이 바뀌면서 피고 지고 있다는 사실이 놀라웠다. 정말 하나님의 작품이 아니고는 인간으로서는 상상도 할 수조차 없는 이런 대단한 대자연의 신비를 본다는 사실 하나만 해도 너무 감사하고 행복으로 가슴이 터질 것만 같았다. 초록의 넓은 들판 위에 작은 나무 사이마다 하얀 눈송이와 꽃들 그리고 아름다운 새들의 속삭임이 있는 이런 천국이 이렇게 높은 산 정상에 있다는 사실이 정말 의문스러웠다. 이란에도 이렇게 물이 맑고 아름다운 산천이 있다는 사실을 모든 사람들에게도 알리고 구경도 시켜주고 싶은 생각이 간절했다.

우리는 여기서의 꿈같은 시간을 보내면서 아름다운 들판과 하늘에서 내려오는 예쁜 햇빛으로 인해서 찬란하게 빛나는 푸른 호수가 있는 곳, 그리고 눈 속을 힘차게 비집고 나오는 초록의 잔디 위에 덮인 산천을 가슴속에 담고는 사흘 만에 아쉬운 마음을 뒤로 한 채 다시 테헤란으로 돌아올 준비를 하기 시작했다.

# “불안의 연속”

아름다운 산천에서 사흘을 보내고 아쉬운 마음을 뒤로하고 테헤란으로 돌아오는 길에 긴 터널로 통과하는 입구에서부터 차들이 길게 줄을 서 있었다. 겨우 몇 시간을 기다린 끝에 밀려서 터널을 통과하고 보니 큰 사고가 나 있었다. 사람이 길게 누워 있었고 주위에는 붉은 핏빛으로 물들어 있었는데 석양에 노을이 황금빛으로 온 대지 위에 태양 빛을 받아 모든 사물이 붉게 비쳐서 아름다운 광채로 빛이 나고 있었다.

그 밑바닥에는 처절하도록 안타까운 울부짖음으로 메아리치고 있었다. 차마 두 눈 뜨고는 바라볼 수가 없을 정도로 가슴 아픈 현실이었다. 모두가 외면한 채 돌아서 굳게 입을 다물고 있었지만, 이런 것이 바로 전쟁이구나 하고 느끼면서 꼭 폭탄이 떨어지고 집이 무너져야만 이 전쟁이 아니고 이런 모든 것들이 다 전쟁이라는 것을 가슴 깊이 새기면서 울적하고 슬픈 마음으로 집에 돌아왔지만 마음이 편할 수가 없었다. 여기 이란 사람들은 운전대만 잡았다 하면 목숨이 몇 개나 되는 사람들처럼 무섭게 달리는 것이 큰 문제였다. 하지만 테헤란이나, 뉴욕 등에서 운전을 잘 할 수가 있으면 세계 어느 나라에서든지 운전을 할 수가 있다는 말들이 나올만도 하다는 생각도 들었다.

이란사람들이 보기에는 심성이 착해 보이지만 운전대만 잡았다 하면 난폭한 폭군이 되는 것이 참 이상하다는 생각도 들었다. 교통지옥에서도 질주를 하는가 하며, 틈만 생기면 끼어들어 오는 못된 운전습관 때문에 아찔한 순간들이 수도 없이 많았다. 그리고 피난 도중에 교통사고로 죽음이 기다리고 있을 줄은 그 누구도 몰랐을 것이다. 우리 가족도 이런저런 말에 현혹되지 말자고 말하면서 불안해도 이제 그냥 집에서 지내자고 서로 얘기를 하면서 집으로 돌아왔다.

피곤도 하지만 교통사고가 일어나는 것을 보고 나니 정신이 번쩍 들면서 아찔한 기분이었다. 나는 요사이 마음속으로 하나님을 자주 찾는 자신을 발견하고는 깜짝 놀라곤 한다. 전쟁의 풍랑 속에서 지금까지 시달리며 살아오고 있지만 자신이 하나님의 품속에 있는지조차도 모르고 오직 남편이 가는 길로만 따라서 삶을 엮어 왔다고 말하고 싶다. 이런 나의 삶이 진정한 참된 모습인지 알 수는 없지만 지금은 오직 남편의 믿음과 신앙 그리고 용기와 진실성으로 가득한 남편을 믿을 수 있다는 사실이 행복하다는 생각도 들었다. 그래도 주위에서는 많은 분들이 남편의 대표 기도를 기다리는 사람들이 많았다. 왜냐하면 남편의 기도 속에는 신실한 새순이 돋는 꽃나무와 같은 환희와 기쁨이 샘솟듯이 가슴에 와 닿는 평안을 안겨 준다면서 사모하는 사람들이 생각보다 참 많았다. 사실 나도 속으로 남편은 말도 잘하지만 기도도 참 잘한다고 생각은 하고 있었다. 남편의 기도는 정말 힘이 있고 신실한 그 무엇이 있는 것도 같았다. 남편이 대표 기도를 드릴 때는 가슴이 뜨거워 오는 전율을 느낄 때도 있었고, 남편의 기도를 기다리는 사람들을 예전에는 이해를 할 수가 없었지만 이제는 조금은 알 것도 같았다. 남편이 엄숙한 모습으로 기도를 드릴 때 나는 가끔 눈을 반쯤 뜨고는 남편의 기도 드리는 모습을 바라볼 때가 가끔 있다. 믿음이 없는 나는 모두가 열심히 기도하는 동안에도 눈을 뜨고 여기저기 살필 때도 있었다. 남편이 기도드릴 때는 온몸과 온 정성을 다해서 드리는 기도라는 것을 믿음이 없는 내가 보아도 알 것 같았다. 온 얼굴에 땀인지 눈물인지는 알 수가 없었지만 온신의 힘을 다해서 하나님을 찾는 것 같았다. 남편이 존경스럽다는 생각도 가끔 하지만, 나는 남편의 기도와 진정한 사랑을 훔치고 있는 마귀인지도 모르겠다는 생각도 가끔 해 본다. 그리고 남편은 항상 성경책을 들고 회사로 출근한다. 다른 사람들보다 일찍 출근해서 공항에 땅굴을 파 놓은 곳으로 들어가서 기도와 찬양과 그리고 성경을 묵상하고 나서야 일을 시작한다는 말들이었다. 이런 남편의 행동이 회사 전체에 소문이 자자했다.

남편은 모든 것을 하나님께 의탁하면서 살고 있다는 사실을 알면서도 나는 가끔 부정적으로 받아들일 때가 많다. 지금은 힘든 전쟁의 방황 속에서 끝없는 불안과 절망의 깊은 수렁 속에서 살고는 있지만 나는 마음속으로 남편의 믿음으로 인해서 하나님께서는 우리 가족을 눈동자와 같이 지켜 주실 것만 같았다. 지금은 오직 사랑이 많으신 하나님에게 모든 것을 맡길 수밖에 없는 실정이었다. 그리고 전쟁의 피비린내가 오늘도 이 중동의 하늘 위에서 종교적 대립과 삶의 날카로운 대결 속에서 살벌한 막다른 골목까지 와 있지만 아직도 내일을 모르는 우리의 부평초 같은 떠돌이 외국인들의 소망은 불안이 없고 평화와 안정을 누릴 수 있는 매일 매일을 달라고 하나님께 열심히 기도드리고 있다고 말하고 싶다.

하루하루 불안 속에서 살아가고 있는 모든 시간들이 죽음과 연결이 되어 있기 때문에 더욱 숨이 막히는 순간들인지도 모르겠다.

이제는 또 미사일이 날아올 것이라는 소문이 날개를 달고 여기저기 퍼져 나갔다. 미사일이 날아온다는 말이 계속 나돌고 있기 때문에 불안한 마음과 걱정으로 쉽게 잠을 잘 수도 없었다.

저녁을 일찍 먹고 같은 직장인의 집에서 모여 앞으로의 대비책을 서로 의논들을 했지만 특별한 의견들이 나올 수가 없었다. 남편들은 회사에 가야만 했고, 아이들은 학교에도 가야 하기 때문에 다른 별도리가 없었다. 테헤란 시내가 다 무너진다고 해도 이대로 테헤란에 머물기로 합의를 보고 돌아왔다. 지금까지 피난을 다녔지만 인명피해는 없었다. 교통사고는 있었지만 접촉 사고로써 큰 피해는 없었다. 어느 정도 잠잠해지자 학교도 정식으로 문을 열었지만 안정된 시간이 길지는 않았다. 밤마다 새벽마다 이제는 시간을 다투어 가면서 이락 폭격기가 들어왔다. 폭탄 터지는 소리도 더욱 요란스럽게 테헤란 시내를 뒤흔들어 놓았다. 남편은 언제든지 피할 수 있는 자세로 준비를 하고 있어야 한다고 거듭 당부를 했지만 급박한 상황일수록 사람의 마음은 조급하고 불안한 것이 당연한 것 같았다. 5일 동안 계속 폭격기가 날아왔고 간밤에 떨어진 폭탄으로 인해서 많은 사람들이 죽었고, 집들이 무너졌다는 소문이었다. 폭격당한 근처에 다녀온 사람들이 차마 눈 뜨고는 볼 수가 없었다고 말들 했다. 피비린내와 가스 냄새와 혼합이 되어서 근처에는 가까이 접근할 수가 없었다는 것이다. 폭탄이 떨어지기 전에 이 빌딩에서는 파티가 열리고 있었는데 빌딩 주인 딸의 생일이었기 때문에 많은 사람들이 초대되어 왔었고, 그리고 딸아이 친구들도 함께 이런 엄청난 죽음을 당했다는 말들이었다. 이 소식에 가족 친척들이 듣고 달려와서 파괴된 현장을 보고 너무나 놀란 나머지 심장마비로 죽은 사람도 있었고, 기절해서 병원으로 실려 가는 모습들을 보고 와서는 모두들 모여서 하나같이 혀를 차고 머리를 흔들면서 비통한 표정들로 야단들이었다.

이란 여자들은 우리를 쳐다보면서 우울한 표정으로 하는 말들이 빨리 너희 나라로 돌아가라면서 왜 이렇게 위험한 곳에서 살려고 하느냐고 말하고는 혀를 차면서 안타까워하는 모습들이었다. 우리를 무척이나 걱정하는 것처럼 불쌍하다는 표정으로 쳐다보고 있었다. 죄 없는 어린 생명들이 무차별하게 인간이 만든 기계로 인해서 죽어가야 하는 이런 무서운 전쟁을 증오하고 원망하고 싶은 심정이었다. 사람들이 계속 죽고 있는 반면에 신문이나 뉴스에는 일절 모든 사실을 숨기고 있었다. 매스컴으로는 아무것도 알 수가 없었다. 오늘은 늦게야 회사에서 퇴근한 남편의 얼굴이 어둡고 심각한 표정이었다. 나는 기분이 이상해서 왜 늦었느냐고 물었지만 아무 말도 없이 방 안으로 쑥 들어가 버리는 남편이 야속스러웠다. 나는 묻는 것을 포기하고 얼른 저녁을 준비했다. 저녁을 먹고 있는 남편의 얼굴이 계속 울상이었다. 저녁을 먹지도 못하고 있는 모습이 아무래도 무슨 일이 생긴 것이 분명한 것 같았다. 나는 얼른 부엌일을 끝내고 들어와서 남편 얼굴을 쳐다보면서 오늘 회사에서 있었던 모든 일들을 말해 줄 것을 부탁했다. 식사도 하지 못하고, 도대체 무슨 일이냐고 궁금해서 죽겠다는 표정으로 매달렸다. 남편은 심각한 얼굴로 곧 눈물이라도 흘릴 것 같은 모습으로 한참 말없이 나를 쳐다보다가 말을 하기 시작했다. 같은 직장에서 일하는 현지인의 집이 간밤의 폭격으로 인해서 집이 무너지면서 쇠창살에 찔려 죽었다는 말이었다. 새벽 4시 15분에 떨어진 폭탄으로 옆집이 맞고 무너져 내리면서 울림으로 같이 무너졌다는 것이었다. 폭탄 떨어지는 소리가 들려서 계단으로 나와 앉아 있다가 이런 변을 당했다는 것이다. 회사에 동료들이 다 참석한 가운데 장례식을 치르고 왔다는 말이었다.

이제 34살인데 결혼도 못 하고 동생들을 돌보면서 살아왔고, 자기 집은 위험하다고 친척집에 피난 와 있었는데 그날 저녁에 식구들이 아무래도 위험하니 함께 피난 가자고 말했지만 자기는 집을 지켜 주겠다면서 혼자 남았다가 이런 변을 당했다는 것이다. 그러니 사람 운명이란 다 정해져 있다는 생각도 들었다. 그리고 또 한 사람은 등뼈가 부러져서 병원에 입원해 있고, 회사에 출근하지 않는 사람들이 많다고 말하면서 남편은 길고도 깊은 한숨을 내쉬면서, 우리도 이제 여기서 떠날 때가 되었다고 힘없는 목소리로 말은 했지만, 쉽게 결정할 수도, 실천으로 옮기는 것도 조금은 무리가 있을 것도 같았다.

이런 위험한 현실을 보고 어떻게 집에서 잠을 잘 수가 있겠느냐면서 다시 밤에는 산 밑으로 가서 자고 오자면서 준비를 하자고 서두르기 시작했다. 가고 오고 하는 것도 고역이지만 도로에는 피난민들로 인해서 완전히 교통지옥이었다.

길에서 시간을 다 보내야 하는 날이 허다하기 때문에 너무 힘이 들었다. 그리고 새벽에 시간 맞추어서 회사에 출근하려면 여간 힘든 일이 아니었다. 하루가 멀다 하고 무서운 말들만 오가니 우리 같이 직장을 가진 사람들은 어디에다 장단을 맞추어야 할지 걱정이 아닐 수가 없었다. 물론 팔자 좋고, 돈 많은 사람들은 카스피해 쪽이나 람사나, 이런 조용한 지방에 집을 얻어 놓고 가족들을 피난시켜놓고 있으면서 생활하고 있다는 것이다. 이 사람들 말이 이런 폭탄 소리에 놀라지 않는 것만 해도 본전을 뺀다는 말을 할 때는 너무 얄미운 생각에 이 사람들 입을 벙어리로 봉해 버리고 싶다는 생각도 들었다. 또 오늘은 누가 어디서 어떻게 들었는지 모르지만 100시간 안에 테헤란 시내를 다 비우라는 등, 그리고 테헤란 시내를 무차별 폭격한다는 등, 이런 소문들이 꼬리를 물고 금방 테헤란 시내에 퍼져 나갔다. 이스라엘 방송에도 했고, 미국 방송에서도 했다는 소문들이 허다하게 퍼져 나갔지만, 이제는 피난이고 뭐고 간에 집에만 있고 싶은 심정이었다. 얼마 전만 해도 우리가 이란사람들보고 양 대가리라고 비웃었는데 요사이는 이란사람들이 우리 외국인들을 보고 비웃고 깔보는 것 같았다. 이란사람들도 자기 나라를 떠나고 싶어 하는데 외국인들은 이렇게 위험한 전쟁 속에서도 나갈 생각을 하지 않고 머물고 있는 모습이 이란사람들 눈에는 이상도 하고 불쌍하게 보이는 모양이었다.

하루는 남편이 근무하는 회사에 같이 일하는 사람이 조용히 남편을 불러서 한다는 소리가 자기가 한국에 나가보니 정말 살기가 좋고 불편한 점이 없었는데 왜 너희 나라 사람들은 그렇게 살기 좋은 나라를 두고도 이렇게 위험하고 전쟁으로 인해서 살벌한 분위기 속에서 살고 싶으냐고 위로의 말을 했다는 것이다. 그리고 자기는 한국에서 살 수만 있다면 영원히 살고 싶다고 말하면서, 너희 나라 사람들은 너무나 친절했고, 특히 아가씨들이 더욱더 친절했다는 이란 남자의 말이 너무 기분이 나빴다고 말하는 남편의 마음을 조금은 이해할 것도 같았다.

또다시 이란사람들이 한 집 두 집 피난들을 떠나가니 우리도 그냥 집에 있을 수만은 없었다. 살려면 피난을 가야 할 것이지만 이제 먹을 음식들을 준비하기도 지쳐 있었다. 한국처럼 나서면 무엇이든지 다 구입할 수 있는 것도 아니고 부식이 제일 걱정이었다. 물론 여기서도 고추가 나오지만 너무 매워서 함부로 먹을 수도 없었다. 여기 고추를 얼마 동안만 먹는다 해도 위장이 아무리 튼튼한 사람이라도 금방 위장에 구멍이 날 것이기 때문이다. 그러니 한국 사람들이 한국에 한 번씩 휴가를 가면 고춧가루는 필수품으로 잊지 않고 많이들 가지고 와야만 한다. 그리고 된장은 담아서 먹는 것이 보통이고, 콩은 여기서도 많이 생산되고 있기 때문이다. 간장은 소금으로 대신 먹고 진간장은 일본에서 많이들 사 가지고 와서 먹는다. 물론 여기서도 한국 사람들이 팔고는 있지만 값이 너무 비싸기 때문에 보통 가정에서 사서 먹기가 큰 부담이 되기 때문이다. 이제 피난 다니는 것도 너무 지쳐서 누가 무슨 말을 한다 해도 집에서 나가고 싶은 생각이 조금도 없었다.

이제는 우리들 생각에 전쟁도 마무리를 짓는 단계에 들어서지 않았나 하는 느낌도 들었다. 왜냐하면 회사에서도 하나둘 외국인들을 자기 나라로 내어 보내고 있다는 소문이 돌고 있었다.

전쟁이 끝이 나면 전선에서 목숨 걸고 싸우다가 돌아오는 용사들에게 무엇이 필요하겠는가, 바로 먹고 살 수 있는 일자리일 것이다. 그리고 전쟁터에 나가기 전에 미리 약속을 다 받았다는 말들이었다. 살아서만 돌아오면 모든 것이 보장이 되고 영웅처럼 될 것이라는 말을 가슴속에 지니고 젊은 남자들이나, 늙은 남자들이 전쟁터 속으로 용감하게 싸우러 나갔다는 것이다. 이런 말들이 오가는 이란 사회 속에서 살아가야 하는 외국인들의 마음은 얼마나 서리고 아프겠는가, 이런 시점에서 남편도 가끔 말을 한다. 이란을 떠날 때가 되었다고, 하지만 이런 사실들을 알면서도 막상 떠나야 할 우리들은 망설이고 있다는 사실이 무척 안타깝다.

제3국도 생각을 해 보지만 큰돈이 없이 나간다는 것도 힘든 일이었다. 우리 한국 사람들도 하나같이 마음의 결정들을 못 하고 있을 때 그러니까 1988년 2월 29일 우리 가족은 저녁 초대를 받아서 같은 교인의 집에서 한창 저녁 준비로 정신들이 없을 때였다.

## "미사일이 날아오다."

한국 사람들은 너나 할 것 없이 마음의 결정들을 못 하고 있었다. 그런데 일이 터지고 말았다. 1988년 2월 29일 우리 가족은 저녁 초대를 받아 같은 교인의 집에서 한창 즐거운 저녁 식사를 하고 있었다. 그때 갑자기 전깃불이 꺼지면서 "쾅" 하고 터지는 순간 건물 전체가 흔들리는 동시에 테헤란 시내가 통째로 흔들리고 있었다. 모여 있는 우리들은 동시에 공포 속에 휘말리면서 꼼짝도 할 수가 없었다. 어둠 속에서의 얼굴 표정들은 볼 수 없었지만 모두가 두려움에 떨고 있는 것이 확실했다. 폭음의 소용돌이 속에서 테헤란 시내가 무섭도록 조용한 분위기였다. 이렇게 공포의 도가니 속에서 허우적거리고 있을 때 또 다른 두 번 세 번의 폭음 소리에는 서 있기조차 힘이 들 정도의 진동에 비틀거리면서 귀속이 멍해지는 큰 충격의 폭음 소리에 정신을 차릴 수가 없었다. 아래층에서 놀고 있던 아이들도 놀라서 어두운 계단을 급하게 소리를 지르면서 뛰어올라 와서 거실로 모여들었다.

밖에는 비까지 부슬부슬 내리고 있었다. 온 세상이 암흑천지 속에서 비명 소리만이 귓가에 아련히 흩어져 들려오고 있는 것만 같았다. 경보 사이렌 소리도, 사방에서 쏘아 대는 대공포 소리도, 들리지 않는 것이 더욱더 이상한 일이었기 때문이다. 한참 동안의 시간이 지나자 다시 전깃불이 들어 왔지만 모두가 하나 같이 꿀 먹은 벙어리처럼 아무 말들이 없었다.

지금까지 항상 이락비행기가 공습을 할 때는 어느 지하방송에서든지 미리 예고를 하고 폭탄이 날아왔었다. 그리고 경보기라도 울렸는데 지금은 그냥 공포 속에 휘말려서 아무 생각도 나지 않는 표정들이었다. 한동안 잠잠했었기 때문이기도 하고 안전한 시간 속에서 지내 왔기에 더욱 놀라고 불안했다. 이락기가 들어와서 떨어트리고 간 폭탄의 위력은 결코 아닌 것 같았다. 모여 있는 우리들은 모두가 공포에 떨면서 눈들만 크게 굴리면서 서로 얼굴들만 쳐다보고 앉아 있었다. 밤 11시가 넘어서야 각자 집으로 돌아가기 위해서 밖으로 나왔다. 비는 오지 않았지만 하늘에는 별들도, 달빛조차 없는 캄캄한 암흑의 밤거리이었다. 테헤란 시내가 무섭도록 조용했고, 길에는 홍수처럼 밀리던 차들이 다 어디로 사라졌는지 흔적도 없었다. 바로 지척도 분간할 수 없을 정도로 칠흑같이 어두운 밤이었다. 집으로 돌아왔지만 불안해서 밤이 새도록 잠도 못 이루고 뒤척이다가 겨우 새벽녘에야 잠이 들려는 순간에 또다시 20분 간격으로 엄청난 폭음소리가 테헤란 시내를 강타하고 있었다. 나는 두 번째 터지는 폭음소리에 너무 놀라서 침대에서 떨어지고 말았다. 정말 무서웠다.

얼른 일어나서 남편이 자고 있는 침대로 기어들어 갔다. 침대 속으로 파고 들어가니 남편도 놀라서 당황하고 있었지만 아내가 놀라서 남편 품속으로 파고들어 오니 더욱 정신이 없었던 모양이었다. 틀림없이 집 가까이에 떨어진 것이 확실했다. 집주인 이란 여자도 놀라서 뛰어올라 와서는 아무 일이 없느냐고 물었다. 자기들도 무슨 일인지 통 알 수가 없다고 말하면서 벌벌 떨고 있는 모습이 더욱 당황스러웠다.

아침에 출근한 남편에게서 급하게 연락이 왔다. 어젯밤부터 떨어진 것이 폭탄이 아니고 미사일이 날아 왔다는 말이었다. 이락에서 미사일을 날렸던 것이다. 이락에서 테헤란 중심지까지 약 600㎞의 거리라고 한다. 아마도 한국에서도 이란에 미사일이 날아왔다는 사실을 알고 있었을 것이다. 그때는 한국 대사관에서도 공간에서도 미사일 공습이 시작되었지만 우리 교민들에게 아무런 정보가 없었기에 많은 교민들이 더욱 혼란 속에 빠져있었다. 이런 일이 있고부터는 미사일이 계속 날아오기 시작했다. 테헤란 시내도, 외곽지도, 할 것 없이 무차별하게 날아오니 어디에도 마땅하게 피난할 곳이 없었다. 오직 하루하루 공포 속에 삶의 연속이었다. 미사일이 날아오고부터는 시내 곳곳에 폭파된 건물들이 쉽게 눈에 띄기 시작했고, 이란사람들뿐만 아닌 모든 사람들이 다 불안에 떨기 시작했다. 어디로 가야 살 수가 있을까 하는 생각뿐인 것 같았다. 또 하루가 시작되고 밤이 오면서 해는 뜨고 지기를 반복하고 있었지만 우리들은 밤새껏 잠 못 이루고 미사일의 공포와 불안으로 혼란의 도가니 속에 파묻혀서 삶을 이어 가고 있는 실정이었다. 이런 절박한 상황에 간절히 기도를 해야 하는 것이 아닌가 하고 생각도 해본다. 사실 너무 위급해도 기도가 나오지 않았다. 하지만 오직 하나님의 도우심만이 살아서 숨 쉬게 할 수 있다는 생각에 간절히 두 손 모아 기도도 해본다. 하나님만이 인간의 연약한 마음과 육신의 고통을 어루만져 주실 것만 같았다.

하루는 사모님께서 오셔서 하시는 말씀이 이렇게 집에만 있을 것이 아니라 호텔로 피난을 가야 한다고 말씀하셨다. 이미 대사관 가족들도, 무역 상사들 가족들, 그리고 돈 있고 부유한 이란사람들도 다 일류호텔로 찾아들고 있다는 정보였다. 나는 왜 호텔로 찾아 들어가느냐고 물었다. 외곽지에 우뚝 세워진 "힐턴 호텔, 하얏트 호텔, 쉐라톤 호텔, 이 세 군데의 호텔은 옛날 팔레비 왕정시대에 세워진 아주 튼튼하고 외국인들만 상대로 하는 최고급 시설에 호텔이었고, 미국, 영국 등 외국인들이 들어와서 지은 건물이기 때문에 직통으로 미사일이 떨어지지 않는 한 울려서 무너질 염려는 없다는 말이었다. 시내에 지은 집들은 미사일이 날아오면 500m 거리의 집들은 울려서 무너지는 확률이 많다는 말씀이셨다. 사모님은 교회도 얼마 동안 만이라도 호텔에 방이 있다면 옮겨야 되겠다는 말씀이셨고, 함께 피난 갈 준비를 하자고 서두르셨다. 남편은 테헤란 시내에 있는 것은 다 똑같다면서 조금 더 생각해 보자는 의견이었다. 지금 우리가 살고 있는 곳은 팔레비 거리의 중심지에 있는 3층 건물 중에서 2층에 살고 있었다. 시내 중앙에 집이 있었기 때문에 미사일이 떨어질 때마다 폭음 소리가 엄청나게 크게 들리면서 집이 울리고 흔들리는 것이 보통이었다. 하루는 새벽에 떨어지는 미사일 폭음소리에 너무 놀라서 온 식구가 침대에서 방바닥으로 굴러떨어졌다. 잠겨 있던 문들이 다 열렸고 두꺼운 거실 창문이 다 깨어져서 거실 바닥에 유리 조각들로 덮여 있었다. 지금 떨어진 미사일은 틀림없이 우리 집과 가까운 곳에 떨어진 것이 분명하다는 생각에 온 가족이 벌벌 떨면서 어떻게 하여야 할지 갈팡질팡이었다. 죽음이라는 단어가 눈앞에 아롱거리면서 죽는다는 것이 이렇게 무서운 것인 줄은 정말 몰랐다.

남편도 얼굴이 새파랗게 질려 있었고 아이들도 놀라서 토끼 눈을 하고선 엄마 아빠 침대 속으로 기어들어 와서 와들와들 떨고 있었다. 지금까지 폭탄이나 미사일이 떨어졌어도 우리들 눈앞에 떨어진 것이 아니기 때문에 어느 정도는 덤덤한 마음이었는데 지금은 완전히 눈앞의 현실이었다. 남편은 깨어진 창문 유리 조각을 대강 치우고는 집 주위라도 한번 돌아보아야겠다면서 묵묵히 밖으로 나가는 남편의 뒷모습에서 실체가 없는 두려움과 어둠이 무겁게 어깨에 걸려있는 것이 나의 심중에 와 박히는 느낌이었다. 밖으로 나갔던 남편이 새파랗게 질려서 작은 얼굴이 더욱 작게 보이는 모습으로 질식이라도 할 정도로 무너지는 목소리로 “여보, 여보, 우리도 빨리 옮겨야 되겠어, 오늘 큰일 날 뻔했어, 오늘 우리 가족이 살아 있는 것은 다 하나님의 보호와 도우심이야,” 라고 외치면서 빨리 떠날 준비를 하자고 안절부절 이였다. 나는 “아니 떠나자니, 도대체 무슨 말이에요,"라고 소리쳤다. 남편은 "우리가 살고 있는 이곳이 제일 위험해,"라고 말했다. 나는 "왜요, 왜 그래요, 정신을 좀 차리고 차근차근히 말 좀 해봐요,"라고 말했다. 남편은 "음, 우리 집 하고 바로 직통이야," "예 직통이라니요?"라고 남편은 "응 미사일이 조금만 더 세게 날아왔다면 우리 집 근방에 떨어졌을지도 몰라, 한번 나가 보자고,"라고 하면서 앞장서서 나가고 있었다. 나는 남편을 따라서 다리가 후들거리는 것을 겨우 진정시켜가면서 우리 집과 일직선으로 따라 내려가니 눈앞에 펼쳐진 상황을 바라보는 순간 눈앞이 아찔한 현기증을 느낌과 동시에 그 자리에 주저앉고 말았다.

정부에서 하는 큰 슈퍼마켓, 그리고 집들이 서 있어야 할 자리가 텅 비어 있었고, 중간중간에는 문설주만 뼈다귀처럼 남아 있는 집들도 있었다. 그리고 이 근방에 있는 집들이나 자동차들이 미사일의 폭음으로 인해서 창문이 있는 곳은 다 깨어지고 부서지고 그리고 날아가고 도저히 눈 뜨고는 쳐다볼 수가 없는 광경이었다. 여기는 우리 집에서 가까운 거리에 "아반 재래시장"이 있는데 여기는 주로 외국인들이 많이 찾고 이용하는 재래시장이다. 특히 북한 사람들이 많이 찾아오는 시장이기도 했다. 왜냐하면 이곳 아반 재래시장에서만 "배추"를 팔기 때문이다. 북한 사람이라고 해서 무섭게 생긴 것도 아니었고 똑같은 우리 한국 사람이라는 생각도 들었다. 가끔 시장에 가면 북한 사람들을 만날 때가 있는데 북한 사람들은 우리 한국 사람들처럼 개인 각자가 행동하는 것이 아니고 소형버스나, 아니면 봉고차 같은 조그만 버스에 여러 명이 타고 와서는 여자들은 시장을 보고 남자 두 명은 시장 입구에서 왔다 갔다 하는 것이 우리 생각에는 감시를 하는 것처럼 보였다. 남자 두 명이 번갈아 가면서 시장 안을 기웃거리고 있는 것을 자주 보게 된다.

하루는 시장을 보기 위해서 작은아이와 같이 아반 시장 입구에 다 와서는 아들이 큰 목소리로 "어머니 저기 한국 아저씨가 계시네," 하면서 잡고 있던 손을 뿌리치고는 달려가는 것이 아닌가, 나는 누구 아는 사람인가 하고 아들이 달려가는 곳을 바라보았다. 그 사이 아들은 달려가서 그 아저씨와 웃으면서 얘기를 나누고 있었다. 나도 조금 가까이 가 보니 그 아저씨는 한국 아저씨가 아니고 상의 칼라에 배지를 달고 있는 것이 북한 사람이라는 생각에 놀라서 아들 이름을 막 부르면서 빨리 오라고 소리소리 쳤다. 그 북한 아저씨는 나를 쳐다보고는 싱긋이 웃으면서 아이를 돌려보내는 것이었다. 인상도 좋은 편이었고, 마음씨도 좋아 보였다. 나는 아들을 데리고 급하게 시장 안으로 들어가면서도 가슴이 두근거리고 두 다리가 떨리면서 무서운 생각이 들었다. 북한 여자들은 보통 짧은 검은 치마에 하얀 저고리를 입었고, 얼굴에는 화장기라고는 전혀 없었고, 머리는 순수한 생머리로 잘 빗어 넘겨서 꼭 묶었고, 양쪽 귀 옆머리에는 가는 검은 핀을 꽂고 있는 것이 고작이었다.

몇 년 전에 북한 사람들이 한국 사람들에게 접촉하려다가 들통이 난 적이 있었는데 그분들은 다 한국으로 나갔다는 말을 들은 기억이 난다. 아반 시장에서 300m 정도의 거리에 있었던 슈퍼와 집들이 미사일의 충격으로 인해서 건물들이 어디로 날아갔는지 흔적조차 없는 장소를 바라보니 너무나 처참하고 비참한 현실에 눈앞이 캄캄해지면서 걸음도 제대로 걸을 수가 없었다. 남편과 나는 아무 말도 할 수조차 없는 암울한 표정으로 집에 돌아와서는 다시 피난을 가기 위해서 짐을 싸기 시작했다.

# “호텔에서의 피난 생활”

미사일이 떨어진 장소를 보고 돌아오는데 다리가 떨려서 걸음을 걷기조차 힘이 들었다. 단 한 번의 인생길인데, 그리고 이 모든 것이 한순간이라고 자신에게 반문하면서, 무심코 하늘을 올려다보았다. 해는 없었지만 하얀 구름들이 떠다니고 있었다. 바람이 없다면 구름도 떠다닐 수가 없겠지 라고 생각하면서 포근함이 물씬 풍기는 새털 같은 흰 구름들이 자유롭게 떠다니는 하늘을 쳐다보면서 순간이지만 마음의 위안이 조금은 되는 것 같았다. 후들거리는 다리를 이끌고 집으로 돌아오면서 혼자 마음속으로 다짐했다. 남편이 아침저녁으로 열심히 찾으면서 기도드리는 하나님께 우리의 목숨을 맡기기로 결심을 하고 나도 열심히 살기 위해서 하나님을 찾기 시작했다. 선하시고 사랑이 많으신 하나님 저희 가족 잘 부탁드립니다, 라고 아침저녁으로 아무도 모르게 나대로는 열심히 기도라는 것을 열심히 하면서 하나님을 찾았다. 그리고 아이들에게도 어릴 때부터 하나님을 제대로 믿을 수 있도록 바른 신앙생활이 필요로 할 것도 같았다. 우리는 이날 저녁 당장에 교회 사모님이 묵고 계시는 힐턴 호텔로 아이들을 데리고 무조건 들어갔다. 호텔 방을 당장에 구할 수가 없었기 때문이었다. 조그만 호텔 방에서 세 가족이 비좁게 한 자리에서 잠을 자야만 했다. 호텔로 들어와 보니 사람들이 언제 그렇게 모였는지 방을 얻기란 하늘의 별을 따는 것보다 더 힘이 들었다. 역시 사람들은 힘들고 고달픈 삶이지만 그래도 살기 위해서 죽음을 피하려고 발버둥 치는 것 같았다. 호텔 로비에도, 식당에도, 발 디딜 틈조차 없이 사람들로 꽉 차 있었다. 하룻밤을 지새우고 나니 아이들 때문이라도 더 있을 수가 없었다. 다른 호텔이라도 빨리 찾아야 할 것 같다면서 남편은 회사도 빠져 가면서 이 호텔 저 호텔로 방 찾아다니기에 정신이 없었다.

집에서는 더 이상 머물고 싶지가 않다는 남편의 말이었다. 여자들보다도 남자들이 더 살고 싶어 하는 욕심이 대단한 것 같다는 생각을 하면서 나만의 미소가 흘러나왔다. 남편의 열성으로 우리 가족은 하얏트 호텔에 방 하나를 얻을 수가 있었다. 여기서 지내면서 방이 하나씩 빌 때마다 목사님 가족들도 옮겨 오셨고, 예배도 호텔에서 드리고 모든 일을 호텔에서 하기 시작했다. 남편도 호텔에서 회사로 출퇴근하셨고, 아이들은 계속 몇 달째 학교에 다닐 수가 없었다. 선생님들은 다들 어디로 피난들을 가셨는지 알 수가 없었다. 미사일이 떨어진다는 소문과 함께 학교는 텅텅 비워져 있었다. 제일 큰 걱정이 아이들이 공부도 할 수가 없고, 그리고 학교도 다닐 수가 없다는 것이다. 여기저기 피난 다니기에 바쁜 이런 상황 속에서 어떻게 해야 할지 마음으로 걱정만 할 뿐이었다. 호텔에서 머물고 있으니 아이들이 어디서 마음대로 놀 수도 없고 또 모이면 무엇을 할 수 있겠는가? 어린아이들이나 조금 큰 아이들은 하루 종일 호텔 계단 26층까지 오르내리면서 왔다 갔다 우르르 몰려서 떠들고 소리치면서 하루하루를 보내고 있으니 호텔 종업원들이 울상이었고, 못 견딜 지경이라고 야단들이었다. 그리고 또 우리 한국 사람들은 식당에서 밥을 사서 먹기보다는 호텔 방 안에서 한국식 밥을 해 먹으니 그 냄새 또한 요란했다. 이란사람들이 제일 싫어하는 마늘 냄새였다. 그래도 세계에서 알아주는 최고급 시설의 호화판인 호텔이 전쟁으로 인해서 완전히 난장판이 되어 있었다. 견디다 못한 호텔 측에서는 호텔 입구에다 아예 종업원을 세워놓고 지키면서까지 호텔 방으로 해 먹을 수 있는 부식들을 가져가지 못하게 검사를 하기 시작하는 실정까지 이르고 있으니 정말 걱정이 아닐 수가 없었다. 이러고 있을 무렵에 멀리 피난길을 떠났던 선생님들도 하나둘 호텔로 모여들기 시작했다.

학부모들은 선생님들을 불러서 서로 의논들을 나누었다. 호텔에서라도 아이들을 모아서 공부를 시작해 보는 것이 어떻겠느냐고 의견들을 내어놓기 시작했다. 우리 큰아들도 중학교 2학년인데 2학년에 올라와서 아직까지 한 과목도 공부한 것이 없었다. 학부모들의 줄기찬 설득으로 호텔에서 공부를 시작해 보기로 의견들을 모았다. 이런 와중에도 먹어야 살 수가 있기 때문에 가끔 집에 가서 먹을 것과 필요한 물건들을 가져와야만 했다. 물론 이란

사람들도 우리와 마찬가지로 집과 호텔을 번갈아 가면서 생활하고 있었다. 하루는 호텔 로비에 이란사람들이 모여서 하나같이 침통한 표정으로 웅성거리면서 소란스럽게 떠들면서 울먹이고 있었다. 주위가 유달리 소란스러운 곳을 바라보니 이란 아가씨가 호텔 바닥에 주저앉아 통곡을 하면서 울고 있는 모습이 눈에 들어오면서 보이기 시작했다. 나는 가까이 가서 옆 사람에게 왜 그러느냐고 물어보았다. 이란 여자가 하는 말이 오늘 아침에 7시까지 기다려도 미사일이 날아 오지 않아서 엄마와 딸이 같이 집에 필요한 것을 가져오기 위해서 집으로 갔다가 차로 돌아오는 도중에 미사일이 집 근처에 떨어지면서 터지는 바람에 엄마는 그 자리에서 죽고 딸은 팔과 얼굴에 큰 화상을 입었다는 것이다. 엄마와 딸들이 오래전부터 이 호텔에서 묵고 있었는데 오늘 이런 일을 당했다는 것이다. 정말 가슴 아픈 일이 아닐 수가 없었다. 잠깐 머물다가는 삶인데 이렇게 큰 아픔과 고통이 따른다면 어떻게 살아갈 수가 있을까 하고 생각도 해본다. 정말 가슴이 아프고 암울한 심정이었다.

사람이 죽고 산다는 것이 다 순간이라는 생각이 들면서 나도 모르게 눈물이 앞을 가리면서 하나님을 찾고 있었다. 하나님은 우리에게 고귀한 생명과 풍성하고도 차고 넘치는 모든 것을 축복해 주셨는데, 이렇게 전쟁의 소용돌이 속에서 검은 물결을 헤치고서라도 우리네 인간들의 생명을 하나님의 자비와 사랑으로 땅 위에서 발붙이고 살아갈 수 있게 해주시지 아니하심이 원망스럽기까지 한 마음이었다. 그리고 이렇게 피난도 다닐 필요가 없다는 생각도 들었다. 살고 싶어도 어디에 있던 죽을 때가 되면 어떤 모양으로든지 죽는다는 것이 사실로 증명이 되는 순간이기도 했기 때문이었다. 하지만 연약한 인간들의 마음은 어쩔 수가 없는 것 같았다. 먼저 한국이나 제3국으로 떠나가신 분들이 지금은 너무나 부럽다는 생각도 들었다. 그때는 어쩔 수 없이 떠나가는 분들이 불쌍하다고 생각했는데 지금은 그분들을 부러워하고 있다는 사실이다. 왜 이렇게도 이란을 떠나가지 못하고 있었는지 지금에 와서야 미련했다는 생각이 들기 시작했다. 남편도 벌써부터 한국으로 돌아가야 한다고 말했었다. 이란을 떠날 때가 되었다고 여러 번 말은 했지만 실천이 힘들었다. 그리고 아이들이 학교 공부를 할 수가 없는 것이 더욱 가슴 아픈 일이었다. 이제는 결단코 한국으로 나가는 길 만이 해결이 될 것 같았다.

우리는 17층에 있는 방을 얻어서 피난 생활을 하고는 있었지만 마음이 편할 수는 없었다. 또 이 중간에도 "사리"라는 지방에 있는 이란사람의 빌라에 가서 보름 동안 지내다가 왔지만 아이들 교육 문제로 인해서 불편하고 불안한 마음은 여전했고 심신이 고달파서 더 이상은 견딜 수가 없었다. 하루는 사모님이 계신 호텔에 가서 시간을 보내고 있을 때였다. 목사님은 내일 예배 준비를 하시기 위해서 교회에 가시고 호텔에는 계시지 않으셨다. 우리는 사모님이 계신 호텔 방이 21층에 있었기 때문에 방 앞에 나와서 저 멀리 바라보면서 수다를 떨고 있었다. 혹시나 미사일이 날아오지는 않는지 하고 먼 하늘을 바라보고 있을 때 마침 미사일이 날아오고 있었다. 우리는 미사일이 떨어져 내리는 곳을 바라보고 있으면서 사모님과 우리들은 어! 저쪽은 우리 교회가 있는 곳인데, 미사일이 떨어지는 것 같아요, 라고 말들을 하면서 즐거운 시간을 보내고 있었다. 그런데 사실이 되고 말았다. 미사일이 터지지 않고 불발이었다는 것과 한국인 교회에서 가까운 곳이었다고 말했다. 이 얼마나 행운이고 다행한 일인지 모르겠다. 마침 그 시간에 목사님께서 교회 안에 계실 시간이었다. 목사님 말씀이 폭음 소리를 듣고 몸을 피하려는 그 순간에는 정말로 아무것도 눈에 보이는 것이 없었고, 오직 "주여, 주여" 라고 외치기만 했다는 말씀이셨다. 교회 사택에서 150m 거리에 미사일이 떨어졌는데 그 폭음 소리에 사택은 물론이고 교회 창문까지 다 파손되는 참담한 현실을 직접 볼 수 있었지만 이 미사일이 불발이라는 사실이었다. 만일에 이 미사일이 제대로 폭발을 하였다면 교회는 물론이고 주변 건물들은 흔적도 없이 사라졌을 것이다. 그리고 목사님께서는 어떻게 되었을까 하고 생각하니 정말로 끔찍한 일이 아닐 수가 없었다. 역시 하나님의 힘은 대단하셨다. 목사님을 더 크게 주님의 종으로 사용하시기 위해서 떨어지는 미사일 자체를 불발로 땅에 떨어트린 것만 보아도 하나님의 그 크신 섭리를 잘 알 것만 같았다. 사실 우리 목사님은 하나님의 종답게 얼굴도 준수하게 생겼지만 교민들을 생각하시는 마음도 대단하셨다. 그 바람에 교회를 지키고 계셨던 이란사람 눈에 파편이 들어갔는지 아니면 돌이 들어갔는지 알 수는 없었지만 눈이 실명 상태에 있었고 목사님께서도 얼마나 놀라셨는지 지금까지도 가슴이 벌렁거리고 두근거리면서 심장이 뛰고 있다고 웃으시면서 말씀하셨다.

미사일이 불발이었지만 떨어지는 충격이 엄청 큰 진동에 모두들 놀라고 있었다. 집 안에 가구들, 부엌에 살림들, 그리고 교회 창문들이 다 열리면서 깨어져 있는 이런 현실을 보고 있으려니 더욱더 가까이 하나님 품으로 달려가고 싶었다. 나는 나도 모르게 "오 주님이시여 항상 우리들과 함께 하시기를 간절히 두 손 모아 기도 드립니다," 하고는 돌아보니 모여 있던 아주머니들이 웃고 계셨다. 그리고는  하시는 말씀이 "환이 엄마도 이제는 정말로 하나님을 믿는 딸로 보아도 되겠네," 라고 하시면서 모두들 한참 웃으셨다. 이런 현실을 보면서 우리는 정신이 번쩍 들었다.

이제는 도저히 더는 이란 땅에 있어야 할 이유가 없음을 알았다. 하루속히 한국으로 돌아가야겠다고 결심을 했다. 그리고 준비를 하기 시작했다. 이때 큰아들이 중학교 2학년이었고, 작은아들이 초등학교 5학년이었다.

# “유적지를 찾아서”

제일 큰 걱정이 아이들 교육 문제였고, 이제 더 이상은 이란 땅에 있어야 할 이유가 없음을 알았다. 우리 부부는 하루속히 한국으로 돌아갈 준비를 하기 시작했다. 남편은 한국으로 돌아가기 전에 이란에 있는 유적지라도 돌아보자고 말했다. 나도 남편 말에 찬성이었다. 우리는 피난도 하면서 여행도 할 수 있는 조금 조용한 시간을 택해서 우리 가족은 이란의 중요한 유적지를 돌아볼 생각이었다. 이락과 가까운 곳은 가 볼 수가 없었고, “시라즈”라는 도시에 있는 고레스왕의 궁전이 있는 곳으로 가기로 목적지를 정 하고 여행길에 올랐다. 테헤란에서 남쪽으로 비행기로 가면 2시간 30분 정도 걸리는 시간이었지만 우리는 시간이 많이 걸려도 우리 자가용으로 편하게 여행하기로 했다. 대국인만큼 어디로 가든지 넓고 끝도 없는 들판으로 이어졌다. 고대 페르시아

제국의 수도 이였던 만큼 궁전은 그 옛날 2500년 전에 지은 건물들이 그대로 남아 있었다. 크기도 어마어마했고 돌에 새겨진 섬세한 글씨와 그림들의 형태가 놀랍도록 2500년이 지나는 동안에도 변함없이 잘 보존되어 있다는 사실이 너무나 놀라웠다. 아주 섬세하고 훌륭한 솜씨였다. 우리나라 이조 500년 역사는 문제도 되지 않았다. 옛날 거대했던 페르시아 문명을 한눈에 알게 해 주는 거대한 돌기둥마다 정교하게 조각된 섬세한 그림들이 어느 나라의 유적들보다 더 아름답게 우리 눈에 비추어 지고 있었다. 기원전 5세기 "아케메네스"왕조는 바빌로니아와 이집트를 정복하고 뒤를 이어서 "다리우스 대왕"은 동으로 인도, 서로는 북아프리카까지 영토를 확장한 후 제국의 위상을 만천하에 나타내고자 "리마트산" 기슭에 지은 거대한 도시가 바로 "페르세폴리스"라고 했다. 약 150년 동안의 공사로 완성한 거대한 고대도시의 유적지라는 것이 감격스러운 순간이기도 했다. 그리고 성 전체는 세 개의 파트로 구성되어 있었는데 신전기록물 보관 장소는 다리우스 궁전, 크세르크세스 궁전으로 크게 나누어져 있었다. 돌계단이나 돌기둥마다 새겨진 정교한 조각들을 바라볼 때 돌기둥에 밝은 빛이 반사되어 구릿빛을 발할 때는 그 아름다움을 말로는 어떻게 표현해야 할지 걱정이 앞서는 순간이기도 했다. 각국의 사신들이 공물을 바치는 장면을 조각한 돌계단에는 각국의 공물인 비단, 향료, 낙타와 그리고 다른 여러 나라의 사신들의 의관 형태의 정교한 조각들이 놀랍도록 2500년이 지난 지금까지도 고스란히 남아 있다는 사실이 대단했다. 그리고 더 중요한 사실은 다른 나라에서 이미 이보다 더 중요한 부분들을 약탈해 가고도 남아 있는 것이 이 정도라니 정말 대단하다는 생각도 들었다.

예전에 규모가 어떠했는지 말하지 않아도 알 것만 같았다. 이란 사람들은 어느 도시 어느 곳에 유적지가 있든지 간에 아무리 중요한 유적지라도 전혀 관리가 되어 있지 않고 그대로 방치되어 있는 것이 몹시 안타까운 마음이었다. 유적지로 들어가는 입구조차 포장이 안 된 흙길로 차가 지나 갈 때마다 흙먼지로 앞이 보이지 않을 정도였다. 이란이라는 나라에는 도굴꾼도 없는 것이 유적에 대한 가치를 모르니 도굴의 필요성도 없는 것이 당연한 것 같았다. 산기슭에 바위 절벽 위에 구멍을 파서 만든 왕들의 무덤들이 큰 바위로 덮여져 있었다. 위에까지 올라갈 수는 없었지만 바위에 새겨진 조각들이 기원전 5세기라고 새겨져 있었다. 그때의 작품이라고는 도저히 믿기지가 않았다. 관리도 하지 않고 그대로 방치해 두었는데도 잘 보존되어 있다는 사실이 참 신기하기도 했다. 이란 사람들은 유적지란 개념도 없고 관광 상품에 대한 무지와 무관심이 아이러니하게도 보존에 큰 도움이 되는 것 같다는 생각도 들었다. 이란사람들에게는 페르세폴리스가 대단한 자부심이라는 말도 있었다. 그들의 역사에 위대한 제국이 존재했다는 사실 그 자체가 대단한 자랑거리였을 것이다. 팔레비왕조 시절에는 페르시아 제국 탄생 2500주년 기념행사를 열어 세계 각국의 정상들을 초청하여 화려한 잔치를 벌인 것도 제국의 후예임을 만방에 알림과 동시에 자랑도 하고 싶었을 것이다. 그러나 역사는 흥할 수도 망할 수도 있다는 것을 생각 했어야 하는 “흥망성쇠”가 따르는 것이고 영원할 것 같던 위대한 제국도 언젠가 때가 되면 그 누군가에 의해서 역사의 뒤안길로 사라진다는 사실이 너무 안타깝다는 생각도 들었다. 무슬림인들은 철저하게 멀리서 조용하게 들려오는 “아잔”소리(사원에서 기도 시간을 알리는 육성의 소리)에 맞추어 메카를 향하여 코란을 읽으면서 열심히 아침저녁으로 기도를 한다. 여기 무슬림인들은 철저하게 유일신 알라만 인정하는 것이 특징이다. 그리고 이란사람들이 살고 있는 어느 집이나 넓은 거실에는 카펫이 깔려 있다. 이 카펫 위에 예쁜 천 같은 것을 펴 놓고 그 위에 식구들이 다 둘려 앉아서 식사도 하고 차도 마시면서, 차라고 말한다면 이란사람들에게는 빼놓을 수 없는 것이 차의 문화다. 거리에서나, 어디에서든지 차는 꼭 등장하는 것이 이란사람들의 문화고 풍습이다. 그리고 주로 물 담배를 피우면서 즐거운 담소로 시간들을 보낸다. 차라고 하면 우리 한국에서 마시는 홍차와 비슷한 차라고 생각하면 된다. 언제 어디서나 차는 마실 준비가 되어 있고 각 설탕 한 개면 여러 잔의 차를 마실 수가 있다. 홀짝홀짝 연신 마시면서 물 담배로 긴 연기를 뿜어내는 모습을 한번은 볼만하다. 우리 이방인이 볼 때는 신기하기도 하고 신비롭다는 생각도 든다. 지금도 많은 사람들이 팔레비왕조 시대를 그리워들 하고 있다는 사실이다.

우리는 시라즈에 “바자르”는 이란의 어느 도시에서나 볼 수 있는 상설 전통 시장이다. 시라즈의 바자르는 기원전 250년 전에 만들어진 것으로 천장 지붕 돔에 채광이 가능하도록 설계되어 있었고 벽돌로 견고하게 건축되어 있었다. 시장에는 상인과 시민들로 붐비고 있었고, 카펫트 등 각종 공예품들이 판매되고 있었다. 그리도 한쪽에는 이란 남자가 능숙한 솜씨로 수제 카펫 제작 시범을 보이고 있었는데 차도르를 쓴 이란 여자들이 주위에 붐비고 있었다. 이란사람들은 옛날부터 손재주가 뛰어난 것 같았다. 타일에 조각한 장식품들, 그리고 각종 꽃들과 식물의 모양들이 정교하게 잘 다듬어져서 정말 예쁘다는 탄성이 저절로 터져 나온다. 우리는 다시 시라즈에 있는 조그만 박물관으로 자리를 옮겼다. 여기에는 그 시대에 손으로 만들어서 사용했던 몇 가지의 유물들이 진열이 되어 있었다. 대강 보아도 굉장한 솜씨였다. 자기와 청동, 그리고 베로 짠 삼베와 돌사자 등이 있었고, 또 돌로 만든 활자와 나무로 만든 활자, 등이 DC 몇 년으로 되어 있었다. 전부가 돌로 된 문명이었고, 대리석으로 된 것이 많았다. 그리고 다리우스대왕의 궁전터에는 지금도 댐으로 되어 있었지만, 다리우스대왕 때 이미 물을 막아서 사용했다는 것이었다. 특히 다리우스대왕 시절에 돌에 새긴 글씨 또한 놀랍도록 선명하게 남아 있었다. 우리는 다시 돌아서 "이스파한"지방으로 가기 시작했다. 이스파한은 시라즈에서 자동차로 7시간 정도 북쪽으로 가면 된다. 가는 차창 너머로 바라보이는 사막과 황량한 들판이 교체되면서 끝없이 이어지는 땅덩어리가 너무나 부러웠다. 이스파한 시내의 첫인상이 깨끗하고 조용한 도시로 보였다. 이란에는 어느 도시로 가든지 좌우측 인도에는 큰 나무들로 잘 가꾸어 놓았다. 여러 왕조를 거치면서 도자기, 금속제품 등에 뛰어난 문화를 가진 도시이기도 하다. 그리고 동서 문물의 교류가 활발했고, 전 세계 이슬람국가의 문화수도로 지정된 곳이기도 했다. 이스파한은 이란의 진주라는 말도 있었다. 우리는 이스파한에서 만든 동판을 몇 점 샀는데 이 동판은 세계적으로 유명하다는 것이었다. 이 동판은 기계로 만드는 것이 아니고 손에 망치를 들고 두들겨서 모양을 내는 기술이 특이하고도 대단했다. 여러 가지의 작품들이 많았지만 그중에서도 성서에 나오는 아브라함이 자기 아들 이삭을 산으로 데리고 가서 제물로 바치는 순간에 천사가 나타나서 사슴을 대신 제물로 바치라는 뜻을 가진 동판이었다. 보기에도 참 좋아 보였다. 손으로 두들겨서 만들었지만 섬세했고 정교하게 잘 다듬어진 동판 속에 있는 그림이 정말로 아름다웠다. 어느 나라에서도 볼 수 없는 훌륭한 작품인 것 같았다. 그리고 십자가와 천사들이 날아다니는 그림 또한 멋있고 정교하게 잘 다듬어져 있었다. 우리는 아브라함이 그려져 있는 동판 2점과 천사들의 그림 2점을 같이 장만했다. 그리고 또 이스판에서 유명한 면 종류가 좋다는 소식을 들었기에 면 시트도 몇 점 샀다. 우리 부부는 아브라함이 제물로 바치는 동판 2점 중에 하나는 김진홍 목사님이 사역하시는 경기도까지 찾아가서 선물로 드리고 왔다. 왜냐하면 물론 남편의 사랑과 끊임없는 기도로 부족한 나를 하나님 품으로 인도했지만, 사실 김진홍 목사님이 전도사 시절에

빈민촌으로 들어가서 사역하셨다는 테이프를 들으면서 많이도 울었고 차돌같이 무겁고 딱딱하게 굳어 있던 마음이 서서히 풀렸는지도 모른다는 생각이 들었다. 우리 부부는 김진홍 목사님이 어떤 분인지 꼭 한번 만나보고 싶다는 말을 자주 해 왔었다. 우리는 한국에 나와서 이 동판을 들고 제일 먼저 찾아간 곳이 경기도에서 목회하시는 김진홍 목사님이 계신 곳이었다. 그리고 또 한 점은 지금도 대구 시내에 있는 "정동교회"에 가면 이 아름다운 동판이 걸려 있는 것을 볼 수가 있다. 손으로 두들겨서 아름답게 만든 이런 동판을 보고 싶어도 한국에서는 아마도 볼 수가 없을 것 같다는 생각도 들었다. 혹시라도 이 동판이 보고 싶으신 분이 계신다면 "대구 수성구 지산동에 위치한 정동교회"로 가시면 언제든지 볼 수가 있다는 것을 꼭 말씀드리고 싶다. 우리는 유적지를 대강 돌아보고 3박 4일 만에 다시 테헤란으로 돌아왔다. 돌아와서도 피난은 여전히 다녀야 했고, 한국으로 돌아갈 때까지는 살아야 했기에 열심히 미사일을 피해 돌아다녀야만 했다. 그리고 다시 피난을 떠난 곳은 카스피해 연안에 속해있는 "바불사"라는 지방이었다. 바불사는 육지와 바다로 둘러싸여 있었기 때문에 옛날부터 휴양지로 유명한 해변이었다. 몇 년 전에 아이들과 같이 가서 해수욕도 하면서 즐겼던 곳이기도 했다. 또 호텔 주인하고도 친숙해져 있었기 때문에 아마도 방 하나쯤은 마련해 줄 것이라고 생각했기 때문에 바불사로 가기로 목적지를 정해 놓고 준비를 하고는 며칠 돌아다닐 생각으로 다시 여행길에 올랐다.

"

# 카스 피안을 돌면서

"

카스피해 연안에 속해있는 "바불사"라는 지방으로 가기 위해서 우리 가족은 다시 피난길을 떠나야 했다. 몇 년 전에 아이들과 같이 가서 해수욕도 하면서 호텔주인하고도 친분을 쌓아 놓았던 것을 생각하면서 여기를 선택한 것이다.

카스피해는 이란의 북쪽에 위치하고 있었다. 아마도 어림잡아서 우리 남한의 크기보다 두 배는 더 크다고 말할 수도 있겠다. 그리고 이란 땅에는 많은 지하자원이 풍부하고 석유가 나는 나라지만 주유소는 아주 드물다. 카스피안 쪽으로 가면서 보니 대부분 좌우측 인도에는 나무와 잔디가 곱게 깔려 있었기 때문에 자리를 깔고 앉으면 그대로 넓은 거실이 되었고 피서지가 되는 것이다. 초록의 연둣빛을 발하는 잔디가 깔려 있으니 자연 그대로의 맑은 공기 속에서 아이들이 마음껏 뛰어놀 수 있기 때문에 보기도 좋은 것 같았다. 승용차로 5시간 6시간을 달려가도 잔디가 깔려있는 곳에는 이란사람들의 텐트가 즐비하게 쳐져 있었고 자가용들이 빽빽하게 들어차 있었다.

달리는 차창 너머로 구경만 해도 시간 가는 줄 모르고 지나가지만 이란사람들이 어떻게 피난 생활을 하면서 살아가는지도 잘 알 수가 있었다. 저렇게 길가에서 피난 생활을 한다고 해서 돈이 없는 것도 아니다. 물론 호텔이라든지, 민가 또는 빌라도 구할 수가 없기 때문도 있겠지만, 이란사람들은 워낙 밖에서 즐기는 것을 다들 좋아하기 때문이다. 전쟁이 아니라도 주말만 되면 가족들이 다 모여서 밖으로 나가 즐기는 재미도 솔솔 하다는 말을 자주 듣기 때문이다. 풍요롭고 자유로운 시간 속에서 차를 홀짝홀짝 마시면서 물 담배도 피워가면서 즐거운 담소로 시간들을 보낸다. 그리고 이란사람들이 보기와는 다르게 시와 예술을 즐긴다는 사실이다. 그리고 멍한 시선으로 시를 가끔 읊은 것을 볼 수도 있었다. 카스피안 지역으로 가까워지니 산림이 우거져서 인지는 몰라도 우리 한국과의 지형이 비슷하다는 생각도 들었다. 카스피안 지역에는 비가 자주 오기 때문에 산세가 우거지고 산림이 울창한 편이고 사방으로는 육지와 해변이었다.

그리고 카스피해에서 나는 "철갑상어와 철갑상어알 캐비아" 가 또한 일품이고, 세계적으로 유명한 생선알로써는 바로 철갑상어의 캐비아 알이다. 최고의 품질을 자랑하는 철갑상어는 많은 미식가들이 항상 탐내는 음식 중에서도 귀한 생선이다. 우리 가족은 철갑상어 속에 들어 있는 알 캐비아는 좀 비싸지만 가끔 잘 사 먹고 좋아하는 편이다. 그러나 맛깔 나는 철갑상어 회와 살코기는 잘 먹지 않는다.

카스피안에서 살고 있는 주민들은 전쟁이라는 두 글자조차도 모르고 살아가고 있었다. 다른 나라에 와 있다는 생각이 들 정도였다. 여기 주민들은 이때를 놓치지 않고 바쁘게 돈 벌기에 혈안이 되어 있었고 모든 사람들이 즐거운 비명을 지르고 있는 것처럼 보였다. 전쟁도 전쟁이지만 여기 카스피안 길 좌우측 대로에도 잔디와 큰 나무들이 서 있었고, 중간에는 맑은 물이 흘러서 자연을 느낄 수 있는 조건이기도 했다. 푸른 바다가 있고, 초록의 들판이 있는 주위에는 항상 맑은 물이 흐르고 있었기 때문에 더욱 많은 사람들이 이곳을 찾아 나서는 것 같았다. 물이 있는 곳에는 어디에 있든 간에 사람들로 붐비면서 차고 넘치는 것을 볼 때 정말 물이 없다면 잠시도 살아갈 수가 없다는 것이 사람이라는 생각이 들었다. 인간이 살아가는 데는 모든 것이 중요하지만 특히 모든 문제의 근원은 물이라는 사실이다.

전쟁으로 인해서 망하는 사람들도 있고, 죽는 사람들도 많은데, 여기 카스피해 연안 쪽으로는 모든 주민들이 돈 벌기에 정신이 없었다. 그리고 즐거운 비명소리에 활기가 넘치고 있었다. 모든 물가고가 비싸지만 먹어야 살고 또 살려면 잠도 자야 하는 실정이었다. 카스피해 민가에서는 하나 같이 자기들이 쓰던 방을 다 비워서 피난 오는 사람들에게 비싼 요금을 받고 세를 주고 있었다. 자기들은 마당이나 마루청에서 자면서까지 돈을 벌고 있다는 사실이었다.

방 하나에 보통 이란 돈으로 6,000리알에서 만  리알 까지 받고 있었다. 엄청 비싼 방값이다. 최고급 호텔에서도 하룻밤에 오천 리알 정도만 주면 잘 수가 있는데, 여기 민가의 방은 지저분하고, 춥기도 하고, 또 아이들이 신기해서 인지는 몰라도 방안을 들여다 보려고 서로 다투는 현장도 볼 수가 있었다. 그러니 민가에서 잔다는 것도 마음이 편치는 않았다. 모든 것이 불편했지만 특히 우리들은 밥을 해 먹기조차도 힘이 들었다. 우리는 천천히 해변을 돌면서 혹시라도 호텔 방이 없으면 어디서 잠을 자야 하나 하고 걱정을 하면서 중간중간 들러서 빈방이 있는가를 확인해 가면서 해변 가를 돌았다.

천천히 돌면서 해변 가에 위치하고 있는 우리가 갈려고 했던 호텔로 찾아 들어왔다. 이 호텔 이름은 "미치카"라는 호텔이었다. 한국 이름으로는 "참새"라는 뜻이다. 우리 가족이 호텔 안으로 들어서니 안면이 있는 호텔지배인이 웃으면서 반갑게 맞이해 주었다. 남편과 서로 얼싸안으면서 뽀뽀를 하고는 아이들과 장난을 치면서 즐거워하는 모습이 참 보기가 좋았다. 남편은 유창한 이란어로 사정 이야기를 했다. 다 듣고 난 호텔지배인이 웃으면서 너와 나는 친한 친구라면서 어려울 때는 자기가 도와줄 수 있다고 말하면서 비상시에 쓸려고 비워 두었던 방을 두말없이 내어주는 지배인이 정말 고마웠다. 우리 가족은 너무 고마워서 담배도 사주면서 우리의 마음을 전달했지만 그래도 정말 고마운 이란사람이라고 생각했다. 그리고 너무 기뻤다. 이제는 잠잘 곳도 생겼으니 마음 놓고 카스피해 연안을 즐거운 마음으로 돌아보자고 말을 하면서 걱정 없이 여행을 할 수 있게 되었다고 좋아라 했다. 우리 가족은 행복해하면서 하룻밤을 지내고 이른 아침에 소련과 이란의 경계선인 "아스타라" 지방으로 가기 위해서 차에 올랐다. 한참을 산 위로 계속 따라 올라가니 구름도 쉬어간다는 말이 생각이 났다. 하늘도 높고 맑고 투명한 푸른 하늘에 동동 떠다니는 가지각색의 모양을 뽐내면서 수시로 변하고 있는 하얀 구름들이 마음을 설레게 했다. 남편은 산 위 오솔길을 조심스럽게 올라가고 있었지만 나는 이쪽저쪽의 창문 밖의 산 능선 양지쪽으로 빼어난 황홀한 경관에 넋을 잃고 바라보고 있었다.

그리고 창밖에 저 멀리 산 정상에는 푸른 하늘에 하얀 솜털 같은 구름들이 산 위를 오르면서 힘이 드는지 잠시 쉬어가는 모습을 말로는 다 표현할 수가 없을 정도였다. 역시 이런 자연은 하나님만이 만들어 낼 수 있는 작품이라는 생각에 저절로 감사의 기도가 입속에서 자신도 모르게 흘러나왔다. 밑에서 위로 올려다보니 산꼭 대기는 하늘과 구름 속에 살짝 숨어 있었다. 그리고 푸른 하늘과, 하얀 구름과, 그리고 녹음 우거진 잎새들이 살랑거리는 산천이 어우러져 한 폭의 그림으로도 부족함이 없다는 생각이 들었다. 우리 가족은 차창 밖에 산속을 바라보면서 재미나는 이야기로 가족여행을 즐기면서 행복한 시간을 가졌다.

남편은 소련 경계선으로 해서 산 중턱으로 조심스럽게 운전을 하고 있었다. 올라가는 중간중간에는 꿀을 팔고 있는 사람들도 있었고, 그리고 산속에서 나는 약초를 파는 이란사람들도 있었다.

이렇게 높은 지대지만 산 밑쪽으로 쪼그리고 앉아서 지나가는 자동차를 쳐다보면서 소리소리 외치고 있는 모습들이 전쟁과는 무관한 삶의 일부분이라는 사실을 우리 가슴속에 심어주고 있었다. 좁디좁은 산길이고 울퉁불퉁한 돌길이지만 남편은 즐거운 마음으로 운전을 하면서 여기가 어디쯤이라고 열심히 설명도 해 주었다.

산속이다 보니 석양도 급하게 기울기 시작하는 것 같았다. 아직도 이른 시간이지만 산세가 우거지고 울창하니 어두운 밤 같은 기분이 들었다. 어두움이 찾아드니 산속에서 무서운 짐승들이라도 양쪽에서 뛰어나올 것만 같아서 빨리 여기서 벗어나자고 열심히 운전하고 있는 남편에게 재촉들을 하고 있었다. 소련과 이란의 경계선을 돌고 나오는 시간이 3시간이나 넘는 거리였다. 겨우 산길을 빠져나와서 동네로 들어오니 길 중간에는 석류나무와 오렌지나무들이 즐비하게 서 있었다. 아스팔트 길로 들어서니 저 멀리 끝없는 수평선이 보이면서 푸르고 광활한 바다가 한눈에 들어오고 있었다. 아이들도 좋아라고 손뼉을 치면서 바다 쪽으로 들려서 가자고 야단들이었다. 해변 가에는 고급별장들이 즐비하게 들어서서 꼭 유럽의 휴양지를 연상케 하는 고급스럽고 아름다운 색깔로 높고 낮은 건물들이 형형색색의 지붕들로 예쁘게 조화를 이루고 있는 모습들이 꼭 별천지에 온 기분이었다. 카스피해는 호수지만 바다 같은 느낌도 든다. 왜냐하면 사면이 육지로 둘러 쌓여있기 때문이다. 하지만 염분도 있고 조수 간만차가 있어도 바다가 아니고 호수라는 것이다.

넓은 바다 같은 호수를 보는 순간 마음속에 쌓여있던 육신의 고달픔과 황폐하고도 지친 삶에 활력을 불어넣어 주는 카스피해가 참 좋았다. 어두움을 몰아내고 희망과 설렘으로 가슴이 확 트이는 느낌이었다. 항상 쉬지 않고 출렁이면서 거센 파도 속에서도 언제나 그 모습 그대로의 푸르고 싱싱함을 보여 주기도 하면서 우리 인간들 사회에 시들어가는 악조건 속에서 어둡고 불안한 삶을 살고 있는 우리들에게 희망과 기쁨, 그리고 소망과 호기심 속에서 새 생명과 새로운 힘을 넘치게 해 준다는 생각도 들었다. 자신이 속이 좁아서인지는 몰라도 끝없이 넓은 초록의 바다와 푸른 하늘이 맞닿아 보이는 저 멀리 수평선을 바라보고 있을 때는 나도 저 바다와 같이 넓고 넓은 가슴으로 어느 누구에게나 관용과 아랑으로 사랑을 베풀면서 살아갈 수 있는 마음과 폭넓은 삶을 살다가 가는 것도 좋을 것 같다는 생각도 해 본다.

석양에 기울어져 가는 저 멀리 끝도 없는 바다 수평선을 바라보니 지금까지 얽매였던 우리의 삶 가운데서 행복했던 순간들 그리고 고통과 시련의 시간들이 물거품처럼 밀려오고 있었다. 하지만 아쉬움 없이 고운 기억만 남기고 이란 땅을 떠나고 싶다는 생각을 하면서 나의 눈에는 어느새 회한의 눈물이 고이기 시작했다.

# “이란에서 마지막 준비”

저 멀리 수평선을 바라보면서 힘차게 거센 파도가 밀려오고 가고 하는 것을 바라보면서 지난날을 회상하며 눈을 감고 크게 심호흡도 하면서 정들었던 이란 땅을 떠난다고 생각하니 기쁨과 환희보다는 허망하고 씁쓸한 생각에 가슴이 저려오면서 짓누르는 것 같은 아픔이 끈끈하게 스며들고 있었다. 미련이 남더라도 때가 되면 떠나는 것이 인지상정인데 나는 왜 이렇게 아쉬운 마음인지 알 수가 없었다. 갈등과 혼란이 생기는 것 같았다. 자신이 생각해도 지난날을 떠올릴 때마다 아름답고 행복했던 기억보다 힘든 상황이 더욱 많았던 시간이었지만 그래도 나에게만은 금쪽같은 시간이고 세월이었다. 지금 이 순간에도 여기를 떠난다는 사실을 부정하고 싶었다.

그 누구에게 내색도 못 하면서 그냥 이란 땅이 무작정 좋았다. 보석같이 빛났던 나의 젊음이 그리고 아픔이 이란 땅에 숨 쉬고 있기 때문인지도 모르겠다. 이런 강박관념 속에서 하루빨리 벗어나고 싶은 생각이 간절했지만 자꾸만 마음이 불안하고 심신이 불편했다. 한참이나 정신 나간 여자처럼 저 멀리 수평선이 하늘과 맞닿는 경계선을 이루고 있는 곳에서부터 노을 지는 석양이 시시각각 변하면서 서서히 어두움이 몰려오고 있는 것을 바라보고 서 있는 나에게 남편은 조용히 다가와서 새털보다 더 포근한 가슴으로 감싸 안으면서 정겹게 밝은 목소리로 속삭였다. 무엇을 그렇게 골똘하게 생각하느냐면서, 아이들과 같이 사진이나 찍자고 웃는 얼굴로 나를 따뜻하게 안아 주었다. 정말로 달콤하고 행복한 순간이었다. 거센 파도가 바위에 부딪치면서 아직도 저녁노을이 벌겋게 물들어서 남아있는 하늘과 어우러지는 황홀한 장관에 정신이 빠져서 다른 어떤 곳에도 눈길을 줄 수가 없었다.

그런데 갑자기 아이들 환호성에 놀라서 돌아다보니 하얀 백로들이 수십 마리가 나무에 아니면 물이 조금씩이라도 고여 있는 곳에는 조약돌 사이마다 크고 작은 하얀 백로들이 자기들의 우아한 모습을 자랑이라도 하는 것처럼 우리 가족을 반기고 있었다. 아이들이 좋아서 소리치면 뛰어가는데도 날아가지도 않고 그대로 곱게 서 있는 자태가 정말 아름다운 한 폭의 그림 같은 절경이었다. 우리는 백로를 배경으로 삼아서 사진도 많이 찍었고, 즐거운 추억거리도 만들면서 행복한 시간을 가졌다. 그런데 아쉽게도 테헤란에서 떠나올 때 하필이면 사진들만 모아서 넣어두었던 가방 밑바닥이 터지면서 사진들이 많이 분실되는 사건도 있었다. 우리가 살아가는 과정에는 생각지도 않았던 사건들이 일어나는 것이 현실이었다.

우리 가족은 이제 두 번 다시 이곳에 올 수 없다는 사실을 알고 있었다. 우리의 인생길도 한 번 가면 되돌아올 수가 없듯이 이제 이곳을 떠나면 두 번 다시 올 수 없다는 사실을 알고 있는 사람들처럼 바다와 백로들의 향연에 흠뻑 젖어서 아이들과 같이 모래 위를 어두운 해변이지만 기죽지 않고 소리치면서 열심히 즐거운 마음으로 앞서거니 뒤서거니 하면서 뛰어다니고 놀았다. 까만 어두움이 바다를 완전히 휘어감을 때까지 뛰면서 큰 목소리로 웃으면서 한참이나 해변 가를 거닐며 행복에 젖어 있었다.

지금까지 이란에서의 생활과 피난 생활을 청산이라도 하려는 사람들처럼 열심히 모래 위에 수를 놓고 돌아왔다. 우리 가족은 가벼운 마음으로 아스타라 지방을 벗어나기 시작했다.

남편은 가족들을 위해서 밤낮으로 운전을 하면서도 항상 밝은 얼굴로 찬양을 소리높이 부르면서 즐겁게 운전을 하고 있었다. 하지만 나와 아이들은 코를 골면서 잠을 자는데도 피곤하고 지쳐있는 모습들이 사실 남편에게 조금은 미안한 생각도 들었다. 우리는 바불사로 돌아와서 3일을 더 보내고 테헤란으로 다시 돌아오면서도 두렵고 불안하고 그리고 초조한 마음에 창밖만 바라보면서 많은 생각에 가슴이 답답했다.

앞으로의 길이 지나온 길보다도 더 길다는 생각에 한발 한발 천천히 걸어가야겠다고 혼자 마음속으로 다짐했다. 이번 여행길에는 참으로 많은 생각을 한 시간이었다. 테헤란 시내는 여전히 미사일의 공포 속이었다. 우리는 계속 호텔에서 생활하면서 남편은 회사에 마무리를 짓기 위해서 바쁘게 호텔에서 회사로 출국 준비에 정신이 없었다. 한국으로 나갈 수속을 마칠 때까지는 테헤란에 있어야 했기 때문이다. 그리고 십 년이 넘게 기쁨도 슬픔도 함께 나누면서 같이 살아온 이웃들, 그리고 머물면서 평생 살 것처럼 소중하게 간직해온 모든 가구들, 그리고 누적된 생활용품들도 다 과감히 정리해야만 했다. 버릴 것은 없애고 이웃들에게 나누어 줄 물건들도 많았다. 이런 모든 것을 정리하는데도 많은 시간이 필요로 했다. 남편은 회사에 사표 수리가 다 되려면 아직도 시간이 더 필요하다고 말했다. 정말 다행이라는 생각에 기뻤다.

이란에서의 삶을 다시 곰곰이 되돌아볼 수 있다는 여유로움이 왠지 참 좋았다. 이란에서 십 년이 넘게 살아오면서 비록 평탄한 삶이라고는 할 수 없었지만 굽이치는 폭포수처럼 이런저런 육신의 무수한 아픔과 고통, 그리고 기쁨과 슬픔을 만나면서 살아왔고 또 심중에 박히는 애절함과 그리고 피눈물 나는 육신의 고달픔도 있었지만 그래도 하늘을 날을 것 같은 기쁨도 있었고, 희망과 소망도 있었기에 행복하다고 생각하면서 살아왔었다. 이렇게 이란에서의 삶의 긴 여정도 끝이 나는 것 같아서 나도 모르게 눈에서는 따뜻한 눈물이 고이기 시작했다.

무심하게 흘러간 세월 속에 있었던 꽤나 길고도 힘들었던 이란 땅에서의 아픈 기억들을 되돌아볼 수 있다는 사실 하나만이라도 가슴이 벅차고 설레는 마음에 온몸이 떨리는 이유가 무엇인지 알 수가 없었다. 우리 인간이 살아가는 모든 과정과 삶 자체가 어쩜 수많은 고통과 모순덩어리 인지도 모른다, 이것이 형체 없는 행복이라고 생각하고 누리면서 살아가고 있는 것이 우리의 삶이 아닌가 하고 생각도 해본다. 그리고 행복이란 결코 누군가에 의해서 얻어지는 것이 아니라는 사실을 꼭 말하고 싶다. 우리가 살아가는 과정에는 행복과 불행을 한 몸에 안고 한세상 살다가 가는 것이고, 모든 것이 우리가 살아가는 과정에서 어떻게 행동하느냐에 따라 각자 인생의 방향이 달라지는 것이 아닐까 라는 생각도 해본다. 그리고 이란에서의 모든 흔적들을 짙은 향기 속으로 날려 버리고 싶다는 생각도 들었다. 이제 새로운 마음으로 희망과 소망 그리고 꿈을 배낭 속에 가득 담아서 아름다운 산천이 있는 우리의 사랑하는 조국으로 떠나는 길만 남았다는 생각을 하면서도 왠지 우리만 떠난다는 것이 이란에 남아있는 모든 분들에게 미안한 생각도 들었다.

남편도 회사일이 생각보다 쉽게 끝을 맺으면서 마무리 되었다고 말했다. 이제는 정말 홀가분한 마음으로 사랑하는 부모님이 계신 땅으로 떠나가는 길만 남았다. 이제 우리는 아직도 이란에서 있어야 할 얼마간의 시간이 남아 있는 날을 받아서 미사일도 피하고, 피난도 할 수 있고 또 관광도 할 생각으로 이란의 최고 남쪽에 자리 잡고 있는 "반다라바스"로 가기 위해서 4월 12일 화요일 밤 8시 20분에 떠나는 이란 국내의 비행기에 우리 가족은 즐겁고 행복한 마음으로 이란에서의 마지막 여행이라는 생각에 가슴 설레면서 비행기에 몸을 실었다.

이란에서의 긴 여정의 시간들을 고운 기억으로 남기를 기대하면서 그리움도 점차 희미해져 가는 심정으로 여기서 글을 마치기를 원합니다.

# "글을 마감하면서"

흘러간 40여 년의 길고도 긴 터널 속을 지나 지금까지 살아오면서 틈틈이 적어둔 메모와 일기처럼 남겨둔 일상들을 회고하면서 이렇게 글을 적기까지의 순간순간 많이도 울었고, 그때의 일들을 되새기면서 즐거운 마음으로 웃기도 하면서 이 글을 적었습니다. 그리고 이웃들의 힘들고, 괴로운 삶과 육신의 고달픔과 좌절 속에 숨은 고통이 예습도 복습도 없는 단 한 번의 인생길이 언제 어떻게 끝이 날지도 모르는 긴 여정 속에서, 그리고 나의 행복했던 순간들과 정신적인 고통 속에서, 낯선 타국 땅 이란에서 12년의 삶이 길다면 길고 짧다면 짧은 뜬구름 같은 인생 속에서 걸어온 발자취가 까마득했지만, 두서없이 써온 이 글을 마무리하려고 합니다. 산을 올라가면서 나무를 본다고 해서 모든 나무를 다 볼 수는 없듯이, 각 개인들의 많은 사연들도 존재하겠지만, 이 글은 오직 자신만이 체험한 일들, 그리고 내 주변에서 일어난 일들을 보고 느낀 좁은 공간이라고 말할 수도 있습니다. 사람이 살아가면서 일어났던 행복하고 즐거웠던 일들보다는 참으로 힘든 상황 속에 있었던 쓰리고 아팠던 기억들이 더 깊게 뿌리를 내린다는 말이 생각이 납니다. 지난 시절의 좌절과 아픔과 고통, 기쁨과 절망, 그리고 슬픔과 즐거웠던 순간들을 좀 더 열심히 현실감 있게 표현하지 못함을 먼저 이 글을 읽으시는 모든 분들에게 죄송하다는 말씀을 드리고 싶습니다. 그리고 부족하고 두서없이 써온 글이지만 끝까지 읽어 주시고 격려와 용기를 주신 모든 분들에게 진심으로 감사를 드립니다.

* 헬리 모차 캐람(대단히 감사합니다).

박윤경 씀.

# 뜬구름 같은 인생들

- 이란편 -

**박윤경** 수필집

2019년 12월 12일 초판 1쇄

2019년 12월 16일 발행

지 은 이 : 박윤경

펴 낸 이 : 김락호

디자인 편집 : 이은희

기 획 : 시사랑음악사랑

연 락 처 : 1899-1341

홈페이지 주소 : www.poemmusic.net

E-Mail : poemarts@hanmail.net

정가 : 18,000원

ISBN : 979-11-6284-164-8